Honoré de Balzac

Les Employés

*Édition établie
et présentée
par Anne-Marie Meininger*

Gallimard

PRÉFACE

Il y a des œuvres de Balzac mal connues et, parmi elles,
Les Employés. *C'est dommage pour ce roman original.
Roman est peu dire. Sous la construction d'un pur classi-
cisme — trois parties de trois chapitres et un dénouement
—, s'enchevêtrent une intrigue, un essai sur la médiocratie,
un pamphlet sur la bureaucratie, un plan de réformes du
système administratif et financier, des portraits et des
analyses des hommes et des faits de l'histoire de la France
sous la Restauration et enfin, et non des moindres, de
cocasses sketches sur le quotidien chez les ronds-de-cuir d'un
ministère. Original, ce roman est aussi audacieux. Prenons
l'argument. Il s'agit de savoir, de deux chefs de bureau,* À
qui la place ? *— titre de la troisième partie —, la place de
chef de division. À Rabourdin, homme d'un mérite incontestable, auteur du plan de réformes ? Ou à Baudoyer, qui
est une buse ? On n'oserait pas, aujourd'hui, un pareil sujet.
La lutte se mène* Entre deux femmes *— titre de la première
partie : la belle Rabourdin,* La Femme supérieure *—
titre originel du roman —, qui reçoit le Tout-Paris, et
l'obscure Baudoyer, petite bourgeoise du Marais. De la
meilleure tactique de chacune dépend la destinée de son
mari : les pouvoirs de la femme n'étaient pas si nuls en
1824... Et que voyons-nous encore, nous qui croyons avoir
tout inventé ? En 1824, on discutait décentralisation
nécessaire, justice ou non de l'impôt de consommation, bien-
fondé ou non des nationalisations, ou des super-ministères,
ou de l'extension du service public ; on constatait la*

croissance de la dilution des responsabilités par la pape-
rasse, ou du blocage de l'action par la discussion : c'est
Rabourdin qui, alors, pesait tout cela dans son plan de
réformes. Un plan évidemment dangereux, pour lui : « Les
suppressions exigées par le perfectionnement, et d'abord mal
comprises, menacent des existences qui ne se résolvent pas
facilement à changer de condition. » Est-ce périmé ? Et son
idée de réduire le budget ? « C'est l'idée vulgaire et
bourgeoise », objecte sa femme qui, fort dérangée par le
plan, soutient qu'il faut, au contraire, « multiplier les
emplois », qu'un ministre des Finances doit « jeter l'argent
par les fenêtres, il lui rentre par ses caves », qu'il faut « tout
faire mouvoir par l'emprunt », et qu'enfin « nous ne devons
pas amortir le capital, mais les intérêts ». Invraisemblables
ce dialogue, ce couple en 1824 ?

Notre méconnaissance du passé, et singulièrement de cette
époque, pourtant aïeule de la nôtre en droite ligne, fait que
Les Employés nous éberluent. Vie publique, vie privée, Les
Employés nous apprennent l'histoire de nos mœurs, de nos
idées. Car tout y était vrai. Balzac se voulait « plus
historien que romancier ». Là, il l'est. Et si, peu à peu, il a
donné à nombre de seconds rôles des noms de personnages de
son invention, la lecture du manuscrit et, même, de l'édition
originale dévoile, comme on peut le voir au fil des notes, les
noms primitifs, parfaitement réels. De nos jours, avec un
roman ainsi fait, un écrivain aurait cent procès sur le corps.
Les Employés, à cet égard, c'est aussi du journalisme, tel
qu'il se concevait alors : très indiscret. C'est pourquoi Les
Employés avaient des secrets à découvrir. Et, s'il m'est
permis une confidence, ce roman m'a prouvé qu'avec
Balzac, les réalités connues éclairent le romanesque, mais,
plus encore, le romanesque conduit à la mise au jour d'un
champ autrement important de réalités parfaitement igno-
rées.

Conçu comme une courte nouvelle, commencé vers le
24 mai 1837 et réalisé dans des conditions affolantes,
comme on peut le voir dans la Notice, ce roman fut écrit

« en un mois jour pour jour », avec seulement deux
difficultés, le départ et l'autre, grave, le 2 juin, où Balzac
constate : « Impossible d'en faire une ligne. » Dépassant
« du quintuple » les dimensions prévues, il parut en
feuilleton du 1ᵉʳ au 14 juillet, dans La Presse. Mais, « finie
quant au journal », dit Balzac le 8 juillet, La Femme
supérieure « n'est pas finie quant au livre, j'y ajoute une
quatrième partie ». Or, le livre paraîtra en septembre 1838
sans un mot d'ajout : c'est donc alors un roman inachevé, ce
qui constitue toujours une passionnante énigme. Quelle
impossibilité ou quelle incertitude arrête le créateur ou le
conteur ?

　Balzac achèvera son roman en 1844. Il ajoute une
nouvelle conclusion, mais surtout, en intercalant des
morceaux de sa Physiologie de l'employé de 1841, il accroît
tant l'importance des employés qu'ils ravissent le rôle
premier à « La Femme supérieure » et jusqu'au titre de
l'histoire qui deviendra, finalement, Les Employés. En
fait, cet épilogue de la création représentait seulement
l'aboutissement d'une évolution commencée dès sa mise en
œuvre.

　Les deux difficultés que le manuscrit permet de constater
avaient chaque fois procédé de la femme supérieure. Celle
du début venait de sa place relativement aux employés.
Dans un premier temps, repérable par sa pagination changée
ensuite, Balzac commence par deux pages de réflexions sur
l'administration, d'après certain « mémoire », suivies de la
description des bureaux amorçant celle des employés, dont
l'entrée retardait d'autant celle de la femme supérieure.
Balzac s'arrête, met de côté les quatre pages écrites et
recommence. Il réorganise jusqu'à la structure du récit qu'il
conçoit maintenant en parties, dont la première introduit
d'emblée la femme supérieure, Rabourdin et son plan qui,
prenant la place du « mémoire » anonyme, entre en jeu
pour prouver le génie administratif de son auteur. Mais,
quand il achève sa première partie, avec ses « deux
femmes » et, fléau de la balance entre elles, « Monsieur des
Lupeaulx », Balzac se trouve, à l'évidence, devant l'impos-

*sibilité de poursuivre son récit, « d'en écrire une ligne ». Il
suffit de lire son manuscrit pour comprendre : il y a une
femme supérieure de trop entre la brillante Célestine
Rabourdin et Élisabeth Baudoyer dont il a fait une « céleste
créature ». Balzac est trop bon romancier pour ne pas voir
qu'il s'est fourvoyé dans une impasse. Il doit sacrifier
Élisabeth Baudoyer. À force corrections d'épreuves en
épreuves, il en fera, avec un entourage assorti, la créature
pointue, efficace, qui minera et mettra en échec la femme
supérieure, tandis que le plan, que Balzac étoffe simultanément, aidera à perdre son inventeur. Car la logique veut que
la femme supérieure et l'homme à idées soient victimes du
système. Peut-être auront-ils une revanche ailleurs ? Une
anagramme prédit à Rabourdin : « D'abord rêva bureaux et
eut fin riche. » Peut-être : là s'arrêtait le roman inachevé.*

    *Mais il est clair que, même supprimée, la supériorité de
son adversaire relativisait celle de la femme supérieure.
Et, outre la distance que Balzac prendra peu à peu avec elle,
son importance romanesque se trouvera passablement dimi-
nuée par celle qu'il donnera aux employés dans la deuxième
partie, « Les Bureaux ». Ne serait-ce d'abord qu'en quantité : une liste préliminaire en prévoyait huit, leur effectif
sera plus que doublé dès le manuscrit.*

    *Dans la Préface de l'édition de 1838, Balzac allait
convenir que son roman « a le malheur de s'appeler La
Femme supérieure, titre qui n'exprime plus le sujet de cette
Étude où l'héroïne, si tant est qu'elle soit supérieure, n'est
plus qu'une figure accessoire au lieu de s'y trouver la
principale ». Après le constat, les aveux du créateur : « S'il
abandonne ses idées premières pour des idées surgies après
son plan primitif, il les trouve sans doute de plus agréable
façon, pour lui s'entend : la main-d'œuvre est moins chère,
le personnage exige moins d'étoffe dans son habillement
[...] Si vous trouvez ici beaucoup d'employés et peu de
femmes supérieures, cette faute est explicable par les raisons
sus-énoncées : les employés étaient prêts, accommodés,
finis, et la femme supérieure est encore à peindre. »*

    Des accidents de la création à ces aveux, il ressort

clairement que c'est bien de la femme supérieure qu'ont procédé l'idée première du sujet, puis ses déviations, son inachèvement et, enfin, le dénouement en faveur des Employés. Pour comprendre la création, les sources premières comptent premièrement. Et leur découverte permet de vérifier une loi de la création chez Balzac : les sources littéraires sont secondaires, dans tous les sens du terme, tels des affluents ; les sources réelles sont primordiales. La question est donc : qui était la femme supérieure réelle ? qui tous les personnages de la première partie du roman, les Rabourdin, les Baudoyer, et, entre eux, des Lupeaulx ?

En 1836, vers le mois d'août, Girardin, avec lequel Balzac s'est brouillé, charge sa femme de faire des avances au romancier. D'où un contrat de trois œuvres pour La Presse, dont la première, La Vieille Fille, parue en octobre, fut le premier roman publié en tranches dans un quotidien : le premier feuilleton. Il sera dédié à Eugène Midy de La Greneraye Surville, beau-frère de Balzac dont il avait épousé la sœur, Laure, en 1820.

Le 22 août 1836, une lettre de Balzac à Mme Hanska prouve qu'il met alors sur le même plan son propre sort et celui des Surville « qui luttent contre les administrations comme moi contre les journaux ». Le 1ᵉʳ octobre, une phrase sur Laure livre la clef de « la femme supérieure » : « Les affaires de son mari vont lentement et sa vie aussi à elle s'écoule dans l'ombre ; et ses belles forces s'épuisent dans une lutte inconnue, sans gloire. Quel diamant dans la boue ! Le plus beau diamant que je sache en France. » Les tares du système administratif étant, à ses yeux, seules responsables de cette destinée étouffée, peut-être manquée, on voit d'où devait naître La Femme supérieure, deuxième feuilleton pour La Presse, annoncée pour la première fois dans une lettre à Mme Hanska du 22 octobre.

La « femme supérieure » est Laure : enfance adulée, éducation, physique, mariage, ambitions, impatiences, dédain pour le « livre de dépenses » et placements risqués en frais de prestige sur des relations et des espoirs douteux.

*Comme Célestine, Laure jugeait son mari compétent mais
trop peu habile. Comme Célestine, elle reprochait à son mari
son manque de confiance, au nom de sa propre supériorité :
« J'en mérite des volumes et c'est parce que j'ai conscience
de ce que je vaux que je me trouve affectée », écrit-elle à sa
mère en 1837. Comme Célestine, persuadée qu'elle mènerait
autrement mieux la barque, Laure se mêla des affaires de
son mari, bien trop et sans se corriger malgré ses échecs.*

*Dans la comparaison entre Célestine et Laure, l'étonnant
est ce que, à partir du romanesque, il était possible de
découvrir sur le réel. Les biographes de Balzac et l'hagiogra-
phie familiale, due à Laure pour l'essentiel, renseignaient
évidemment peu sur cette dernière, sur les petites misères de
sa vie conjugale, ou sur son mari. Heureusement, tous les
Balzac étaient quelque peu graphomanes et très conserva-
teurs. Heureusement, les Archives de la France sont riches.
Les lettres familiales, les dossiers sur et de Surville
permettaient non seulement de retrouver Laure en Célestine,
mais aussi, ce qui était insoupçonnable dans l'état ectoplas-
mique où l'avaient laissé les biographies balzaciennes, le
Surville qui était en Rabourdin.*

*Rabourdin conduisait à la découverte de faits inconnus et
singuliers sur l'origine, le mariage et la carrière de Surville.
Singuliers sur le plan privé, parce qu'on peut les juger
indiscrets si l'on oublie qu'il n'y a pas de famille pour un
romancier ; singuliers sur le plan romanesque, parce qu'on
peut les juger inutiles si l'on oublie que, pour Balzac, tels
effets viennent de telles causes, et de nulles autres.*

*Ainsi est-il nécessaire que Rabourdin soit un enfant
naturel, qui n'ait connu que sa mère, femme de luxe et de
légèretés ; que de mystérieuses protections le fassent « à
vingt-deux ans sous-chef et chef à vingt-cinq » ; et que, au
moment où il aspire à la main de Célestine, qui répugne à se
nommer Mme Rabourdin, le père de cette dernière puisse la
décider, grâce à une « grave indiscrétion », en lui révélant
« que son futur serait Rabourdin de quelque chose... riche
d'une fortune et d'un nom transmis par certain testament à
lui connu ». Or, Laure se maria à vingt ans, comme*

Célestine, et elle épousait un fonctionnaire plein d'avenir puisque Surville, polytechnicien, avait été promu aspirant à vingt-deux ans et ingénieur à vingt-cinq. Et ce mariage fut décidé par la même vanité et les mêmes causes que celui de Célestine. Eugène était un enfant naturel, fils d'une charmante théâtreuse, Mlle Allain, dite Surville. Dans son dossier, une lettre de Surville lui-même au directeur des Ponts et Chaussées prouve que c'est bien au moment où il voulait épouser Mlle Balzac que sa mère lui révéla qu'il était le fils naturel et posthume d'un grand notable de Rouen, Midy de La Greneraye, dont un jugement rendu sous la Terreur l'autorisait à porter le nom et même à hériter. Aussitôt mis au courant, Surville courut à Rouen faire rectifier le registre des naissances à l'article le concernant et, la chose faite et à son retour seulement, Laure annonçait brusquement à son frère, le 12 mai 1820, qu'elle épousait « M. de Surville » le 18 mai...

Un fait : Surville n'eut guère droit au nom de Midy de La Greneraye que dans la dédicace de La Vieille Fille, et pas plus à celui de « M. de Surville ». Laure restera Mme Surville, comme Célestine reste Mme Rabourdin.

L'intrigue prend Célestine au moment où elle attend avec une impatience et un besoin croissants, depuis « sept ans », une amélioration de sa situation matérielle par la réussite de son mari. Or, le dossier de Surville révèle que, à l'époque même de La Femme supérieure, Laure attendait depuis sept ans la réussite de son mari. En 1829, il avait créé la Société des Études pour la construction d'un canal latéral à la Loire inférieure. Cela valait bien le Plan. Il promettait aux actionnaires « un intérêt dans les bénéfices de l'affaire qui s'élèvera au moins annuellement à la somme prêtée » et qui pourrait atteindre même « jusqu'à six fois le montant de la mise de fonds » ; et ce, « au plus tard la dixième année ». On comprend pourquoi, dans les attendus du Plan de Rabourdin, se trouve ce constat : « Entièrement composée de petits esprits, la Bureaucratie mettait un obstacle à la prospérité du pays, retardait sept ans dans ses cartons le projet d'un canal qui eût stimulé la production d'une

*province »... et qui aurait dû faire la fortune du propre
beau-frère du créateur et de sa femme supérieure de sœur. On
comprend pourquoi Balzac attaque l'administration. Il a sous
les yeux deux de ses victimes, si proches. La charge féroce
contre la bureaucratie, le Plan Rabourdin,* La Femme
supérieure *enfin n'ont pas d'autre source fondamentale.*

*Notons que, évoquant le canal, Balzac parle de
« retard ». En 1836, les Surville « luttaient contre l'administration ». En 1837, en avril, Laure évoquait dans une
lettre à la femme d'un actionnaire ses « sept années
d'attente », et affirmait : « Les affaires vont bien ; j'espère
que la prospérité arrive. » Un mois plus tard, Balzac
commence l'histoire de la femme supérieure, puis la laisse
inachevée. Son mari aura-t-il « fin riche » ? Balzac,
devenu non plus frère mais romancier, observateur des
caractères qu'il dépeint, n'est-il pas conduit à douter de cette
fin ? À l'évidence. Et pour Célestine et pour Laure.
L'inachèvement de l'histoire de « la femme supérieure » est,
à la fois, preuve et conséquence. Lettres familiales et dossier
de Surville éclairent jusqu'au dénouement de 1844 la
création.*

*En 1840, la déchéance de la Société du Canal est
prononcée par décision ministérielle. Peu après, le fils des
Rabourdin apparaît dans une misère noire dans* Z. Marcas
et Balzac « attaque à mort l'École polytechnique » dans Le
Curé de village. *Puis une autre entreprise de Surville
échoue. Balzac inscrit alors un projet de « scène des
parisiens en province à faire : la femme supérieure (madame
Rabourdin et son mari échouant dans une entreprise) ».
D'échecs en échecs, la situation des Surville se dégrade. Le
malheur, les « gouttes de fiel » éloignent peu à peu le frère
et la sœur. En 1837, Balzac avait promis à la « Cara
sorella » de lui donner le manuscrit de* La Femme supérieure : *à la fin de 1843, il l'offre à David d'Angers. Le
dénouement approche. Le 20 février 1844, Balzac dresse
dans une lettre à Mme Hanska un réquisitoire contre Laure,
ses « manques de tact », ses « manies de bas-bleu » : « Je
ne suis rien dans ma famille [...] On a rompu tous les*

liens. » *Le 29 février, il refondait et achevait son roman.
Rabourdin n'aurait jamais fin riche et, définitivement
abandonnée,* La Femme supérieure *devait laisser la
place aux* Employés.

En 1836, en décembre, les Boigues fondaient, de compte
à demi avec la banque Sellière, une Société au capital de
quatre millions pour remonter *Le Creusot. Inadapté,
dépassé, mal géré sous une succession de directions, Le
Creusot avait été déclaré en faillite en juin 1833, après une
longue agonie et le dépôt de son bilan avec un passif de onze
millions. La grosse opération de 1836 n'est pas sans rapport
avec les personnages que Balzac nommera « Les Tarets »
dans le chapitre qu'il leur consacre en 1837, les Baudoyer et
les Saillard, parents d'Élisabeth, et leur clan, tous gens du
Marais.*

*Avec le Marais, Balzac rejoignait son milieu originel, le
quartier de son grand-père maternel, fonctionnaire, celui où
ses parents s'étaient réinstallés en 1814 après une mutation
de son père, fonctionnaire, celui où ses grands-parents puis
ses parents s'étaient mariés, puis sa sœur Laurence qui
épousait le 1ᵉʳ septembre 1821, en l'église Saint-Jean-Saint-
François, le fonctionnaire Montzaigle. Elle mourait le
11 août 1825.*

*Parmi ses Pensées, sujets, fragments, Balzac inscrivit,
en 1834 vraisemblablement, un sujet :* « Les deux sœurs.
L'une vraiment supérieure, calme, résignée, mourant jeune
et méconnue, silencieuse — le mari blagueur. L'autre
supérieure avec éclat, embêtant son mari, le mari simple et
modeste. » *À l'évidence, voilà les* « deux femmes » *du
manuscrit de 1837, où Élisabeth Baudoyer est exactement
la femme vraiment supérieure, dont la vie est condamnée, et
aussi exactement Laurence, mourant résignée, silencieuse, à
vingt-trois ans. La crise de création du 2 juin 1837, qui
aboutit à renoncer à la* « créature céleste », *découlait
logiquement du fait que la conception même de l'œuvre
procédait non de la sœur* « vraiment supérieure », *mais de
celle qui était* « supérieure avec éclat ». *Mais s'il sacrifie la*

*première en 1837, Balzac lui réserve un plus grand destin.
Restée auvergnate de son passage dans* La Femme supérieure, *et issue d'une famille aussi avare et bornée, elle
participera à la haute figure de Véronique Graslin dans* Le
Curé de village.

*De sa mère, Balzac dira qu'elle « a tué Laurence ». De la
question complexe des rapports de Mme Balzac avec ses
enfants, et réciproquement, pour ce qui concerne* La Femme
supérieure, *retenons que Balzac a dit cela et constatons que
si la première Élisabeth évoquait Laurence, la seconde, une
fois opérée la transformation — le « transfert » —, cette
redoutable chipie petite bourgeoise, ressemblait à
Mme Balzac, ne serait-ce que pour le physique, par son
museau pointu, sa joliesse étriquée; comme Baudoyer
rivalise de lourdeur, au moins corporelle, avec M. Balzac.
Et les parents Sallembier, père et mère de Mme Balzac, avec
leurs entours du Marais, prouvent que c'est bien dans ce
Marais familial que Balzac apprit à connaître enfant,
adolescent, adulte — puisqu'il y vécut jusqu'en 1824 —, le
monde petit-bourgeois particulier des Saillard et Baudoyer.
L'oncle romanesque Bidault est d'abord quincaillier, comme
l'ami réel Dablin. Les Transon romanesques sont négociants
en porcelaines, comme les propriétaires réels, rue de
Lesdiguières. Et le réel Vomorel, voisin et relation, imbécile
« capable », du train où vont les choses, constatait Balzac
en 1821, « d'être un jour député », appartenait à la même
espèce que Baudoyer, l' « âne chargé de reliques », que* La
Comédie humaine *verra devenu maire de son arrondissement, grâce à l'union qui fait la force des médiocres, et
grâce aux écus.

Car ces gens-là sont unis : « Le Ménage Rabourdin »
contre « Les Tarets », c'est individus contre groupe. Élisabeth Baudoyer réussit parce que, en cela « vraiment
supérieure », elle sait monter un véritable collectif de
pression, lié à son enjeu personnel. Et ces gens-là sont
riches. L'argent, c'est leur fort : à l'issue de la manœuvre
d'Élisabeth, l'oncle Bidault conclura : « Eh bien, comme
toujours, la victoire aux écus. » Les écus, ils savent les faire*

pousser. Balzac dit comment pour le présent et pour l'avenir. C'est encore Élisabeth qu'il faut suivre, et son coup d'œil infaillible. L'usure des oncles, c'est bon pour acheter à un des Lupeaulx une place pour son mari. Pour sa fille, pour l'avenir, elle mise sur Falleix, l'argent en rentabilité industrielle et non plus artisanale. Balzac aussi qui, du même coup, livre une piste étonnante, historique, avec ce garçon venu d'Auvergne « le chaudron sur le dos », fondeur au Faubourg Saint-Antoine, titulaire d'un brevet d'invention et qui « avait été promptement employé chez les Brézac, grands dépeceurs de châteaux ».

Ici encore, retrouvons Le Curé de village : à Limoges, le *père Graslin, brocanteur et ferrailleur, est en quelque sorte l'agent local de la « maison Brézac, la colonne de cette fameuse association appelée la Bande noire ». Fameuse, certes, cette bande de rapaces, née de la Révolution, qui s'était abattue sur les biens nobles et d'Église, les dépeçant de la girouette aux fondations, débitant par pièces et morceaux toits, murs, boiseries, plombs, fers, puis les terres, démembrées. Fameuse, mais restée singulièrement anonyme. Or, en 1837, dans* La Femme supérieure, *Balzac avait donné aux Brézac un premier nom, réel, celui des Boigues.*

En 1837, *ce nom ne signifiait pas seulement Le Creusot, mais l'un des destins les plus exemplairement fulgurants de l'époque issue de la Révolution : 1789 avait pris le père ferrailleur en Auvergne ; en 1837, quand Balzac écrit leur nom, les fils sont maîtres de forges, parmi les plus puissants de France. Un tel destin devait figurer dans La Comédie humaine. Indiqué ici et là, il aurait eu un grand rôle si, entre Le Curé de village et Les Employés, Balzac n'avait laissé à l'état de courte ébauche, avec Un grand homme de Paris en province, l'histoire de la « fameuse maison Brézac », « une des gloires de la ferraille et des métaux », « qui a abattu plus de châteaux qu'on n'en a relevé depuis ». Ces Brézac venaient à l'évidence, peut-être trop, des Boigues. Les fils Boigues étaient cinq, comme les fils Brézac ; un Boigues a été officier, comme un Brézac ; un autre Boigues était resté au pays, comme un autre Brézac ;*

les autres *Boigues* s'occupent des affaires à Paris, comme les *Brézac* : le « commerce des métaux », selon les *Annuaires*, rue des Minimes, au Marais, *L'aîné*, chef du clan, est député libéral, comme le *Brézac* en chef de l'ébauche. Et si je n'ai retrouvé la *Bande noire* que par des archives non explorées, du moins ce *Boigues*-là figurait-il dans les travaux sérieux, tels ceux de Bertrand Gille, sur la formation du grand capitalisme au XIXe siècle.

En 1816, à vingt-deux ans, Jean-Louis *Boigues*, qui a déjà su aller acquérir en Angleterre formation et informations techniques, et en cela pionnier, rachetait les usines d'Imphy, dont il fera l'essor. En 1819, toujours avec l'appui du clan, il rachète les usines de Grossouvre d'où il fera naître celles de Fourchambault, dès 1821. Il participe à la fondation de la Compagnie des mines de Saint-Étienne et, encore pionnier en ce domaine, il a l'idée du chemin de fer de Saint-Étienne à Andrézieux qui, en 1828, sera le premier chemin de fer mis en service en France. Et ainsi de suite. Les *Boigues* seront à l'origine du Comité des Forges. Eux aussi surent trouver des *Falleix* à brevet : Gallois, avec lequel ils créaient l'industrie de la fonte à houille ; Dufaud, avec lequel ils firent Fourchambault ; les Schneider, auxquels ils donnèrent des parts et la gérance du Creusot. Et le brevet d'invention « en fonderie » de *Falleix* n'est pas innocent relativement aux *Boigues*, comme on peut le voir par la note 60... Dès la date de l'intrigue de *La Femme supérieure*, en 1824, tous les éléments de l'irrésistible ascension de la fameuse maison *Boigues* se trouvaient en place. Les *Boigues* étaient des voisins que Balzac avait pu observer et dont la réussite devait ébouriffer le quartier, avec son formidable avenir prévisible et son passé, *La Femme supérieure* le prouve, connu.

Pierre *Boigues*, le père, était mort en 1820, dans son bel hôtel du Marais, une dépouille noble, situé rue Saint-Gilles, rue parallèle à la rue Saint-Claude où Balzac loge d'abord ses Saillard et Baudoyer. C'est de sa tête et de ses mains de ferrailleur qu'était née la *Bande noire*. Le berceau de la *Bande noire*, c'était une poignée de misérables hameaux *auvergnats, quelques feux à quatre lieues environ au nord d'Aurillac, un nid de rapetasseurs de chaudrons et de ramasseurs de ferraille ambulants qui, le moment venu, fondraient sur les dépouilles de l'ancienne France, puis s'épanouiraient à Paris, au Marais, via le Faubourg Saint-Antoine* : Boigues s'installa d'abord Cour Saint-Louis, au 47 du Faubourg. *Les grands antiquaires parisiens du boulevard Beaumarchais, les Soliliage et Chapsal dont Balzac donne les noms avant de les rayer dans le manuscrit du* Cousin Pons, *en 1846, qui commencèrent comme chaudronniers, ferrailleurs, brocanteurs — tel Claude Soliliage, lui aussi d'abord au 47, Faubourg Saint-Antoine —, tout cela cohabite avec les Boigues dans les registres paroissiaux d'avant 1789 à Saint-Cirgues-de-Jordanne, Lascelle, Narmanac, Mandailles. C'est la Révolution qui aura fait de Pierre Boigues, pauvre chineur en ferraille de trente-sept ans, un dévorant, qui prend la tête de ses pays, de ses parents, pour créer la Bande noire. Non toute la Bande noire — il fit école —, mais « la colonne de la Bande noire », certainement.*

Dans l'énorme succession de Pierre Boigues, outre les fins de règlement d'un beau reste des châteaux qu'il avait « dépecés », figurait le reliquat de la liquidation effectuée, les temps étant révolus, à la fin de 1816, de la « Société qui avait existé entre M. Boigues Père et Mrs Jean-Louis et Guillaume Boigues », à savoir la « Société verbale pour le commerce des métaux et pour la spéculation sur immeubles ». Tel était le nom, « verbal », de la Bande noire...

Aux historiens de faire son bilan. Contentons-nous d'un exemple, parce qu'il fut le dernier, de taille, et pour ce qu'il représente : l'achat et la démolition, en 1816, des « château et domaines de Saint-Ouen ». Il s'agissait, ni plus ni moins, du berceau de la Charte constitutionnelle de Louis XVIII, datée et proclamée du château de Saint-Ouen.

Il serait difficile de ne pas être saisi par la symbolique que représente cette destruction, à cette date, par la Bande noire. La Révolution de 89 avait permis au dépeceur de s'enrichir sur les dépouilles de la noblesse. La Charte marquait la fin réelle de la *Révolution*, mais aussi la naissance de l'ère des nouveaux seigneurs, faiseurs d'argent par la machine, la technique, l'industrie : l'ère du capitalisme. Peu de faits sont aussi emblématiques de ce virage de notre histoire que la dernière destruction de la Bande noire et sa liquidation, en 1816, suivie, la même année, par la reconversion des capitaux tirés des décombres du passé dans la grande industrie, avec leur premier investissement dans la fabrication de métaux nouveaux, à Imphy. Voilà ce que nous fait découvrir Falleix. Voilà ce que nous apprennent l'infaillible Élisabeth et son infaillible biographe.

Un dernier détail sur le nom de Brézac. Les Boigues avaient racheté Imphy à un pays, aussi « négociant en métaux » et aussi devenu un voisin du Marais, où il habitait 2, rue du Parc-Royal, rue qui prolonge la rue Saint-Gilles. Il se nommait Bronzac. Au début d'*Un grand homme de Paris en province*, Balzac indique que « la fameuse maison Brézac » est « établie à Paris rue du Parc-Royal »...

Dans La *Femme supérieure*, les grands prédateurs posés en arrière-plan, Balzac met en relief leurs parents, amis, acolytes et il les nomme, avec génie, « Les Tarets ». Des microscopiques, des nuisibles, mais indispensables aux grands rapaces. Par eux, Balzac a voulu faire voir et comprendre, avec la répulsion, le pessimisme qu'elle lui inspire, « la puissance de la petitesse » quand elle se coalise. Célestine Rabourdin, avec toutes ses belles relations qui ne lui sont liées par aucun intérêt, est seule et perd. Élisabeth gagne par la force de l'union des « Tarets ». Par là, l'historien des mœurs nous dit : Mesdames, Messieurs, chers Camarades, l'individu se meurt, l'individu est mort. Le réel observé a imposé le constat, qui est politique.

En 1836, après avoir acheté la *Chronique de Paris* dans des conditions obscures mais avec la garantie de « fonds pour aller cinq ans », Balzac sombrait brutalement au moment où Girardin fondait La *Presse*, vraisemblablement avec les appuis ôtés à Balzac et, en tout cas, dans la même *ligne politique. Trahi, ruiné, Balzac se retrouva dans la mansarde de son futur double Marcas où il concevait* La Femme supérieure *et développait le prologue de ces* Illusions perdues *qui, en 1839, montreront la machination par laquelle des Lupeaulx abuse puis perd Rubempré.*

C'est dans La Femme supérieure, *en 1837, que des Lupeaulx entre pour la première fois en scène. Lui aussi est politique. Invisible au public, il est le manœuvrier occulte de la cuisine gouvernementale. Il sert et se sert. Personnage indispensable dans la « société dans son entier, telle qu'elle est », que Balzac a « pour idée fixe de décrire », il intervient juste après les désastres de 1836 parce que Balzac a découvert la zone d'ombre où il agit. Il reviendra, toujours occulte, efficace, redoutable, chaque fois que* La Comédie humaine *abordera cette zone secrète du pouvoir. C'est seulement tout à la fin de son œuvre, dans la dernière partie de* Splendeurs et misères des courtisanes, *que Balzac dévoilera son titre officiel : secrétaire de la présidence du Conseil. Le titre existait, l'homme aussi : il se nommait Joseph Lingay.*

Trait pour trait, des Lupeaulx était Lingay. D'une démonstration longue et déjà faite (voir la notice p. 310), retenons l'essentiel des similitudes physiques, morales, sociales, voire professionnelles. Les témoignages sont rares. Inconnu du public, Lingay fut aussi épargné par la presse que des Lupeaulx, et pour cause. Stendhal le peignit, mais pour lui-même, dans ses Souvenirs d'égotisme *non publiés, et sous le nom déguisé de Maisonnette, forgé d'après Decazes, découvreur de Lingay pour son habileté lors du difficile passage de l'Empire à la Restauration. Après 1848, la* Revue rétrospective *révélait, d'après les papiers trouvés aux Tuileries, le « pensionnaire de tous les fonds secrets ». Le témoignage le plus détaillé, post mortem, est dans* Entre amis *de Wey, qui avait découvert Lingay quand ce dernier dirigeait souterrainement* La Presse. *Il permet de juger la précision du portrait tracé par Balzac. Des Lupeaulx a, de Lingay, laideur, petite taille, teint échauffé, vue basse et lunettes cerclées d'or, et jusqu'à ce tic qui secouait sa tête, si* frappant *chez Lingay. Comme des Lupeaulx, Lingay était célibataire, gourmet, débauché — « C'est un Turc ! », s'ébahissait Méry —, et perdu de dettes malgré l'exorbitante manne gouvernementale — « cinquante mille francs de fixe », précisait Wey, « mais il en dépensait soixante et dix mille » —, lié à perpétuité aux usuriers et aux fonds secrets, toujours entre zénith et nadir, aussi nécessaire que redoutable. Des Lupeaulx a deux armes : les réserves en information de cette « abeille politique » et, mais cela fut raturé, « sa féconde habileté ». Lingay rédigea la plupart des discours et interventions des présidents du Conseil, et jusqu'aux discours du Trône. Quant à ses munitions, en nombre et en importance tels que, à sa mort, en 1851, le gouvernement fit investir, en vain, son domicile, on imagine ce que la réelle « abeille politique » put ramasser du moment où il fut introduit par Decazes au ministère de la Police générale au début de la Restauration. Si Rabourdin voit en des Lupeaulx un spécialiste de la police, c'est bien au ministère de la Police que commença ce qui allait être une part notable des activités de Lingay, « chargé de tout ce qui est relatif à la presse » par Decazes. Dès La Femme supérieure, des Lupeaulx a ce rôle avant d'être défini « mandataire de la presse » dans* Illusions perdues. *Ventes, pressions, rédactions organisées ou dirigées en sous-main, il n'est sans doute pas une affaire de presse que Lingay n'ait traitée jusqu'à la fin de la monarchie de Juillet. Pour le gouvernement, ou contre.*

En disgrâce durant les ministères ultras d'après 1820, Lingay joua un rôle, encore inédit mais capital, dans les menées libérales pour le compte de l'orléanisme, notamment dans la presse soudoyée par la banque libérale. Il fut, vraisemblablement, le rédacteur du fameux article du Temps, *décisif dans la chute de la branche aînée et l'instauration de Louis-Philippe en 1830. Ainsi s'explique que Balzac propose de se demander si des Lupeaulx n'a pas « coopéré à quelque résistance, ou transporté le cadavre d'une monarchie ». Singulière question dans le cadre d'une intrigue située en 1824 : il n'y aura de cadavre d'une*

monarchie qu'en 1830, et c'est seulement alors que le mot
« résistance » désignera le parti de Casimir Perier. Mais
c'est bien Perier qui, dès son entrée au pouvoir, en 1831,
nommera Lingay secrétaire de la présidence du Conseil.

Dans La Femme supérieure, des Lupeaulx est secrétaire
général du ministère des Finances. À ce titre, le rôle que
Balzac lui attribue dans le maniement de la presse est
curieux ; comme il est bizarre qu'il dépende, Balzac l'indique
deux fois, de « deux ministres ». Ces anomalies de la
position du personnage romanesque découlent des caractéristiques de la position du personnage réel. Lors de la
rédaction du roman, Lingay, et lui seul, remplissait les
conditions particulières dévolues à des Lupeaulx. De Perier,
à la fois président du Conseil et ministre de l'Intérieur,
Lingay tenait une double activité : à la présidence du
Conseil et sur la presse, qui relevait de l'Intérieur. Après la
mort de Perier, en 1832, Lingay conserva son double rôle.
Mais comme, après Perier, aucun ministre de l'Intérieur ne
fut président du Conseil, ce double rôle fit dépendre Lingay
de deux ministres : le ministre qui était président du
Conseil, exclusivement le ministre de la Guerre ou des
Affaires étrangères, et le ministre de l'Intérieur.

Voilà pour la partie visible de l'iceberg. Mais il existait
aux Archives nationales un dossier oublié, intitulé « Correspondance de M. Lingay » ; sous-titre : « (Affaires personnelles) ». Constitué de 1820 à 1839 par M. de Gérin,
chargé des « Dépenses spéciales » à la Police puis à
l'Intérieur, il contenait en pièces probantes, lettres et billets,
une documentation aussi confidentielle qu'intéressante de et
sur Lingay, ses activités officielles et occultes, sa position,
ses besoins d'argent. Ainsi, un billet de Lingay, en 1832,
révèle qu'il se trouve en compte débiteur avec la banque
Perier depuis dix ans. En janvier 1830, il signait une
reconnaissance de dettes en blanc envers la banque Laffitte.
Voilà pour le cadavre d'une monarchie. Pour la situation
envers deux ministres, les craintes de Lingay se manifestent
à chaque chute d'un cabinet. En octobre 1836, par exemple,
il constate avec soulagement l'arrivée de Gasparin à

l'Intérieur et, à la présidence du Conseil, de Molé, « avec qui j'ai d'anciennes relations », écrit-il à Gérin, ajoutant : « Je vous promets pour demain le mandat. Il sera convenu avec les deux Ministres. » Il y a urgence, notamment pour « un de [ses] bons d'Entrepreneur ». « — Il bâtira, il fera des folies », dit l'oncle Bidault, à propos de des Lupeaulx. « — Son affaire est d'être député, le loup se moque du reste, dit Gobseck. »

Mêmes causes, mêmes effets et, encore une fois, le romanesque conduisait à des réalités inconnues. Un mandat de député est, pour des Lupeaulx, la seule chance de sortir de l'ombre et de la dépendance. Pour être élu, il faut être éligible, c'est-à-dire, alors, propriétaire. Le syndicat des usuriers, dont il se trouve de longue date le débiteur bien obligé, lui offre d'acheter un bien qui le fera éligible et de regrouper ses créances qu'ils hypothéqueront sur ce bien. Le tout payable en trois ans. Et à condition de nommer Baudoyer. Des Lupeaulx lâche Rabourdin, annonce son éligibilité à son ministre et le met devant ce choix : ou l'investiture de candidat du gouvernement lui est donnée, ou il se présente dans l'opposition avec une candidature de centre gauche. Parmi les documents de M. de Gérin, on pouvait retrouver : une affiche d'adjudication d'un bel hôtel de l'allée Marbeuf ; une lettre où Lingay l'informe qu'il a un délai de « trois ans » pour payer l'achat de cet hôtel ; un regroupement de ses dettes au moment de cette acquisition, avec un créancier unique pour intérêts et principal ; enfin un prospectus électoral pour les élections de 1834. Lingay, dont la position n'est pas excellente avec Thiers à l'Intérieur, mais Lingay toujours secrétaire de la présidence du Conseil, demande leurs suffrages aux électeurs de l'arrondissement de Joigny. Comme candidat ministériel ? Non : il souhaite siéger « sur les bancs du Centre Gauche »... Pas un document électoral officiel et, naturellement, pas un journal du temps ne font état de cette candidature. Mais le dossier de M. de Gérin montre son effet : une accalmie des dettes de Lingay à cette époque. Ce sera seulement dans le texte des Employés, en 1844, que Balzac dévoile le dénouement de la candidature de des Lupeaulx : « — Mon cher, lui avait dit le ministre, laissez-moi cet arrondissement... et je paie vos dettes. »

Le fait significatif et important de la « Société telle qu'elle est » joue un rôle important et significatif dans l'histoire romanesque. Il noue l'intrigue et décide du dénouement, À qui la place ? Il fait de des Lupeaulx le personnage clef de « La Femme supérieure » aux « Employés » par les caractéristiques de sa personnalité et de sa fonction. Il incarne à lui seul toute la haute cuisine secrète d'un gouvernement et de l'administration, avec leurs faiblesses, leurs compromissions, leurs marchandages, les mille et une raisons qui font qu'un homme de talent est sacrifié et que la médiocratie investit le pays. Des Lupeaulx permet une démonstration sans failles parce que l'homme et les faits étaient vrais et parce que Balzac les avait directement observés.

Balzac n'avait pu observer les rouages internes de la machine, l'intérieur des bureaux, le train-train des employés. Il emprunta aux spécialistes de cette réalité et le dit : « Les employés étaient prêts, accommodés, finis. » Que ses emprunts soient aussi flagrants que ceux qu'il s'autorise sur les hommes semble, aujourd'hui, étonnant, à la limite de la contrefaçon avec procès de ce chef. La déontologie en la matière était autre, alors, et, pour Balzac, le délit aurait consisté à faire du faux en anatomie physique et morale.

Les observateurs ne manquaient pas, tant, depuis la grande levée des armées de fonctionnaires après la Révolution, les plumitifs des bureaux usaient le temps à perdre en fabriquant une foule d'ouvrages, depuis les vaudevilles et satires à la du Bruel et à la Bixiou jusqu'aux traités à la Rabourdin.

Pour le plan Rabourdin, souvent mieux considéré que le roman, truffé d'emprunts multidirectionnels, aussi bien à Girardin que, peut-être, à Stendhal, bâti à coups de fluctuations des chiffres et preuves, c'est de la « politique au coin du feu », à peu près avouée. Mais la part faite à des *thèmes qui constituaient le fond de l'éthique libérale, révèle, il serait temps de l'admettre, un défenseur du trône et de l'autel très peu orthodoxe. Un autre aspect positif du plan est de prouver le tempérament constructeur de Balzac.*

Pour « Les Bureaux » et « Les Employés », l'historien des mœurs recourut aux spécialistes respectifs de la géophysique du territoire et de son anthropologie. Pour l'essentiel, Ymbert et Henry Monnier, comme on peut en juger au fil des notes. Des Mœurs administratives *qu'Ymbert, ancien chef de bureau et polygraphe piquant, publia en 1825, vinrent description du ministère, hiérarchie, usages, anatomie et physiologie. Des* Scènes de la vie bureaucratique *publiées en 1835 par Monnier, naguère employé de ministère pendant cinq ans, sortirent « les employés prêts, accommodés, finis » : des* Biographies *préliminaires, les portraits des employés arrivant successivement dans les bureaux, leur physique, leurs manies, leurs costumes et jusqu'à plusieurs noms — Laurent, Godard, Riffé, Clergeot, Laudigeois, Desroches, Cochin ; des* Scènes *elles-mêmes, le langage, les habitudes et tics de métier, qui ne s'inventent pas et, enfin, la forme dialoguée, exclusivement utilisée dans toutes ses* Scènes *populaires par Monnier. Mais Balzac fait œuvre originale en l'intercalant dans la prose d'un roman. Outre qu'elle différencie les scènes purement bureaucratiques, cette forme empruntée au théâtre semble souligner, comme nécessairement, la distinction entre ces scènes où les employés se trouvent en public, en représentation, et les autres épisodes qui se déroulent dans le cadre de la vie privée, intime. D'autre part, sans insister sur le fossé qui sépare Monnier de Balzac, l'examen de la seule galerie des portraits de Balzac permet de mesurer la sûreté de son esprit de synthèse sur les réalités sociales : proportion des origines provinciales et parisiennes des employés, diversité et disparité des ressources non salariales, habitat, le tableau de Balzac, le comique en plus n'excluant pas la précision, recoupe les travaux les plus sérieux, tels ceux d'Adeline Daumard, sur la bourgeoisie parisienne, dont cette tranche spécifique, au XIXe siècle. Enfin, Balzac a exactement* doublé l'effectif fourni par Monnier et créé deux bureaux au lieu d'un par l'action d'un fonctionnement créateur qui lui est particulier : le contraste. Au fur et à mesure du défilé, chaque employé semble engendrer son contraire.

En fait, le roman tout entier obéit à cette loi, scènes et personnages. Les Baudoyer constituent l'opposé des Rabour-din : physique, moral, et jusqu'à la vie matérielle, le quartier, l'habitation, le mobilier. Et réussite contre échec. A elle seule l'opposition expose l'antagonisme. Mais il serait faux d'en conclure à la construction par technique, voire par procédés. De même serait-il erroné d'attribuer les emprunts de Balzac aux réalités à un manque de créativité. S'il veut faire et fait « concurrence à l'état civil », il n'établit pas sa société par nomenclature, mais par synthèse significative. Son monde est création.

La Billardière mort, sa division se met en deuil. Dutocq se fend d'un gilet à « six francs l'aune » venant du « grand magasin au Revenant de la rue de la Paix ». Les Almanachs du commerce confirment l'existence, au 17 de la rue de la Paix, du magasin Au Revenant, étoffes de deuil… C'était trop beau. Balzac raye le Revenant. Quand Balzac raye, souvent le vrai est en cause. En l'occurrence, il applique un principe énoncé dans la Préface du Cabinet des Antiques : « Le vrai souvent ne serait pas vraisemblable, de même que le vrai littéraire ne saurait être le vrai de la nature ». Cependant, les reproches adressés alors à Balzac, et dont il se défend dans cette Préface, « que les choses ne se passaient pas en réalité comme l'auteur les présente dans ses fictions », qu'il y a trop de noir ici, trop d'intrigue là, reproches qu'on lui adresse encore, prouvent qu'il n'a pas tout à fait réussi : il est moins vraisemblable que vrai. Et pour cause. Laure, Surville, les Tarets, Lingay en témoignent.

Balzac, du reste, agissait en pleine connaissance de cause. De cela, nous en avons la preuve et, détail d'un sel particulier ici, c'est Laure qui la fournit dans son Balzac. Sa vie et ses œuvres : « Connaissant la fidélité de certains

*portraits faits d'après nature, car, s'il prenait des vivants
leurs noms, il prenait aussi leurs caractères, nous nous
effrayions parfois de ces ressemblances et craignions pour
lui les nouvelles inimitiés qu'elles pouvaient lui susciter. —
Êtes-vous nigauds ! nous disait-il en riant [...] est-ce qu'on
se connaît ? est-ce qu'il y a des miroirs pour refléter l'être
moral ? Si un Van Dyck tel que moi me peignait, je me
saluerais peut-être comme on salue un étranger. Il allait
audacieusement lire ses types à ceux qui avaient posé. Ses
auditeurs lui donnaient gain de cause. »* Ainsi, le manuscrit de La Femme supérieure *pour la* « *Cara sorella* »...

De l'audace, toujours de l'audace. Pour créer La Comédie humaine, *il ne fallait pas être un homme convenable,
mais avoir un cœur bien accroché, des yeux bien ouverts,
une curiosité sans faiblesses. Le génie de Balzac, c'est
d'avoir eu un but, de l'énergie, et l'intelligence des moyens.
En particulier, celle du choix des éléments démonstratifs.
Ainsi, Laure, Surville, les Tarets, Lingay. Il est hors de
question de le soupçonner, d'après la fidélité de leurs
portraits, d'indiscrétion gratuite ou d'intentions triviales,
pas plus que de manque d'imagination. Parce qu'il voulait
montrer la machine administrative et ses nuisances, parce
que chacun représentait un cas exemplaire de victime, de
profiteur, et, pour Lingay, un cas d'espèce unique, c'est eux
qu'il choisit. Il obéit à une nécessité. Eux, et à eux seuls, ils
procuraient l'histoire, la morale et la vision du champ
délimité de la société qu'il voulait inventorier. Le relevé du
terrain peut encore servir, parce qu'il était vrai, avec ses
accidents et, de même, la pathologie de ses êtres humains.*

Dans l'envoi des Parents pauvres, *sa dernière grande
création, Balzac s'inscrira non en historien, mais comme*
« docteur en médecine sociale ». *Qu'il repose en paix, il
l'est.*

Anne-Marie Meininger

Les Employés

Les Employés

Obligé de tout lire pour tâcher de ne rien répéter, je feuilletais, il y a quelques jours, les trois cents contes plus ou moins drolatiques de Il Bandello, écrivain du seizième siècle, peu connu en France, et publiés dernièrement en entier à Florence dans l'édition compacte des Conteurs italiens : votre nom, de même que celui du comte, a aussi vivement frappé mes yeux que si c'était vous-même, madame. Je parcourais pour la première fois Il Bandello dans le texte original, et j'ai trouvé, non sans surprise, chaque conte, ne fût-il que de cinq pages, dédié par une lettre familière aux rois, aux reines, aux plus illustres personnages du temps, parmi lesquels se remarquent les nobles du Milanais, du Piémont, patrie de Il Bandello, de Florence et de Gênes. C'est les Dolcini de Mantoue, les San-Severini de Crema, les Visconti de Milan, les Guidoboni de Tortone, les Sforza, les Doria, les Fregose, les Dante Alighieri (il en existait encore un), les Frascator, la reine Marguerite de France, l'empereur d'Allemagne, le roi de Bohême, Maximilien, archiduc d'Autriche, les Medici, les Sauli, Pallavicini, Bentivoglio de Bologne, Soderini, Colonna, Scaliger, les Cardone d'Espagne. En France : les Marigny, Anne de Polignac princesse de Marsillac et comtesse de La Rochefoucauld, le cardinal d'Armagnac, l'évêque de Cahors, enfin toute la grande compagnie du temps, heureuse et flattée de sa correspondance avec le successeur de Boccace. J'ai vu aussi combien Il Bandello avait de noblesse dans le caractère : s'il a orné son œuvre de ces noms illustres, il n'a pas trahi la cause de ses amitiés privées. Après la signora Gallerana, comtesse de Bergame, vient le médecin à qui il a dédié son conte de Roméo et Juliette ; après la signora molto magnifica Hypolita Visconti ed Atellana, vient le simple capitaine de cavalerie légère Livio Liviano ; après le duc d'Orléans, un prédicateur ; après une Riario, vient messer magnifico Girolamo Ungaro, mercante lucchese, un homme vertueux auquel il raconte comment un gentiluomo navarese sposa una che era sua sorella et figliuola, non lo sapendo, sujet qui lui avait été envoyé par la reine de Navarre. J'ai pensé que je pouvais, comme Il Bandello, mettre un de mes récits sous la protection d'una virtuosa, gentilissima, illustrissima contessa Serafina San-Severina, et lui adresser des vérités que l'on prendra pour des flatteries. Pourquoi ne pas avouer combien je suis fier

*d'attester ici et ailleurs, qu'aujourd'hui, comme au seizième siècle, les
écrivains, à quelque étage que les mette pour un moment la mode, sont
consolés des calomnies, des injures, des critiques amères, par de belles et
nobles amitiés dont les suffrages aident à vaincre les ennuis de la vie
littéraire. Paris, cette cervelle du monde, vous a tant plu par l'agitation
continuelle de ses esprits, il a été si bien compris par la délicatesse
vénitienne de votre intelligence; vous avez tant aimé ce riche salon de
Gérard que nous avons perdu [2], et où se voyaient, comme dans l'œuvre de Il
Bandello, les illustrations européennes de ce quart de siècle; puis les fêtes
brillantes, les inaugurations enchantées que fait cette grande et dangereuse
sirène vous ont tant émerveillée, vous avez si naïvement dit vos impressions,
que vous prendrez sans doute sous votre protection la peinture d'un monde
que vous n'avez pas dû connaître, mais qui ne manque pas d'originalité.
J'aurais voulu avoir quelque belle poésie à vous offrir, à vous qui avez
autant de poésie dans l'âme et au cœur que votre personne en ennuis exprime; mais
si un pauvre prosateur ne peut donner que ce qu'il a, peut-être rachètera-t-il
à vos yeux la modicité du présent par les hommages respectueux d'une de
ces profondes et sincères admirations que vous inspirez.*

                                                    DE BALZAC.

PREMIÈRE PARTIE

Entre deux femmes

CHAPITRE PREMIER

LE MÉNAGE RABOURDIN

À Paris, où les hommes d'étude et de pensée ont quelques analogies en vivant dans le même milieu, vous avez dû rencontrer plusieurs figures semblables à celle de M. Rabourdin, que ce récit prend au moment où il est chef de bureau à l'un des plus importants ministères[3] : quarante ans, des cheveux gris d'une si jolie nuance que les femmes peuvent à la rigueur les aimer ainsi, et qui adoucissent une physionomie mélancolique ; des yeux bleus pleins de feu, un teint encore blanc, mais chaud et parsemé de quelques rougeurs violentes ; un front et un nez à la Louis XV, une bouche sérieuse, une taille élevée, maigre ou plutôt maigrie comme celle d'un homme qui relève de maladie, enfin une démarche entre l'indolence du promeneur et la méditation de l'homme occupé. Si ce portrait fait préjuger un caractère, la mise de l'homme contribuait peut-être à le mettre en relief. Rabourdin portait habituellement une grande redingote bleue, une cravate blanche, un gilet croisé à la Robespierre[4], un pantalon noir sans sous-pieds, des bas de soie gris et des souliers découverts. Rasé, lesté de sa tasse de café dès huit heures du matin, il sortait avec une exactitude d'horloge, et passait par les mêmes rues en se rendant au ministère ; mais si propre, si compassé que vous l'eussiez pris pour un Anglais allant à son ambassade. À ces traits principaux, vous devinez le père de famille harassé par des contrariétés au sein du ménage, tourmenté par des ennuis au ministère, mais assez philosophe pour prendre la vie

comme elle est ; un honnête homme aimant son pays et le
servant, sans se dissimuler les obstacles que l'on rencontre
à vouloir le bien ; prudent parce qu'il connaît les hommes,
d'une exquise politesse avec les femmes parce qu'il n'en
attend rien ; enfin, un homme plein d'acquis, affable avec
ses inférieurs, tenant à une grande distance ses égaux, et
d'une haute dignité avec ses chefs. À l'époque où le prend
cette Étude, vous eussiez remarqué chez lui l'air froidement résigné de l'homme qui avait enterré les illusions de
la jeunesse, qui avait renoncé à de secrètes ambitions ;
vous eussiez reconnu l'homme découragé mais encore sans
dégoût et qui persiste dans ses premiers projets, plus pour
employer ses facultés que dans l'espoir d'un douteux
triomphe. Il n'était décoré d'aucun ordre, et s'accusait
comme d'une faiblesse d'avoir porté celui du Lys [5] aux
premiers jours de la Restauration.

La vie de cet homme offrait des particularités mystérieuses : il n'avait jamais connu son père ; sa mère, femme
chez qui le luxe éclatait, toujours parée, toujours en fête,
ayant un riche équipage, dont la beauté lui parut merveil-
leuse par souvenir, et qu'il voyait rarement, lui laissa peu
de chose ; mais elle lui avait donné l'éducation vulgaire et
incomplète qui produit tant d'ambitions et si peu de
capacités. À seize ans, quelques jours avant la mort de sa
mère, il était sorti du lycée Napoléon pour entrer comme
surnuméraire dans les bureaux où quelque protecteur
inconnu l'avait promptement fait appointer. À vingt-deux
ans, Rabourdin était sous-chef, et chef à vingt-cinq.
Depuis ce jour, la main qui soutenait ce garçon dans la vie
n'avait plus fait sentir son pouvoir que dans une seule
circonstance ; elle l'avait amené, lui pauvre, dans la
maison de M. Leprince, ancien commissaire-priseur,
homme veuf, passant pour très riche et père d'une fille
unique. Xavier Rabourdin devint éperdument amoureux de
Mlle Célestine Leprince, alors âgée de dix-sept ans et qui
avait les prétentions de deux cent mille francs de dot.
Soigneusement élevée par une mère artiste qui lui transmit
tous ses talents, cette jeune personne devait attirer les

regards des hommes les plus haut placés. Grande, belle et
admirablement bien faite, elle parlait plusieurs langues,
elle avait reçu quelque teinture de science, dangereux
avantage qui oblige une femme à beaucoup de précautions
si elle veut éviter toute pédanterie. Aveuglée par une
tendresse mal entendue, la mère avait donné de fausses
espérances à sa fille sur son avenir : à l'entendre, un duc
ou un ambassadeur, un maréchal de France ou un ministre
pouvaient seuls mettre sa Célestine à la place qui lui
convenait dans la société. Cette fille avait d'ailleurs les
manières, le langage et les façons du grand monde. Sa
toilette était plus riche et plus élégante que ne doit l'être
celle d'une fille à marier : un mari ne pouvait plus lui
donner que le bonheur. Et, encore, les *gâteries* continuelles de la mère, qui mourut un an après le mariage de sa
fille, rendaient-elles assez difficile la tâche d'un amant.
Combien de sang-froid ne fallait-il pas pour gouverner une
pareille femme. Les bourgeois effrayés se retirèrent.
Orphelin, sans autre fortune que sa place de chef de
bureau, Xavier fut proposé par M. Leprince à Célestine
qui résista longtemps. Mlle Leprince n'avait aucune
objection contre son prétendu : il était jeune, amoureux et
beau ; mais elle ne voulait pas se nommer Mme Rabourdin.
Le père dit à sa fille que Rabourdin était du bois dont on
faisait les ministres. Célestine répondit que jamais homme
nommé Rabourdin n'arriverait sous le gouvernement des
Bourbons, etc., etc. Forcé dans ses retranchements, le
père commit une grave indiscrétion en déclarant à sa fille
que son futur serait Rabourdin *de quelque chose* avant l'âge
requis pour entrer à la Chambre. Xavier devait être bientôt
maître des requêtes et secrétaire général de son ministère.
De ces deux échelons, ce jeune homme s'élancerait dans
les régions supérieures de l'Administration, riche d'une
fortune et d'un nom transmis par certain testament à lui
connu. Le mariage se fit.

Rabourdin et sa femme crurent à la mystérieuse
puissance indiquée par le vieux commissaire-priseur.
Emportés par l'espérance et par le laissez-aller [6] que les

premières amours conseillent aux jeunes mariés, M. et
Mme Rabourdin dévorèrent en cinq ans près de cent mille
francs sur leur capital. Justement effrayée de ne pas voir
avancer son mari, Célestine voulut employer en terres les
cent mille francs restant de sa dot, placement qui donna
peu de revenu ; mais un jour la succession de M. Leprince
récompenserait de sages privations par les fruits d'une
belle aisance. Quand l'ancien commissaire-priseur vit son
gendre déshérité de ses protections, il tenta, par amour
pour sa fille, de réparer ce secret échec en risquant une
partie de sa fortune dans une spéculation pleine de
chances favorables ; mais le pauvre homme, atteint par une
des liquidations de la Maison Nucingen, mourut de
chagrin, ne laissant qu'une dizaine de beaux tableaux qui
ornèrent le salon de sa fille, et quelques meubles antiques
qu'elle mit au grenier. Huit années de vaine attente firent
enfin comprendre à Mme Rabourdin que le paternel
protecteur de son mari devait avoir été surpris par la mort,
que le testament avait été supprimé ou perdu. Deux ans
avant la mort de Leprince, la place de chef de division,
devenue vacante, avait été donnée à un M. de La
Billardière, parent d'un député de la Droite, fait ministre
en 1823. C'était à quitter le métier. Mais Rabourdin
pouvait-il abandonner huit mille francs de traitement avec
gratifications, quand son ménage s'était accoutumé à les
dépenser, et qu'ils formaient les trois quarts du revenu ?
D'ailleurs, au bout de quelques années de patience,
n'avait-il pas droit à une pension ? Quelle chute pour une
femme dont les hautes prétentions au début de la vie furent
presque légitimes, et qui passait pour être une femme
supérieure !

Mme Rabourdin justifia les espérances que donnait
Mlle Leprince : elle possédait les éléments de l'apparente
supériorité qui plaît au monde, sa vaste instruction lui
permettait de parler à chacun son langage, ses talents
étaient réels, elle montrait un esprit indépendant et élevé,
sa conversation captivait autant par sa variété que par
l'étrangeté des idées. Ces qualités utiles et bien placées

chez une souveraine, chez une ambassadrice, servent à peu de chose dans un ménage où tout doit aller terre-à-terre. Les personnes qui parlent bien veulent un public, aiment à parler longtemps et fatiguent quelquefois. Pour satisfaire aux besoins de son esprit, Mme Rabourdin prit un jour de réception par semaine, et alla beaucoup dans le monde afin d'y goûter les jouissances auxquelles son amour-propre l'avait habituée. Ceux qui connaissent la vie de Paris sauront ce que souffrait une femme de cette trempe, assassinée dans son intérieur par l'exiguïté de ses moyens pécuniaires. Malgré tant de niaises déclamations sur l'argent, il faut toujours quand on habite Paris être acculé au pied des additions, rendre hommage aux chiffres et baiser la patte fourchue du Veau d'or. Quel problème ! douze mille livres de rente pour défrayer un ménage composé du père, de la mère, de deux enfants, d'une femme de chambre et d'une cuisinière, le tout logé rue Duphot, au second, dans un appartement de cent louis ! Prélevez la toilette et les voitures de madame avant d'évaluer les grosses dépenses de maison, car la toilette passait avant tout ; voyez ce qui reste pour l'éducation des enfants (une fille de sept ans, un garçon de neuf ans, dont l'entretien, malgré une bourse entière, coûtait déjà deux mille francs), vous trouverez que Mme Rabourdin pouvait à peine donner trente francs par mois à son mari. Presque tous les maris parisiens en sont là, sous peine d'être des monstres. Cette femme qui s'était crue destinée à briller dans le monde, à le dominer, se vit enfin forcée d'user son intelligence et ses facultés dans une lutte ignoble, inattendue, en se mesurant corps à corps avec son livre de dépense. Déjà, grande souffrance d'amour-propre ! elle avait congédié son domestique mâle, lors de la mort de son père. La plupart des femmes se fatiguent dans cette lutte journalière, elles se plaignent, et finissent par se plier à leur sort ; mais au lieu de déchoir, l'ambition de Célestine grandit avec les difficultés ; et, ne pouvant pas les vaincre, elle voulut les enlever. À ses yeux, cette complication dans les ressorts de la vie fut comme le nœud gordien qui ne se dénoue pas et que le génie tranche. Loin de consentir à la mesquinerie d'une destinée bourgeoise, elle s'impatienta des retards qu'éprouvaient les grandes choses de son avenir, en accusant le sort de tromperie. Célestine se crut de bonne foi une femme supérieure. Peut-être avait-elle raison, peut-être eût-elle été grande dans de grandes circonstances, peut-être n'était-elle pas à sa place. Reconnaissons-le : il existe des variétés dans la femme comme dans l'homme que se façonnent les Sociétés pour leurs besoins. Or, dans l'Ordre social comme dans l'Ordre naturel, il se trouve plus de jeunes pousses qu'il n'y a d'arbres, plus de frai que de poissons arrivés à tout leur développement : beaucoup de capacités, des Athanase Granson, doivent donc mourir étouffées comme les graines qui tombent sur une roche nue. Certes, il y a des femmes de ménage, des femmes d'agrément, des femmes de luxe, des femmes exclusivement épouses, ou mères, ou amantes, des femmes purement spirituelles ou purement matérielles [7], comme il y a des artistes, des soldats, des artisans, des mathématiciens, des poètes, des négociants, des gens qui entendent uniquement l'argent, l'agriculture ou l'administration. Puis la bizarrerie des événements amène des contresens : beaucoup d'appelés et peu d'élus est une loi de la Cité aussi bien que du Ciel. Mme Rabourdin se jugeait très capable d'éclairer un homme d'État, d'échauffer l'âme d'un artiste, de servir les intérêts d'un inventeur et de l'assister dans ses luttes, de se dévouer à la politique financière d'un Nucingen, de représenter avec éclat une haute fortune. Peut-être voulait-elle ainsi s'expliquer à elle-même son horreur pour le livre du blanchisseur, pour les contrôles journaliers de la cuisine, les supputations économiques et les soins d'un petit ménage. Elle se faisait supérieure là où elle avait plaisir à l'être. En sentant si vivement les épines d'une position qui peut se comparer à celle de saint Laurent sur son gril, ne devait-elle pas laisser échapper des cris ? Aussi, dans ses paroxysmes d'ambition contrariée, dans les moments où sa vanité blessée lui causait de lancinantes douleurs, Célestine s'attaqua-t-elle à Xavier Rabourdin. N'était-ce pas à son mari de la placer convenablement ? Si elle était un homme, elle aurait bien eu l'énergie de faire une prompte fortune pour rendre heureuse une femme aimée ! Elle lui reprocha d'être trop honnête homme. Dans la bouche de certaines femmes, cette accusation est un brevet d'imbécillité. Elle lui dessina de superbes plans dans lesquels elle négligeait les obstacles qu'y apportent les hommes et les choses ; puis, comme toutes les femmes animées par un sentiment violent, elle devint en pensée plus machiavélique qu'un Gondreville, plus rouée que Maxime de Trailles. L'esprit de Célestine concevait alors tout, et elle se contemplait elle-même dans l'étendue de ses idées. Au débouché de ces belles imaginations, Rabourdin, à qui la pratique était connue, resta froid. Célestine attristée jugea son mari étroit de cervelle, timide, peu compréhensif, et prit insensiblement la plus fausse opinion sur le compagnon de sa vie : d'abord, elle l'éteignait constamment par le brillant de sa discussion ; puis, comme ses idées à elle lui venaient par éclairs, elle l'arrêtait court quand il commençait à donner une explication, afin de ne pas perdre une étincelle de son esprit. Dès les premiers jours de leur mariage, en se sentant aimée et admirée par Rabourdin, Célestine fut sans façon avec lui ; elle se mit au-dessus de toutes les lois conjugales et de politesse intime, en demandant au nom de l'amour le pardon de ses petits méfaits ; et comme elle ne se corrigea point, elle domina constamment. Dans cette situation, un homme se trouve vis-à-vis de sa femme comme un enfant devant son précepteur, quand il ne peut ou ne veut pas croire que l'enfant qu'il a régenté petit soit devenu grand. Semblable à Mme de Staël, qui criait en plein salon à un plus grand homme qu'elle : « Savez-vous que vous venez de dire quelque chose de bien profond ! » Mme Rabourdin disait de son mari : « Il a quelquefois de l'esprit. » Insensiblement la dépendance dans laquelle elle continuait à tenir Xavier se manifesta sur sa physionomie par d'imperceptibles mouvements. Son attitude et ses manières

exprimèrent son manque de respect. Sans le savoir, elle
nuisit donc à son mari ; car, en tout pays, avant de juger un
homme, le monde écoute ce qu'en pense sa femme, et
demande ainsi ce que les Genevois appellent *un préavis*
(en genevois on prononce *préavisse*). Quand Rabourdin
s'aperçut des fautes que l'amour lui avait fait commettre,
le pli était pris : il se tut et souffrit. Semblable à quelques
hommes chez lesquels le sentiment et les idées sont en
force égale, chez lesquels il se rencontre tout à la fois une
belle âme et une cervelle bien organisée, il fut l'avocat de
sa femme au tribunal de son jugement ; il se dit que la
nature l'avait destinée à un rôle manqué par sa faute, à lui ;
elle était comme un cheval anglais de pur sang, un coureur
attelé à une charrette pleine de moellons, elle souffrait ;
enfin il se condamna. Puis, à force de les répéter, sa
femme lui avait inoculé ses croyances en elle-même. Les
idées sont contagieuses en ménage : le Neuf Thermidor
est, comme tant d'événements immenses, le résultat d'une
influence féminine [8]. Aussi, poussé par l'ambition de
Célestine, Rabourdin avait-il songé depuis longtemps au
moyen de la satisfaire ; mais il lui cachait ses espérances
pour ne pas lui en infliger les tourments. Cet homme de
bien était résolu de se faire jour dans l'Administration en y
pratiquant une forte trouée. Il voulait y produire une de ces
révolutions qui placent un homme à la tête d'une partie
quelconque de la société ; mais incapable de la bouleverser
à son profit, il roulait des pensées utiles et rêvait un
triomphe obtenu par de nobles moyens. Cette idée à la fois
ambitieuse et généreuse, il est peu d'employés qui ne
l'aient conçue ; mais chez les employés comme chez les
artistes, il y a beaucoup plus d'avortements que d'enfante-
ments, ce qui revient au mot de Buffon : le génie c'est la
patience [9].

Mis à portée d'étudier l'administration française et d'en
observer le mécanisme, Rabourdin opéra dans le milieu où
le hasard avait fait mouvoir sa pensée, ce qui, par
parenthèse, est le secret de beaucoup d'œuvres humaines,
et il finit par inventer un nouveau système d'administra-

tion [10]. Connaissant les gens auxquels il aurait affaire, il avait respecté la machine qui fonctionnait alors, qui fonctionne encore et qui fonctionnera longtemps, car tout le monde sera toujours effrayé à l'idée de la refaire ; mais personne ne devait, selon Rabourdin, se refuser à la simplifier. Le problème à résoudre gisait dans un meilleur emploi des mêmes forces. À sa plus simple expression, ce plan consistait à remanier les impôts de manière à les diminuer sans que l'État perdît ses revenus, et à obtenir, avec un budget égal au budget qui soulevait alors tant de folles discussions, des résultats deux fois plus considérables que les résultats actuels. Une longue pratique avait démontré à Rabourdin qu'en toute chose la perfection est produite par de simples revirements. Économiser, c'est simplifier. Simplifier, c'est supprimer un rouage inutile : il y a donc déplacement. Aussi, son système reposait-il sur un déclassement, il se traduisait par une nouvelle nomenclature administrative. De là, vient peut-être la raison de la haine que s'attirent les novateurs. Les suppressions exigées par le perfectionnement, et d'abord mal comprises, menacent des existences qui ne se résolvent pas facilement à changer de condition. Ce qui rend Rabourdin vraiment grand, est d'avoir su contenir l'enthousiasme qui saisit tous les inventeurs, d'avoir cherché patiemment un engrenage à chaque mesure afin d'éviter les chocs, en laissant au temps et à l'expérience le soin de démontrer l'excellence de chaque changement. La grandeur du résultat ferait croire à son impossibilité, si l'on perdait de vue cette pensée au milieu de la rapide analyse de ce système. Il n'est donc pas indifférent d'indiquer, d'après ses confidences, quelque incomplètes qu'elles furent, le point d'où il partit pour embrasser l'horizon administratif. Ce récit, qui tient d'ailleurs au cœur de l'intrigue, expliquera peut-être aussi quelques malheurs des mœurs présentes.

Profondément ému par les misères qu'il avait reconnues dans l'existence des employés, Xavier s'était demandé d'où venait leur croissante déconsidération ; il en avait recherché les causes, et les avait trouvées dans ces petites

révolutions partielles qui furent comme le remous de la
tempête de 1789 et que les historiens des grands mouvements sociaux négligent d'examiner, quoique en définitif
elles aient fait nos mœurs ce qu'elles sont.

Autrefois, sous la monarchie, les armées bureaucratiques n'existaient point. Peu nombreux, les employés
obéissaient à un premier ministre toujours en communication avec le souverain, et servaient ainsi presque directement le Roi. Les chefs de ces serviteurs zélés étaient
simplement nommés des *premiers commis.* Dans les parties
d'administration que le roi ne régissait pas lui-même,
comme les Fermes, les employés étaient à leurs chefs ce
que les commis d'une maison de commerce sont à leurs
patrons : ils apprenaient une science qui devait leur servir
à se faire une fortune. Ainsi, le moindre point de la
circonférence se rattachait au centre et en recevait la vie.
Il y avait donc dévouement et foi. Depuis 1789, l'État, la
patrie si l'on veut, a remplacé le Prince. Au lieu de relever
directement d'un premier magistrat politique, les commis
sont devenus, malgré nos belles idées sur la patrie, *des
employés du gouvernement,* et leurs chefs flottent à tous les
vents d'un pouvoir, appelé *Ministère* qui ne sait pas la
veille s'il existera le lendemain. Le courant des affaires
devant toujours s'expédier, il surnage une certaine quantité de commis indispensables quoique congéables à merci
et qui veulent rester en place. La bureaucratie, pouvoir
gigantesque mis en mouvement par des nains, est née
ainsi. Si, en subordonnant toute chose et tout homme à sa
volonté, Napoléon avait retardé pour un moment l'influence de la bureaucratie, ce rideau pesant placé entre le
bien à faire et celui qui peut l'ordonner, elle s'était
définitivement organisée sous le gouvernement constitutionnel, inévitablement ami des médiocrités, grand ama-
teur de pièces probantes et de comptes, enfin tracassier
comme une petite-bourgeoise. Heureux de voir les ministres en lutte constante avec quatre cents petits esprits,
avec dix ou douze têtes ambitieuses et de mauvaise foi, les
bureaux se hâtèrent de se rendre nécessaires en se

substituant à l'action vivante par l'action écrite, et ils créèrent une puissance d'inertie appelée le Rapport. Expliquons le Rapport.

Quand les rois eurent des ministres, ce qui n'a commencé que sous Louis XV, ils se firent faire des rapports sur les questions importantes, au lieu de tenir, comme autrefois, conseil avec les grands de l'État. Insensiblement, les ministres furent amenés par leurs bureaux à imiter les rois. Occupés de se défendre devant les deux Chambres et devant la Cour, ils se laissèrent mener par les lisières du rapport. Il ne se présenta rien d'important dans l'Administration, que le ministre, à la chose la plus urgente, ne répondît : « J'ai demandé un rapport. » Le rapport devint ainsi, pour l'affaire et pour le ministre, ce qu'est le rapport à la Chambre des députés pour les lois : une consultation où sont traitées les raisons contre et pour avec plus ou moins de partialité. Le ministre, de même que la Chambre, se trouve tout aussi avancé avant qu'après le rapport. Toute espèce de parti se prend en un instant. Quoi qu'on fasse, il faut arriver au moment où l'on se décide. Plus on met en bataille de raisons pour et de raisons contre, moins le jugement est sain. Les plus belles choses de la France se sont accomplies quand il n'existait pas de rapport et que les décisions étaient spontanées. La loi suprême de l'homme d'État est d'appliquer des formules précises à tous les cas, à la manière des juges et des médecins. Rabourdin, qui se disait : « On est ministre pour avoir de la décision, connaître les affaires et les faire marcher », vit le rapport régnant en France depuis le colonel jusqu'au maréchal, depuis le commissaire de police jusqu'au Roi, depuis les préfets jusqu'aux ministres, depuis la Chambre jusqu'à la loi. Dès 1818, tout commençait à se discuter, se balancer et se contrebalancer de vive voix et par écrit, tout prenait la forme littéraire. La France allait se ruiner malgré de si beaux rapports, et disserter au lieu d'agir. Il se faisait alors en France un million de rapports écrits par année ! Aussi la Bureaucratie régnait-elle ! Les dossiers, les cartons, les paperasses à l'appui des pièces sans lesquelles la France serait perdue, la circulaire sans laquelle elle n'irait pas, s'accrurent et embellirent. La Bureaucratie entretint dès lors à son profit la méfiance entre la recette et la dépense, elle calomnia l'Administration pour le salut de l'administrateur. Enfin elle inventa les fils lilliputiens qui enchaînent la France à la centralisation parisienne, comme si, de 1500 à 1800, la France n'avait rien pu entreprendre sans trente mille commis [11]. En s'attachant à la chose publique, comme le gui au poirier, l'employé s'en désintéressa complètement, et voici comme.

Obligés d'obéir aux princes ou aux Chambres qui leur imposent des parties prenantes au budget et forcés de garder des travailleurs, les ministres diminuaient les salaires et augmentaient les emplois, en pensant que plus il y aurait de monde employé par le gouvernement, plus le gouvernement serait fort. La loi contraire est un axiome écrit dans l'univers : il n'y a d'énergie que par la rareté des principes agissants. Aussi l'événement a-t-il prouvé, vers juillet 1830, l'erreur du ministérialisme de la Restauration. Pour implanter un gouvernement au cœur d'une nation, il faut savoir y rattacher *des intérêts* et non *des hommes*. Conduit à mépriser le gouvernement qui lui retirait à la fois considération et salaire, l'employé se comportait en ce moment avec lui comme une courtisane avec un vieil amant, il lui donnait du travail pour son argent : situation aussi peu tolérable pour l'Administration que pour l'employé, si tous deux osaient se tâter le pouls, et si les gros salaires n'étouffaient pas la voix des petits. Seulement occupé de se maintenir, de toucher ses appointements et d'arriver à sa pension, l'employé se croyait tout permis pour obtenir ce grand résultat. Cet état de choses amenait le servilisme du commis, il engendrait de perpétuelles intrigues au sein des ministères où les employés pauvres luttaient contre une aristocratie dégénérée qui venait pâturer sur les communaux de la bourgeoisie, en exigeant des places pour ses enfants ruinés. Un homme supérieur pouvait difficilement marcher le long de ces

haies tortueuses, plier, ramper, se couler dans la fange de
ces sentines où les têtes remarquables effrayaient tout le
monde. Un génie ambitieux se vieillit pour obtenir la triple
couronne, il n'imite pas Sixte Quint pour devenir chef de
bureau [12]. Il ne restait ou ne venait que des paresseux, des
incapables ou des niais. Ainsi s'établissait lentement la
médiocrité de l'Administration française. Entièrement
composée de petits esprits, la Bureaucratie mettait un
obstacle à la prospérité du pays, retardait sept ans dans ses
cartons le projet d'un canal qui eût stimulé la production
d'une province, s'épouvantait de tout, perpétuait les
lenteurs, éternisait les abus qui la perpétuaient et l'éterni-
saient elle-même ; elle tenait tout et le ministre même en
lisières ; enfin elle étouffait les hommes de talent assez
hardis pour vouloir aller sans elle ou l'éclairer sur ses
sottises. Le livre des pensions venait d'être publié,
Rabourdin y vit un garçon de bureau inscrit pour une
retraite supérieure à celle des vieux colonels criblés de
blessures. L'histoire de la Bureaucratie se lisait là tout
entière. Autre plaie engendrée par les mœurs modernes, et
qu'il comptait parmi les causes de cette secrète démorali-
sation : l'Administration à Paris n'a point de subordination
réelle, il y règne une égalité complète entre le chef d'une
division importante et le dernier expéditionnaire : l'un est
aussi grand que l'autre dans une arène d'où l'on sort pour
aller trôner ailleurs, car on y faisait un simple employé
d'un poète, d'un commerçant. Les employés se jugeaient
entre eux sans aucun respect. L'instruction, également
dispensée sans mesure aux masses, n'amène-t-elle pas
aujourd'hui le fils d'un concierge de ministère à prononcer
sur le sort d'un homme de mérite ou d'un grand propriétaire chez qui son père a tiré le cordon de la porte ? Le
dernier venu peut donc lutter avec le plus ancien. Un riche
surnuméraire éclabousse son chef en allant à Longchamp
dans un tilbury qui porte une jolie femme à laquelle il
indique par un mouvement de son fouet le pauvre père de
famille à pied, en disant : « Voilà mon chef ! » Les
Libéraux nommaient cet état de choses le PROGRÈS,

Rabourdin y voyait l'ANARCHIE au cœur du pouvoir. Ne voyait-il pas en résultat des intrigues agitées, comme celles du sérail, entre des eunuques, des femmes et des sultans imbéciles, des petitesses de religieuses, des vexations sourdes, des tyrannies de collège, des travaux diplomatiques à effrayer un ambassadeur entrepris pour une gratification ou pour une augmentation, des sauts de puces attelées à un char de carton, des malices de nègre faites au ministre lui-même ; puis les gens réellement utiles, les travailleurs, victimes des parasites ; les gens dévoués à leur pays qui tranchent vigoureusement sur la masse des incapacités, succombant sous d'ignobles trahisons [13]. Toutes les hautes places dévolues à l'influence parlementaire et non plus à la royauté, les employés devaient tôt ou tard se trouver dans la condition de rouages vissés à une machine : il ne s'agirait plus pour eux que d'être plus ou moins graissés. Cette fatale conviction, déjà venue à de bons esprits, étouffait bien des mémoires écrits en conscience sur les plaies secrètes du pays, désarmait bien des courages, corrodait les probités les plus sévères, fatiguées de l'injustice et conviées à l'insouciance par de dissolvants ennuis. Un commis des frères Rothschild correspond avec toute l'Angleterre : un seul employé pourrait correspondre avec tous les préfets ; mais là où l'un vient apprendre les éléments de sa fortune, l'autre perd inutilement son temps, sa vie et sa santé [14]. De là sourdait le mal. Certes un pays ne semble pas immédiatement menacé de mort parce qu'un employé de talent se retire et qu'un homme médiocre le remplace. Malheureusement pour les nations, aucun homme ne paraît indispensable à leur existence. Mais quand tout s'est à la longue amoindri, les nations disparaissent. Chacun peut, par instruction, aller voir à Venise, à Madrid, à Amsterdam, à Stockholm et à Rome les places où brillèrent d'immenses pouvoirs, aujourd'hui détruits par la petitesse qui s'y est infiltrée en gagnant les sommités. Au jour d'une lutte, tout s'étant trouvé débile, l'État succomba devant une faible attaque. Adorer le sot qui réussit, ne pas s'attrister à la chute d'un homme de talent est le résultat de notre triste éducation et de nos mœurs qui poussent les gens d'esprit à la raillerie et le génie au désespoir. Mais quel problème difficile à résoudre que celui de la réhabilitation des employés, au moment où le libéralisme criait par ses journaux dans toutes les boutiques industrielles que les traitements des employés constituaient un vol perpétuel, quand il configurait les chapitres du budget en forme de sangsues, et demandait chaque année à quoi bon un milliard d'impôts [15]. Aux yeux de M. Rabourdin, l'employé, relativement au budget, était ce que le joueur est au jeu ; tout ce qu'il en emporte, il le lui restitue. Tout gros traitement impliquait une production. Payer mille francs par an à un homme pour lui demander toutes ses journées, n'était-ce pas organiser le vol et la misère ? un forçat coûte presque autant et travaille moins. Mais vouloir qu'un homme auquel l'État donnerait douze mille francs par an se vouât à son pays, était un contrat profitable à tous deux, et qui pouvait tenter les capacités.

Ces réflexions avaient donc conduit Rabourdin à une refonte du personnel. Employer peu de monde, tripler ou doubler les traitements et supprimer les pensions ; prendre les employés jeunes, comme faisaient Napoléon, Louis XIV, Richelieu et Ximenès [16], mais les garder longtemps en leur réservant les hauts emplois et de grands honneurs, furent les points capitaux d'une réforme aussi utile à l'État qu'à l'employé. Il est difficile de raconter en détail, chapitre par chapitre, un plan qui embrassa le budget et qui descendit dans les infiniment petits de l'Administration pour les synthétiser ; mais peut-être une indication des principales réformes suffira-t-elle à ceux qui connaissent comme à ceux qui ignorent la constitution administrative. Quoique la position d'un historien soit dangereuse en racontant un plan qui ressemble à de la politique faite au coin du feu, encore est-il nécessaire de le crayonner, afin d'expliquer l'homme par l'œuvre. Supprimez le récit de ses travaux, vous ne voudrez plus

croire le narrateur sur parole, s'il se contentait d'affirmer
le talent ou l'audace d'un chef de bureau.

Rabourdin divisait la haute administration en trois
ministères. Il avait pensé que si jadis il se trouvait des
têtes assez fortes pour embrasser l'ensemble des affaires
intérieures et extérieures, la France d'aujourd'hui ne
manquerait jamais de Mazarin, de Suger [17], de Sully, de
Choiseul, de Colbert pour diriger des ministères plus
vastes que les ministères actuels. D'ailleurs, constitution-
nellement parlant, trois ministres s'accordent plus facilement que sept [18]. Puis, il est moins difficile aussi de se
tromper quant au choix. Enfin, peut-être la royauté
éviterait-elle ainsi ses perpétuelles oscillations ministérielles qui ne permettent de suivre aucun plan de politique
extérieure, ni d'accomplir aucune amélioration intérieure.
En Autriche, où des nations diverses réunies offrent des
intérêts différents à concilier et à conduire sous une même
couronne, deux hommes d'État supportaient le poids des
affaires publiques, sans en être accablés [19]. La France
était-elle plus pauvre que l'Allemagne en capacités politiques ? Le jeu assez niais de ce qu'on nomme les
institutions constitutionnelles, développé outre mesure, a
fini comme on sait par exiger beaucoup de ministères pour
satisfaire les ambitions multiples de la Bourgeoisie.
D'abord il lui parut alors naturel de réunir le ministère de
la Marine au ministère de la Guerre. Pour lui, la Marine
était un des comptes courants du ministère de la Guerre,
comme l'artillerie, la cavalerie, l'infanterie et l'inten-
dance. N'était-ce pas un contresens de donner aux amiraux
et aux maréchaux une administration séparée, quand ils
marchaient vers un but commun : la défense du pays,
l'attaque de l'ennemi, la protection des possessions nationales ? Le ministère de l'Intérieur devait réunir le commerce, la police et les finances, sous peine de mentir à son
nom. Au ministère des Affaires étrangères appartenaient
la justice, la Maison du Roi [20], et tout ce qui, dans le
ministère de l'Intérieur, concerne les arts, les lettres et les
grâces. Toute protection doit découler immédiatement du

souverain. Ce ministère impliquait la présidence du Conseil. Chacun de ces trois ministères [21] ne comportait pas plus de deux cents employés à son administration centrale, où Rabourdin les logeait tous, comme jadis sous la monarchie. En prenant pour moyenne une somme de douze mille francs par tête, il ne comptait que sept millions pour des chapitres qui en coûtent plus de vingt dans le budget actuel. En réduisant ainsi les ministères à trois têtes, il supprimait des administrations entières devenues inutiles, et les énormes frais de leurs établissements dans Paris. Il prouvait qu'un arrondissement devait être administré par dix hommes, une préfecture par douze au plus, ce qui ne supposait que cinq mille employés [22] pour toute la France (Justice et Armée à part), nombre que dépassait alors le chiffre seul des employés aux ministères. Mais, dans ce plan, les greffiers des tribunaux étaient chargés du régime hypothécaire ; mais le ministère public était chargé de l'enregistrement et des domaines. Rabourdin réunissait dans un même centre les parties similaires. Ainsi l'hypothèque, la succession, l'enregistrement ne sortaient pas de leur cercle d'action, et ne nécessitaient que trois surnuméraires par tribunal, et trois par cour royale. L'application constante de ce principe avait conduit Rabourdin à la réforme des finances [23]. Il avait confondu toutes les perceptions d'impôts en une seule, en taxant la consommation en masse au lieu de taxer la propriété. Selon lui, la consommation était l'unique matière imposable en temps de paix. La contribution foncière devait être réservée pour les cas de guerre. Alors seulement l'État pouvait demander des sacrifices au sol, car alors il s'agissait de le défendre ; mais, en temps de paix, c'était une lourde faute politique que de l'inquiéter au-delà d'une certaine limite : on ne le trouvait plus dans les grandes crises. Ainsi l'*Emprunt* pendant la paix, parce qu'il se faisait au pair et non à cinquante pour cent de perte, comme dans les temps mauvais ; puis, pendant la guerre, la *contribution foncière*.

— L'invasion de 1814 et de 1815, disait Rabourdin à

ses amis, a fondé en France et démontré une institution que ni Law ni Napoléon n'ont pu établir : le *crédit*.

Malheureusement Xavier considérait les vrais principes de cette admirable machine comme encore peu compris, à l'époque de son travail commencé en 1821. Rabourdin imposait la consommation par le mode des contributions directes, en supprimant tout l'attirail des contributions indirectes. La recette de l'impôt se résolvait par un rôle unique composé de divers articles. Il abattait ainsi les gênantes barrières qui barricadent les villes auxquelles il procurait de plus gros revenus en simplifiant leurs modes actuels de perception énormément coûteux. Diminuer la lourdeur de l'impôt n'est pas en matière de finance diminuer l'impôt, c'est le mieux répartir ; l'alléger, c'est augmenter la masse des transactions en leur laissant plus de jeu ; l'individu paye moins et l'État reçoit davantage. Cette réforme, qui peut sembler immense, reposait sur un mécanisme fort simple. Rabourdin avait pris l'impôt personnel et mobilier comme la représentation la plus fidèle de la consommation générale. Les fortunes individuelles s'expriment admirablement en France par le loyer, par le nombre des domestiques, par les chevaux et les voitures de luxe qui se prêtent à la fiscalité. Les habitations et ce qu'elles contiennent varient peu, et disparaissent difficilement. Après avoir indiqué les moyens de confectionner un rôle de contributions mobilières plus sincère que ne l'était le rôle actuel, il répartissait les sommes que produisaient au trésor les impôts dits *indirects* en *un tant pour cent* de chaque cote individuelle. L'impôt est un prélèvement d'argent fait sur les choses ou sur les personnes sous des déguisements plus ou moins spécieux ; ces déguisements, bons quand il fallait extorquer l'argent, ne sont-ils pas ridicules dans une époque où la classe sur laquelle pèsent les impôts sait pourquoi l'État les prend et par quel mécanisme il les lui rend ? En effet, le budget n'est pas un coffre-fort, mais un arrosoir ; plus il puise et répand d'eau, plus un pays prospère. Ainsi supposez six millions de *cotes aisées* (Rabourdin en

prouvait l'existence, en y comprenant les *cotes riches*), ne
valait-il pas mieux leur demander directement *un droit de
vin* qui ne serait pas plus odieux que l'impôt *des portes et
fenêtres* [24] et produirait cent millions, plutôt que de les
tourmenter en imposant la chose même ? Par cette régulari-
sation de l'impôt, chaque particulier payerait moins en
réalité, l'État recevrait davantage, et les consommateurs
jouiraient d'une immense réduction dans le prix des choses
que l'État ne soumettrait plus à des tortures infinies.
Rabourdin conservait un droit de culture sur les vignobles,
afin de protéger cette industrie contre la trop grande
abondance de ses produits. Puis, pour atteindre les
consommations des cotes pauvres, les patentes des débi-
tants étaient taxées d'après la population des lieux qu'ils
habitaient. Ainsi, sous trois formes : droit de vin, droit de
culture et patente, le Trésor levait une recette énorme sans
frais ni vexations, là où pesait un impôt vexatoire partagé
entre ses employés et lui. L'impôt frappait ainsi sur le
riche au lieu de tourmenter le pauvre. Un autre exemple.
Supposez par cote un franc ou deux de droits de sel, vous
obtenez dix ou douze millions, la gabelle moderne disparaît, la population pauvre respire, l'agriculture est soula-
gée, l'État reçoit tout autant, et nulle cote ne se plaint.
Toute cote, plus ou moins industrielle ou propriétaire, peut
reconnaître immédiatement les bénéfices d'un impôt ainsi
réparti en voyant au fond des campagnes la vie s'amélio-
rant, et le commerce agrandi. Enfin, d'année en année,
l'État verrait le nombre des *cotes aisées* s'accroissant. En
supprimant l'administration des contributions indirectes,
machine extrêmement coûteuse, et qui est un État dans
l'État, le Trésor et les particuliers y gagnaient donc
énormément, à ne considérer que l'économie des frais de
perception. Le tabac et la poudre s'affermaient en régie,
sous une surveillance. Le système sur ces deux régies,
développé par d'autres que Rabourdin lors du renouvellement de la loi sur les tabacs [25], fut si convaincant que cette
loi n'eût point passé dans une Chambre à qui l'on n'aurait
pas mis le marché à la main, comme le fit alors le

ministère. Ce fut alors moins une question de finance qu'une question de gouvernement. L'État ne possédait plus rien en propre, ni forêts, ni mines, ni exploitations. Aux yeux de Rabourdin, l'État, possesseur de domaines, constituait un contresens administratif. L'État ne sait pas faire valoir et se prive de contributions, il perd deux produits à la fois. Quant aux fabriques du gouvernement, c'était le même non-sens reporté dans la sphère de l'industrie. L'État obtient des produits plus coûteux que ceux du commerce, plus lentement confectionnés, et manque à percevoir ses droits sur les mouvements de l'industrie, à laquelle il retranche des alimentations. Est-ce administrer un pays que d'y fabriquer au lieu d'y faire fabriquer, d'y posséder au lieu de créer le plus de possessions diverses ? Dans ce système, l'État n'exigeait plus un seul cautionnement en argent. Rabourdin n'admettait que des cautionnements hypothécaires. Voici pourquoi. Ou l'État garde le cautionnement en nature, et c'est gêner le mouvement de l'argent ; ou il l'emploie à un taux supérieur à l'intérêt qu'il en donne, et c'est un vol ignoble ; ou il y perd, et c'est une sottise ; enfin, s'il dispose un jour de la masse des cautionnements, il prépare dans certains cas une banqueroute horrible. L'impôt territorial ne disparaissait pas entièrement, Rabourdin en conservait une faible portion, comme point de départ en cas de guerre ; mais évidemment les productions du sol devenaient libres, et l'industrie, en trouvant les matières premières à bas prix, pouvait lutter avec l'étranger sans le secours trompeur des Douanes [26]. Les riches administraient gratuitement les départements, en ayant pour récompense la pairie sous certaines conditions. Les magistrats, les corps savants, les officiers inférieurs voyaient leurs services honorablement récompensés. Il n'y avait pas d'employé qui n'obtînt une immense considération, méritée par l'étendue de ses travaux et l'importance de ses appointements ; chacun d'eux pensait lui-même à son avenir, et la France n'avait plus sur le corps le cancer des pensions. En résultat, Rabourdin trouvait sept cents millions de dépenses seulement et douze cents millions de recettes. Un remboursement de cinq cents millions annuels jouait alors avec un peu plus de force que le maigre amortissement dont le vice était démontré. Là, selon lui, l'État se faisait encore rentier, comme l'État s'entêtait d'ailleurs à posséder et à fabriquer. Enfin, pour exécuter sans secousses sa réforme et pour éviter une Saint-Barthélemy d'employés [27], Rabourdin demandait vingt années.

Telles étaient les pensées mûries par cet homme depuis le jour où sa place fut donnée à M. de La Billardière, homme incapable. Ce plan si vaste en apparence, si simple en réalité, qui supprimait tant de gros états-majors et tant de petites places également inutiles, exigeait de continuels calculs, des statistiques exactes, des preuves évidentes. Rabourdin avait pendant longtemps étudié le budget sur sa double face, celle des Voies et Moyens [28], celle des Dépenses. Aussi avait-il passé bien des nuits à l'insu de sa femme. Ce n'était rien encore que d'avoir osé concevoir ce plan et de l'avoir superposé sur le cadavre administratif, il fallait s'adresser à un ministre capable de l'apprécier. Le succès de Rabourdin tenait donc à la tranquillité d'une politique encore agitée. Il ne considéra le gouvernement comme définitivement assis qu'au moment où trois cents députés eurent le courage de former une majorité compacte, systématiquement ministérielle [29]. Une administration fondée sur cette base s'était établie depuis que Rabourdin avait achevé ses travaux. À cette époque, le luxe de la paix due aux Bourbons faisait oublier le luxe guerrier du temps où la France brillait comme un vaste camp, prodigue et magnifique parce qu'il était victorieux. Après sa campagne en Espagne [30], le ministère paraissait devoir commencer une de ces paisibles carrières où le bien peut s'accomplir, et depuis trois mois un nouveau règne avait commencé [31] sans éprouver aucune entrave, car le libéralisme de la Gauche avait salué Charles X avec autant d'enthousiasme que la Droite. C'était à tromper les gens les plus clairvoyants. Le moment sembla donc propice à Rabourdin. N'était-ce pas un gage de durée pour une administration que de proposer et de mettre à fin une réforme dont les résultats étaient si grands ?

Jamais donc cet homme ne se montra plus qu'alors soucieux, préoccupé le matin quand il allait par les rues au ministère, et le soir à quatre heures et demie quand il en revenait. De son côté, Mme Rabourdin, désolée de sa vie manquée, ennuyée de travailler en secret pour se procurer quelques jouissances de toilette, ne s'était jamais montrée plus aigrement mécontente, mais en femme attachée à son mari, elle regardait comme indignes d'une femme supérieure les honteux commerces par lesquels certaines femmes d'employés suppléaient à l'insuffisance des appointements. Cette raison lui fit refuser toute relation avec Mme Colleville, alors liée avec François Keller, et dont les soirées effaçaient souvent celles de la rue Duphot. Elle prit l'immobilité du penseur politique et la préoccupation du travailleur intrépide pour l'apathique abattement de l'employé dompté par l'ennui des bureaux, vaincu par la plus détestable de toutes les misères, par une médiocrité qui permet de vivre, et elle gémit d'être mariée à un homme sans énergie. Aussi, vers cette époque, résolut-elle de faire à elle seule la fortune de son mari, de le jeter à tout prix dans la sphère supérieure, et de lui cacher les ressorts de ses machines. Elle porta dans ses conceptions cette indépendance d'idées qui la distinguait, et se complut à s'élever au-dessus des femmes en n'obéissant point à leurs petits préjugés, en ne s'embarrassant point des entraves que la société leur impose. Dans sa rage, elle se promit de battre les sots avec leurs armes, et de se jouer elle-même s'il le fallait. Elle vit enfin les choses de haut. L'occasion était favorable. M. de La Billardière, attaqué d'une maladie mortelle, allait succomber sous peu de jours. Si Rabourdin lui succédait, ses talents, car Célestine lui accordait des talents administratifs, seraient si bien appréciés, que la place de maître des requêtes, autrefois promise, lui serait donnée ; elle le voyait commissaire du Roi, défendant des projets de loi aux Chambres : elle l'aiderait alors ! elle deviendrait, s'il était besoin, son secrétaire ; elle passerait des nuits. Tout cela pour aller au bois de Boulogne dans une charmante calèche, pour marcher de pair avec Mme Delphine de Nucingen, pour élever son salon à la hauteur de celui d'une Mme Colleville, pour être invitée aux grandes solennités ministérielles, pour conquérir des auditeurs, pour faire dire d'elle : Mme Rabourdin de *quelque chose* (elle ne connaissait pas encore sa terre), comme on disait Mme Firmiani, Mme d'Espard, Mme d'Aiglemont, Mme de Caragliano : enfin pour effacer surtout l'odieux nom de Rabourdin.

Ces secrètes conceptions engendrèrent quelques changements dans l'intérieur du ménage. Mme Rabourdin commença par marcher d'un pas ferme dans la voie de la *Dette.* Elle reprit un domestique mâle, lui fit porter une livrée insignifiante, drap brun à lisérés rouges. Elle rafraîchit quelques parties de son mobilier, tendit à nouveau son appartement, l'embellit de fleurs souvent renouvelées, l'encombra des futilités qui devinrent alors à la mode ; puis, elle qui jadis avait quelques scrupules sur ses dépenses, n'hésita plus à remettre sa toilette en harmonie avec le rang auquel elle aspirait, et dont les bénéfices furent escomptés dans quelques magasins où elle fit ses provisions pour la guerre. Pour mettre à la mode ses mercredis [32], elle donna régulièrement un dîner le vendredi, les convives furent tenus à faire une visite en prenant une tasse de thé, le mercredi suivant. Elle choisit habilement ses convives parmi les députés influents, parmi les gens qui, de loin ou de près, pouvaient servir ses intérêts. Enfin elle se fit un entourage fort convenable. On s'amusait beaucoup chez elle ; on le disait, du moins, ce qui suffit à Paris pour attirer le monde. Rabourdin était si profondément occupé d'achever son grave et grand travail qu'il ne remarqua pas cette recrudescence de luxe au sein de son ménage.

Ainsi la femme et le mari assiégèrent la même place, en opérant sur des lignes parallèles, à l'insu l'un de l'autre.

CHAPITRE II

MONSIEUR DES LUPEAULX

Au ministère, florissait alors comme secrétaire général certain M. Clément Chardin des Lupeaulx, un de ces personnages que le flot des événements politiques met en saillie pendant quelques années, qu'il emporte en un jour d'orage, et que vous retrouvez sur la rive, à je ne sais quelle distance, échoués comme la carcasse d'une embarcation, mais qui semblent être encore quelque chose. Le voyageur se demande si ce débris n'a pas contenu des marchandises précieuses, servi dans de grandes circonstances, coopéré à quelque résistance, supporté le velours d'un trône ou transporté le cadavre d'une royauté. En ce moment, Clément des Lupeaulx (les Lupeaulx absorbaient le Chardin) atteignait à son apogée. Dans les existences les plus illustres comme dans les plus obscures, n'y a-t-il pas pour l'animal comme pour les secrétaires généraux un zénith et un nadir, une période où le pelage est magnifique, où la fortune rayonne de tout son éclat. Dans la nomenclature créée par les fabulistes, des Lupeaulx appartenait au genre des Bertrand, et ne s'occupait qu'à trouver des Ratons [33] et comme il fut un des principaux acteurs de ce drame, il mérite une description d'autant plus étendue que la révolution de Juillet a supprimé ce poste, éminemment utile à des ministres constitutionnels [34].

Les moralistes déploient ordinairement leur verve sur les abominations transcendantes. Pour eux, les crimes sont à la cour d'assises ou à la police correctionnelle, mais les

finesses sociales leur échappent ; l'habileté qui triomphe
sous les armes du Code est au-dessus ou au-dessous d'eux,
ils n'ont ni loupe ni longue-vue ; il leur faut de bonnes
grosses horreurs bien visibles. Toujours occupés des
carnassiers, ils négligent les reptiles ; et heureusement
pour les poètes comiques, ils leur laissent les nuances qui
colorent le Chardin des Lupeaulx. Égoïste et vain, souple
et fier, libertin et gourmand, avide à cause de ses dettes,
discret comme une tombe d'où rien ne sort pour démentir
l'inscription destinée aux passants, intrépide et sans peur
quand il sollicitait, aimable et spirituel dans toute l'accep-
tion du mot, moqueur à propos, plein de tact, sachant vous
compromettre par une caresse comme par un coup de
coude, ne reculant devant aucune largeur de ruisseau et
sautant avec grâce, effronté voltairien et allant à la messe à
Saint-Thomas-d'Aquin [35] quand il s'y trouvait une belle
assemblée, ce secrétaire général ressemblait à toutes les
médiocrités qui forment le noyau du monde politique.
Savant de la science des autres, il avait pris la position
d'écouteur, et il n'en existait point alors de plus attentif.
Aussi, pour ne pas éveiller le soupçon, était-il flatteur
jusqu'à la nausée, insinuant comme un parfum et caressant comme une femme. Il allait accomplir sa quarantième
année. Sa jeunesse l'avait désespéré pendant longtemps,
car il sentait que l'assiette de sa fortune politique
dépendait de la députation [36]. Comment était-il parvenu ?
se dira-t-on. Par un moyen bien simple : Bonneau [37]
politique, des Lupeaulx se chargeait des missions délicates
que l'on ne peut donner ni à un homme qui se respecte, ni
à un homme qui ne se respecte pas, mais qui se confient à
des êtres sérieux et apocryphes tout ensemble, que l'on
peut avouer ou désavouer à volonté. Son état était d'être
toujours compromis ; mais il avançait autant par la défaite
que par le succès. Il avait compris que sous la Restauration, temps de transactions continuelles entre les hommes,
entre les choses, entre les faits accomplis et ceux qui se
massaient à l'horizon, le pouvoir aurait besoin d'une
femme de ménage [38]. Une fois que dans une maison il

s'introduit une vieille qui sait comment se fait et se défait
le lit, où se balaient les ordures, où se jette et d'où se tire
le linge sale, où se serre l'argenterie, comment s'apaise un
créancier, quels gens doivent être reçus ou mis à la porte ;
cette créature eût-elle des vices, fût-elle sale, bancroche
ou édentée, mît-elle à la loterie et prît-elle trente sous par
jour pour se faire une mise, les maîtres l'aiment par
habitude, tiennent devant elle conseil dans les circonstances les plus critiques : elle est là, rappelle les ressources
et flaire les mystères, apporte à propos le pot de rouge et le
châle, se laisse gronder, rouler par les escaliers, et le
lendemain, au réveil présente gaiement un excellent
consommé. Quelque grand que soit un homme d'État, il a
besoin d'une femme de ménage avec laquelle il puisse être
faible, indécis, disputailleur avec son propre destin,
s'interroger, se répondre et s'enhardir au combat. N'est-ce
pas comme le bois mou des Sauvages, qui, frotté contre du
bois dur, donne le feu ? Beaucoup de génies s'allument
ainsi. Napoléon faisait ménage avec Berthier, et Richelieu
avec le père Joseph. Des Lupeaulx faisait ménage avec
tout le monde. Il restait l'ami des ministres déchus en se
constituant leur intermédiaire auprès de ceux qui arrivaient, embaumant ainsi la dernière flatterie et parfumant
le premier compliment. Il entendait d'ailleurs admirablement les petites choses auxquelles un homme d'État n'a
pas le loisir de songer : il comprenait une nécessité, il
obéissait bien ; il relevait sa bassesse en en plaisantant le
premier afin d'en relever tout le prix, et choisissait
toujours dans les services à rendre celui que l'on n'oublie-
rait pas. Ainsi, quand il fallut franchir le fossé qui sépara
l'Empire de la Restauration, quand chacun cherchait une
planche pour le passer, au moment où les roquets de
l'Empire se ruaient dans un dévouement de paroles, des
Lupeaulx passait la frontière après avoir emprunté de
fortes sommes à des usuriers. Jouant le tout pour le tout,
il racheta les créances les plus criardes sur le roi
Louis XVIII, et liquida par ce moyen, lui le premier, près
de trois millions à vingt pour cent ; car il eut le bonheur

d'opérer à cheval sur 1814 et sur 1815. Les bénéfices furent dévorés par les sieurs Gobseck, Werbrust et Gigonnet, croupiers de l'entreprise ; mais des Lupeaulx les leur avait promis, il ne jouait pas une mise, il jouait toute la banque, en sachant bien que Louis XVIII n'était pas homme à oublier cette lessive. Des Lupeaulx fut nommé maître des requêtes, chevalier de Saint-Louis et officier de la Légion d'honneur. Une fois grimpé, l'homme habile chercha les moyens de se maintenir sur son échelon car, dans la place forte où il s'était introduit, les généraux ne conservent pas longtemps les bouches inutiles. Aussi, à son métier de ménagère et d'entremetteur, avait-il joint la consultation gratuite dans les maladies secrètes du pouvoir. Après avoir reconnu chez les prétendues supériorités de la Restauration une profonde infériorité relativement aux événements qui les dominaient, il imposa leur médiocrité politique en leur apportant, leur vendant au milieu d'une crise ce mot d'ordre que les gens de talent écoutent dans l'avenir. Ne croyez point que ceci vînt de lui-même ; autrement, des Lupeaulx eût été un homme de génie, et ce n'était qu'un homme d'esprit. Ce Bertrand allait partout, recueillait les avis, sondait les consciences et saisissait les sons qu'elles rendent. Il récoltait la science en véritable et infatigable abeille politique. Ce dictionnaire de Bayle[39] vivant ne faisait pas comme le fameux dictionnaire, il ne rapportait pas toutes les opinions sans conclure, il avait le talent de la mouche et tombait droit sur la chair la plus exquise, au milieu de la cuisine. Aussi passa-t-il pour un homme indispensable à des hommes d'État. Cette croyance avait pris de si profondes racines dans les esprits, que les ambitieux arrivés jugeaient nécessaire de compromettre des Lupeaulx afin de l'empêcher de monter plus haut ; ils le dédommageaient par un crédit secret de son peu d'importance publique. Néanmoins, en se sentant appuyé sur tout le monde, ce pêcheur d'idées avait exigé des arrhes. Rétribué par l'état-major dans la Garde nationale où il avait une sinécure payée par la Ville de Paris, commissaire du gouvernement près d'une société ano-

nyme[40], il avait encore une inspection dans la Maison du
Roi. Ses deux places officielles inscrites au budget étaient
celles de secrétaire général et de maître des requêtes. Pour
le moment, il voulait être commandeur de la Légion
d'honneur, gentilhomme de la chambre, comte et député.
Pour être député, il fallait payer mille francs d'impôts, et
la misérable bicoque des Lupeaulx valait à peine cinq
cents francs de rente. Où prendre l'argent pour y bâtir un
château, pour l'entourer de plusieurs domaines respecta-
bles, et venir y jeter de la poudre aux yeux de tout un
arrondissement ? Quoique dînant tous les jours en ville,
quoique logé depuis neuf ans aux frais de l'État, quoique
voituré par le ministère, des Lupeaulx ne possédait guère
au moment où cette scène commence que trente mille
francs de dettes franches et liquides sur lesquelles
personne n'élevait de contestation. Un mariage pouvait
mettre cet ambitieux à flot en écopant sa barque pleine des
eaux de la dette ; mais le bon mariage dépendait de son
avancement, et son avancement voulait la députation. En
cherchant les moyens de briser ce cercle vicieux, il ne
voyait qu'un immense service à rendre ou quelque bonne
affaire à combiner. Mais, hélas ! les conspirations étaient
usées, et les Bourbons avaient en apparence vaincu les
partis. Enfin, malheureusement, depuis quelques années
le gouvernement était si bien mis à jour par les sottes
discussions de la Gauche, qui s'étudiait à rendre tout
gouvernement impossible en France, qu'on ne pouvait plus
y faire d'affaires : les dernières s'étaient accomplies en
Espagne, et combien n'avait-on pas crié[41] ! Puis des
Lupeaulx multiplia les difficultés en croyant à l'amitié de
son ministre, auquel il eut l'imprudence d'exprimer le
désir d'être assis sur les bancs ministériels. Les ministres
devinèrent d'où venait ce désir : des Lupeaulx voulait
consolider une position précaire et ne plus être dans leur
dépendance. Le lévrier se révoltait contre le chasseur, les
ministres lui donnèrent quelques coups de fouet et le
caressèrent tour à tour, ils lui suscitèrent des rivaux ; mais
des Lupeaulx se conduisit avec eux comme une habile

courtisane avec des nouvelles venues : il leur tendit des
pièges, ils y tombèrent, il en fit promptement justice. Plus
il se sentit menacé, plus il désira conquérir un poste
inamovible ; mais il fallait jouer serré ! En un instant, il
pouvait tout perdre. Un coup de plume abattrait ses
épaulettes de colonel civil, son inspection, sa sinécure à la
société anonyme, ses deux places et leurs avantages : en
tout, six traitements conservés sous le feu de la loi sur le
cumul [42]. Souvent il menaçait son ministre comme une
maîtresse menace son amant, il se disait sur le point
d'épouser une riche veuve : le ministre cajolait alors le
cher des Lupeaulx. Dans un de ces raccommodements, il
reçut la promesse formelle d'une place à l'Académie des
inscriptions et belles-lettres, lors de la première vacance.
C'était, disait-il, le pain d'un cheval. Dans son admirable
position, Clément Chardin des Lupeaulx était comme un
arbre planté dans un terrain favorable. Il pouvait satisfaire
ses vices, ses fantaisies, ses vertus et ses défauts.

Voici les fatigues de sa vie : entre cinq ou six invitations
journalières, il avait à choisir la maison où se trouvait le
meilleur dîner. Il allait faire rire le matin le ministre et sa
femme au petit lever, caressait les enfants et jouait avec
eux. Puis il travaillait une heure ou deux, c'est-à-dire il
s'étendait dans un bon fauteuil pour lire les journaux,
dicter le sens d'une lettre, recevoir quand le ministre n'y
était pas, expliquer en gros la besogne, attraper ou
distribuer quelques gouttes d'eau bénite de cour, parcourir
des pétitions d'un coup de lorgnon ou les apostiller par une
signature qui signifiait : « *Je m'en moque, faites comme
vous voudrez !* » chacun savait que quand des Lupeaulx
s'intéressait à quelqu'un ou à quelque chose, il s'en mêlait
personnellement. Il permettait aux employés supérieurs
quelques causeries intimes sur les affaires délicates, et il
écoutait leurs cancans. De temps en temps il allait au
Château prendre le mot d'ordre. Enfin il attendait le
ministre au retour de la Chambre quand il y avait session,
pour savoir s'il fallait inventer et diriger quelque manœuvre. Le sybarite ministériel s'habillait, dînait et visitait

douze ou quinze salons de huit heures à trois heures du matin. À l'Opéra, il causait avec les journalistes, car il était avec eux du dernier bien ; il y avait entre eux un continuel échange de petits services, il leur entonnait ses fausses nouvelles et gobait les leurs ; il les empêchait d'attaquer tel ou tel ministre sur telle ou telle chose qui ferait, disait-il, une vraie peine à leurs femmes ou à leurs maîtresses.

— Dites que le projet de loi ne vaut rien, et démontrez-le si vous pouvez ; mais ne dites pas que Mariette a mal dansé. Calomniez notre affection pour nos proches en jupons, mais ne révélez pas nos farces de jeune homme. Diantre ! nous avons tous fait nos vaudevilles, et nous ne savons pas ce que nous pouvons devenir par le temps qui court. Vous serez peut-être ministre, vous qui salez aujourd'hui les tartines du *Constitutionnel*[43]...

En revanche, dans l'occasion il servait les rédacteurs, il levait tout obstacle à la représentation d'une pièce, il lâchait à propos des gratifications ou quelque bon dîner, il promettait de faciliter la conclusion d'une affaire. D'ailleurs il aimait la littérature et protégeait les arts : il avait des autographes, de magnifiques albums *gratis*, des esquisses, des tableaux. Il faisait beaucoup de bien aux artistes en ne leur nuisant pas, en les soutenant dans certaines occasions où leur amour-propre voulait une satisfaction peu coûteuse. Aussi était-il aimé par tout ce monde de coulisses, de journalistes et d'artistes. D'abord tous avaient les mêmes vices et la même paresse ; puis ils se moquaient si bien de tout entre deux vins ou entre deux danseuses ! le moyen de ne pas être amis ? Si des Lupeaulx n'eût pas été secrétaire général, il aurait été journaliste. Aussi dans la lutte des quinze années où la batte de l'épigramme ouvrit la brèche par où passa l'insurrection, des Lupeaulx ne reçut-il jamais le moindre coup.

En voyant cet homme jouant à la boule dans le jardin du ministère avec les enfants de Monseigneur, le fretin des employés se creusait la cervelle pour deviner le secret de son influence et la nature de son travail, tandis que les

talons rouges de tous les ministères le regardaient comme
le plus dangereux Méphistophélès, l'adoraient et lui
rendaient avec usure les flatteries qu'il débitait dans la
sphère supérieure. Indéchiffrable comme une énigme
hiéroglyphique pour les petits, l'utilité du secrétaire
général était claire comme une règle de trois pour les
intéressés. Chargé de trier les conseils, les idées, de faire
des rapports verbaux, ce petit prince de Wagram du
Napoléon ministériel connaissait tous les secrets de la
politique parlementaire, raccrochait les tièdes, portait,
rapportait et enterrait les propositions, disait les *non*, ou
les *oui* que le ministre n'osait prononcer. Fait à recevoir les
premiers feux et les premiers coups du désespoir ou de la
colère, il se lamentait ou riait avec le ministre. Anneau
mystérieux par lequel bien des intérêts se rattachaient au
Château et discret comme un confesseur, tantôt il savait
tout et tantôt il ne savait rien : puis, il disait du ministre ce
qu'un ministre ne pouvait pas dire de soi-même. Enfin,
avec cet Éphestion [44] politique, le ministre osait être lui :
ôter sa perruque et son râtelier, poser ses scrupules et se
mettre en pantoufles, déboutonner ses roueries et déchaus-
ser sa conscience. Tout d'ailleurs n'était pas roses pour des
Lupeaulx : il flattait et conseillait son ministre, obligé de
flatter pour conseiller, de conseiller en flattant et de
déguiser la flatterie sous le conseil. Aussi presque tous les
hommes politiques qui firent ce métier eurent-ils une
figure assez jaune. Leur constante habitude de toujours
faire un mouvement de tête affirmatif pour approuver ce
qui se dit, ou pour s'en donner l'air, communiqua quelque
chose d'étrange à leur tête. Ils approuvaient indifférem-
ment tout ce qui se disait devant eux. Leur langage fut
plein de *mais*, de *cependant*, de *néanmoins*, de *moi je
ferais, moi à votre place* (ils disaient souvent *à votre place*),
toutes phrases qui préparent la contradiction.

Au physique, Clément des Lupeaulx était le reste d'un
joli homme : taille de cinq pieds quatre pouces, embon-
point tolérable, le teint échauffé par la bonne chère, un air
usé, une titus [45] poudrée, de petites lunettes fines ; au

moins blond, couleur indiquée par une main potelée comme celle d'une vieille femme, un peu trop carrée, les ongles courts, une main de satrape. Le pied ne manquait pas de distinction. Passé cinq heures, des Lupeaulx était toujours en bas de soie à jours, en souliers, pantalon noir, gilet de cachemire, mouchoir de batiste sans parfums, chaîne d'or, habit bleu de roi à boutons ciselés, et sa brochette d'ordres. Le matin, des bottes craquant sous un pantalon gris et la petite redingote courte et serrée des intrigants. Sa tenue ressemblait alors beaucoup plus à celle d'un avoué madré qu'à la contenance d'un ministre. Son œil miroité par l'usage des lunettes le rendait plus laid qu'il ne l'était réellement quand par malheur il les ôtait. Pour les juges habiles, pour les gens droits que le vrai seul met à l'aise, des Lupeaulx était insupportable. Ses façons gracieuses frisaient le mensonge, ses protestations aimables, ses vieilles gentillesses toujours neuves pour les imbéciles, montraient trop la corde. Tout homme perspicace voyait en lui une planche pourrie sur laquelle il fallait bien se garder de poser le pied. Dès que la belle Mme Rabourdin daigna s'occuper de la fortune administrative de son mari, elle devina Clément des Lupeaulx et l'étudia pour savoir si dans cette voltige il y avait encore quelques fibres ligneuses assez solides pour lestement passer dessus du bureau à la division, de huit mille à douze mille francs. La femme supérieure crut pouvoir jouer ce roué politique. M. des Lupeaulx fut donc un peu cause des dépenses extraordinaires qui se firent et qui se continuaient dans le ménage de Rabourdin.

La rue Duphot, bâtie sous l'Empire [46], est remarquable par quelques maisons élégantes au-dehors et dont les appartements ont été généralement bien entendus. Celui de Mme Rabourdin avait d'excellentes dispositions, avantage qui entre pour beaucoup dans la noblesse de la vie intérieure. Une jolie antichambre assez vaste, éclairée sur la cour, menait à un grand salon dont les fenêtres voyaient sur la rue. À droite de ce salon, se trouvaient le cabinet et la chambre de Rabourdin, en retour desquels était la salle

à manger où l'on entrait par l'antichambre ; à gauche, la
chambre à coucher de madame et son cabinet de toilette,
en retour desquels était le petit appartement de sa fille.
Aux jours de réception, la porte du cabinet de Rabourdin
et celle de la chambre de madame restaient ouvertes.
L'espace permettait de recevoir une assemblée choisie
sans se donner le ridicule qui pèse sur certaines soirées
bourgeoises où le luxe s'improvise aux dépens des habitudes journalières et paraît alors une exception. Le salon
venait d'être retendu en soie jaune avec des agréments de
couleur carmélite. La chambre de madame était vêtue en
étoffe *vraie perse* et meublée dans le genre *rococo*[47]. Le
cabinet de Rabourdin hérita de la tenture de l'ancien salon
nettoyée, et fut orné des beaux tableaux laissés par
Leprince. La fille du commissaire-priseur utilisa dans sa
salle à manger de ravissants tapis turcs, bonne occasion
saisie par son père, en les y encadrant dans de vieux
ébènes, d'un prix devenu exorbitant. D'admirables buffets
de Boulle, achetés également par le feu commissaire-
priseur, meublèrent le pourtour de cette pièce, au milieu
de laquelle scintillèrent les arabesques en cuivre incrus-
tées dans l'écaille de la première horloge à socle qui
reparut pour remettre en honneur les chefs-d'œuvre du
dix-septième siècle. Des fleurs embaumaient cet appartement plein de goût et de belles choses, où chaque détail
était une œuvre d'art bien placée et bien accompagnée, où
Mme Rabourdin, mise avec cette originale simplicité que
trouvent les artistes, se montrait comme une femme
accoutumée à ces jouissances, n'en parlait pas et laissait
aux grâces de son esprit à compléter l'effet produit sur ses
hôtes par cet ensemble. Grâce à son père, dès que le
rococo fut à la mode, Célestine fit parler d'elle.

Quelque habitué qu'il fût aux fausses et aux réelles
magnificences de tout étage, des Lupeaulx fut surpris chez
Mme Rabourdin. Le charme qui saisit cet Asmodée[48]
parisien peut s'expliquer par une comparaison. Imaginez
un voyageur fatigué des mille aspects si riches de l'Italie,
du Brésil, des Indes, qui revient dans sa patrie et trouve

sur son chemin un délicieux petit lac, comme est le lac d'Orta [49] au pied du Mont-Rose, une île bien jetée dans des eaux calmes, coquette et simple, naïve et cependant parée, solitaire et bien accompagnée : élégants bouquets d'arbres, statues d'un bel effet. A l'entour, des rives à la fois sauvages et cultivées ; le grandiose et ses tumultes au-dehors, au-dedans les proportions humaines. Le monde que le voyageur a vu se retrouve en petit, modeste et pur ; son âme reposée le convie à rester là, car un charme poétique et mélodieux l'entoure de toutes les harmonies et réveille toutes les idées. C'est à la fois une Chartreuse et la vie ! Quelques jours auparavant, la belle Mme Firmiani, l'une des plus ravissantes femmes du faubourg Saint-Germain, qui aimait et recevait Mme Rabourdin, avait dit à des Lupeaulx invité tout exprès pour entendre cette phrase : « Pourquoi n'allez-vous donc pas chez madame ? » Et elle avait montré Célestine. « Madame a des soirées délicieuses et surtout on y dîne... mieux que chez moi. » Des Lupeaulx s'était laissé surprendre une promesse par la belle Mme Rabourdin qui, pour la première fois, avait levé les yeux sur lui en parlant. Et il était allé rue Duphot, n'est-ce pas tout dire ? La femme n'a qu'une ruse, s'écrie Figaro [50], mais elle est infaillible. En dînant chez ce simple chef de bureau, des Lupeaulx se promit d'y dîner quelquefois. Grâce au jeu décent et convenable de la charmante femme que sa rivale, Mme Colleville, surnomma *la Célimène de la rue Duphot*, il y dînait tous les vendredis depuis un mois, et revenait de son propre mouvement prendre une tasse de thé le mercredi. Depuis quelques jours, après de savantes et fines perquisitions, Mme Rabourdin croyait avoir trouvé dans cette planche ministérielle la place d'y mettre une fois le pied. Elle ne doutait plus du succès. Sa joie intérieure ne peut être comprise que dans ces ménages d'employés où l'on a, trois ou quatre ans durant, calculé le bien-être résultant d'une nomination espérée, caressée, choyée. Combien de souffrances apaisées ! combien de vœux élancés vers les divinités ministérielles ! combien de

visites intéressées ! Enfin, grâce à sa hardiesse, Mme Rabourdin entendait tinter l'heure où elle allait avoir vingt
mille francs par an au lieu de huit mille.

— Et je me serai bien conduite, se disait-elle. J'ai fait
un peu de dépense ; mais nous ne sommes pas dans une
époque où l'on va chercher les mérites qui se cachent,
tandis qu'en se mettant en vue, en restant dans le monde,
en cultivant ses relations, en s'en faisant de nouvelles, un
homme arrive. Après tout, les ministres et leurs amis ne
s'intéressent qu'aux gens qu'ils voient, et Rabourdin ne se
doute pas du monde ! Si je n'avais pas entortillé ces trois
députés, ils auraient peut-être voulu la place de La
Billardière ; tandis que, reçus chez moi, la vergogne les
prend, ils deviennent nos appuis au lieu d'être nos rivaux.
J'ai fait un peu la coquette, mais je suis heureuse que les
premières niaiseries avec lesquelles on amuse les hommes
aient suffi...

Le jour où commença réellement une lutte inattendue à
propos de cette place, après le dîner ministériel qui
précédait une de ces soirées que les ministres considèrent
comme publiques, des Lupeaulx se trouvait à la cheminée
auprès de la femme du ministre. En prenant sa tasse de
café, il lui arriva de comprendre encore une fois Mme Rabourdin parmi les sept ou huit femmes véritablement
supérieures de Paris. À plusieurs reprises, il avait déjà
mis au jeu Mme Rabourdin comme le caporal Trim y
mettait son bonnet [51].

— Ne le dites pas trop, cher ami, vous lui feriez du
tort, lui dit la femme du ministre en riant à demi.

Aucune femme n'aime à entendre faire devant elle
l'éloge d'une autre femme ; toutes se réservent en ce cas la
parole, afin de vinaigrer la louange.

— Ce pauvre La Billardière est en train de mourir,
reprit Son Excellence, sa succession administrative revient
à Rabourdin, qui est un de nos plus habiles employés, et
envers qui nos prédécesseurs ne se sont pas bien conduits,
quoique l'un d'eux ait dû sa Préfecture de police sous
l'Empire [52] à certain personnage payé pour s'intéresser à

Rabourdin. Franchement, cher ami, vous êtes encore assez jeune pour être aimé pour vous-même...

— Si la place de La Billardière est acquise à Rabourdin, je puis être cru quand je vante la supériorité de sa femme, répliqua des Lupeaulx en sentant l'ironie du ministre ; mais si madame la comtesse veut en juger par elle-même...

— Je l'inviterai à mon premier bal, n'est-ce pas ? Votre femme supérieure arriverait quand j'aurais de ces dames qui viennent ici pour se moquer de nous, elles entendaient annoncer *Mme Rabourdin*.

— Mais n'annonce-t-on pas Mme Firmiani chez le ministre des Affaires étrangères ?

— Une femme née Cadignan !... dit vivement le nouveau comte [53] en lançant un coup d'œil foudroyant à son secrétaire général, car ni lui ni sa femme n'étaient nobles.

Beaucoup de personnes crurent qu'il s'agissait d'affaires importantes, les solliciteurs demeurèrent au fond du salon. Quand des Lupeaulx sortit, la comtesse nouvelle dit à son mari : Je crois des Lupeaulx amoureux ?

— Ce serait donc la première fois de sa vie, répondit-il en haussant les épaules comme pour dire à sa femme que des Lupeaulx ne s'occupait point de bagatelles.

Le ministre vit entrer un député du Centre droit et laissa sa femme pour aller caresser une voix indécise. Mais, sous le coup d'un désastre imprévu qui l'accablait, ce député voulait s'assurer une protection et venait annoncer en secret qu'il serait sous peu de jours obligé de donner sa démission. Ainsi prévenu, le ministère pouvait faire jouer ses batteries avant l'Opposition.

Le ministre, c'est-à-dire des Lupeaulx, avait invité à dîner un personnage inamovible dans tous les ministères, assez embarrassé de sa personne, et qui, dans son désir de prendre une contenance digne, restait planté sur ses deux jambes réunies à la façon d'une gaine égyptienne. Ce fonctionnaire attendait près de la cheminée le moment de remercier le secrétaire général, dont la retraite brusque et imprévue le surprit au moment où il allait phraser un

compliment. C'était purement et simplement le caissier du
ministère, le seul employé qui ne tremblât jamais lors d'un
changement. Dans ce temps, la Chambre ne tripotait pas
mesquinement le budget comme dans le temps déplorable
où nous vivons, elle ne réduisait pas ignoblement les
émoluments ministériels[54], elle ne faisait pas ce qu'en
style de cuisine on nomme des économies de bouts de
chandelles, elle accordait à chaque ministre qui prenait les
affaires une indemnité dite de *déplacement*. Il en coûte
hélas ! autant pour entrer au ministère que pour en sortir,
et l'arrivée entraîne des frais de toute nature qu'il est peu
convenable d'inventorier. Cette indemnité consistait en
vingt-cinq jolis petits mille francs. L'ordonnance apparais-
sait-elle au *Moniteur*[55], pendant que grands et petits,
attroupés autour des poêles ou devant les cheminées,
secoués par l'orage dans leurs places, se disaient : « Que
va faire celui-là ? va-t-il augmenter le nombre des
employés, va-t-il en renvoyer deux pour en faire rentrer
trois ? » le paisible caissier prenait vingt-cinq beaux
billets de banque, les attachait avec une épingle, et gravait
sur sa figure de suisse de cathédrale une expression
joyeuse. Il enfilait l'escalier des appartements et se faisait
introduire chez Monseigneur à son lever par les gens qui
tous confondent, en un seul et même pouvoir, l'argent et le
gardien de l'argent, le contenant et le contenu, l'idée et la
forme. Le caissier saisissait le couple ministériel à l'aurore
du ravissement pendant laquelle un homme d'État est
bénin et bon prince. Au : « *Que voulez-vous ?* » du
ministre, il répondait par l'exhibition des chiffons, en
disant qu'il s'empressait d'apporter à Son Excellence
l'indemnité d'usage ; il en expliquait les motifs à madame
étonnée, mais heureuse, et qui ne manquait jamais de
prélever quelque chose, souvent le tout. Un déplacement
est une affaire de ménage. Le caissier tournait son
compliment, et glissait à Monseigneur quelques phrases :
— Si Son Excellence daignait lui conserver sa place, si
elle était contente d'un service purement mécanique, si,
etc. Comme un homme qui apporte vingt-cinq mille francs

est toujours un digne employé, le caissier ne sortait pas sans entendre sa confirmation au poste d'où il voyait passer, repasser et trépasser les ministres depuis vingt-cinq ans. Puis il se mettait aux ordres de madame, il apportait les treize mille francs du mois en temps utile, il les avançait ou les retardait à commandement, et se ménageait ainsi, suivant une vieille expression monastique, une voix au chapitre.

Ancien teneur de livres au Trésor quand le Trésor avait des livres tenus en parties doubles [56], le sieur Saillard fut indemnisé par sa place actuelle quand on y renonça. C'était un gros et gras bonhomme très fort sur la tenue des livres et très faible en toute autre chose, rond comme un zéro, simple comme bonjour, qui venait à pas comptés comme un éléphant, et s'en allait de même à la place Royale où il demeurait dans le rez-de-chaussée d'un vieil hôtel à lui. Il avait pour compagnon de route M. Isidore Baudoyer, chef de bureau dans la division de M. La Billardière et partant collègue de Rabourdin, lequel avait épousé Élisabeth Saillard, sa fille unique, et avait naturellement pris un appartement au-dessus du sien. Personne ne doutait au ministère que le père Saillard ne fût une bête, mais personne n'avait pu savoir jusqu'où allait sa bêtise ; elle était trop compacte pour être interrogée, elle ne sonnait pas le creux, elle absorbait tout sans rien rendre. Bixiou (un employé dont il sera bientôt question) avait fait la charge du caissier en mettant une tête à perruque sur le haut d'un œuf et deux petites jambes dessous, avec cette inscription : « Né pour payer et recevoir sans jamais commettre d'erreurs. Un peu moins de bonheur, il eût été garçon de la Banque de France ; un peu plus d'ambition, il était remercié. »

En ce moment, le ministre regardait son caissier comme on regarde une patère ou la corniche, sans imaginer que l'ornement puisse entendre le discours, ni comprendre une pensée secrète.

— Je tiens d'autant plus à ce que nous arrangions tout avec le préfet dans le plus profond mystère, que des

Lupeaulx a des prétentions, disait le ministre au député démissionnaire, sa bicoque est dans votre arrondissement et nous ne voulons pas de lui.

— Il n'a ni le cens, ni l'âge, dit le député.

— Oui, mais vous savez ce qui a été décidé pour Casimir Perier, relativement à l'âge [57]. Quant à la possession annale, des Lupeaulx possède quelque chose qui ne vaut pas grand-chose ; mais la loi n'a pas prévu les agrandissements, et il peut acquérir. Les commissions ont la manche large pour les députés du Centre, et nous ne pourrions pas nous opposer ostensiblement à la bonne volonté que l'on aurait pour ce cher ami.

— Mais où prendrait-il l'argent pour des acquisitions ?

— Et comment Manuel a-t-il été possesseur d'une maison à Paris [58] ? s'écria le ministre.

La patère écoutait, mais bien à son corps défendant. Ces vives interlocutions, quoique murmurées, aboutissaient à l'oreille de Saillard par des caprices d'acoustique encore mal observés. Savez-vous quel sentiment s'empara du bonhomme en entendant ces confidences politiques ? une terreur cuisante. Il était de ces gens naïfs qui se désespèrent de paraître écouter ce qu'ils ne doivent pas entendre, d'entrer là où ils ne sont pas appelés, de paraître hardis quand ils sont timides, curieux quand ils sont discrets. Le caissier se glissa sur le tapis de manière à se reculer, en sorte que le ministre le trouva fort loin quand il l'aperçut. Saillard était un séide ministériel incapable de la moindre indiscrétion ; si le ministre l'avait cru dans son secret, il n'aurait eu qu'à lui dire : *motus !* Le caissier profita de l'affluence des courtisans, regagna un fiacre de son quartier pris à l'heure lors de ces coûteuses invitations, et revint à la place Royale [59].

CHAPITRE III

LES TARETS

À l'heure où le père Saillard voyageait dans Paris, son gendre et sa chère Élisabeth étaient occupés avec l'abbé Gaudron, leur directeur, à faire un vertueux boston en compagnie de quelques voisins, et d'un certain Martin Falleix, fondeur en cuivre au faubourg Saint-Antoine, à qui Saillard avait prêté les fonds nécessaires pour créer un bénéficieux établissement. Ce Falleix, honnête Auvergnat venu le chaudron sur le dos, avait été promptement employé chez les Brézac, grands dépeceurs de châteaux. Vers vingt-sept ans, altéré de bien-être tout comme un autre, Martin Falleix eut le bonheur d'être commandité par M. Saillard pour l'exploitation d'une découverte en fonderie. (Brevet d'invention et médaille d'or à l'Exposition de 1825[60].) Mme Baudoyer, dont la fille unique marchait, suivant un mot du père Saillard, sur la queue de ses douze ans, avait jeté son dévolu sur Falleix, garçon trapu, noiraud, actif, de probité dégourdie, dont elle faisait l'éducation. Suivant ses idées, cette éducation consistait à apprendre au brave Auvergnat à jouer au boston, à bien tenir ses cartes, à ne pas laisser voir dans son jeu, à venir chez eux rasé, les mains savonnées au gros savon ordinaire, à ne pas jurer, à parler leur français, à porter des bottes au lieu de souliers, des chemises en calicot au lieu de chemises en toile à sacs, à relever ses cheveux au lieu de les tenir plats. Depuis huit jours, Élisabeth avait décidé Falleix à ôter de ses oreilles deux énormes anneaux plats, qui ressemblaient à des cerceaux.

— Vous allez trop loin, madame Baudoyer, dit-il en la voyant heureuse de ce sacrifice, vous prenez sur moi trop d'empire : vous me faites nettoyer mes dents, ce qui les ébranle ; vous me ferez bientôt brosser mes ongles et friser mes cheveux, ce qui ne va pas dans notre commerce : on n'y aime pas les muscadins.

Élisabeth Baudoyer, *née Saillard,* est une de ces figures qui se dérobent au pinceau par leur vulgarité même, et qui néanmoins doivent être esquissées ; car elles offrent une expression de cette petite bourgeoisie parisienne, placée au-dessus des riches artisans et au-dessous de la haute classe, dont les qualités sont presque des vices, dont les défauts n'ont rien d'aimable, mais dont les mœurs, quoique plates, ne manquent pas d'originalité. Élisabeth avait en elle quelque chose de chétif qui faisait mal à voir. Sa taille, qui dépassait à peine quatre pieds, était si mince que sa ceinture comportait à peine une demi-aune [61]. Ses traits fins, ramassés vers le nez, donnaient à sa figure une vague ressemblance avec le museau d'une belette. A trente ans passés, elle paraissait n'en avoir que seize ou dix-sept. Ses yeux d'un bleu de faïence, opprimés par de grosses paupières unies à l'arcade des sourcils, jetaient peu d'éclat. Tout en elle était mesquin : et ses cheveux d'un blond qui tirait sur le blanc, et son front plat éclairé par des plans où le jour semblait s'arrêter, et son teint plein de tons gris presque plombés. Le bas du visage plus triangulaire qu'ovale terminait irrégulièrement des contours assez généralement tourmentés. Enfin la voix offrait une assez jolie suite d'intonations aigres-douces. Élisabeth était bien la petite bourgeoise conseillant son mari le soir sur l'oreiller, sans le moindre mérite dans ses vertus, ambitieuse sans arrière-pensée et par le seul développement de l'égoïsme domestique ; à la campagne, elle aurait voulu arrondir ses propriétés ; dans l'administration, elle voulait avancer. Dire la vie de son père et de sa mère, dira toute la femme en peignant l'enfance de la jeune fille.

M. Saillard avait épousé la fille d'un marchand de meubles, établi sous les piliers des Halles. L'exiguïté de

leur fortune avait primitivement obligé M. et Mme Saillard
à de constantes privations. Après trente-trois ans de
mariage et vingt-neuf ans de travail dans les bureaux, la
fortune des Saillard (leur société les nommait ainsi)
consistait en soixante mille francs confiés à Falleix, l'hôtel
de la place Royale acheté quarante mille francs en 1804,
et trente-six mille francs de dot donnés à leur fille. Dans
ce capital, la succession de la veuve Bidault, mère de
Mme Saillard, représentait une somme de cinquante mille
francs environ. Les appointements de Saillard avaient
toujours été de quatre mille cinq cents francs, car sa place
était un vrai cul-de-sac administratif qui pendant longtemps ne tenta personne. Ces quatre-vingt-dix mille
francs, amassés sou à sou, provenaient donc d'économies
sordides et fort inintelligemment employées. En effet les
Saillard ne connaissaient pas d'autre manière de placer
leur argent que de le porter, par somme de cinq mille
francs, chez leur notaire, M. Sorbier, prédécesseur de
Cardot[62], et de le prêter à cinq pour cent par première
hypothèque avec subrogation dans les droits de la femme,
quand l'emprunteur était marié ! Mme Saillard obtint en
1804 un bureau de papier timbré dont le détail détermina
l'entrée d'une servante au logis. En ce moment l'hôtel, qui
valait plus de cent mille francs, en rapportait huit mille.
Falleix donnait sept pour cent de ses soixante mille francs,
outre un partage égal des bénéfices. Ainsi les Saillard
jouissaient d'au moins dix-sept mille livres de rente. Toute
l'ambition du bonhomme était d'avoir la croix en prenant sa
retraite.

La jeunesse d'Élisabeth fut un travail constant dans une
famille dont les mœurs étaient si pénibles et les idées si
simples. On y délibérait sur l'acquisition d'un chapeau
pour Saillard, on comptait combien d'années avait duré un
habit, les parapluies étaient accrochés par en haut au
moyen d'une boucle en cuivre. Depuis 1804, il ne s'était
pas fait une réparation à la maison. Les Saillard gardaient
leur rez-de-chaussée dans l'état où le précédent propriétaire le leur avait livré : les trumeaux étaient dédorés, les

peintures des dessus de portes se voyaient à peine sous la couche de poussière mise par le temps. Ils conservaient dans ces grandes et belles pièces à cheminées en marbre sculpté, à plafonds dignes de ceux de Versailles, les meubles trouvés chez la veuve Bidault. C'était des fauteuils en bois de noyer disjoints et couverts en tapisseries, des commodes en bois de rose, des guéridons à galerie en cuivre et à marbres blancs fendus, un superbe secrétaire de Boulle auquel la mode n'avait pas encore rendu sa valeur, enfin le tohu-bohu des bonnes occasions saisies par la marchande des piliers des Halles : tableaux achetés à cause de la beauté des cadres ; vaisselle d'ordre composite, c'est-à-dire un dessert en magnifiques assiettes du Japon, et le reste en porcelaine de toutes les fabriques ; argenterie dépareillée, vieux cristaux, beau linge damassé, lit en tombeau garni de perse et à plumes.

Au milieu de toutes ces reliques, Mme Saillard habitait une bergère d'acajou moderne, les pieds sur une chaufferette brûlée à chaque trou, près d'une cheminée pleine de cendres et sans feu, sur laquelle se voyaient un cartel, des bronzes antiques, des candélabres à fleurs, mais sans bougies, car elle s'éclairait avec un martinet en cuivre d'où s'élevait une haute chandelle cannelée par différents coulages. Mme Saillard montrait un visage où, malgré ses rides, se peignaient l'entêtement et la sévérité, l'étroitesse de ses idées, une probité quadrangulaire, une religion sans pitié, une avarice naïve et la paix d'une conscience nette. Dans certains tableaux flamands, vous voyez des femmes de bourgmestres ainsi composées par la nature et bien reproduites par le pinceau ; mais elles ont de belles robes en velours ou d'étoffes précieuses, tandis que Mme Saillard n'avait pas de robes, mais ce vêtement antique nommé, dans la Touraine et dans la Picardie, des cottes, ou plus généralement en France, des cotillons, espèce de jupes plissées derrière et sur les côtés, mises les unes sur les autres. Son corsage était serré dans un casaquin, autre mode d'un autre âge ! Elle conservait le bonnet à papillon et les souliers à talons hauts. Quoiqu'elle eût cinquante-sept ans et que ses travaux obstinés au sein du ménage lui permissent bien de se reposer, elle tricotait les bas de son mari, les siens et ceux d'un oncle, comme tricotent les femmes de la campagne, en marchant, en parlant, en se promenant dans le jardin, en allant voir ce qui se passait à sa cuisine.

D'abord infligée par la nécessité, l'avarice des Saillard était devenue une habitude. Au retour du bureau, le caissier mettait habit bas, il faisait lui-même le beau jardin fermé sur la cour par une grille, et qu'il s'était réservé. Pendant longtemps, Élisabeth était allée le matin au marché avec sa mère, et toutes deux suffisaient aux soins du ménage. La mère cuisait admirablement un canard aux navets ; mais, selon le père Saillard, Élisabeth n'avait pas sa pareille pour savoir accommoder aux oignons les restes d'un gigot. « C'était à manger son oncle sans s'en apercevoir. » Aussitôt qu'Élisabeth avait su tenir une aiguille, sa mère lui avait fait raccommoder le linge de la maison et les habits de son père. Sans cesse occupée comme une servante, elle ne sortait jamais seule. Quoique demeurant à deux pas du boulevard du Temple, où se trouvent Franconi, la Gaîté, l'Ambigu-Comique, et plus loin la Porte Saint-Martin [63], Élisabeth n'était jamais allée à la *comédie*. Quand elle eut la fantaisie de *voir ce que c'était,* avec la permission de M. Gaudron, bien entendu, M. Baudoyer la mena, par magnificence et afin de lui montrer le plus beau de tous les spectacles, à l'Opéra, où se donnait alors *Le Laboureur chinois* [64]. Élisabeth trouva *la comédie* ennuyeuse comme les mouches et n'y voulut plus retourner. Le dimanche, après avoir cheminé quatre fois de la place Royale à l'église Saint-Paul, car sa mère lui faisait pratiquer strictement les préceptes et les devoirs de la religion, son père et sa mère la conduisaient devant le café Turc [65], où ils s'asseyaient sur des chaises placées alors entre une barrière et le mur. Les Saillard se dépêchaient d'arriver les premiers afin d'être au bon endroit, et se divertissaient à voir passer le monde. À cette époque, le jardin Turc fut le rendez-vous des élégants et

élégantes du Marais, du faubourg Saint-Antoine et lieux
circonvoisins. Élisabeth n'avait jamais porté que des robes
d'indienne en été, de mérinos en hiver, et les faisait elle-
même ; sa mère ne lui donnait que vingt francs par mois
pour son entretien ; mais son père, qui l'aimait beaucoup,
tempérait cette rigueur par quelques présents. Elle n'avait
jamais lu ce que l'abbé Gaudron, vicaire de Saint-Paul et
le conseil de la maison, appelait des livres profanes. Ce
régime avait porté ses fruits. Obligée d'employer ses
sentiments à une passion quelconque, Élisabeth devint
âpre au gain. Quoiqu'elle ne manquât ni de sens ni de
perspicacité, les idées religieuses et son ignorance ayant
enveloppé ses qualités dans un cercle d'airain, elles ne
s'exercèrent que sur les choses les plus vulgaires de la vie ;
puis, disséminées sur peu de points, elles se portaient tout
entières dans l'affaire en train. Réprimé par la dévotion,
son esprit naturel dut se déployer entre les limites
posées par les cas de conscience, qui sont un magasin de
subtilités où l'intérêt choisit ses échappatoires. Semblable
à ces saints personnages chez qui la religion n'a pas
étouffé l'ambition, elle était capable de demander au
prochain des actions blâmables pour en recueillir tout
le fruit ; dans l'occasion, elle eût été, comme eux,
implacable pour son dû, sournoise dans les moyens.
Offensée, elle eût observé ses adversaires avec la perfide
patience des chats, et se serait ménagé quelque froide et
complète vengeance mise sur le compte du bon Dieu.
Jusqu'au mariage d'Élisabeth, les Saillard vécurent sans
autre société que celle de l'abbé Gaudron, prêtre auvergnat, nommé vicaire de Saint-Paul lors de la restauration
du culte catholique [66]. À cet ecclésiastique, ami de feu
Mme Bidault, se joignait l'oncle paternel de Mme Saillard,
vieux marchand de papier retiré depuis l'an II de la
République, alors âgé de soixante-neuf ans et qui venait
les voir le dimanche seulement, parce qu'on ne faisait pas
d'affaires ce jour-là.

Ce petit vieillard à figure d'un teint verdâtre, prise
presque tout entière par un nez rouge comme celui d'un

buveur et percée de deux yeux de vautour, laissait flotter
ses cheveux gris sous un tricorne, portait des culottes dont
les oreilles dépassaient démesurément les boucles, des bas
de coton chinés, tricotés par sa nièce, qu'il appelait
toujours *la petite Saillard* ; de gros souliers à boucles
d'argent et une redingote multicolore. Il ressemblait
beaucoup à ces petits sacristains-bedeaux-sonneurs-suis-
ses-fossoyeurs-chantres de village, que l'on prend pour des
fantaisies de caricaturiste jusqu'à ce qu'on les ait vus
fonctionner. En ce moment, il arrivait encore à pied pour
dîner et s'en retournait de même rue Greneta, où il
demeurait à un troisième étage. Son métier consistait à
escompter les valeurs du commerce dans le quartier Saint-
Martin, où il était connu sous le sobriquet de Gigonnet, à
cause du mouvement fébrile et convulsif par lequel il
levait la jambe[67]. M. Bidault avait commencé l'escompte
dès l'an II, avec un Hollandais, le sieur Werbrust, ami de
Gobseck.

Plus tard, dans le banc de la Fabrique[68] de Saint-Paul,
Saillard fit la connaissance de M. et Mme Transon, gros
négociants en poteries, établis rue de Lesdiguières[69], qui
s'intéressèrent à Élisabeth, et qui, dans l'intention de la
marier, produisirent le jeune Isidore Baudoyer chez les
Saillard. La liaison de M. et Mme Baudoyer avec les
Saillard se resserra par l'approbation de Gigonnet, qui,
pendant longtemps, avait employé dans ses affaires un
sieur Mitral, huissier, frère de Mme Baudoyer la mère,
lequel voulait alors se retirer dans une jolie maison à
L'Isle-Adam. M. et Mme Baudoyer, père et mère d'Isidore,
honnêtes mégissiers de la rue Censier, avaient lentement
fait une fortune médiocre dans un commerce routinier.
Après avoir marié leur fils unique, auquel ils donnèrent
cinquante mille francs, ils pensèrent à vivre à la campagne, et choisirent le pays de L'Isle-Adam où ils attirèrent
Mitral ; mais ils vinrent fréquemment à Paris, où ils
conservaient un pied-à-terre dans la maison de la rue
Censier donnée en dot à Isidore. Les Baudoyer jouissaient
encore de mille écus de rente, après avoir doté leur fils.

Mitral, homme à perruque sinistre, à visage de la couleur de la Seine et où brillaient deux yeux tabac d'Espagne, froid comme une corde à puits, et sentant la souris, gardait le secret sur sa fortune [70] ; mais il devait opérer dans son coin comme Gigonnet opérait dans le quartier Saint-Martin.

Si le cercle de cette famille s'étendit, ni ses idées ni ses mœurs ne changèrent. On fêtait les saints du père, de la mère, du gendre, de la fille et de la petite-fille, l'anniversaire des naissances et des mariages, Pâques, Noël, le premier jour de l'an et les Rois. Ces fêtes occasionnaient de grands balayages et un nettoiement universel au logis, ce qui ajoutait l'utilité aux douceurs de ces cérémonies domestiques. Puis, s'offraient en grande pompe, et avec accompagnement de bouquets, des cadeaux utiles : une paire de bas de soie ou un bonnet à poil pour Saillard, des boucles d'or, un plat d'argent pour Élisabeth ou pour son mari à qui l'on faisait peu à peu un service de vaisselle plate, des cottes en soie à Mme Saillard qui les gardait en pièces. À propos du présent, on asseyait le gratifié dans un fauteuil en lui disant pendant un certain temps : — Devine ce que nous t'allons donner ! Enfin s'entamait un dîner splendide, de cinq heures de durée, auquel étaient conviés l'abbé Gaudron, Falleix, Rabourdin, M. Godard, jadis sous-chef de M. Baudoyer, M. Bataille, capitaine de la compagnie à laquelle appartenaient le gendre et le beau-père. M. Cardot, né prié, faisait comme Rabourdin, il acceptait une invitation sur six. On chantait au dessert, l'on s'embrassait avec enthousiasme en se souhaitant tous les bonheurs possibles, et l'on exposait les cadeaux, en demandant leur avis à tous les invités. Le jour du bonnet à poil, Saillard l'avait gardé sur la tête pendant le dessert, à la satisfaction générale. Le soir, les simples connaissances venaient, et il y avait bal. On dansait longtemps au son d'un unique violon ; mais depuis six ans M. Godard, grand joueur de flûte, contribuait à la fête par l'addition d'un perçant flageolet. La cuisinière et la bonne de Mme Baudoyer, la vieille Catherine, servante de Mme Saillard, le

portier ou sa femme faisaient galerie à la porte du salon.
Les domestiques recevaient un écu de trois livres pour
s'acheter du vin et du café. Cette société considérait
Baudoyer et Saillard comme des hommes transcendants :
ils étaient employés par le gouvernement, ils avaient percé
par leur mérite ; ils travaillaient, disait-on, avec le
ministre, ils devaient leur fortune à leurs talents, ils
étaient des hommes politiques ; mais Baudoyer passait
pour le plus capable, sa place de chef de bureau supposait
des travaux beaucoup plus compliqués, plus ardus que
ceux de la tenue d'une caisse. Puis, quoique fils d'un
mégissier de la rue Censier, Isidore avait eu le génie de
faire des études, l'audace de renoncer à l'établissement de
son père pour aborder les bureaux, où il était parvenu à un
poste éminent. Enfin, peu communicatif, on le regardait
comme un profond penseur, et peut-être, disaient les
Transon, deviendra-t-il quelque jour le député du huitième
arrondissement. En entendant ces propos, il arrivait
souvent à Gigonnet de pincer ses lèvres, déjà si pincées, et
de jeter un coup d'œil à sa petite-nièce Élisabeth.

Au physique, Isidore était un homme âgé de trente-sept
ans, grand et gros, qui transpirait facilement, et dont la
tête ressemblait à celle d'un hydrocéphale. Cette tête
énorme, couverte de cheveux châtains et coupés ras, se
rattachait au col par un rouleau de chair qui doublait le
collet de son habit. Il avait des bras d'Hercule, des mains
dignes de Domitien, un ventre que sa sobriété contenait au
majestueux, selon le mot de Brillat-Savarin [71]. Sa figure
tenait beaucoup de celle de l'empereur Alexandre. Le type
tartare se retrouvait dans ses petits yeux, dans son nez
aplati relevé du bout, dans sa bouche à lèvres froides et
dans son menton court. Le front était bas et étroit. Quoique
d'un tempérament lymphatique, le dévot Isidore s'adonnait
à une excessive passion conjugale que le temps n'altérait
point. Malgré sa ressemblance avec le bel empereur de
Russie et le terrible Domitien, Isidore était tout simplement un bureaucrate, peu capable comme chef de bureau,
mais routinièrement formé au travail et qui cachait une

nullité flasque sous une enveloppe si épaisse qu'aucun scalpel ne pouvait la mettre à nu. Ses fortes études, pendant lesquelles il déploya la patience et la sagesse d'un bœuf, sa tête carrée avaient trompé ses parents, qui le crurent un homme extraordinaire. Méticuleux et pédant, diseur et tracassier, l'ef..oi de ses employés auxquels il faisait de continuelles observations, il exigeait les points et les virgules, accomplissait avec rigueur les règlements, et se montrait si terriblement exact que nul à son bureau ne manquait à s'y trouver avant lui. Baudoyer portait un habit bleu barbeau à boutons jaunes, un gilet chamois, un pantalon gris et une cravate de couleur. Il avait de larges pieds mal chaussés. La chaîne de sa montre était ornée d'un énorme paquet de vieilles breloques parmi lesquelles il conservait en 1824 les graines d'Amérique à la mode en l'an VII[72].

Au sein de cette famille qui se maintenait par la force des liens religieux, par la rigueur de ses mœurs, par une pensée unique, celle de l'avarice qui devient alors comme une boussole, Élisabeth était forcée de se parler à elle-même au lieu de communiquer ses idées, car elle se sentait sans pairs qui la comprissent. Quoique les faits l'eussent contrainte à juger son mari, la dévote[73] soutenait de son mieux l'opinion favorable à M. Baudoyer ; elle lui témoignait un profond respect, honorant en lui le père de sa fille, son mari, le pouvoir temporel, disait le vicaire de Saint-Paul. Aussi aurait-elle regardé comme un péché mortel de faire un seul geste, de lancer un seul coup d'œil, de dire une seule parole qui eût pu révéler à un étranger sa véritable opinion sur l'imbécile Baudoyer ; elle professait une obéissance passive pour toutes ses volontés. Tous les bruits de la vie arrivaient à son oreille, elle les recueillait, les comparait pour elle seule, et jugeait si saintement des choses et des hommes, qu'au moment où cette histoire commence, elle était l'oracle secret des deux fonctionnaires, insensiblement arrivés tous deux à ne rien faire sans la consulter. Le père Saillard disait naïvement : « Est-elle futée, ct'Élisabeth ! » Mais Baudoyer, trop sot pour ne pas

être gonflé par la fausse réputation dont il jouissait dans le
quartier Saint-Antoine, niait l'esprit de sa femme, tout en
le mettant à profit. Élisabeth avait deviné que son oncle
Bidault dit Gigonnet devait être riche et maniait des
sommes énormes. Éclairée par l'intérêt, elle connaissait
M. des Lupeaulx mieux que ne le connaissait le ministre.
En se trouvant mariée à un imbécile, elle pensait bien que
la vie aurait pu aller autrement pour elle, mais elle
soupçonnait le mieux sans vouloir le connaître. Toutes ses
affections douces trouvaient un aliment dans son amour
pour sa fille, à qui elle évitait les peines qu'elle avait
supportées dans son enfance, et elle se croyait ainsi quitte
envers le monde des sentiments. Pour sa fille seule, elle
avait décidé son père à l'acte exorbitant de son association
avec Falleix. Falleix avait été présenté chez les Saillard
par le vieux Bidault, qui lui prêtait de l'argent sur des
marchandises. Falleix trouvait *son vieux pays* trop cher, il
s'était plaint avec candeur devant les Saillard de ce que
Gigonnet prenait dix-huit pour cent à un Auvergnat. La
vieille Mme Saillard avait osé blâmer son oncle.

— C'est bien parce qu'il est Auvergnat que je ne lui
prends que dix-huit pour cent ! répondit Gigonnet.

Falleix, âgé de vingt-huit ans, ayant fait une découverte
et la communiquant à Saillard, paraissait avoir le cœur sur
la main (expression du vocabulaire Saillard) et semblait
promis à une grande fortune ; Élisabeth conçut aussitôt de
le mitonner pour sa fille, et de former elle-même son
gendre, en calculant ainsi à sept ans de distance. Martin
Falleix rendit d'incroyables respects à Mme Baudoyer, à
laquelle il reconnut un esprit supérieur. Eût-il plus tard
des millions, il devait toujours appartenir à cette maison,
où il trouvait une famille. La petite Baudoyer était déjà
stylée à lui apporter gentiment à boire et à placer son
chapeau.

Au moment où M. Saillard rentra du ministère, le boston
allait son train. Élisabeth conseillait Falleix. Mme Saillard
tricotait au coin du feu en regardant le jeu du vicaire de
Saint-Paul. M. Baudoyer, immobile comme un terme [74],

employait son intelligence à calculer où étaient les cartes et faisait face à Mitral, venu de L'Isle-Adam pour les fêtes de Noël. Personne ne se dérangea pour le caissier, qui se promena pendant quelques instants dans le salon, en montrant sa grosse face crispée par une méditation insolite.

— Il est toujours comme ça quand il dîne chez le ministre, ce qui n'arrive heureusement que deux fois par an, dit Mme Saillard, car ils me l'extermineraient. Saillard n'était point fait pour être dans le gouvernement. — Ah çà, j'espère, Saillard, lui dit-elle à haute voix, que tu ne vas pas garder ici ta culotte de soie et ton habit de drap d'Elbeuf. Va donc quitter tout cela, ne l'use pas ici pour rien, ma mère.

— Ton père a quelque chose, dit Baudoyer à sa femme quand le caissier fut dans sa chambre à se déshabiller sans feu.

— Peut-être M. de La Billardière est-il mort, dit simplement Élisabeth ; et comme il désire que tu le remplaces, ça le tracasse.

— Si je puis vous être utile à quelque chose, dit en s'inclinant le vicaire de Saint-Paul, usez de moi, j'ai l'honneur d'être connu de Mme la Dauphine. Nous sommes dans un temps où il faut donner les emplois à des gens dévoués et dont les principes religieux soient inébranlables [75].

— Tiens, dit Falleix, faut donc des protections aux gens de mérite pour arriver dans vos états ? J'ai bien fait de me faire fondeur, la pratique sait dénicher les choses bien fabriquées...

— Monsieur, répondit Baudoyer, le gouvernement est le gouvernement, ne l'attaquez jamais ici.

— En effet, dit le vicaire, vous parlez là comme *Le Constitutionnel* [76].

— *Le Constitutionnel* ne dit pas autre chose, reprit Baudoyer qui ne lisait jamais.

Le caissier croyait son gendre aussi supérieur en talents

à Rabourdin qu'il croyait Dieu au-dessus de saint Crépin, disait-il ; mais le bonhomme souhaitait cet avancement avec naïveté. Mû par le sentiment qui porte tous les employés à monter en grade, passion violente, irréfléchie, brutale, il voulait le succès, comme il voulait la croix de la Légion d'honneur, sans rien faire contre sa conscience, et par la seule force du mérite. Selon lui, un homme qui avait eu la patience d'être assis pendant vingt-cinq ans dans un bureau, derrière un grillage, s'était tué pour la patrie et avait bien mérité la croix. Pour servir son gendre, il n'avait pas inventé autre chose que de glisser une phrase à la femme de Son Excellence, en lui apportant le traitement du mois.

— Hé bien, Saillard, tu as l'air d'avoir perdu tous tes parents ? Parle-nous donc, mon fils. Dis-nous donc quelque chose, lui cria sa femme quand il rentra.

Saillard tourna sur ses talons après avoir fait un signe à sa fille, pour se défendre de parler politique devant les étrangers. Quand M. Mitral et le vicaire furent partis, Saillard recula la table, se mit dans un fauteuil et se posa comme il se posait quand il avait un cancan de bureau à répéter, mouvements semblables aux trois coups frappés sur le théâtre à la Comédie-Française. Après avoir recommandé le plus profond secret à sa femme, à son gendre et à sa fille, car, quelque mince que fût le cancan, leurs places, selon lui, dépendaient toujours de leur discrétion, il leur raconta cette incompréhensible énigme de la démission d'un député, de l'envie bien légitime du secrétaire général d'être nommé à sa place, de la secrète opposition du Ministère au vœu d'un de ses plus fermes soutiens, d'un de ses zélés serviteurs ; puis l'affaire de l'âge et du cens. Ce fut une avalanche de suppositions noyée dans les raisonnements des deux employés qui se renvoyèrent l'un à l'autre des tartines de bêtises. Elisabeth, elle, fit trois questions.

— Si M. des Lupeaulx est pour nous, M. Baudoyer sera-t-il sûrement nommé ?

— *Quien, parbleu !* s'écria le caissier.

— En 1814, mon oncle Bidault et M. Gobseck son ami l'ont obligé, pensa-t-elle. A-t-il encore des dettes ?

— Oui, fit le caissier en appuyant par un sifflement piteux et prolongé sur la dernière voyelle. Il y a eu des oppositions sur le traitement, mais elles ont été levées par ordre supérieur, un mandat à vue.

— Où donc est sa terre des Lupeaulx ?

— *Quien, parbleu !* dans le pays de ton grand-père et de ton grand-oncle Bidault, de Falleix, pas loin de l'arrondissement du député qui descend la garde...

Quand son colosse de mari fut couché, Élisabeth se pencha sur lui, et quoiqu'il eût taxé ses questions de *lubies* : — Mon ami, dit-elle, peut-être auras-tu la place de M. de La Billardière.

— Te voilà encore avec tes imaginations, dit Baudoyer. Laisse donc M. Gaudron parler à la Dauphine, et ne te mêle pas des bureaux.

À onze heures, au moment où tout était calme à la place Royale, M. des Lupeaulx quittait l'Opéra pour venir rue Duphot. Ce mercredi fut un des plus brillants de Mme Rabourdin. Plusieurs de ses habitués revinrent du théâtre et augmentèrent les groupes formés dans ses salons et où se remarquaient plusieurs célébrités : Canalis le poète, le peintre Schinner, le docteur Bianchon, Lucien de Rubempré, Octave de Camps, le comte de Granville, le vicomte de Fontaine, du Bruel le vaudevilliste, Andoche Finot le journaliste, Derville, une des plus fortes têtes du palais, le comte du Châtelet, député, du Tillet le banquier, des jeunes gens élégants comme Paul de Manerville et le jeune vicomte de Portenduère. Célestine servait le thé quand le secrétaire général entra. Sa toilette lui allait bien ce soir-là : elle avait une robe de velours noir sans ornement, une écharpe de gaze noire, les cheveux bien lissés, relevés par une natte ronde, et de chaque côté les boucles tombant à l'anglaise. Ce qui distinguait cette femme, était le laisser-aller italien de l'artiste, une facile compréhension de toute chose, et la grâce avec laquelle elle souhaitait la bienvenue au moindre désir de ses amis. La nature lui avait

donné une taille svelte pour se retourner lestement au
premier mot d'interrogation, des yeux noirs fendus à
l'orientale et inclinés comme ceux des Chinoises pour voir
de côté ; elle savait ménager sa voix insinuante et douce de
manière à répandre un charme caressant sur toute parole,
même celle jetée au hasard ; elle avait de ces pieds que
l'on ne voit que dans les portraits où les peintres mentent à
leur aise en chaussant leur modèle, seule flatterie qui ne
compromette pas l'anatomie. Son teint, un peu jaune au
jour comme est celui des brunes, jetait un vif éclat aux
lumières qui faisaient briller ses cheveux et ses yeux noirs.
Enfin ses formes minces et découpées rappelaient à
l'artiste celles de la Vénus du Moyen Âge trouvée par Jean
Goujon [77], l'illustre statuaire de Diane de Poitiers.

Des Lupeaulx s'arrêta sur la porte en s'appuyant l'épaule
au chambranle. Cet espion des idées ne se refusa pas au
plaisir d'espionner un sentiment, car cette femme l'intéressait beaucoup plus qu'aucune de celles auxquelles il s'était
attaché. Des Lupeaulx arrivait à l'âge où les hommes ont
des prétentions excessives auprès des femmes. Les premiers cheveux blancs amènent les dernières passions, les
plus violentes parce qu'elles sont à cheval sur une
puissance qui finit et sur une faiblesse qui commence.
Quarante ans est l'âge des folies, l'âge où l'homme veut
être aimé pour lui, car alors son amour ne se soutient plus
par lui-même, comme aux premiers jours de la vie où l'on
peut être heureux en aimant à tort et à travers, à la façon
de Chérubin. À quarante ans, on veut tout, tant on craint
de ne rien obtenir, tandis qu'à vingt-cinq ans on a tant de
choses qu'on ne sait rien vouloir. À vingt-cinq ans, on
marche avec tant de forces qu'on les dissipe impunément ;
mais à quarante ans on prend l'abus pour la puissance. Les
pensées qui saisirent en ce moment des Lupeaulx furent
sans doute mélancoliques. Les nerfs de ce vieux beau se
détendirent, le sourire agréable qui lui servait de physionomie et lui faisait comme un masque en crispant sa figure
se dissipa ; l'homme vrai parut, il fut horrible ; Rabourdin
l'aperçut, et se dit : « Que lui est-il arrivé ? Est-il en

disgrâce ? » Le secrétaire général se souvenait seulement
d'avoir été trop promptement quitté naguère par la jolie
Mme Colleville dont les intentions furent exactement
celles de Célestine. Rabourdin surprit ce faux homme
d'État les yeux attachés sur sa femme, et il enregistra ce
regard dans sa mémoire. Rabourdin était un observateur
trop perspicace pour ne pas connaître des Lupeaulx à fond,
il le méprisait profondément ; mais, comme chez les
hommes très occupés, ses sentiments n'arrivaient pas à la
surface. L'emportement que cause un travail aimé équivaut à la plus habile dissimulation, les opinions de
Rabourdin étaient donc lettres closes pour des Lupeaulx.
Le chef de bureau voyait avec peine ce parvenu politique
chez lui, mais il n'avait pas voulu contrarier Célestine. En
ce moment, il causait confidentiellement avec un surnuméraire qui devait jouer un rôle dans l'intrigue engendrée
par la mort certaine de La Billardière, il épia donc d'un
regard fort distrait Célestine et des Lupeaulx.

   Ici, peut-être doit-on expliquer, autant pour les étrangers que pour nos neveux, ce qu'est à Paris un surnuméraire.

   Le surnuméraire est à l'Administration ce que l'enfant
de chœur est à l'Église, ce que l'enfant de troupe est au
Régiment, ce que le rat est au Théâtre : quelque chose de
naïf, de candide, un être aveuglé par les illusions. Sans
l'illusion, où irions-nous ? Elle donne la puissance de
manger la *vache enragée* des Arts, de dévorer les commen-
cements de toute science en nous donnant la croyance.
L'illusion est une foi démesurée ! Or, il a foi en l'Administration, le surnuméraire ! il ne la suppose pas froide,
atroce, dure comme elle est. Il n'y a que deux genres de
surnuméraires : les surnuméraires riches et les surnuméraires pauvres. Le surnuméraire pauvre est riche d'espérance et a besoin d'une place, le surnuméraire riche est
pauvre d'esprit et n'a besoin de rien. Une famille riche
n'est pas assez niaise pour mettre un homme d'esprit dans
l'Administration. Le surnuméraire riche est confié à un
employé supérieur ou placé près du directeur général, qui

l'initie à ce que Bilboquet, ce profond philosophe,
appellerait la haute comédie de l'Administration : on lui
adoucit les horreurs du stage jusqu'à ce qu'il soit nommé à
quelque emploi. Le surnuméraire riche n'effraie jamais les
Bureaux. Les employés savent qu'il ne les menace point, le
surnuméraire riche ne vise que les hauts emplois de
l'Administration. Vers cette époque, bien des familles se
disaient : « Que ferons-nous de nos enfants ? » L'Armée
n'offrait point de chances de fortune. Les carrières
spéciales, le Génie civil, la Marine, les Mines, le Génie
militaire, le Professorat étaient barricadés par des règlements ou défendus par des concours ; tandis que le
mouvement rotatoire qui métamorphose les employés en
préfets, sous-préfets, directeurs des contributions, receveurs, etc., en bons hommes de lanterne magique, n'est
soumis à aucune loi, à aucun stage. Par cette lacune,
débouchèrent les surnuméraires à cabriolet, à beaux
habits, à moustaches, tous impertinents comme des parvenus. Le journalisme persécutait assez le surnuméraire
riche, toujours cousin, neveu, parent de quelque ministre,
de quelque député, d'un pair très influent ; mais les
employés, complices de ce surnuméraire, en recherchaient
la protection. Le surnuméraire pauvre, le vrai, le seul
surnuméraire, est presque toujours le fils de quelque
veuve d'employé qui vit sur une maigre pension et se tue à
nourrir son fils jusqu'à ce qu'il arrive à la place d'expéditionnaire, et qui meurt le laissant près du bâton de
maréchal, quelque place de commis rédacteur, de commis
d'ordre, ou peut-être de sous-chef. Toujours logé dans un
quartier où les loyers ne sont pas chers, ce surnuméraire
part de bonne heure ; pour lui, l'état du ciel est la seule
question d'Orient ! Venir à pied, ne pas se crotter, ménager
ses habits, calculer le temps qu'une trop forte averse peut
lui prendre s'il est forcé de se mettre à l'abri, combien de
préoccupations ! Les trottoirs dans les rues, le dallage des
boulevards et des quais furent des bienfaits pour lui.
Quand, par des causes bizarres, vous êtes dans Paris à sept
heures et demie ou huit heures du matin, en hiver, que

vous voyez, par un froid piquant, par une pluie, par un mauvais temps quelconque, poindre un craintif et pâle jeune homme, sans cigare, faites attention à ses poches ?... vous y verrez la configuration d'une flûte que sa mère lui a donnée, afin qu'il puisse, sans danger pour son estomac, franchir les neuf heures qui séparent son déjeuner de son dîner. La candeur des surnuméraires dure peu, d'ailleurs. Un jeune homme, éclairé par les lueurs de la vie parisienne, a bientôt mesuré la distance effroyable qui se trouve entre un sous-chef et lui, cette distance qu'aucun mathématicien, ni Archimède, ni Newton, ni Pascal, ni Leibniz, ni Kepler, ni Laplace, n'a pu évaluer, et qui existe entre 0 et le chiffre 1, entre une gratification problématique et un traitement ! Le surnuméraire aperçoit donc assez promptement les impossibilités de la carrière, il entend parler des passe-droits par des employés qui les expliquent ; il découvre les intrigues des bureaux, il voit les moyens exceptionnels par lesquels ses supérieurs sont parvenus : l'un a épousé une jeune personne qui a fait une faute ; l'autre, la fille naturelle d'un ministre : celui-ci a endossé une grave responsabilité ; celui-là, plein de talent, a risqué sa santé dans des travaux forcés, il avait une persévérance de taupe, et l'on ne se sent pas toujours capable de tels prodiges ! Tout se sait dans les bureaux. L'homme incapable a une femme pleine de tête qui l'a poussé par là, qui l'a fait nommer député ; s'il n'a pas de talent dans les bureaux, il intrigaille à la Chambre. Tel a pour ami intime de sa femme un homme d'État. Tel est le commanditaire d'un journaliste puissant. Dès lors le surnuméraire dégoûté donne sa démission. Les trois quarts des surnuméraires quittent l'Administration sans avoir été employés, il n'y reste que les jeunes gens entêtés ou les imbéciles qui se disent : « J'y suis depuis trois ans, je finirai par avoir une place ! » ou les jeunes gens qui se sentent une vocation. Évidemment, le surnumérariat est, pour l'Administration, ce que le noviciat est dans les ordres religieux, une épreuve. Cette épreuve est rude. L'État y découvre ceux qui peuvent supporter la faim, la

soif et l'indigence sans y succomber, le travail sans s'en
dégoûter, et dont le tempérament acceptera l'horrible
existence, ou, si vous voulez, la maladie des bureaux. De
ce point de vue, le surnumérariat, loin d'être une infâme
spéculation du Gouvernement pour obtenir du travail
gratis, serait une institution bienfaisante.

Le jeune homme à qui parlait Rabourdin était un
surnuméraire pauvre nommé Sébastien de La Roche, venu
sur la pointe de ses bottes de la rue du Roi-Doré au Marais,
sans avoir attrapé la moindre éclaboussure. Il disait
maman et n'osait lever les yeux sur Mme Rabourdin, dont
la maison lui faisait l'effet d'un Louvre. Il montrait peu ses
gants nettoyés à la gomme élastique. Sa pauvre mère lui
avait mis cent sous dans sa poche au cas où il serait
absolument nécessaire de jouer, en lui recommandant de
ne rien prendre, de rester debout, et de bien faire attention
à ne pas pousser quelque lampe, quelque jolie bagatelle
étalée sur une étagère. Sa mise était le noir le plus strict.
Sa figure blonde, ses yeux d'une belle teinte verte à reflets
dorés étaient en harmonie avec une belle chevelure d'un
ton chaud. Le pauvre enfant regardait parfois Mme Rabourdin à la dérobée, en se disant : « Quelle belle
femme ! » À son retour, il devait penser à cette fée
jusqu'au moment où le sommeil lui cloiait la paupière.
Rabourdin avait vu dans Sébastien une vocation, et,
comme il prenait le surnumérariat au sérieux, il s'était
intéressé vivement à ce pauvre enfant. Il avait d'ailleurs
deviné la misère qui régnait dans le ménage d'une pauvre
veuve pensionnée à sept cents francs, et dont le fils, sorti
du collège depuis peu, avait nécessairement absorbé bien
des économies. Aussi était-il tout paternel pour ce pauvre
surnuméraire ; il se battait souvent au Conseil afin de lui
obtenir une gratification, et quelquefois il la prenait sur la
sienne propre, quand la discussion devenait trop ardente
entre les distributeurs des grâces et lui. Puis il accablait
Sébastien de travail, il le formait ; il lui faisait remplir la
place de du Bruel, le faiseur de pièces de théâtre, connu
dans la littérature dramatique et sur les affiches sous le

nom de Cursy, lequel laissait à Sébastien cent écus sur son traitement. Rabourdin, dans l'esprit de Mme de La Roche et de son fils, était à la fois un grand homme, un tyran, un ange ; à lui, se rattachaient toutes leurs espérances. Sébastien avait les yeux toujours fixés sur le moment où il devait passer employé. Ah ! le jour où ils émargent est une belle journée pour les surnuméraires ! Tous ils ont long-temps manié l'argent de leur premier mois, et ils ne le donnent pas tout entier à leur mère ! Vénus sourit toujours à ces prémices de la caisse ministérielle. Cette espérance ne pouvait être réalisée pour Sébastien que par M. Rabourdin, son seul protecteur ; aussi son dévouement à son chef était-il sans bornes. Le surnuméraire dînait deux fois par mois rue Duphot, mais en famille et amené par Rabourdin ; madame ne le priait jamais que pour les bals où il lui fallait des danseurs. Le cœur du pauvre surnuméraire battait quand il voyait l'imposant des Lupeaulx qu'une voiture ministérielle emportait souvent à quatre heures et demie, alors qu'il déployait son parapluie sous la porte du ministère pour s'en aller au Marais. Le secrétaire général de qui son sort dépendait, qui d'un mot pouvait lui donner une place de douze cents francs (oui, douze cents francs étaient toute son ambition ; à ce prix, sa mère et lui pouvaient être heureux !), eh bien, ce secrétaire général ne le connaissait pas ! À peine des Lupeaulx savait-il qu'il existât un Sébastien de La Roche. Et si le fils de La Billardière, le surnuméraire riche du bureau de Baudoyer, se trouvait aussi sous la porte, des Lupeaulx ne manquait jamais à le saluer par un coup de tête amical. M. Benjamin de La Billardière était fils du cousin d'un ministre.

En ce moment Rabourdin grondait ce pauvre petit Sébastien, le seul qui fût dans la confidence entière de ses immenses travaux. Le surnuméraire copiait et recopiait le fameux mémoire composé de cent cinquante feuillets de grand papier Tellière, outre les tableaux à l'appui, les résumés qui tenaient sur une simple feuille, les calculs avec accolades, titres à l'anglaise et sous-titres en ronde.

Animé par sa participation mécanique à cette grande idée, l'enfant de vingt ans refaisait un tableau pour un simple grattage, il mettait sa gloire à peindre les écritures, éléments d'une si noble entreprise. Sébastien avait commis l'imprudence d'emporter au bureau la minute du travail le plus dangereux, afin d'en achever la copie. C'était un état général des employés des administrations centrales de tous les ministères à Paris, avec des indications sur leur fortune présente et à venir, et sur leurs entreprises personnelles en dehors de leur emploi.

À Paris, tout employé qui n'a pas, comme Rabourdin, une patriotique ambition ou quelque capacité supérieure, joint les fruits d'une industrie aux produits de sa place afin de pouvoir exister. Il fait comme M. Saillard, il s'intéresse à un commerce en baillant des fonds, et le soir il tient les livres de son associé. Beaucoup d'employés sont mariés à des lingères, à des débitantes de tabac, à des directrices de bureaux de loterie ou de cabinets de lecture. Quelques-uns, comme le mari de Mme Colleville, l'antagoniste de Célestine, sont placés à l'orchestre d'un théâtre. D'autres, comme du Bruel, fabriquent des vaudevilles, des opéras-comiques, des mélodrames, ou dirigent des spectacles. En ce genre, on peut citer MM. Sewrin, Pixérécourt, Planard, etc. Dans leur temps, Pigault-Lebrun, Piis, Duvicquet avaient des places [78]. Le premier libraire de M. Scribe fut un employé au Trésor [79].

Outre ces renseignements, l'état fait par Rabourdin contenait un examen des capacités morales et des facultés physiques nécessaire pour bien connaître les gens chez lesquels se rencontraient l'intelligence, l'aptitude au travail et la santé, trois conditions indispensables dans des hommes qui devaient supporter le fardeau des affaires publiques, qui devaient tout faire vite et bien. Mais ce beau travail, fruit de dix années d'expérience, d'une longue connaissance des hommes et des choses, obtenu par des liaisons avec les principaux fonctionnaires des différents ministères, sentait l'espionnage et la police pour qui ne comprenait pas à quoi il se rattachait. Une seule

feuille lue, M. Rabourdin pouvait être perdu. Admirant
sans restriction son chef et ignorant encore les méchance-
tés de la bureaucratie, Sébastien avait les malheurs de la
naïveté comme il en avait toutes les grâces. Aussi, quoique
déjà grondé pour avoir emporté ce travail, eut-il le courage
d'avouer sa faute en entier : il avait serré minute et copie
dans un carton où personne ne pouvait les trouver ; mais en
devinant l'importance de sa faute, quelques larmes roulè-
rent dans ses yeux.

— Allons, monsieur, lui dit avec bonté Rabourdin,
plus d'imprudences, mais ne vous désolez pas. Rendez-
vous demain au bureau de très bonne heure, voici la clef
d'une caisse qui est dans mon secrétaire à cylindre, elle est
fermée par une serrure à combinaisons ; vous l'ouvrirez en
écrivant le mot *ciel,* vous y serrerez copie et minute.

Ce trait de confiance sécha les larmes du gentil
surnuméraire, que son chef voulut contraindre à prendre
une tasse de thé et des gâteaux.

— Maman me défend de prendre du thé à cause de ma
poitrine, dit Sébastien.

— Hé bien, cher enfant, reprit l'imposante Mme Rabourdin, qui voulait faire acte public de bonté, voici des
sandwiches et de la crème, venez là près de moi.

Elle força Sébastien à s'asseoir près d'elle à table, et le
cœur du pauvre petit lui battit jusque dans la gorge en
sentant la robe de cette divinité effleurer son habit. En ce
moment la belle Rabourdin aperçut M. des Lupeaulx, lui
sourit, et, au lieu d'attendre qu'il vînt à elle, alla vers lui.

— Pourquoi restez-vous là comme si vous nous bou-
diez ? dit-elle.

— Je ne boudais pas, reprit-il. Mais en venant vous
annoncer une bonne nouvelle, je ne pouvais m'empêcher
de penser que vous seriez encore plus sévère pour moi. Je
me voyais dans six mois d'ici presque étranger pour vous.
Oui, vous avez trop d'esprit, et moi trop d'expérience... de
rouerie, si vous voulez ! pour que nous nous trompions l'un
et l'autre. Votre but est atteint sans qu'il vous en coûte
autre chose que des sourires et des paroles gracieuses...

— Nous tromper ! que voulez-vous dire ? s'écria-t-elle d'un air en apparence piqué.

— Oui, M. de La Billardière va ce soir encore plus mal qu'hier ; et, d'après ce que m'a dit le ministre, votre mari sera nommé chef de division.

Il lui raconta ce qu'il appelait sa scène chez le ministre, la jalousie de la comtesse, et ce qu'elle avait dit à propos de l'invitation qu'il ménageait à Mme Rabourdin.

— Monsieur des Lupeaulx, répondit avec dignité Mme Rabourdin, permettez-moi de vous dire que mon mari est le plus ancien chef de bureau et le plus capable, que la nomination de ce vieux La Billardière fut un passe-droit qui a mis les bureaux en rumeur, que mon mari fait l'intérim depuis un an, qu'ainsi nous n'avons ni concurrent ni rival.

— Cela est vrai.

— Eh bien, reprit-elle en souriant et montrant les plus belles dents du monde, l'amitié que j'ai pour vous peut-elle être entachée par une pensée d'intérêt ? M'en croyez-vous capable ?

Des Lupeaulx fit un geste de dénégation admirative.

— Ah ! reprit-elle, le cœur des femmes sera toujours un secret pour les plus habiles d'entre vous. Oui, je vous ai vu venir ici avec le plus grand plaisir, et il y avait au fond de mon plaisir une idée intéressée.

— Ah !

— Vous avez, lui dit-elle à l'oreille, un avenir sans bornes, vous serez député, puis ministre ! (Quel plaisir pour un ambitieux d'entendre dérouler ces paroles dans le tuyau de son oreille par la jolie voix d'une jolie femme !) Oh ! je vous connais mieux que vous ne vous connaissez vous-même. Rabourdin est un homme qui vous sera d'une immense utilité dans votre carrière, il fera le travail quand vous serez à la Chambre ! De même que vous rêvez le Ministère, moi, je veux pour Rabourdin le Conseil d'État et une direction générale. Je me suis donc mis en tête de réunir deux hommes qui ne se nuiront jamais l'un à l'autre, et qui peuvent se servir puissamment. N'est-ce pas là le

rôle d'une femme ? Amis, vous marcherez plus vite l'un et
l'autre, et il est temps pour tous deux de voguer ! J'ai brûlé
mes vaisseaux, ajouta-t-elle en souriant. Vous n'êtes pas
aussi franc avec moi que je le suis avec vous.

— Vous ne voulez pas m'écouter, dit-il d'un air
mélancolique malgré le contentement intérieur et profond
que lui causait Mme Rabourdin. Que me font vos
promotions futures, si vous me destituez ici ?

— Avant de vous écouter, dit-elle avec sa vivacité
parisienne, il faudrait pouvoir nous entendre.

Et elle laissa le vieux fat pour aller causer avec Mme de
Chessel, une comtesse de province qui faisait mine de
partir.

— Cette femme est extraordinaire, se dit des Lupeaulx,
je ne me reconnais plus auprès d'elle.

Et, en effet, ce roué qui, six ans auparavant, entretenait
un rat, qui, grâce à sa place, se faisait un sérail avec les
jolies femmes des employés, qui vivait dans le monde des
journalistes et des actrices, fut charmant pendant toute la
soirée pour Célestine, et quitta le salon le dernier.

— Enfin, pensa Mme Rabourdin en se déshabillant,
nous avons la place ! douze mille francs par an, les
gratifications et le revenu de notre ferme des Grajeux, tout
cela fera vingt-cinq mille francs. Ce n'est pas l'aisance,
mais ce n'est plus la misère.

Célestine s'endormit en pensant à ses dettes, en
supputant qu'en trois ans, par une retenue annuelle de six
mille francs, elle pourrait les acquitter. Elle était bien loin
d'imaginer qu'une femme qui n'avait jamais mis le pied
dans un salon, qu'une petite bourgeoise criarde et intéressée, dévote et enterrée au Marais, sans appuis ni connaissances, songeait à emporter d'assaut la place à laquelle
elle asseyait son Rabourdin par avance. Mme Rabourdin
eût méprisé Mme Baudoyer si elle avait su l'avoir pour
antagoniste, car elle ignorait la puissance de la petitesse,
cette force du ver qui ronge un ormeau en en faisant le tour
sous l'écorce.

S'il était possible de se servir en littérature du microscope des Leuvenhoëk, des Malpighi, des Raspail, ce qu'a tenté Hoffmann le Berlinois [80] ; et si l'on grossissait et dessinait ces tarets qui ont mis la Hollande à deux doigts de sa perte en rongeant ses digues, peut-être ferait-on voir des figures à peu de chose près semblables à celles des sieurs Gigonnet, Mitral, Baudoyer, Saillard, Gaudron, Falleix, Transon, Godard et compagnie, tarets qui d'ailleurs ont montré leur puissance dans la trentième année de ce siècle [81]. Aussi voici le moment de montrer les tarets qui grouillaient dans les bureaux où se sont préparées les principales scènes de cette Étude.

... temps de la méthode des *Klopfock*, des *Rezail*, et qu'il
venu (Hoffmann le *Berlinois*?), et si l'on s'occupait et
dépeignait les faits qui ont mis la Hollande à deux doigts
de sa perte en rappelant ses dignes peut-être bien-même
des figures à peu de chose près semblables à belles de
Kober, *Gleastel*, *Mitzl*, *Fanheer*, *Soflidit*, *Couchon*,
Balfate, *Tannin*, *Voutard* et compagnie, tous ... qui ...
leurs ont ... tout ... puissance dans la ... une arme, il
ne sera ... sans doute le moment de montrer les traits qui
constituent dans les tableaux de ce ... préparent les
principales scènes de cette ...

SECONDE PARTIE

Les Bureaux

CHAPITRE IV

QUELQUES EMPLOYÉS
VUS DE TROIS-QUARTS

À Paris, presque tous les bureaux se ressemblent. En quelque ministère que vous erriez pour solliciter le moindre redressement de torts ou la plus légère faveur, vous trouverez des corridors obscurs, des dégagements peu éclairés, des portes percées, comme les loges de théâtre, d'une vitre ovale qui ressemble à un œil, et par laquelle on voit des fantaisies dignes de Callot, et sur lesquelles sont des indications incompréhensibles. Quand vous avez trouvé l'objet de vos désirs, vous êtes dans une première pièce où se tient le garçon de bureau ; il en est une seconde où sont les employés inférieurs ; le cabinet d'un sous-chef vient ensuite à droite ou à gauche ; enfin plus loin ou plus haut, celui du chef de bureau. Quant au personnage immense nommé chef de division sous l'Empire, parfois directeur sous la Restauration, et maintenant redevenu chef de division, il loge au-dessus ou au-dessous de ses deux ou trois bureaux, quelquefois après celui d'un de ses chefs. Son appartement se distingue toujours par son ampleur, avantage bien prisé dans ces singulières alvéoles de la ruche appelée ministère ou direction générale, si tant est qu'il existe une seule direction générale ! Aujourd'hui presque tous les ministères ont absorbé ces administrations autrefois séparées. À cette agglomération, les directeurs généraux ont perdu tout leur lustre en perdant leurs hôtels, leurs gens, leurs salons et leur petite cour. Qui reconnaîtrait aujourd'hui, dans l'homme arrivant à pied au Trésor, y montant à un deuxième étage, le directeur général des

Forêts ou des Contributions indirectes, jadis logé dans un magnifique hôtel, rue Sainte-Avoye ou rue Saint-Augustin[82], conseiller, souvent ministre d'État et pair de France ? (MM. Pasquier et Molé[83], entre autres, se sont contentés de directions générales après avoir été ministres, mettant ainsi en pratique le mot du duc d'Antin à Louis XIV : « Sire, quand Jésus-Christ mourait le vendredi, il savait bien qu'il reviendrait le dimanche. ») Si, en perdant son luxe, le directeur général avait gagné en étendue administrative, le mal ne serait pas énorme ; mais aujourd'hui ce personnage se trouve à grand-peine maître des requêtes avec quelque malheureux vingt mille francs. Comme symbole de son ancienne puissance, on lui tolère un huissier en culotte, en bas de soie et en habit à la française, si toutefois l'huissier n'a pas été dernièrement réformé[84].

En style administratif, un bureau se compose d'un garçon, de plusieurs surnuméraires faisant la besogne gratis pendant un certain nombre d'années, de simples expéditionnaires, de commis-rédacteurs, de commis d'ordre ou commis principaux, d'un sous-chef et d'un chef. La division, qui comprend ordinairement deux ou trois bureaux, en compte parfois davantage. Les titres dénominatifs varient selon les administrations : il peut y avoir un vérificateur au lieu d'un commis d'ordre, un teneur de livres, etc.

Carrelée comme le corridor et tendue d'un papier mesquin, la pièce où se tient le garçon de bureau est meublée d'un poêle, d'une grande table noire, plumes, encrier, quelquefois une fontaine, enfin des banquettes sans nattes pour les pieds de grue publics ; mais le garçon de bureau, assis dans un bon fauteuil, repose les siens sur un paillasson. Le bureau des employés est une grande pièce plus ou moins claire, rarement parquetée. Le parquet et la cheminée sont spécialement affectés aux chefs de bureau et de division, ainsi que les armoires, les bureaux et les tables d'acajou, les fauteuils de maroquin rouge ou vert, les divans, les rideaux de soie et autres objets de luxe administratif. Le bureau des employés a un poêle dont le tuyau donne dans une cheminée bouchée, s'il y a cheminée. Le papier de tenture est uni, vert ou brun, Les tables sont en bois noir. L'industrie des employés se manifeste dans leur manière de se caser. Le frileux a sous ses pieds une espèce de pupitre en bois, l'homme à tempérament bilieux-sanguin n'a qu'une sparterie ; le lymphatique qui redoute les vents coulis, l'ouverture des portes et autres causes du changement de température, se fait un petit paravent avec des cartons[85]. Il existe une armoire où chacun met l'habit de travail, les manches en toile, les garde-vue, casquettes, calottes grecques et autres ustensiles du métier. Presque toujours la cheminée est garnie de carafes pleines d'eau, de verres et de débris de déjeuner. Dans certains locaux obscurs, il y a des lampes. La porte du cabinet où se tient le sous-chef est ouverte, en sorte qu'il peut surveiller ses employés, les empêcher de trop causer, ou venir causer avec eux dans les grandes circonstances. Le mobilier des bureaux indiquerait au besoin à l'observateur la qualité de ceux qui les habitent. Les rideaux sont blancs ou en étoffe de couleur, en coton ou en soie ; les chaises sont en merisier ou en acajou, garnies de paille, de maroquin ou d'étoffes ; les papiers sont plus ou moins frais. Mais, à quelque administration que toutes ces choses publiques appartiennent, dès qu'elles sortent du ministère, rien n'est plus étrange que ce monde de meubles qui a vu tant de maîtres et tant de régimes, qui a subi tant de désastres. Aussi de tous les déménagements, les plus grotesques de Paris sont-ils ceux des administrations[86]. Jamais le génie d'Hoffmann, ce chantre de l'impossible, n'a rien inventé de plus fantastique. On ne se rend pas compte de ce qui passe dans les charrettes. Les cartons bâillent en laissant une traînée de poussière dans les rues. Les tables montrant leurs quatre fers en l'air, les fauteuils rongés, les incroyables ustensiles avec lesquels on administre la France, ont des physionomies effrayantes. C'est à la fois quelque chose qui tient aux affaires de théâtre et aux machines des saltimbanques.

De même que sur les obélisques, on aperçoit des traces d'intelligence et des ombres d'écriture qui troublent l'imagination, comme tout ce qu'on voit sans en comprendre la fin ! Enfin tout cela est si vieux, si éreinté, si fané, que la batterie de cuisine la plus sale est infiniment plus agréable à voir que les ustensiles de la cuisine administrative.

Peut-être suffira-t-il de peindre la division de M. de La Billardière, pour que les étrangers et les gens qui vivent en province aient des idées exactes sur les mœurs intimes des bureaux, car ces traits principaux sont sans doute communs à toutes les administrations européennes.

D'abord, et avant tout, figurez-vous à votre fantaisie un homme ainsi rubriqué dans l'*Annuaire :*

CHEF DE DIVISION

« Monsieur le baron Flamet de La Billardière (Athanase-Jean-François-Michel), ancien grand-Prévôt du département de la Corrèze, Gentilhomme ordinaire de la Chambre, Maître des requêtes en service extraordinaire, Président du grand Collège du département de la Dordogne, Officier de la Légion d'honneur, chevalier de Saint-Louis et des Ordres étrangers du Christ, d'Isabelle, de Saint-Wladimir, etc., Membre de l'Académie du Gers et de plusieurs autres Sociétés savantes, Vice-président de la Société des Bonnes-Lettres, Membre de l'Association de Saint-Joseph, et de la Société des prisons, l'un des Maires de Paris, etc., etc. [87] »

Ce personnage, qui prenait un si grand développement typographique, occupait alors cinq pieds six pouces sur trente-six lignes de large [88] dans un lit, la tête ornée d'un bonnet de coton serré par des rubans couleur feu, visité par l'illustre Desplein, chirurgien du Roi, et par le jeune docteur Bianchon, flanqué de deux vieilles parentes, environné de fioles, linges, remèdes et autres instruments mortuaires, guetté par le curé de Saint-Roch qui lui insinuait de penser à son salut. Son fils Benjamin de La

Billardière demandait tous les matins aux deux docteurs :
— Croyez-vous que j'aie le bonheur de conserver mon
père ? Le matin même l'héritier avait fait une transposition
en mettant le mot malheur à la place du mot bonheur.

Or, la division La Billardière était située par soixante et
onze marches de longitude sous la latitude des mansardes
dans l'océan ministériel d'un magnifique hôtel, au nord-est
d'une cour, où jadis étaient des écuries, alors occupées par
la division Clergeot. Un palier séparait les deux bureaux,
dont les portes étaient étiquetées, le long d'un vaste
corridor éclairé par des jours de souffrance. Les cabinets
et antichambres de MM. Rabourdin et Baudoyer étaient
au-dessous, au deuxième étage. Après celui de Rabourdin
se trouvaient l'antichambre, le salon et les deux cabinets
de M. de La Billardière.

Au premier étage, coupé en deux par un entresol, était
le logement et le bureau de M. Ernest de La Brière,
personnage occulte et puissant qui sera décrit en quelques
phrases, car il mérite bien une parenthèse. Ce jeune
homme fut, pendant tout le temps que dura le ministère, le
secrétaire particulier du ministre. Aussi son appartement
communiquait-il par une porte dérobée au cabinet réel de
Son Excellence, car après le cabinet de travail il y en avait
un autre en harmonie avec les grands appartements où Son
Excellence recevait, afin de pouvoir travailler tour à tour
avec son secrétaire particulier sans témoins, et conférer
avec de grands personnages sans son secrétaire. Un
secrétaire particulier est au ministre ce que des Lupeaulx
était au ministère. Entre le jeune La Brière et des
Lupeaulx, il y avait la différence de l'aide de camp au chef
d'état-major. Cet apprenti ministre décampe et reparaît
aujourd'hui avec son protecteur. Si le ministre tombe avec
la faveur royale ou avec des espérances parlementaires, il
emmène son secrétaire pour le ramener ; sinon il le met au
vert en quelque pâturage administratif, à la Cour des
comptes [89], par exemple, cette auberge où les secrétaires
attendent que l'orage se dissipe. Ce jeune homme n'est pas
précisément un homme d'Etat, mais c'est un homme

politique, et quelquefois la politique d'un homme. Quand
on pense au nombre infini de lettres qu'il doit décacheter
et lire, outre ses occupations, n'est-il pas évident que dans
un état monarchique on payerait cette utilité bien cher !
Une victime de ce genre coûte à Paris entre dix et vingt
mille francs ; mais le jeune homme profite des loges, des
invitations et des voitures ministérielles. L'empereur de
Russie serait très heureux d'avoir pour cinquante mille
francs par an un de ces aimables caniches constitutionnels, si doux, si bien frisés, si caressants, si dociles, si
merveilleusement dressés, de bonne garde, et... fidèles !
Mais le secrétaire particulier ne vient, ne s'obtient, ne se
découvre, ne se développe que dans les serres chaudes
d'un gouvernement représentatif. Dans la monarchie vous
n'avez que des courtisans et des serviteurs ; tandis qu'avec
une charte vous êtes servi, flatté, caressé par des hommes
libres. Les ministres, en France, sont donc plus heureux
que les femmes et que les rois : ils ont quelqu'un qui les
comprend. Peut-être faut-il plaindre les secrétaires particuliers à l'égal des femmes et du papier blanc : ils
souffrent tout. Comme la femme chaste, ils doivent n'avoir
de talent qu'en secret, et pour leurs ministres. S'ils ont du
talent en public ils sont perdus. Un secrétaire particulier
est donc un ami donné par le gouvernement. Revenons aux
bureaux.

Trois garçons vivaient en paix à la division La Billardière, à savoir : un garçon pour les deux bureaux, un autre
commun aux deux chefs, et celui du directeur de la
division, tous trois chauffés et habillés par l'État, portant
cette livrée si connue, bleu de roi à lisérés rouges en petite
tenue, et pour la grande, larges galons bleus, blancs et
rouges. Celui de La Billardière avait une tenue d'huissier.
Pour flatter l'amour-propre du cousin d'un ministre, le
secrétaire général avait toléré cet empiétement qui d'ailleurs ennoblissait l'Administration. Véritables piliers de
ministères, experts des coutumes bureaucratiques, ces
garçons, sans besoins, bien chauffés, vêtus aux dépens de
l'État, riches de leur sobriété, sondaient jusqu'au vif les

employés ; ils n'avaient d'autre moyen de se désennuyer que de les observer, d'étudier leurs manies ; aussi savaient-ils à quel point ils pouvaient s'avancer avec eux dans le *prêt,* faisant d'ailleurs leurs commissions avec la plus entière discrétion, allant engager ou dégager au Mont-de-Piété, achetant les reconnaissances, prêtant sans intérêt ; mais aucun employé ne prenait d'eux la moindre somme sans rendre une gratification, les sommes étaient légères, et il s'ensuivait des placements dits *à la petite semaine.* Ces serviteurs sans maîtres avaient neuf cents francs d'appointements ; les étrennes et gratifications portaient ces émoluments à douze cents francs, et ils étaient en position d'en gagner presque autant avec les employés, car les déjeuners de ceux qui déjeunaient leur passaient par les mains. Dans certains ministères, le concierge apprêtait ces déjeuners. La conciergerie du ministère des Finances avait autrefois valu près de quatre mille francs au gros père Thuillier, dont le fils était un des employés de la division La Billardière. Les garçons trouvaient quelquefois dans leur paume droite des pièces de cent sous glissées par des solliciteurs pressés, et reçues avec une rare impassibilité. Les plus anciens ne portent la livrée de l'État qu'au ministère, et sortent en habit bourgeois.

Celui des bureaux, le plus riche d'ailleurs, exploitait la masse des employés. Homme de soixante ans, ayant des cheveux blancs taillés en brosse, trapu, replet, le cou d'un apoplectique, un visage commun et bourgeonné, des yeux gris, une bouche de poêle, tel est le profil d'Antoine, le plus vieux garçon du ministère, Antoine avait fait venir des Échelles en Savoie et placé ses deux neveux, Laurent et Gabriel, l'un auprès des chefs, l'autre auprès du directeur. Taillés en plein drap, comme leur oncle : trente à quarante ans, physionomie de commissionnaire, receveurs de contremarques le soir à un théâtre royal, places obtenues par l'influence de La Billardière, ces deux Savoyards étaient mariés à d'habiles blanchisseuses de dentelles qui reprisaient aussi les cachemires. L'oncle non marié, ses

neveux et leurs femmes vivaient tous ensemble, et beaucoup mieux que la plupart des sous-chefs. Gabriel et
Laurent, ayant à peine dix ans de place, n'étaient pas
arrivés à mépriser le costume du gouvernement ; ils
sortaient en livrée, fiers comme des auteurs dramatiques
après un succès d'argent. Leur oncle, qu'ils servaient avec
fanatisme et qui leur paraissait un homme subtil, les
initiait lentement aux mystères du métier. Tous trois
venaient ouvrir les bureaux, les nettoyaient entre sept et
huit heures, lisaient les journaux ou politiquaient à leur
manière sur les affaires de la division avec d'autres
garçons, échangeant entre eux leurs renseignements respectifs. Aussi, comme les domestiques modernes qui
savent parfaitement bien les affaires de leurs maîtres,
étaient-ils dans le ministère comme des araignées au
centre de leur toile, ils y sentaient la plus légère
commotion [90].

Le jeudi matin, lendemain de la soirée ministérielle et
de la soirée Rabourdin, au moment où l'oncle se faisait la
barbe assisté de ses deux neveux dans l'antichambre de la
division, au second étage, ils furent surpris par l'arrivée
imprévue d'un employé.

— C'est M. Dutocq [91], dit Antoine, je le reconnais à son
pas de filou. Il a toujours l'air de patiner, cet homme-là ! Il
tombe sur votre dos sans qu'on sache par où il est venu.
Hier, contre son habitude, il est resté le dernier dans le
bureau de la division, excès qui ne lui est pas arrivé trois
fois depuis qu'il est au ministère.

Trente-huit ans, un visage oblong à teint bilieux, des
cheveux gris crépus, toujours taillés ras ; un front bas,
d'épais sourcils qui se rejoignaient, un nez tordu, des
lèvres pincées, des yeux vert clair qui fuyaient le regard du
prochain, une taille élevée, l'épaule droite légèrement plus
forte que l'autre ; habit brun, gilet noir, cravate de foulard,
pantalon jaunâtre, bas de laine noire, souliers à nœuds
barbotants : vous voyez M. Dutocq, commis d'ordre du
bureau Rabourdin. Incapable et flâneur, il haïssait son
chef. Rien de plus naturel. Rabourdin n'avait aucun vice à

flatter, aucun côté mauvais par où Dutocq aurait pu se
rendre utile. Beaucoup trop noble pour nuire à un
employé, il était aussi trop perspicace pour se laisser
abuser par aucun semblant. Dutocq n'existait donc que par
la générosité de Rabourdin et désespérait de tout avancement tant que ce chef mènerait la division. Quoique se
sentant sans moyens pour occuper la place supérieure,
Dutocq connaissait assez les bureaux pour savoir que
l'incapacité n'empêche point d'émarger, il en serait quitte
pour chercher un Rabourdin parmi ses rédacteurs, car
l'exemple de La Billardière était frappant et funeste. La
méchanceté combinée avec l'intérêt personnel équivaut à
beaucoup d'esprit ; très méchant et très intéressé, cet
employé avait donc tâché de consolider sa position en se
faisant l'espion des bureaux. Dès 1816, il prit une couleur
religieuse très foncée en pressentant la faveur dont
jouiraient les gens que, dans ce temps, les niais comprenaient tous indistinctement sous le nom de Jésuites.
Appartenant à la Congrégation[92] sans être admis à ses
mystères, Dutocq allait d'un bureau à l'autre, explorait les
consciences en disant des gaudrioles, et venait paraphraser ses *rapports* à des Lupeaulx, qu'il instruisait des plus
petits événements. Aussi le secrétaire général étonnait-il
souvent le ministre par sa profonde connaissance des
affaires intimes. Bonneau tout de bon de ce Bonneau
politique, Dutocq briguait l'honneur des secrets messages
de des Lupeaulx, qui tolérait cet homme immonde en
pensant que le hasard pouvait le lui rendre utile, ne fût-ce
qu'à le tirer de peine, lui ou quelque grand personnage,
par un honteux mariage. L'un et l'autre ils se comprenaient
bien. Dutocq comptait sur cette bonne fortune, en y voyant
une bonne place, et il restait garçon. Dutocq avait succédé
à M. Poiret l'aîné, retiré dans une pension bourgeoise, et
mis à la retraite en 1814, époque à laquelle il y eut de
grandes réformes parmi les employés. Il demeurait à un
cinquième étage, rue Saint-Louis-Saint-Honoré[93], près du
Palais-Royal, dans une maison à allée. Passionné pour
les collections de vieilles gravures, il voulait avoir tout

Rembrandt et tout Charlet, tout Silvestre, Audran, Callot, Albrecht Dürer, etc. Comme la plupart des gens à collections et ceux qui font eux-mêmes leur ménage, il prétendait acheter les choses à bon marché. Il vivait dans une pension rue de Beaune, et passait la soirée dans le Palais-Royal, allant parfois au spectacle, grâce à du Bruel, qui lui donnait un billet d'auteur par semaine. Un mot sur du Bruel.

Quoique suppléé par Sébastien auquel il abandonnait la pauvre indemnité que vous savez, du Bruel venait cependant au bureau, mais uniquement pour se croire, pour se dire sous-chef et toucher des appointements. Il faisait les petits théâtres dans le feuilleton d'un journal ministériel, où il écrivait aussi les articles demandés par les ministres : position connue, définie et inattaquable. Du Bruel ne manquait d'ailleurs à aucune des petites ruses diplomatiques qui pouvaient lui concilier la bienveillance générale. Il offrait une loge à Mme Rabourdin à chaque première représentation, la venait chercher en voiture et la ramenait, attention à laquelle elle se montrait sensible. Aussi, Rabourdin, très tolérant et très peu tracassier avec ses employés, le laissait-il aller à ses répétitions, venir à ses heures, et travailler à ses vaudevilles. M. le duc de Chaulieu [94] savait du Bruel occupé d'un roman qui devait lui être dédié. Vêtu avec le laisser-aller du vaudevilliste, le sous-chef portait le matin un pantalon à pied, des souliers-chaussons, un gilet mis à la réforme, une redingote olive et une cravate noire. Le soir, il avait un costume élégant, car il visait au gentleman. Du Bruel demeurait, et pour cause, dans la maison de Florine, une actrice pour laquelle il écrivit des rôles. Florine logeait alors dans la maison de Tullia, danseuse plus remarquable par sa beauté que par son talent. Ce voisinage permettait au sous-chef de voir souvent le duc de Rhétoré, fils aîné du duc de Chaulieu, favori du Roi [95]. Le duc de Chaulieu avait fait obtenir à du Bruel la croix de la Légion d'honneur, après une onzième pièce de circonstance. Du Bruel, ou si vous voulez, Cursy travaillait en ce moment à une pièce en cinq

actes pour les Français. Sébastien aimait beaucoup du
Bruel, il recevait de lui quelques billets de parterre, et
applaudissait avec la foi du jeune âge aux endroits que du
Bruel lui signalait comme douteux ; Sébastien le regardait
comme un grand écrivain. Ce fut à Sébastien que du Bruel
dit, le lendemain de la première représentation d'un
vaudeville produit, comme tous les vaudevilles, par trois
collaborateurs, et où l'on avait sifflé dans quelques
endroits : — Le public a reconnu les scènes faites à deux.

— Pourquoi ne travaillez-vous pas seul ? répondit
naïvement Sébastien.

Il y avait d'excellentes raisons pour que du Bruel ne
travaillât pas seul. Il était le tiers d'un auteur. Un auteur
dramatique, comme peu de personnes le savent, se
compose : d'abord d'un *homme à idées,* chargé de trouver
les sujets et de construire la charpente ou *scénario* du
vaudeville ; puis d'un *piocheur,* chargé de rédiger la pièce ;
enfin d'un *homme-mémoire,* chargé de mettre en musique
les couplets, d'arranger les chœurs et les morceaux
d'ensemble, de les chanter, de les superposer à la
situation [96]. L'*homme-mémoire* fait aussi la recette, c'est-à-
dire veille à la composition de l'affiche, en ne quittant pas
le directeur qu'il n'ait indiqué pour le lendemain une pièce
de la société. Du Bruel, vrai piocheur, lisait au bureau les
livres nouveaux, en extrayait les mots spirituels et les
enregistrait pour en émailler son dialogue. Cursy (son nom
de guerre) était estimé par ses collaborateurs, à cause de sa
parfaite exactitude ; avec lui, sûr d'être compris, l'homme
aux sujets pouvait se croiser les bras. Les employés de la
division aimaient assez le vaudevilliste pour aller en masse
à ses pièces et les soutenir, car il méritait le titre de *bon
enfant.* La main leste à la poche, ne se faisant jamais tirer
l'oreille pour payer des glaces ou du punch, il prêtait
cinquante francs sans jamais les redemander. Possédant
une maison de campagne à Aulnay, rangé, plaçant son
argent, du Bruel avait, outre les quatre mille cinq cents de
sa place, douze cents de pension sur la Liste civile et huit
cents sur les cent mille écus d'encouragements aux Arts

votés par la Chambre. Ajoutez à ces divers produits neuf
mille francs gagnés par les *quarts,* les *tiers,* les *moitiés* de
vaudevilles à trois théâtres différents, et vous comprendrez
qu'au physique, il fût gros, gras, rond et montrât une
figure de bon propriétaire. Au moral, amant de cœur de
Tullia, du Bruel se croyait préféré, comme toujours, au
brillant duc de Rhétoré, l'amant en titre.

Dutocq n'avait pas vu sans effroi ce qu'il nommait la
liaison de des Lupeaulx avec Mme Rabourdin, et sa rage
sourde s'en était accrue. D'ailleurs, il avait un œil trop
fureteur pour ne pas avoir deviné que Rabourdin s'adonnait à un grand travail en dehors de ses travaux officiels, et
il se désespérait de n'en rien savoir, tandis que le petit
Sébastien était, en tout ou en partie, dans le secret. Dutocq
avait essayé de se lier avec M. Godard, sous-chef de
Baudoyer, collègue de du Bruel, et il y était parvenu. La
haute estime dans laquelle Dutocq tenait Baudoyer avait
ménagé son accointance avec Godard ; non que Dutocq fût
sincère, mais en vantant Baudoyer et ne disant rien de
Rabourdin, il satisfaisait sa haine à la manière des petits
esprits.

Joseph Godard [97], cousin de Mitral par sa mère, avait
fondé sur cette parenté avec Baudoyer, quoique assez
éloignée, des prétentions à la main de Mlle Baudoyer ;
conséquemment, à ses yeux, Baudoyer brillait comme un
génie. Il professait une haute estime pour Élisabeth et
Mme Saillard, sans s'être encore aperçu que Mme Baudoyer mitonnait Falleix pour sa fille. Il apportait à
Mlle Baudoyer de petits cadeaux, des fleurs artificielles,
des bonbons au jour de l'an, de jolies boîtes à ses jours de
fête. Âgé de vingt-six ans, travailleur sans portée, rangé
comme une demoiselle, monotone et apathique, ayant les
cafés, le cigare et l'équitation en horreur, couché régulièrement à dix heures du soir et levé à sept, doué de
plusieurs talents de société, jouant des contredanses sur le
flageolet, ce qui l'avait mis en grande faveur chez les
Saillard et les Baudoyer, fifre dans la Garde nationale pour
ne point passer les nuits au corps de garde, Godard

cultivait surtout l'histoire naturelle. Ce garçon faisait des
collections de minéraux et de coquillages, savait empailler
les oiseaux, emmagasinait dans sa chambre un tas de
curiosités achetées à bon marché : des pierres à paysages,
des modèles de palais en liège, des pétrifications de la
fontaine Saint-Allyre à Clermont (Auvergne), etc. Il
accaparait tous les flacons de parfumerie pour mettre ses
échantillons de baryte, ses sulfates, sels, magnésie,
coraux, etc. Il entassait des papillons dans des cadres, et
sur les murs des parasols de la Chine, des peaux de
poissons séchées. Il demeurait chez sa sœur, fleuriste, rue
de Richelieu. Quoique très admiré par les mères de
famille, ce jeune homme modèle était méprisé par les
ouvrières de sa sœur, et surtout par la demoiselle du
comptoir, qui pendant longtemps avait espéré l'*enganter*.
Maigre et fluet, de taille moyenne, les yeux cernés, ayant
peu de barbe, tuant, comme disait Bixiou, les mouches au
vol, Joseph Godard avait peu de soin de lui-même : ses
habits étaient mal taillés, ses pantalons larges formaient le
sac ; il portait des bas blancs par toutes les saisons, un
chapeau à petits bords et des souliers lacés. Assis au
bureau, dans un fauteuil de canne, percé au milieu du
siège et garni d'un rond en maroquin vert, il se plaignait
beaucoup de ses digestions. Son principal vice était de
proposer des parties de campagne, le dimanche dans la
belle saison, à Montmorency, des dîners sur l'herbe, et
d'aller prendre du laitage sur le boulevard du Montparnasse. Depuis six mois Dutocq commençait à aller de loin
en loin chez Mlle Godard, espérant faire quelques affaires
dans cette maison, y découvrir quelque trésor femelle.

    Ainsi, dans les bureaux, Baudoyer avait en Dutocq et
Godard deux prôneurs. M. Saillard, incapable de juger
Dutocq, lui faisait parfois de petites visites au bureau. Le
jeune La Billardière, mis surnuméraire chez Baudoyer,
était de ce parti. Les têtes fortes riaient beaucoup de cette
alliance entre ces incapacités. Baudoyer, Godard et
Dutocq avaient été surnommés par Bixiou *la Trinité sans
Esprit*, et le petit La Billardière *l'Agneau pascal*.

— Vous vous êtes levé matin, dit Antoine à Dutocq en prenant un air riant.

— Et vous, Antoine, répondit Dutocq, vous voyez bien que les journaux arrivent quelquefois plus tôt que vous ne nous les donnez.

— Aujourd'hui, par hasard, dit Antoine sans se déconcerter ; ils ne sont jamais venus deux fois de suite à la même heure.

Les deux neveux se regardèrent à la dérobée comme pour se dire, en admirant leur oncle : — *Quel toupet !*

— Quoiqu'il me rapporte deux sous par déjeuner, dit en murmurant Antoine quand il entendit Dutocq fermer la porte, j'y renoncerais bien pour ne plus l'avoir dans notre division.

— Ah ! vous n'êtes pas le premier aujourd'hui, monsieur Sébastien, dit un quart d'heure après Antoine au surnuméraire.

— Qui donc est arrivé ? demanda le pauvre enfant en pâlissant.

— M. Dutocq, répondit l'huissier Laurent.

Les natures vierges ont plus que toutes les autres un inexplicable don de seconde vue dont la cause gît peut-être dans la pureté de leur appareil nerveux en quelque sorte neuf. Sébastien avait donc deviné la haine de Dutocq contre son vénéré Rabourdin. Aussi à peine Laurent eut-il prononcé ce nom, que, saisi par un horrible pressentiment, il s'écria : — Je m'en doutais ! et il s'élança dans le corridor avec la rapidité d'une flèche.

— Il y aura du grabuge dans les bureaux ! dit Antoine en branlant sa tête blanchie et endossant son costume officiel. On voit bien que M. le baron rend ses comptes à Dieu… oui, Mme Gruget, sa garde, m'a dit qu'il ne passerait pas la journée. Vont-ils se remuer ici ! Le vont-ils ! Allez voir si tous les poêles ronflent bien, vous autres ! Sabre de bois, notre monde va nous tomber sur le dos.

— C'est vrai, dit Laurent, que ce pauvre petit jeune homme a eu un fameux coup de soleil en apprenant que ce jésuite de M. Dutocq l'avait devancé.

— Moi j'ai beau lui dire, car enfin on doit la vérité à un bon employé, et ce que j'appelle un bon employé, c'est un employé comme ce petit qui donne *recta* ses dix francs au jour de l'an, reprit Antoine. Je lui dis donc : Plus vous en ferez, plus on vous en demandera et l'on vous laissera sans avancement ! Eh bien, il ne m'écoute pas, il se tue à rester jusqu'à cinq heures, une heure de plus que tout le monde *(il hausse les épaules)*. C'est des bêtises, on n'arrive pas comme ça !... A preuve qu'il n'est pas encore question d'appointer ce pauvre enfant qui ferait un excellent employé. Après deux ans ! ça scie le dos, parole d'honneur.

— M. Rabourdin aime M. Sébastien, dit Laurent.

— Mais M. Rabourdin n'est pas ministre, reprit Antoine, et il fera chaud quand il le sera, les poules auront des dents, il est bien trop... Suffit ! Quand je pense que je porte à émarger l'état des appointements à des farceurs qui restent chez eux, et qui y font ce qu'ils veulent, tandis que ce petit La Roche se crève, je me demande si Dieu pense aux bureaux ! Et qu'est-ce qu'ils vous donnent, ces protégés de M. le maréchal, de M. le duc ? ils vous remercient : *(il fait un signe de tête protecteur)* « Merci, mon cher Antoine ! » Tas de *faignants*, travaillez donc ! ou vous serez cause d'une révolution. Fallait voir s'il y avait de ces giries-là sous M. Robert Lindet[98] ; car, moi, tel que vous me voyez, je suis entré dans cette baraque sous Robert Lindet. Et sous lui, l'employé travaillait ! Fallait voir tous ces gratte-papier jusqu'à minuit, les poêles éteints, sans seulement s'en apercevoir ; mais c'est qu'aussi la guillotine était là !... et, c'est pas pour dire, mais c'était autre chose que de les pointer, comme aujourd'hui, quand ils arrivent tard.

— Père Antoine, dit Gabriel, puisque vous êtes causeur ce matin, quelle idée, là, vous faites-vous de l'employé ?

— C'est, répondit gravement Antoine, un homme qui écrit, assis dans un bureau. Qu'est-ce que je dis donc là ? Sans les employés, que serions-nous ?... Allez donc voir à vos poêles et ne parlez jamais en mal des employés, vous autres ! Gabriel, le poêle du grand bureau tire comme un diable, il faut tourner un peu la clef.

Antoine se plaça sur le palier, à un endroit d'où il pouvait voir déboucher les employés de dessous la porte cochère ; il connaissait tous ceux du ministère et les observait dans leur allure, en remarquant les différences que présentaient leurs mises. Avant d'entrer dans le drame, il est nécessaire de peindre ici la silhouette des principaux acteurs de la division La Billardière qui fourniront d'ailleurs quelques variétés du Genre Commis et justifieront non seulement les observations de Rabourdin, mais encore le titre de cette Étude, essentiellement parisienne. En effet, ne vous y trompez pas ! Sous le rapport des misères et de l'originalité, il y a employés et employés, comme il y a fagots et fagots [99]. Distinguez surtout l'employé de Paris de l'employé de province. En province, l'employé se trouve heureux : il est logé spacieusement, il a un jardin, il est généralement à l'aise dans son bureau ; il boit de bon vin, à bon marché, ne consomme pas de filet de cheval, et connaît le luxe du dessert. Au lieu de faire des dettes, il fait des économies. Sans savoir précisément ce qu'il mange, tout le monde vous dira qu'*il ne mange pas ses appointements !* S'il est garçon, les mères de famille le saluent quand il passe ; et, s'il est marié, sa femme et lui vont au bal chez le receveur général, chez le préfet, le sous-préfet, l'intendant. On s'occupe de son caractère, il a des bonnes fortunes, il se fait une renommée d'esprit, il a des chances pour être regretté, toute une ville le connaît, s'intéresse à sa femme, à ses enfants. Il donne des soirées ; et, s'il a des moyens, un beau-père dans l'aisance, il peut devenir député. Sa femme est surveillée par le méticuleux espionnage des petites villes, et s'il est malheureux dans son intérieur, il le sait ; tandis qu'à Paris un employé peut n'en rien savoir. Enfin, l'employé de province est *quelque chose,* tandis que l'employé de Paris est à peine *quelqu'un* [100].

Le premier qui vint après Sébastien était un rédacteur

du bureau Rabourdin, honorable père de famille, nommé
M. Phellion [101]. Il devait à la protection de son chef une
demi-bourse au collège Henri IV pour chacun de ses deux
garçons : faveur bien placée, car Phellion avait encore une
fille élevée gratis dans un pensionnat où sa femme donnait
des leçons de piano, où il faisait une classe d'histoire et de
géographie pendant la soirée. Homme de quarante-cinq
ans, sergent-major de sa compagnie dans la Garde
nationale, très compatissant en paroles, mais hors d'état de
donner un liard, le commis-rédacteur demeurait rue du
Faubourg-Saint-Jacques, non loin des Sourds-Muets, dans
une maison à jardin où son local (style Phellion) ne coûtait
que quatre cents francs. Fier de sa place, heureux de son
sort, il s'appliquait à servir le Gouvernement, se croyait
utile à son pays, et se vantait de son insouciance en
politique, où il ne voyait jamais que LE POUVOIR. M. Rabourdin faisait plaisir à Phellion en le priant de rester une
demi-heure de plus pour achever quelque travail, et il
disait alors aux demoiselles La Grave, car il dînait rue
Notre-Dame-des-Champs dans le pensionnat où sa femme
professait la musique :

— Mesdemoiselles, les affaires ont exigé que je res-
tasse au Bureau. Quand on appartient au Gouvernement,
on n'est pas son maître ! Il avait composé des livres par
demandes et par réponses à l'usage des pensionnats de
jeunes demoiselles. Ces *petits traités substantiels,* comme il
les nommait, se vendaient chez le libraire de l'Université,
sous le nom de *Catéchismes* historique et géographique. Se
croyant obligé d'offrir à Mme Rabourdin un exemplaire
papier vélin, relié en maroquin rouge, de chaque nouveau
catéchisme, il les apportait en grande tenue : culotte de
soie, bas de soie, souliers à boucles d'or, etc. M. Phellion
recevait le jeudi soir, après le coucher des pensionnaires,
il donnait de la bière et des gâteaux. On jouait la bouillotte
à cinq sous la cave. Malgré cette médiocre mise, par
certains jeudis enragés, Laudigeois, employé à la mairie,
perdait ses dix francs. Tendu de papier vert américain à
bordures rouges, ce salon était décoré des portraits du Roi,

de la Dauphine et de Madame, des deux gravures de
Mazeppa d'après Horace Vernet, de celle du *Convoi du
pauvre* d'après Vigneron, « tableau sublime de pensée, et
qui, selon Phellion, devait consoler les dernières classes
de la société en leur prouvant qu'elles avaient des amis
plus dévoués que les hommes et dont les sentiments
allaient plus loin que la tombe ! ». À ces paroles, vous
devinez l'homme qui tous les ans conduisait, le jour des
Morts, au cimetière de l'Ouest [102] ses trois enfants auxquels il montrait les vingt mètres de terre achetés à
perpétuité, dans lesquels son père et la mère de sa femme
avaient été enterrés. « Nous y viendrons tous », leur
disait-il pour les familiariser avec l'idée de la mort. L'un
de ses plus grands plaisirs consistait à explorer les
environs de Paris, il s'en était donné la carte. Possédant
déjà à fond Antony, Arcueil, Bièvre, Fontenay-aux-Roses,
Aulnay, si célèbre par le séjour de plusieurs grands
écrivains [103], il espérait avec le temps connaître toute la
partie ouest des environs de Paris. Il destinait son fils aîné
à l'Administration et le second à l'École polytechnique. Il
disait souvent à son aîné : « Quand tu auras l'honneur
d'être employé par le Gouvernement ! » mais il lui soupçonnait une vocation pour les sciences exactes qu'il
essayait de réprimer, en se réservant de l'abandonner à lui-
même, s'il y persistait. Phellion n'avait jamais osé prier
M. Rabourdin de lui faire l'honneur de dîner chez lui,
quoiqu'il eût regardé ce jour comme un des plus beaux de
sa vie. Il disait que s'il pouvait laisser un de ses fils
marchant sur les traces d'un Rabourdin, il mourrait le plus
heureux père du monde. Il rebattait si bien l'éloge de ce
digne et respectable chef aux oreilles des demoiselles La
Grave, qu'elles désiraient voir le grand Rabourdin comme
un jeune homme peut souhaiter de voir M. de Chateaubriand. « Elles eussent été bien heureuses, disaient-elles,
d'avoir *sa demoiselle* à élever ! » Quand, par hasard, la
voiture du ministre sortait ou rentrait, qu'il y eût ou non du
monde, Phellion se découvrait très respectueusement, et
prétendait que la France en irait bien mieux si tout le

monde honorait assez le pouvoir pour l'honorer jusque
dans ses insignes. Quand Rabourdin le faisait venir *en bas*
pour lui expliquer un travail, Phellion tendait son intelligence, il écoutait les moindres paroles du chef comme un
dilettante écoute un air aux Italiens. Silencieux au bureau,
les pieds en l'air sur un pupitre de bois et ne les bougeant
point, il étudiait sa besogne en conscience. Il s'exprimait
dans sa correspondance administrative avec une gravité
religieuse, prenait tout au sérieux, et appuyait sur les
ordres transmis par le ministre au moyen de phrases
solennelles. Cet homme, si ferré sur les convenances,
avait eu un désastre dans sa carrière de rédacteur, et quel
désastre ! Malgré le soin extrême avec lequel il minutait, il
lui était arrivé de laisser échapper une phrase ainsi
conçue : *Vous vous rendrez aux lieux indiqués, avec les
papiers nécessaires.* Heureux de pouvoir rire aux dépens de
cette innocente créature, les expéditionnaires étaient allés
consulter à son insu Rabourdin, qui songeant au caractère
de son rédacteur, ne put s'empêcher de rire, et modifia la
phrase en marge par ces mots : *Vous vous rendrez sur le
terrain avec toutes les pièces indiquées.* Phellion, à qui l'on
vint montrer la correction, l'étudia, pesa la différence des
expressions, ne craignit pas d'avouer qu'il lui aurait fallu
deux heures pour trouver ces équivalents, et s'écria :
« M. Rabourdin est un homme de génie ! » Il pensa
toujours que ses collègues avaient manqué de procédés à
son égard en recourant si promptement au chef ; mais il
avait trop de respect dans la hiérarchie pour ne pas
reconnaître leur droit d'y recourir, d'autant plus qu'alors il
était absent ; cependant, à leur place, il aurait attendu, la
circulaire ne pressait pas. Cette affaire lui fit perdre le
sommeil pendant quelques nuits. Quand on voulait le
fâcher, on n'avait qu'à faire allusion à la maudite phrase
en lui disant quand il sortait : « Avez-vous les papiers
nécessaires ? » Le digne rédacteur se retournait, lançait un
regard foudroyant aux employés, et leur répondait : « Ce
que vous dites me semble fort déplacé, messieurs. » Il y
eut un jour à ce sujet une querelle si forte que Rabourdin

fut obligé d'intervenir et de défendre aux employés de
rappeler cette phrase. M. Phellion avait une figure de
bélier pensif, peu colorée, marquée de la petite vérole, de
grosses lèvres pendantes, les yeux d'un bleu clair, une
taille au-dessus de la moyenne. Propre sur lui comme doit
l'être un maître d'histoire et de géographie obligé de
paraître devant de jeunes demoiselles, il portait de beau
linge, un jabot plissé, gilet de casimir noir ouvert, laissant
voir des bretelles brodées par sa fille, un diamant à sa
chemise, habit noir, pantalon bleu. Il adoptait l'hiver le
carrick noisette à trois collets et avait une canne plombée
nécessitée par *la profonde solitude de quelques parties de
son quartier.* Il s'était déshabitué de priser et citait cette
réforme comme un exemple frappant de l'empire qu'un
homme peut prendre sur lui-même. Il montait les escaliers
lentement, car il craignait un asthme, ayant ce qu'il
appelait *la poitrine grasse.* Il saluait Antoine avec dignité.

Immédiatement après M. Phellion, vint un expéditionnaire qui formait un singulier contraste avec ce vertueux
bonhomme. Vimeux était un jeune homme de vingt-cinq
ans, à quinze cents francs d'appointements, bien fait,
cambré, d'une figure élégante et romanesque, ayant les
cheveux, la barbe, les yeux, les sourcils noirs comme du
jais, de belles dents, des mains charmantes, portant des
moustaches si fournies, si bien peignées, qu'il semblait en
faire métier et marchandise. Vimeux avait une si grande
aptitude à son travail qu'il l'expédiait plus promptement
que personne. « Ce jeune homme est doué ! » disait
Phellion en le voyant se croiser les jambes et ne savoir à
quoi employer le reste de son temps, après avoir fait son
ouvrage. « Et voyez ! c'est perlé ! » disait le rédacteur à du
Bruel. Vimeux déjeunait d'une simple flûte et d'un verre
d'eau, dînait pour vingt sous chez Katcomb [104] et logeait en
garni à douze francs par mois. Son bonheur, son seul
plaisir était la toilette. Il se ruinait en gilets mirifiques, en
pantalons collants, demi-collants, à plis ou à broderies, en
bottes fines, en habits bien faits qui dessinaient sa taille,
en cols ravissants, en gants frais, en chapeaux. La main

ornée d'une bague à la chevalière mise par-dessus son gant, armé d'une jolie canne, il tâchait de se donner la tournure et les manières d'un jeune homme riche. Puis, il allait, un cure-dent à la bouche, se promener dans la grande allée des Tuileries, absolument comme un millionnaire sortant de table. Dans l'espérance qu'une femme, une Anglaise, une étrangère quelconque, ou une veuve pourrait s'amouracher de lui, il étudiait l'art de jouer avec sa canne, et de lancer un regard à la manière dite *américaine*, par Bixiou. Il riait pour montrer ses belles dents. Il se passait de chaussettes, et se faisait friser tous les jours. Vimeux, en vertu de principes arrêtés, épousait une bossue à six mille livres de rente, à huit mille une femme de quarante-cinq ans, à mille écus une Anglaise. Ravi de son écriture et pris de compassion pour ce jeune homme, Phellion le sermonnait pour lui persuader de donner des leçons d'écriture, honorable profession qui pouvait améliorer son existence et la rendre même agréable ; il lui promettait le pensionnat des demoiselles La Grave. Mais Vimeux avait son idée si fort en tête, que personne ne pouvait l'empêcher de croire à son étoile. Donc, il continuait à s'étaler à jeun comme un esturgeon de Chevet [105], quoiqu'il eût vainement exposé ses énormes moustaches depuis trois ans. Endetté de trente francs pour ses déjeuners, chaque fois que Vimeux passait devant Antoine, il baissait les yeux pour ne pas rencontrer son regard ; et cependant, vers midi, il le priait de lui aller chercher une flûte. Après avoir essayé de faire entrer quelques idées justes dans cette pauvre tête, Rabourdin avait fini par y renoncer. M. Vimeux père était greffier d'une Justice de paix dans le département du Nord. Adolphe Vimeux avait dernièrement économisé Katcomb et vécu de petits pains, pour s'acheter des éperons et une cravache. On l'avait appelé le pigeon-Villiaume [106] pour railler ses calculs matrimoniaux. On ne pouvait attribuer les moqueries adressées à cet Amadis à vide qu'au génie malin qui créa le vaudeville, car il était bon camarade, et ne nuisait à personne qu'à lui-même. La grande plaisante-

rie des bureaux à son égard consistait à parier qu'il portait
un corset. Primitivement casé dans le bureau Baudoyer,
Vimeux avait intrigué pour passer chez Rabourdin, à cause
de la sévérité de Baudoyer relativement aux *Anglais,* nom
donné par les employés à leurs créanciers. Le jour des
Anglais est le jour où les bureaux sont publics. Sûrs de
trouver là leurs débiteurs, les créanciers affluent, ils
viennent les tourmenter en leur demandant quand ils
seront payés, et les menacent de mettre opposition sur leur
traitement. L'implacable Baudoyer obligeait ses employés
à rester. « C'était à eux, disait-il, à ne pas s'endetter. » Il
regardait sa sévérité comme une chose nécessaire au bien
public. Au contraire, Rabourdin protégeait les employés
contre leurs créanciers, qu'il mettait à la porte, disant que
les bureaux n'étaient point ouverts pour les affaires
privées, mais pour les affaires publiques. On s'était
beaucoup moqué de Vimeux dans les deux bureaux, quand
il avait fait sonner ses éperons à travers les corridors et les
escaliers. Le mystificateur du ministère, Bixiou, avait fait
passer dans les deux divisions Clergeot et La Billardière
une feuille en tête de laquelle Vimeux était caricaturé sur
un cheval de carton, et où chacun était invité à souscrire
pour lui acheter un cheval. M. Baudoyer était marqué pour
un quintal de foin, pris sur sa consommation particulière,
et chaque employé mit une épigramme sur son voisin.
Vimeux, en vrai bon enfant, souscrivit lui-même au nom
de miss Fairfax.

Les employés beaux hommes dans le Genre Vimeux, ont
leur place pour vivre, et leur physique pour faire fortune.
Fidèles aux bals masqués dans le temps de carnaval, ils y
vont chercher les bonnes fortunes qui les fuient souvent
encore là. Beaucoup finissent par se marier soit avec des
modistes qu'ils acceptent de guerre lasse, soit avec de
vieilles femmes, soit aussi avec de jeunes personnes
auxquelles leur *physique* a plu, et avec lesquelles ils ont
filé un roman émaillé de lettres stupides, mais qui ont
produit leur effet. Ces commis sont quelquefois hardis, ils
voient passer une femme en équipage aux Champs-

Élysées, ils se procurent son adresse, ils lancent des épîtres passionnées à tout hasard, et rencontrent une occasion qui malheureusement encourage cette ignoble spéculation.

Ce Bixiou [107] (prononcez Bisiou) était un dessinateur qui se moquait de Dutocq aussi bien que de Rabourdin, surnommé par lui *la vertueuse Rabourdin*. Pour exprimer la vulgarité de son chef, il l'appelait *la place Baudoyer*, il nommait le vaudevilliste *Flon-Flon*. Sans contredit l'homme le plus spirituel de la division et du ministère, mais spirituel à la façon du singe, sans portée ni suite, Bixiou était d'une si grande utilité à Baudoyer et à Godard qu'ils le protégeaient malgré sa malfaisance, il expédiait leur besogne par-dessous la jambe. Bixiou désirait la place de Godard ou de du Bruel ; mais sa conduite nuisait à son avancement. Tantôt il se moquait des bureaux, et c'était quand il venait de faire une bonne affaire, comme la publication des portraits dans le procès Fualdès pour lesquels il prit des figures au hasard, ou celle des débats du procès de Castaing [108] ; tantôt, saisi par une envie de parvenir, il s'appliquait au travail ; puis il le laissait pour un vaudeville qu'il ne finissait point. D'ailleurs égoïste, avare et dépensier tout ensemble, c'est-à-dire ne dépensant son argent que pour lui ; cassant, agressif et indiscret, il faisait le mal pour le mal : il attaquait surtout les faibles, ne respectait rien, ne croyait ni à la France, ni à Dieu, ni à l'Art, ni aux Grecs, ni aux Turcs, ni au Champ d'Asile [109], ni à la monarchie, insultant surtout ce qu'il ne comprenait point. Ce fut lui qui, le premier, mit des calottes noires à la tête de Charles X sur les pièces de cent sous. Il contrefaisait le docteur Gall à son cours, de manière à décravater de rire le diplomate le mieux boutonné. La plaisanterie principale de ce terrible inventeur de charges consistait à chauffer les poêles outre mesure, afin de procurer des rhumes à ceux qui sortaient imprudemment de son étuve, et il avait de plus la satisfaction de consommer le bois du gouvernement. Remarquable dans ses mystifications, il les variait avec tant d'habileté, qu'il y

prenait toujours quelqu'un. Son grand secret en ce genre
était de deviner les désirs de chacun ; il connaissait le
chemin de tous les châteaux en Espagne, le rêve où
l'homme est mystifiable parce qu'il cherche à s'attraper
lui-même, et il vous *faisait poser* pendant des heures
entières. Ainsi, ce profond observateur, qui déployait un
tact inouï pour une raillerie, ne savait plus user de sa
puissance pour employer les hommes à sa fortune ou à son
avancement. Celui qu'il aimait le plus à vexer était le
jeune La Billardière, sa bête noire, son cauchemar, et que
néanmoins il patelinait constamment, afin de le mieux
mystifier : il lui adressait des lettres de femme amoureuse
signées Comtesse de M... ou Marquise de B..., l'attirait
ainsi aux jours gras dans le foyer de l'Opéra devant la
pendule et le lâchait à quelque grisette, après l'avoir
montré à tout le monde. Allié de Dutocq (il le considérait
comme un mystificateur sérieux) dans sa haine contre
Rabourdin et dans ses éloges de Baudoyer, il l'appuyait
avec amour. Jean-Jacques Bixiou était petit-fils d'un
épicier de Paris. Son père, mort colonel, l'avait laissé à la
charge de sa grand-mère, qui s'était mariée en secondes
noces à son premier garçon, nommé Descoings et qui
mourut en 1822. Se trouvant sans état au sortir du collège,
il avait tenté la peinture, et malgré l'amitié qui le liait à
Joseph Bridau, son ami d'enfance, il y avait renoncé pour
se livrer à la caricature, aux vignettes, aux dessins de
livres, connus, vingt ans plus tard, sous le nom d'*illustrations*. La protection des ducs de Maufrigneuse, de Rhétoré, qu'il connut par des danseuses, lui procura sa place,
en 1819. Au mieux avec des Lupeaulx, avec qui, dans le
monde, il se trouvait sur un pied d'égalité, tutoyant du
Bruel, il offrait la preuve vivante des observations de
Rabourdin relativement à la destruction constante de la
hiérarchie administrative à Paris, par la valeur personnelle
qu'un homme acquiert en dehors des bureaux. De petite
taille, mais bien pris, une figure fine, remarquable par une
vague ressemblance avec celle de Napoléon, lèvres minces, menton plat tombant droit, favoris châtains, vingt-sept

ans, blond, voix mordante, regard étincelant, voilà Bixiou.
Cet homme, tout sens et tout esprit, se perdait par une
fureur pour les plaisirs de tout genre qui le jetait dans une
dissipation continuelle. Intrépide chasseur de grisettes,
fumeur, amuseur de gens, dîneur et soupeur, se mettant
partout au diapason, brillant aussi bien dans les coulisses
qu'au bal des grisettes dans l'Allée des Veuves[110], il
étonnait autant à table que dans une partie de plaisir, en
verve à minuit dans la rue, comme le matin si vous le
preniez au saut du lit; mais sombre et triste avec lui-
même, comme la plupart des grands comiques. Lancé dans
le monde des actrices et des acteurs, des écrivains, des
artistes et de certaines femmes dont la fortune est
aléatoire, il vivait bien, allait au spectacle sans payer,
jouait à Frascati[111], gagnait souvent. Enfin cet artiste,
vraiment profond, mais par éclairs, se balançait dans la vie
comme sur une escarpolette, sans s'inquiéter du moment
où la corde casserait. Sa vivacité d'esprit, sa prodigalité
d'idées le faisaient rechercher par tous les gens accoutumés aux rayonnements de l'intelligence; mais aucun de ses
amis ne l'aimait. Incapable de retenir un bon mot, il
immolait ses deux voisins à table avant la fin du premier
service. Malgré sa gaieté d'épiderme, il perçait dans ses
discours un secret mécontentement de sa position sociale,
il aspirait à quelque chose de mieux, et le fatal démon
caché dans son esprit l'empêchait d'avoir le sérieux qui en
impose tant aux sots. Il demeurait rue de Ponthieu, à un
second étage où il avait trois chambres livrées à tout le
désordre d'un ménage de garçon, un vrai bivouac. Il parlait
souvent de quitter la France et d'aller violer la fortune en
Amérique. Aucune sorcière ne pouvait prévoir l'avenir
d'un jeune homme chez qui tous les talents étaient
incomplets, incapable d'assiduité, toujours ivre de plaisir,
et croyant que le monde finissait le lendemain. Comme
costume, il avait la prétention de n'être pas ridicule, et
peut-être était-ce le seul de tout le ministère de qui la
tenue ne fît pas dire : « Voilà un employé ! » Il portait des
bottes élégantes, un pantalon noir à sous-pieds, un gilet de

fantaisie et une jolie redingote bleue, un col, éternel
présent de la grisette, un chapeau de Bandoni [112], des
gants de chevreau couleur sombre. Sa démarche, cavalière
et simple à la fois, ne manquait pas de grâce. Aussi, quand
il fut mandé par des Lupeaulx pour une impertinence un
peu trop forte dite sur le baron de La Billardière et menacé
de destitution, se contenta-t-il de lui répondre : « Vous me
reprendriez à cause du costume. » Des Lupeaulx ne put
s'empêcher de rire. La plus jolie plaisanterie faite par
Bixiou dans les bureaux est celle inventée pour Godard,
auquel il offrit un papillon rapporté de la Chine que le
sous-chef garde dans sa collection et montre encore
aujourd'hui, sans avoir reconnu qu'il est en papier peint.
Bixiou eut la patience de pourlécher un chef-d'œuvre pour
jouer un tour à son sous-chef.

Le diable pose toujours une victime auprès d'un Bixiou.
Le bureau Baudoyer avait donc sa victime, un pauvre
expéditionnaire, âgé de vingt-deux ans, aux appointements
de quinze cents francs, nommé Auguste-Jean-François
Minard. Minard s'était marié par amour avec une ouvrière
fleuriste, fille d'un portier, qui travaillait chez elle pour
Mlle Godard et que Minard avait vue rue de Richelieu dans
la boutique. Étant fille, Zélie Lorain avait eu bien des
fantaisies pour sortir de son état. D'abord élève du
Conservatoire, tour à tour danseuse, chanteuse et actrice,
elle avait songé à faire comme font beaucoup d'ouvrières,
mais la peur de mal tourner et de tomber dans une
effroyable misère l'avait préservée du vice. Elle flottait
entre mille partis, lorsque Minard s'était dessiné nettement, une proposition de mariage à la main. Zélie gagnait
cinq cents francs par an, Minard en avait quinze cents. En
croyant pouvoir vivre avec deux mille francs, ils se
marièrent sans contrat, avec la plus grande économie.
Minard et Zélie étaient allés se loger auprès de la barrière
de Courcelles [113], comme deux tourtereaux, dans un
appartement de cent écus, au troisième : des rideaux de
calicot blanc aux fenêtres, sur les murs un petit papier
écossais à quinze sous le rouleau, carreau frotté, meubles

en noyer, petite cuisine bien propre ; d'abord une première pièce où Zélie faisait ses fleurs, puis un salon meublé de chaises foncées en crin, une table ronde au milieu, une glace, une pendule représentant une fontaine à cristal tournant, des flambeaux dorés enveloppés de gaze ; enfin une chambre à coucher blanche et bleue ; lit, commode et secrétaire en acajou, petit tapis rayé au bas du lit, six fauteuils et quatre chaises ; dans un coin, le berceau en merisier où dormaient un fils et une fille. Zélie nourrissait ses enfants elle-même, faisait sa cuisine, ses fleurs et son ménage. Il y avait quelque chose de touchant dans cette heureuse et laborieuse médiocrité. En se sentant aimée par Minard, Zélie l'aima sincèrement. L'amour attire l'amour, c'est l'*abyssus abyssum* de la Bible [114]. Ce pauvre homme quittait son lit le matin pendant que sa femme dormait, et lui allait chercher ses provisions. Il portait les fleurs terminées en se rendant à son bureau, en revenant il achetait les matières premières ; puis, en attendant le dîner, il taillait ou estampait les feuilles, garnissait les tiges, délayait les couleurs. Petit, maigre, fluet, nerveux, ayant des cheveux rouges et crépus, des yeux d'un jaune clair, un teint d'une éclatante blancheur, mais marqué de rousseurs, il avait un courage sourd et sans apparat. Il possédait la science de l'écriture au même degré que Vimeux. Au bureau, il se tenait coi, faisait sa besogne et gardait l'attitude recueillie d'un homme souffrant et songeur. Ses cils blancs et son peu de sourcils l'avaient fait surnommer le *lapin blanc* par l'implacable Bixiou. Minard, ce Rabourdin d'une sphère inférieure, dévoré du désir de mettre sa Zélie dans une heureuse situation, cherchait dans l'océan des besoins du luxe et de l'industrie parisienne une idée, une découverte, un perfectionnement qui lui procurât une prompte fortune. Son apparente bêtise était produite par la tension continuelle de son esprit : il allait de la *Double Pâte des Sultanes* à l'*Huile Céphalique*, des briquets phosphoriques au gaz portatif, des socques articulés aux lampes hydrostatiques [115], embrassant ainsi les *infiniment petits* de la civilisation matérielle. Il

supportait les plaisanteries de Bixiou comme un homme
occupé supporte les bourdonnements d'un insecte, il ne
s'en impatientait même point. Malgré son esprit, Bixiou ne
devinait pas le profond mépris que Minard avait pour lui.
Minard se souciait peu d'une querelle, il y voyait une perte
de temps. Aussi avait-il fini par lasser son persécuteur. Il
venait au bureau habillé fort simplement, gardait le
pantalon de coutil jusqu'en octobre, portait des souliers et
des guêtres, un gilet en poil de chèvre, un habit de
castorine en hiver et de gros mérinos en été, un chapeau de
paille ou un chapeau de soie à onze francs, selon les
saisons, car sa gloire était sa Zélie : il se serait passé de
manger pour lui acheter une robe. Il déjeunait avec sa
femme et ne mangeait rien au bureau. Une fois par mois, il
menait Zélie au spectacle avec un billet donné par du
Bruel ou par Bixiou, car Bixiou faisait de tout, même du
bien. La mère de Zélie quittait alors sa loge, et venait
garder l'enfant. Minard avait remplacé Vimeux dans le
bureau de Baudoyer. Mme et M. Minard rendaient en
personne leurs visites du jour de l'an. En les voyant, on se
demandait comment faisait la femme d'un pauvre employé
à quinze cents francs pour maintenir son mari dans un
costume noir, et porter des chapeaux de paille d'Italie à
fleurs, des robes de mousseline brodée, des pardessous en
soie, des souliers de prunelle, des fichus magnifiques, une
ombrelle chinoise, et venir en fiacre et rester vertueuse ;
tandis que Mme Colleville ou telle autre *dame* pouvaient à
peine joindre les deux bouts, elles qui avaient deux mille
quatre cents francs !...

Dans chacun de ces bureaux, il se trouvait un employé
ami l'un de l'autre jusqu'à rendre leur amitié ridicule, car
on rit de tout dans les bureaux. Celui du bureau Baudoyer,
nommé Colleville, y était commis principal, et, sans la
Restauration, il eût été sous-chef ou même chef, depuis
longtemps. Il avait en Mme Colleville une femme aussi
supérieure dans son genre que Mme Rabourdin dans le
sien. Colleville, fils d'un premier violon de l'Opéra, s'était
amouraché de la fille d'une célèbre danseuse. Flavie

Minoret, une de ces habiles et charmantes Parisiennes qui savent rendre leurs maris heureux tout en gardant leur liberté, faisait de la maison de Colleville le rendez-vous de nos meilleurs artistes, des orateurs de la Chambre. On ignorait presque chez elle l'humble place occupée par Colleville. La conduite de Flavie, femme un peu trop féconde, offrait tant de prise à la médisance, que Mme Rabourdin avait refusé toutes ses invitations. L'ami de Colleville, nommé Thuillier, occupait dans le bureau Rabourdin une place absolument pareille à celle de Colleville, et s'était vu par les mêmes motifs arrêté dans sa carrière administrative comme Colleville. Qui connaissait Colleville connaissait Thuillier, et réciproquement. Leur amitié, née au bureau, venait de la coïncidence de leurs débuts dans l'Administration. La jolie Mme Colleville avait, disait-on dans les bureaux, accepté les soins de Thuillier que sa femme laissait sans enfants. Thuillier, dit le beau Thuillier, ex-homme à bonnes fortunes, menait une vie aussi oisive que celle de Colleville était occupée. Colleville, première clarinette à l'Opéra-Comique, et teneur de livres le matin, se donnait beaucoup de mal pour élever sa famille, quoique les protections ne lui manquassent pas. On le regardait comme un homme très fin, d'autant plus qu'il cachait son ambition sous une espèce d'indifférence. En apparence content de son sort, aimant le travail, il trouvait tout le monde, même les chefs, disposés à protéger sa courageuse existence. Depuis quelques jours seulement Mme Colleville avait réformé son train de maison, et semblait tourner à la dévotion ; aussi disait-on vaguement dans les bureaux qu'elle pensait à prendre dans la Congrégation un point d'appui plus sûr que le fameux orateur François Keller, un de ses plus constants adorateurs dont le crédit n'avait pas jusqu'à présent fait obtenir une place supérieure à Colleville. Flavie s'était adressée, et ce fut une de ses erreurs, à des Lupeaulx. Colleville avait la passion de chercher l'horoscope des hommes célèbres dans l'anagramme de leurs noms. Il passait des mois entiers à décomposer des noms et les recomposer afin d'y découvrir un sens. *Un corse la finira* trouvé dans *révolution française.* — *Vierge de son mari* dans *Marie de Vigneros,* nièce du cardinal de Richelieu[116]. — *Henri-ci mei casta dea* dans *Catharina de Médicis.* — *Eh c'est large nez* dans *Charles Genest,* l'abbé de la cour de Louis XIV, si connu par son gros nez qui amusait le duc de Bourgogne ; enfin tous les anagrammes connus avaient émerveillé Colleville. Érigeant l'anagramme en science, il prétendait que le sort de tout homme était écrit dans la phrase que donnait la combinaison des lettres de ses nom, prénoms et qualités. Depuis l'avènement de Charles X, il s'occupait de l'anagramme du Roi. Thuillier, qui lâchait quelques calembours, prétendait que l'anagramme était un calembour en lettres. Colleville, homme plein de cœur, lié presque indissolublement à Thuillier, le modèle de l'égoïste, présentait un problème insoluble et que beaucoup d'employés de la division expliquaient par ces mots : « Thuillier est riche et le ménage Colleville est lourd ! » En effet, Thuillier passait pour joindre aux émoluments de sa place les bénéfices de l'escompte ; on venait souvent le chercher pour parler à des négociants avec lesquels il avait des conférences de quelques minutes dans la cour mais pour le compte de Mlle Thuillier sa sœur. Cette amitié consolidée par le temps était basée sur des sentiments, sur des faits assez naturels qui trouveront leur place ailleurs (voyez *Les Petits Bourgeois*) et qui formeraient ici ce que les critiques appellent des longueurs. Il n'est peut-être pas inutile de faire observer néanmoins que si l'on connaissait beaucoup Mme Colleville dans les bureaux, on ignorait presque l'existence de Mme Thuillier. Colleville, l'homme actif, chargé d'enfants, était gros, gras, réjoui ; tandis que Thuillier, *le Beau de l'Empire,* sans soucis apparents, oisif, d'une taille svelte, offrait aux regards une figure blême et presque mélancolique. « Nous ne savons pas, disait Rabourdin en parlant de ces deux employés, si nos amitiés naissent plutôt des contrastes que des similitudes. »

Au contraire de ces deux frères siamois, Chazelle et
Paulmier étaient deux employés toujours en guerre : l'un
fumait, l'autre prisait, et ils se disputaient sans cesse à qui
pratiquait le meilleur mode d'absorber le tabac. Un défaut
qui leur était commun et qui les rendait aussi ennuyeux
l'un que l'autre aux employés consistait à se quereller à
propos des valeurs mobilières, du taux des petits pois, du
prix des maquereaux, des étoffes, des parapluies, des
habits, chapeaux, cannes et gants de leurs collègues. Ils
vantaient à l'envi l'un de l'autre les nouvelles découvertes
sans jamais y participer. Chazelle colligeait les prospectus
de librairie, les affiches à lithographies et à dessins ; mais
il ne souscrivait à rien. Paulmier, le collègue de Chazelle
en bavardage, passait son temps à dire que, s'il avait telle
ou telle fortune, il se donnerait bien telle ou telle chose.
Un jour Paulmier alla chez le fameux Dauriat [117] pour le
complimenter d'avoir amené la librairie à produire des
livres satinés avec couvertures imprimées, l'engager à
persévérer dans sa voie d'améliorations, et Paulmier ne
possédait pas un livre ! Le ménage de Chazelle, tyrannisé
par sa femme et voulant paraître indépendant, fournissait
d'éternelles plaisanteries à Paulmier ; tandis que Paulmier,
garçon, souvent à jeun comme Vimeux, offrait à Chazelle
un texte fécond avec ses habits râpés et son indigence
déguisée. Chazelle et Paulmier prenaient du ventre : celui
de Chazelle, rond, petit, pointu, avait, suivant un mot de
Bixiou, l'impertinence de toujours passer le premier ; celui
de Paulmier flottait de droite à gauche ; Bixiou le leur
faisait mesurer environ une fois par trimestre. Tous deux
ils étaient entre trente et quarante ans ; tous deux, assez
niais, ne faisant rien en dehors du bureau, présentaient le
type de l'employé pur sang, hébété par les paperasses, par
l'habitation des bureaux. Chazelle s'endormait souvent en
travaillant ; et sa plume, qu'il tenait toujours, marquait par
de petits points ses aspirations. Paulmier attribuait alors ce
sommeil à des exigences conjugales. En réponse à cette
plaisanterie, Chazelle accusait Paulmier de boire de la
tisane quatre mois de l'année sur les douze et lui disait

qu'il mourrait d'une grisette. Paulmier démontrait alors
que Chazelle indiquait sur un almanach les jours où
Mme Chazelle le trouvait aimable. Ces deux employés, à
force de laver leur linge sale en s'apostrophant à propos
des plus menus détails de leur vie privée, avaient obtenu la
déconsidération qu'ils méritaient. « Me prenez-vous pour
un Chazelle ? » était un mot qui servait à clore une
discussion ennuyeuse.

M. Poiret jeune [118], pour le distinguer de son frère Poiret
l'aîné, retiré dans la Maison Vauquer, où Poiret jeune
allait parfois dîner, se proposant d'y finir également ses
jours, avait trente ans de service. La nature n'est pas si
invariable dans ses révolutions que le pauvre homme l'était
dans les actes de sa vie : il mettait toujours ses affaires
dans le même endroit, posait sa plume au même fil du
bois, s'asseyait à sa place à la même heure, se chauffait au
poêle à la même minute, car sa seule vanité consistait à
porter une montre infaillible, réglée d'ailleurs tous les
jours sur l'Hôtel de Ville devant lequel il passait,
demeurant rue du Martroi [119]. De six heures à huit heures
du matin, il tenait les livres d'une forte maison de
nouveautés de la rue Saint-Antoine, et de six heures à huit
heures du soir ceux de la maison Camusot rue des
Bourdonnais. Il gagnait ainsi mille écus, y compris les
émoluments de sa place. Atteignant, à quelques mois près,
le temps voulu pour avoir sa pension, il montrait une
grande indifférence aux intrigues des bureaux. Semblable
à son frère à qui sa retraite avait porté un coup fatal, il
baisserait sans doute beaucoup quand il n'aurait plus à
venir de la rue du Martroi au ministère, à s'asseoir sur sa
chaise et à expédier. Chargé de faire la collection du
journal auquel s'abonnait le bureau et celle du *Moniteur*, il
avait le fanatisme de cette collection. Si quelque employé
perdait un numéro, l'emportait et ne le rapportait pas,
Poiret jeune se faisait autoriser à sortir, se rendait
immédiatement au bureau du journal, réclamait le numéro
manquant et revenait enthousiasmé de la politesse du
caissier. Il avait toujours eu affaire à un charmant garçon ;

et, selon lui, les journalistes étaient décidément des gens
aimables et peu connus. Homme de taille médiocre, Poiret
avait des yeux à demi éteints, un regard faible et sans
chaleur, une peau tannée, ridée, grise de ton, parsemée de
petits grains bleuâtres, un nez camard et une bouche
rentrée où flânaient quelques dents gâtées. Aussi Thuillier
disait-il que Poiret avait beau se regarder dans un miroir, il
ne se voyait pas dedans (de dents). Ses bras maigres et
longs étaient terminés par d'énormes mains sans aucune
blancheur. Ses cheveux gris, collés par la pression de son
chapeau, lui donnaient l'air d'un ecclésiastique, ressemblance peu flatteuse pour lui, car il haïssait les prêtres et
le clergé, sans pouvoir expliquer ses opinions religieuses.
Cette antipathie ne l'empêchait pas d'être extrêmement
attaché au gouvernement quel qu'il fût. Il ne boutonnait
jamais sa vieille redingote verdâtre, même par les froids
les plus violents ; il ne portait que des souliers à cordons,
et un pantalon noir. Il se fournissait dans les mêmes
maisons depuis trente ans. Quand son tailleur mourut, il
demanda un congé pour aller à son enterrement, et serra la
main au fils sur la fosse du père en lui assurant sa
pratique. L'ami de tous ses fournisseurs, il s'informait de
leurs affaires, causait avec eux, écoutait leurs doléances et
les payait comptant. S'il écrivait à quelqu'un de *ces
messieurs* pour ordonner un changement dans sa com-
mande, il observait les formules les plus polies, mettait
Monsieur en vedette, datait et faisait un brouillon de la
lettre qu'il gardait dans un carton étiqueté : *Ma correspondance*. Aucune vie n'était plus en règle. Poiret possédait
tous ses mémoires acquittés, toutes ses quittances même
minimes et ses livres de dépense annuelle enveloppés dans
des chemises et par années, depuis son entrée au
ministère. Il dînait au même restaurant, à la même place,
par abonnement, au *Veau-qui-tette*, place du Châtelet [120] ;
les garçons lui gardaient sa place. Ne donnant pas au
Cocon d'or, la fameuse maison de soierie, cinq minutes au-
delà du temps dû, à huit heures et demie il arrivait au *café
David* [121], le plus célèbre du quartier, et y restait jusqu'à

onze heures ; il y venait comme au *Veau-qui-tette* depuis
trente ans, et prenait une bavaroise à dix heures et demie.
Il y écoutait les discussions politiques, les bras croisés sur
sa canne, et le menton dans sa main droite, sans jamais y
participer. La dame du comptoir, seule femme à laquelle il
parlât avec plaisir, était la confidente des petits accidents
de sa vie, car il possédait sa place à la table située près du
comptoir. Il jouait aux dominos, seul jeu qu'il eût compris.
Quand ses partners ne venaient pas, on le trouvait
quelquefois endormi, le dos appuyé sur la boiserie et
tenant un journal dont la planchette reposait sur le marbre
de sa table. Il s'intéressait à tout ce qui se faisait dans
Paris, et consacrait le dimanche à surveiller les construc-
tions nouvelles. Il questionnait l'invalide chargé d'empêcher le public d'entrer dans l'enceinte en planches, et
s'inquiétait des retards qu'éprouvaient les bâtisses, du
manque de matériaux ou d'argent, des difficultés que
rencontrait l'architecte. On lui entendait dire : « J'ai vu
sortir le Louvre de ses décombres, j'ai vu naître la place du
Châtelet, le quai aux Fleurs, les marchés ! [122] » Lui et son
frère, nés à Troyes d'un commis des Fermes, avaient été
envoyés à Paris étudier dans les bureaux. Leur mère se fit
remarquer par une inconduite désastreuse, car les deux
frères eurent le chagrin d'apprendre sa mort à l'hôpital de
Troyes, nonobstant de nombreux envois de fonds. Non
seulement tous deux jurèrent alors de ne jamais se marier,
mais ils prirent les enfants en horreur : mal à leur aise
auprès d'eux, ils les craignaient comme on peut craindre
les fous, et les examinaient d'un œil hagard. L'un et
l'autre, ils avaient été écrasés de besogne sous Robert
Lindet. L'Administration ne fut pas juste alors envers eux,
mais ils se regardaient comme heureux d'avoir conservé
leurs têtes, et ne se plaignaient qu'entre eux de cette
ingratitude, car ils avaient *organisé le maximum* [123]. Quand
on joua le tour à Phellion de faire réformer sa fameuse
phrase par Rabourdin, Poiret prit Phellion à part dans le
corridor en sortant et lui dit : « Croyez bien, monsieur,
que je me suis opposé de tout mon pouvoir à ce qui a eu

lieu. » Depuis son arrivée à Paris, il n'était jamais sorti de
la ville. Dès ce temps, il avait commencé un journal de sa
vie où il marquait les événements saillants de la journée ;
du Bruel lui apprit que lord Byron faisait ainsi. Cette
similitude combla Poiret de joie, et l'engagea à acheter les
œuvres de lord Byron, traduction de Chastopalli [124] à
laquelle il ne comprit rien du tout. On le surprenait
souvent au bureau dans une pose mélancolique, il avait
l'air de penser profondément et ne songeait à rien. Il ne
connaissait pas un seul des locataires de sa maison, et
gardait sur lui la clef de son domicile. Au jour de l'an, il
portait lui-même ses cartes chez tous les employés de la
division, et ne faisait jamais de visites. Bixiou s'avisa, par
un jour de canicule, de graisser de saindoux l'intérieur
d'un vieux chapeau que Poiret jeune (il avait cinquante-
deux ans) ménageait depuis neuf années. Bixiou, qui
n'avait jamais vu que ce chapeau-là sur la tête de Poiret,
en rêvait, il le voyait en mangeant ; il avait résolu, dans
l'intérêt de ses digestions, de débarrasser les bureaux de
cet immonde chapeau. Poiret jeune sortit vers quatre
heures. En s'avançant dans les rues de Paris, où les rayons
du soleil réfléchis par les pavés et les murailles produisent
des chaleurs tropicales, il sentit sa tête inondée, lui qui
suait rarement. *S'estimant dès lors malade ou sur le point de
le devenir,* au lieu d'aller au *Veau-qui-tette,* il rentra chez
lui, tira de son secrétaire le journal de sa vie, et consigna
le fait de la manière suivante :

« Aujourd'hui, 3 juillet 1823, surpris par une sueur
étrange et annonçant peut-être la suette, maladie particulière à la Champagne [125], je me dispose à consulter le
docteur Haudry. L'invasion du mal a commencé à la
hauteur du quai de l'École. »

Tout à coup, étant sans chapeau, il reconnut que la
prétendue sueur avait une cause indépendante de sa
personne. Il s'essuya la figure, examina le chapeau, ne put

rien découvrir, car il n'osa découdre la coiffe. Il nota donc
ceci sur son journal :

« Porté le chapeau chez le sieur Tournan, chapelier rue
Saint-Martin, vu que je soupçonne une autre cause à cette
sueur, qui ne serait pas alors une sueur, mais bien l'effet
d'une addition quelconque nouvellement ou anciennement
faite au chapeau. »

M. Tournan notifia sur-le-champ à sa pratique la
présence d'un corps gras obtenu par la distillation d'un
porc ou d'une truie. Le lendemain Poiret vint avec un
chapeau prêté par M. Tournan en attendant le neuf ; mais
il ne s'était pas couché sans ajouter cette phrase à son
journal : « Il est avéré que mon chapeau contenait du
saindoux ou graisse de porc. » Ce fait inexplicable occupa
pendant plus de quinze jours l'intelligence de Poiret, qui
ne sut jamais comment ce phénomène avait pu se produire.
On l'entretint au bureau des pluies de crapauds et autres
aventures caniculaires, de la tête de Napoléon trouvée
dans une racine d'ormeau, de mille bizarreries d'histoire
naturelle. Vimeux lui dit qu'un jour son chapeau, à lui
Vimeux, avait déteint en noir sur son visage, et que les
chapeliers vendaient des drogues. Poiret alla plusieurs fois
chez le sieur Tournan, afin de s'assurer de ses procédés de
fabrication.

Il y avait encore chez Rabourdin un employé qui faisait
l'homme courageux, professait les opinions du Centre
gauche et s'insurgeait contre les tyrannies de Baudoyer
pour le compte des malheureux esclaves de ce bureau. Ce
garçon, nommé Fleury [126], s'abonnait hardiment à une
feuille de l'Opposition, portait un chapeau gris à grands
bords, des bandes rouges à ses pantalons bleus, un gilet
bleu à boutons dorés, et une redingote qui croisait sur la
poitrine comme celle d'un maréchal-des-logis de gendarmerie. Quoique inébranlable dans ses principes, il restait
néanmoins employé dans les bureaux ; mais il y prédisait
un fatal avenir au gouvernement s'il persistait à donner

administratifs. Il cajolait donc Bixiou dans le dessein de l'exploiter, mais sans avoir encore osé s'ouvrir à lui sur ce projet. Ce noble cœur attendait avec impatience la mort de son père pour succéder à un titre de baron accordé récemment, il mettait sur ses cartes *le chevalier de La Billardière,* et avait exposé dans son cabinet ses armes encadrées (*chef d'azur à trois étoiles, et deux épées en sautoir sur un fond de sable, avec cette devise :* A TOUJOURS FIDÈLE) ! Ayant la manie de s'entretenir de l'art héraldique, il avait demandé au jeune vicomte de Portenduère pourquoi ses armes étaient si chargées, et s'était attiré cette jolie réponse : « Je ne les ai pas fait faire. » Il parlait de son dévouement à la monarchie, et des bontés que la Dauphine avait pour lui. Très bien avec des Lupeaulx, il déjeunait souvent avec lui, et le croyait son ami. Bixiou, posé comme son mentor, espérait débarrasser la division et la France de ce jeune fat en le jetant dans la débauche, et il avouait hautement son projet.

Telles étaient les principales physionomies de la division La Billardière, où il se trouvait encore quelques autres employés dont les mœurs ou les figures se rapprochaient ou s'éloignaient plus ou moins de celles-ci. On rencontrait dans le bureau Baudoyer des employés à front chauve, frileux, bardés de flanelles, perchés à des cinquièmes étages, y cultivant des fleurs, ayant des cannes d'épine, de vieux habits râpés, le parapluie en permanence. Ces gens, qui tiennent le milieu entre les portiers heureux et les ouvriers gênés, trop loin des centres administratifs pour songer à un avancement quelconque, représentent les pions de l'échiquier bureaucratique. Heureux d'être de garde pour ne pas aller au bureau, capables de tout pour une gratification, leur existence est un problème pour ceux-là mêmes qui les emploient, et une accusation contre l'État qui, certes, engendre ces misères en les acceptant. À l'aspect de ces étranges physionomies, il est difficile de décider si ces mammifères à plumes se crétinisent à ce métier, ou s'ils ne font pas ce métier parce qu'ils sont un peu crétins de naissance. Peut-être la part est-elle égale

entre la Nature et le Gouvernement. « Les villageois, a dit
un inconnu [131], subissent, sans s'en rendre compte, l'action
des circonstances atmosphériques et des faits extérieurs.
Identifiés en quelque sorte avec la nature au milieu de
laquelle ils vivent, ils se pénètrent insensiblement des
idées et des sentiments qu'elle éveille et les reproduisent
dans leurs actions et sur leur physionomie, selon leur
organisation et leur caractère individuel. Moulés ainsi et
façonnés de longue main sur les objets qui les entourent
sans cesse, ils sont le livre le plus intéressant et le plus
vrai pour quiconque se sent attiré vers cette partie de la
physiologie, si peu connue et si féconde, qui explique les
rapports de l'être moral avec les agents extérieurs de la
Nature. » Or, la Nature, pour l'employé, c'est les bureaux ;
son horizon est de toutes parts borné par des cartons verts ;
pour lui, les circonstances atmosphériques, c'est l'air des
corridors, les exhalaisons masculines contenues dans des
chambres sans ventilateurs, la senteur des papiers et des
plumes ; son terroir est un carreau, ou un parquet émaillé
de débris singuliers, humecté par l'arrosoir du garçon de
bureau ; son ciel est un plafond auquel il adresse ses
bâillements, et son élément est la poussière. L'observation
sur les villageois tombe à plomb sur les employés *identifiés*
avec la nature au milieu de laquelle ils vivent. Si plusieurs
médecins distingués redoutent l'influence de cette nature,
à la fois sauvage et civilisée, sur l'être moral contenu dans
ces affreux compartiments, nommés bureaux, où le soleil
pénètre peu, où la pensée est bornée en des occupations
semblables à celle des chevaux qui tournent un manège,
qui bâillent horriblement et meurent promptement ;
Rabourdin avait donc profondément raison en raréfiant les
employés, en demandant pour eux et de forts appointements et d'immenses travaux. On ne s'ennuie jamais à
faire de grandes choses. Or, tels qu'ils sont constitués, les
bureaux, sur les neuf heures [132] que leurs employés doivent
à l'État, en perdent quatre en conversations, comme on va
le voir, en narrés, en disputes, et surtout en intrigues.

CHAPITRE V

LA MACHINE EN MOUVEMENT

Aussi faut-il avoir hanté les bureaux pour reconnaître à quel point la vie rapetissée y ressemble à celle des collèges ; mais partout où les hommes vivent collectivement, cette similitude est frappante : au régiment, dans les tribunaux, vous retrouvez le collège plus ou moins agrandi. Tous ces employés, réunis pendant leurs séances de huit heures dans les bureaux, y voyaient une espèce de classe où il y avait des devoirs à faire, où les chefs remplaçaient les préfets d'études, où les gratifications étaient comme des prix de bonne conduite donnés à des protégés, où l'on se moquait les uns des autres, où l'on se haïssait et où il existait néanmoins une sorte de camaraderie, mais déjà plus froide que celle du régiment, qui elle-même est moins forte que celle des collèges. À mesure que l'homme s'avance dans la vie, l'égoïsme se développe et relâche les liens secondaires en affection. Enfin, les bureaux, n'est-ce pas le monde en petit, avec ses bizarreries, ses amitiés, ses haines, son envie et sa cupidité, son mouvement de marche quand même ! ses frivoles discours qui font tant de plaies, et son espionnage incessant.

En ce moment, la division de M. le baron de La Billardière était en proie à une agitation extraordinaire bien justifiée par l'événement qui allait s'y accomplir, car les chefs de division ne meurent pas tous les jours, et il n'y a pas de tontine [133] où les probabilités de vie ou de mort se calculent avec plus de sagacité que dans les bureaux.

L'intérêt y étouffe toute pitié, comme chez les enfants ; mais les employés ont l'hypocrisie de plus.

Vers huit heures, les employés du bureau Baudoyer arrivaient à leur poste, tandis qu'à neuf heures ceux de Rabourdin commençaient à peine à se montrer, ce qui n'empêchait pas d'expédier la besogne beaucoup plus rapidement chez Rabourdin que chez Baudoyer. Dutocq avait de graves raisons pour être venu de si bonne heure. Entré furtivement la veille dans le cabinet où travaillait Sébastien, il l'avait surpris copiant un travail pour Rabourdin ; il s'était caché, et avait vu sortir Sébastien sans papiers. Sûr alors de trouver cette minute assez volumineuse et la copie cachées en un endroit quelconque, en fouillant tous les cartons l'un après l'autre, il avait fini par trouver ce terrible état. Il s'était empressé d'aller chez le directeur d'un établissement autographique faire tirer deux exemplaires de ce travail au moyen d'une presse à copier, et possédait ainsi l'écriture même de Rabourdin. Pour ne pas éveiller le soupçon, il s'était hâté de replacer la minute dans le carton, en se rendant le premier au bureau. Retenu jusqu'à minuit rue Duphot, Sébastien fut, malgré sa diligence, devancé par la haine. La haine demeurait rue Saint-Louis-Saint-Honoré, tandis que le dévouement demeurait rue du Roi-Doré au Marais. Ce simple retard pesa sur toute la vie de Rabourdin. Sébastien, pressé d'ouvrir le carton, y trouva sa copie inachevée, la minute en ordre, et les serra dans la caisse de son chef. Vers la fin de décembre, il fait souvent peu clair le matin dans les bureaux, il en est même plusieurs où l'on gardait des lampes jusqu'à dix heures, Sébastien ne put donc remarquer la pression de la pierre sur le papier. Mais quand, à neuf heures et demie, Rabourdin examina sa minute, il aperçut d'autant mieux l'effet produit par les procédés de l'autographie, qu'il s'en était beaucoup occupé pour vérifier si les presses autographiques remplaceraient les expéditionnaires. Le chef de bureau s'assit dans son fauteuil, prit ses pincettes et se mit à arranger méthodiquement son feu, tant il fut absorbé par ses réflexions ; puis, curieux de savoir entre les mains de qui se trouvait son secret, il manda Sébastien.

— Quelqu'un est venu avant vous au bureau ? lui demanda-t-il.

— Oui, dit Sébastien, M. Dutocq.

— Bien, il est exact. Envoyez-moi Antoine.

Trop grand pour affliger inutilement Sébastien en lui reprochant un malheur consommé, Rabourdin ne lui dit pas autre chose. Antoine vint, Rabourdin lui demanda si la veille il n'était pas resté quelques employés après quatre heures ; le garçon de bureau lui nomma Dutocq comme ayant travaillé plus tard que M. de La Roche. Rabourdin congédia le garçon par un signe de tête, et reprit le cours de ses réflexions.

— À deux fois j'ai empêché sa destitution, se dit-il, voilà ma récompense.

Cette matinée devait être pour le chef de bureau comme le moment solennel où les grands capitaines décident d'une bataille en pesant toutes les chances. Connaissant mieux que personne l'esprit des bureaux, il savait qu'on n'y pardonne pas plus là qu'on ne le pardonne au collège, au bagne, ou à l'armée, ce qui ressemble à la délation, à l'espionnage. Un homme capable de fournir des notes sur ses camarades est honni, perdu, vilipendé : les ministres abandonnent en ce cas leurs propres instruments. Un employé doit alors donner sa démission et quitter Paris, son honneur est à jamais taché : les explications sont inutiles, personne n'en demande ni n'en veut écouter. À ce jeu, un ministre est un grand homme, il est censé choisir les hommes ; mais un simple employé passe pour un espion, quels que soient ses motifs. Tout en mesurant le vide de ces sottises, Rabourdin les savait immenses et s'en voyait accablé. Plus surpris qu'atterré, il chercha la meilleure conduite à tenir dans cette circonstance, et resta donc étranger au mouvement des bureaux mis en émoi par la mort de M. de La Billardière, il ne l'apprit que par le petit de La Brière qui savait apprécier l'immense valeur du chef de bureau.

Or donc, dans le bureau des Baudoyer (on disait les Baudoyer, les Rabourdin), vers dix heures, Bixiou racontait les derniers moments du directeur de la division à Minard, à Desroys, à M. Godard qu'il avait fait sortir de son cabinet, à Dutocq accouru chez les Baudoyer par un double motif. Colleville et Chazelle manquaient.

BIXIOU, *debout devant le poêle, à la bouche duquel il présente alternativement la semelle de chaque botte pour la sécher.*

Ce matin, à sept heures et demie, je suis allé savoir des nouvelles de notre digne et respectable directeur, chevalier du Christ, etc., etc. Eh ! mon Dieu, oui, messieurs, le baron était encore hier vingt *et caetera* : mais aujourd'hui il n'est plus rien, pas même employé. J'ai demandé les détails de sa nuit. Sa garde, qui se rend et ne meurt pas, m'a dit que, le matin dès cinq heures, il s'était inquiété de la famille royale. Il s'était fait lire les noms de ceux d'entre nous qui venaient savoir de ses nouvelles. Enfin, il avait dit : « Emplissez ma tabatière, donnez-moi le journal, apportez-moi mes besicles ; changez mon ruban de la Légion d'honneur, il est bien sale. » Vous le savez, il porte ses Ordres au lit. Il avait donc toute sa connaissance, toute sa tête, toutes ses idées habituelles. Mais, bah ! dix minutes après, l'eau avait gagné, gagné, gagné le cœur, gagné la poitrine ; il s'était senti mourir en sentant les kystes crever. En ce moment fatal, il a prouvé combien il avait la tête forte et combien était vaste son intelligence ! Ah ! nous ne l'avons pas apprécié, nous autres ! Nous nous moquions de lui, nous le regardions comme une ganache, tout ce qu'il y a de plus ganache, n'est-ce pas, monsieur Godard ?

GODARD

Moi, j'estimais les talents de M. de La Billardière mieux que qui que ce soit.

BIXIOU

Vous vous compreniez !

GODARD

Enfin, ce n'était pas un méchant homme ; il n'a jamais fait de mal à personne.

BIXIOU

Pour faire le mal, il faut faire quelque chose, et il ne faisait rien. Si ce n'est pas vous qui l'aviez jugé tout à fait incapable, c'est donc Minard.

MINARD, *en haussant les épaules.*

Moi !

BIXIOU

Hé bien vous, Dutocq ? *(Dutocq fait un signe de violente dénégation.)* Bon ! allons, personne ! Il était donc accepté par tout le monde ici pour une tête herculéenne ! Hé bien, vous aviez raison : il a fini en homme d'esprit, de talent, de tête, enfin comme un grand homme qu'il était.

DESROYS, *impatienté.*

Mon Dieu, qu'a-t-il fait de si grand ? il s'est confessé !

BIXIOU

Oui, monsieur, et il a voulu recevoir les saints sacrements. Mais pour les recevoir, savez-vous comment il s'y est pris ? il a mis ses habits de gentilhomme ordinaire de la chambre, tous ses Ordres, enfin il s'est fait poudrer ; on lui a serré sa queue (pauvre queue) dans un ruban neuf. Or, je dis qu'il n'y a qu'un homme de beaucoup de caractère qui puisse se faire faire la queue au moment de sa mort ; nous voilà huit ici, il n'y en a pas un seul de nous qui se la ferait faire. Ce n'est pas tout, il a dit, car vous savez qu'en mourant tous les hommes célèbres font un dernier *speech* (mot anglais qui signifie *tartine parlementaire*), il a dit... Comment a-t-il dit cela ? Ah ! « *Je dois bien me parer pour recevoir le Roi du ciel, moi qui me suis tant de fois mis sur mon* quarante et un *pour aller chez le Roi de la terre !* » Voilà comment a fini M. de La Billardière, il a pris à tâche de justifier ce mot de Pythagore : On ne connaît bien les hommes qu'après leur mort.

COLLEVILLE, *entrant.*

Enfin, messieurs, je vous annonce une fameuse nouvelle...

TOUS

Nous la savons.

COLLEVILLE

Je vous en défie bien, de la savoir ! J'y suis depuis l'avènement de Sa Majesté aux trônes collectifs de France et de Navarre. Je l'ai achevée cette nuit avec tant de peine que Mme Colleville me demandait ce que j'avais à me tant tracasser.

DUTOCQ

Croyez-vous qu'on ait le temps de s'occuper de vos anagrammes quand le respectable M. de La Billardière vient d'expirer ?...

COLLEVILLE

Je reconnais mon Bixiou ! je viens de chez M. La Billardière [134], il vivait encore ; mais on l'attend à passer... *(Godard comprend la charge, et s'en va mécontent dans son cabinet.)* Messieurs, vous ne devineriez jamais les événements que suppose l'anagramme de cette phrase sacramentale. *(Il montre un papier.) Charles dix, par la grâce de Dieu, Roi de France et de Navarre.*

GODARD, *revenant.*

Dites-le tout de suite, et n'amusez pas ces messieurs.

COLLEVILLE, *triomphant et développant la partie cachée de sa feuille de papier.*

A II. V. il cedera
De S. C. l. d. partira.
En nauf errera.
Decede à Gorix [135].

Toutes les lettres y sont ! *(Il répète.)* À Henri cinq cédera (sa couronne), de Saint-Cloud partira ; en nauf (esquif, vaisseau, felouque, corvette, tout ce que vous voudrez, c'est un vieux mot français), errera...

DUTOCQ

Quel tissu d'absurdités ! Comment voulez-vous que le Roi cède la couronne à Henri V, qui dans votre hypothèse serait son petit-fils, quand il y a Mgr le Dauphin ? Vous prophétisez déjà la mort du Dauphin.

BIXIOU

Qu'est-ce que Gorix ? un nom de chat ?

COLLEVILLE, *piqué.*

L'abréviation lapidaire d'un nom de ville, mon cher ami, je l'ai cherché dans Malte-Brun [136] : Goritz, en latin *Gorixia,* située en Bohême ou Hongrie, enfin en Autriche...

BIXIOU

Tyrol, provinces basques, ou Amérique du Sud. Vous auriez dû chercher aussi un air pour jouer cela sur la clarinette.

GODARD, *levant les épaules et s'en allant.*

Quelles bêtises !

COLLEVILLE

Bêtises, bêtises ! je voudrais bien que vous vous donnassiez la peine d'étudier le fatalisme, religion de l'empereur Napoléon.

GODARD, *piqué du ton de Colleville.*

Monsieur Colleville, Bonaparte peut être dit *empereur* par les historiens, mais on ne doit pas le reconnaître en cette qualité dans les bureaux.

BIXIOU, *souriant.*

Cherchez cette anagramme-là, mon cher ami ? Tenez, en fait d'anagrammes, j'aime mieux votre femme, c'est plus facile à retourner. *(A voix basse.)* Flavie devrait bien vous faire faire, à ses moments perdus, chef de bureau, ne fût-ce que pour vous soustraire aux sottises d'un Godard !...

DUTOCQ, *appuyant Godard.*

Si ce n'était pas des bêtises, vous perdriez votre place, car vous prophétisez des événements peu agréables au Roi ; tout bon royaliste doit présumer qu'il a eu assez de deux séjours à l'étranger.

COLLEVILLE

Si l'on m'ôtait ma place, François Keller secouerait drôlement votre ministre. *(Silence profond.)* Sachez, maître Dutocq, que toutes les anagrammes connues ont été accomplies. Tenez, vous !... Eh bien, ne vous mariez pas : on trouve *coqu* dans votre nom !

BIXIOU

D, t, reste alors pour *détestable.*

DUTOCQ, *sans paraître fâché.*

J'aime mieux que ce ne soit que dans mon nom.

PAULMIER, *tout bas à Desroys.*

Attrape, mons Colleville.

DUTOCQ, *à Colleville.*

Avez-vous fait celui de : *Xavier Rabourdin, chef de bureau ?*

COLLEVILLE

Parbleu !

BIXIOU, *taillant sa plume.*

Qu'avez-vous trouvé ?

COLLEVILLE

Il fait ceci : *D'abord rêva bureaux, E-u...* Saisissez-vous bien ?... ET IL EUT ! *E-u fin riche.* Ce qui signifie qu'après avoir commencé dans l'Administration, il la plantera là, pour faire fortune ailleurs. *(Il répète.) D'abord rêva bureaux, E-u fin riche.*

DUTOCQ

C'est au moins singulier.

BIXIOU

Et Isidore Baudoyer ?

COLLEVILLE, *avec mystère.*

Je ne voudrais pas le dire à d'autres qu'à Thuillier.

BIXIOU

Gage un déjeuner que je vous le dis.

COLLEVILLE

Je le paie, si vous le trouvez ?

BIXIOU

Vous me régalerez donc ; mais n'en soyez pas fâché : deux artistes comme nous s'amuseront à mort !... *Isidore Baudoyer* donne *Ris d'aboyeur d'oie* !

COLLEVILLE, *frappé d'étonnement.*

Vous me l'avez volé.

BIXIOU, *cérémonieusement.*

Monsieur de Colleville, faites-moi l'honneur de me croire assez riche en niaiseries pour ne pas dérober celles de mon prochain.

BAUDOYER, *entrant un dossier à la main.*

Messieurs, je vous en prie, parlez encore un peu plus haut, vous mettez le bureau en très bon renom auprès des

administrateurs. Le digne M. Clergeot, qui m'a fait
l'honneur de venir me demander un renseignement,
entendait vos propos. *(Il passe chez M. Godard.)*

BIXIOU, *à voix basse.*

L'aboyeur est bien doux ce matin, nous aurons un
changement dans l'atmosphère.

DUTOCQ, *bas à Bixiou.*

J'ai quelque chose à vous dire.

BIXIOU, *tâtant le gilet de Dutocq.*

Vous avez un joli gilet qui sans doute ne vous coûte
presque rien. Est-ce là le secret ?

DUTOCQ

Comment, pour rien ! je n'ai jamais rien payé de si cher.
Cela vaut six francs l'aune au grand magasin de la rue de la
Paix, une belle étoffe mate qui va bien en grand deuil.

BIXIOU

Vous vous connaissez en gravures, mais vous ignorez les
lois de l'étiquette. On ne peut pas être universel. La soie
n'est pas admise dans le grand deuil. Aussi n'ai-je que de
la laine. M. Rabourdin, M. Clergeot, le ministre sont tout
laine ; le faubourg Saint-Germain tout laine. Il n'y a que
Minard qui ne porte pas de laine, il a peur d'être pris pour
un mouton, nommé *laniger* en latin de Bucolique ; il s'est
dispensé, sous ce prétexte, de se mettre en deuil de
Louis XVIII, grand législateur, auteur de la Charte et
homme d'esprit, un roi qui tiendra bien sa place dans
l'histoire, comme il la tenait sur le trône, comme il la tenait
bien partout ; car savez-vous le plus beau trait de sa vie ?
non. Eh bien, à sa seconde rentrée, en recevant tous les
souverains alliés, il a passé le premier en allant à table.

PAULMIER, *regardant Dutocq.*

Je ne vois pas...

DUTOCQ, *regardant Paulmier.*

Ni moi non plus.

BIXIOU

Vous ne comprenez pas ? Eh bien, il ne se regardait pas comme chez lui. C'était spirituel, grand et épigrammatique. Les souverains n'ont pas plus compris que vous, même en se cotisant pour comprendre ; il est vrai qu'ils étaient presque tous étrangers...

> *Baudoyer, pendant cette conversation, est au coin de la cheminée dans le cabinet de son sous-chef, et tous deux ils parlent à voix basse.*

BAUDOYER

Oui, le digne homme expire. Les deux ministres y sont pour recevoir son dernier soupir, mon beau-père vient d'être averti de l'événement. Si vous voulez me rendre un signalé service, vous prendrez un cabriolet et vous irez prévenir Mme Baudoyer, car M. Saillard ne peut quitter sa caisse et moi je n'ose laisser le bureau seul. Mettez-vous à sa disposition : elle a, je crois, ses vues, et pourrait vouloir faire faire simultanément quelques démarches. *(Les deux fonctionnaires sortent ensemble.)*

GODARD

Monsieur Bixiou, je quitte le bureau pour la journée, ainsi remplacez-moi.

BAUDOYER, *à Bixiou d'un air bénin.*

Vous me consulterez, s'il y avait lieu.

BIXIOU

Pour le coup, La Billardière est mort !

DUTOCQ, *à l'oreille de Bixiou.*

Venez un peu dehors me reconduire. *(Bixiou et Dutocq sortent dans le corridor et se regardent comme deux augures.)*

DUTOCQ, *parlant dans l'oreille de Bixiou.*

Écoutez. Voici le moment de nous entendre pour avancer. Que diriez-vous, si nous devenions vous chef et moi sous-chef ?

BIXIOU, *haussant les épaules.*

Allons, pas de farces !

DUTOCQ

Si Baudoyer était nommé, Rabourdin ne resterait pas, il donnerait sa démission. Entre nous, Baudoyer est si incapable que si du Bruel et vous, vous voulez ne pas l'aider, dans deux mois il sera renvoyé. Si je sais compter, nous aurons devant nous trois places vides.

BIXIOU

Trois places qui nous passeront sous le nez, et qui seront données à des ventrus [137], à des laquais, à des espions, à des hommes de la Congrégation, à Colleville dont la femme a fini par où finissent les jolies femmes... par la dévotion...

DUTOCQ

À vous, mon cher, si vous voulez une fois dans votre vie employer votre esprit logiquement. (*Il s'arrête comme pour étudier sur la figure de Bixiou l'effet de son adverbe.*) Jouons ensemble cartes sur table.

BIXIOU, *impassible.*

Voyons votre jeu ?

DUTOCQ

Moi je ne veux pas être autre chose que sous-chef, je me connais, je sais que je n'ai pas, comme vous, les moyens d'être chef. Du Bruel peut devenir directeur, vous serez son chef de bureau, il vous laissera sa place quand il aura fait sa pelote, et moi je boulotterai, protégé par vous, jusqu'à ma retraite.

BIXIOU

Finaud ! Mais par quels moyens comptez-vous mener à
bien une entreprise où il s'agit de forcer la main au
ministre, et d'expectorer un homme de talent ? Entre nous,
Rabourdin est le seul homme capable de la division, et
peut-être du ministère. Or il s'agit de mettre à sa place le
carré de la sottise, le cube de la niaiserie, *la place
Baudoyer !*

DUTOCQ, *se rengorgeant.*

Mon cher, je puis soulever contre Rabourdin tous les
bureaux ! vous savez combien Fleury l'aime ? eh bien,
Fleury le méprisera.

BIXIOU

Être méprisé par Fleury !

DUTOCQ

Il ne restera personne au Rabourdin : les employés en
masse iront se plaindre de lui au ministre, et ce ne sera pas
seulement notre division, mais la division Clergeot mais la
division Bois-Levant et les autres ministères...

BIXIOU

C'est cela ! cavalerie, infanterie, artillerie et le corps
des marins de la Garde, en avant ! Vous délirez, mon cher !
et moi, qu'ai-je à faire là-dedans ?

DUTOCQ

Une caricature mordante, un dessin à tuer un homme.

BIXIOU

Le paierez-vous ?

DUTOCQ

Cent francs.

BIXIOU, *en lui-même.*

Il y a quelque chose.

DUTOCQ, *continuant.*

Il faudrait représenter Rabourdin habillé en boucher,
mais bien ressemblant, chercher des analogies entre un
bureau et une cuisine, lui mettre à la main un tranche-
lard, peindre les principaux employés des ministères en
volailles, les encager dans une immense souricière sur
laquelle on écrirait : *Exécutions administratives,* et il serait
censé leur couper le cou un à un. Il y aurait des oies, des
canards à têtes conformées comme les nôtres, des portraits
vagues, vous comprenez ! il tiendrait un volatile à la main,
Baudoyer, par exemple, fait en dindon.

BIXIOU

Ris d'aboyeur d'oie ! *(Il a regardé pendant longtemps
Dutocq.)* Vous avez trouvé cela, vous ?

DUTOCQ

Oui, moi.

BIXIOU, *se parlant à lui-même.*

Les sentiments violents conduiraient-ils donc au même
but que le talent ? *(À Dutocq.)* Mon cher, je ferai cela...
(Dutocq laisse échapper un mouvement de joie) quand *(point
d'orgue)* je saurai sur quoi m'appuyer ; car si vous ne
réussissez pas, je perds ma place, et il faut que je vive.
Vous êtes encore singulièrement *bon enfant,* mon cher
collègue !

DUTOCQ

Eh bien, ne faites la lithographie que quand le succès
vous sera démontré...

BIXIOU

Pourquoi ne videz-vous pas votre sac tout de suite ?

DUTOCQ

Il faut auparavant aller flairer l'air du bureau, nous
reparlerons de cela tantôt. *(Il s'en va.)*

BIXIOU, *seul dans le corridor.*

Cette raie au beurre noir, car il ressemble plus à un poisson qu'à un oiseau, ce Dutocq a eu là une bonne idée, je ne sais pas où il l'a prise. Si *la place Baudoyer* succède à La Billardière, ce serait drôle, mieux que drôle, nous y gagnerions ! *(Il rentre dans le bureau.)* Messieurs, il va y avoir de fameux changements, le papa La Billardière est décidément mort. Sans blague ! parole d'honneur ! Voilà Godard en course pour notre respectable chef Baudoyer, successeur présumé du défunt *(Minard, Desroys, Colleville lèvent la tête avec étonnement, tous posent leurs plumes, Colleville se mouche).* Nous allons avancer, nous autres ! Colleville sera sous-chef au moins, Minard sera peut-être commis principal, et pourquoi ne le serait-il pas ? il est aussi bête que moi. Hein ! Minard, si vous étiez à deux mille cinq cents, votre petite femme serait joliment contente et vous pourriez vous acheter des bottes.

COLLEVILLE

Mais vous ne les avez pas encore, deux mille cinq cents.

BIXIOU

M. Dutocq les a chez les Rabourdin, pourquoi ne les aurais-je pas cette année ? M. Baudoyer les a eus.

COLLEVILLE

Par l'influence de M. Saillard. Aucun commis principal ne les a dans la division Clergeot.

PAULMIER

Par exemple ! M. Cochin n'a peut-être pas trois mille ? Il a succédé à M. Vavasseur, qui a été dix ans sous l'Empire à quatre mille, il a été remis à trois mille à la première rentrée, et est mort à deux mille cinq cents. Mais par la protection de son frère, M. Cochin s'est fait augmenter, il a trois mille [138]

COLLEVILLE

M. Cochin signe *E. L. L. E. Cochin*, il se nomme Émile-Louis-Lucien-Emmanuel, ce qui *anagrammé* donne *Cochenille*. Eh bien, il est associé d'une maison de droguerie, rue des Lombards, la maison Matifat qui s'est enrichie par des spéculations sur cette denrée coloniale.

BIXIOU

Pauvre homme, il a fait un an de Florine.

COLLEVILLE

Cochin assiste quelquefois à nos soirées, car il est de première force sur le violon. *(À Bixiou qui ne s'est pas encore mis au travail.)* Vous devriez venir chez nous entendre un concert, mardi prochain. On joue un *quintetto* de Reicha [139].

BIXIOU

Merci, je préfère regarder la partition.

COLLEVILLE

Est-ce pour faire un mot que vous dites cela ?... car un artiste de votre force doit aimer la musique.

BIXIOU

J'irai, mais à cause de madame.

BAUDOYER, *revenant.*

M. Chazelle n'est pas encore venu, vous lui ferez mes compliments, messieurs.

BIXIOU, *qui a mis un chapeau à la place de Chazelle en entendant le pas de Baudoyer.*

Pardon, monsieur, il est allé demander un renseignement pour vous chez les Rabourdin.

CHAZELLE, *entrant son chapeau sur la tête et sans voir Baudoyer.*

Le père La Billardière est enfoncé, messieurs ! Rabourdin est chef de division, maître des requêtes ! il n'a pas volé son avancement, celui-là...

BAUDOYER, *à Chazelle.*

Vous avez trouvé cette nomination dans votre second chapeau, monsieur, n'est-ce pas ? *(Il lui montre le chapeau qui est à sa place.)* Voilà la troisième fois depuis le commencement du mois que vous venez après neuf heures ; si vous continuez ainsi, vous ferez du chemin, mais savoir en quel sens ! *(À Bixiou qui lit le journal.)* Mon cher monsieur Bixiou, de grâce laissez le journal à ces messieurs qui s'apprêtent à déjeuner, et venez prendre la besogne d'aujourd'hui. Je ne sais pas ce que M. Rabourdin fait de Gabriel ; il le garde, je crois, pour son usage particulier, je l'ai sonné trois fois. *(Baudoyer et Bixiou rentrent dans le cabinet.)*

CHAZELLE

Damné sort !

PAULMIER, *enchanté de tracasser Chazelle.*

Ils ne vous ont donc pas dit en bas qu'il était monté ? D'ailleurs ne pouviez-vous regarder en entrant, voir le chapeau à votre place, et l'éléphant...

COLLEVILLE, *riant.*

Dans la ménagerie.

PAULMIER

Il est assez gros pour être visible.

CHAZELLE, *au désespoir.*

Parbleu, pour quatre francs soixante quinze centimes que nous donne le gouvernement par jour, je ne vois pas que l'on doive être comme des esclaves.

FLEURY, *entrant.*

À bas Baudoyer ! vive Rabourdin ! voilà le cri de la division.

CHAZELLE, *s'exaspérant.*

Baudoyer peut bien me faire destituer s'il le veut, je n'en serai pas plus triste. À Paris, il existe mille moyens de gagner cinq francs par jour ! on les gagne au Palais à faire des copies pour les avoués...

PAULMIER, *asticotant toujours Chazelle.*

Vous dites cela, mais une place est une place et le courageux Colleville qui se donne un mal de galérien en dehors du bureau, qui pourrait gagner, s'il perdait sa place, plus que ses appointements, rien qu'en montrant la musique, eh bien, il aime mieux sa place. Que diantre, on n'abandonne pas ses espérances.

CHAZELLE, *continuant sa philippique.*

Lui, mais pas moi ! Nous n'avons plus de chances ? Parbleu ! il fut un temps où rien n'était plus séduisant que la carrière administrative. Il y avait tant d'hommes aux armées qu'il en manquait pour l'Administration. Les gens édentés, blessés à la main, au pied, de santé mauvaise, comme Paulmier, les myopes obtenaient un rapide avancement. Les familles, dont les enfants grouillaient dans les lycées, se laissaient alors fasciner par la brillante existence d'un jeune homme en lunettes, vêtu d'un habit bleu, dont la boutonnière était allumée par un ruban rouge, et qui touchait un millier de francs par mois, à la charge d'aller quelques heures dans un ministère quelconque, y surveiller quelque chose, y arrivant tard et partant tôt, ayant, comme lord Byron, des heures de loisir et faisant des romances, se promenant aux Tuileries, doué d'un petit air rogue, se faisant voir partout, au spectacle, au bal, *admis dans les meilleures sociétés,* dépensant ses appointements, rendant ainsi à la France tout ce que la France lui donnait, rendant même des services. En effet, les employés étaient alors, comme Thuillier, cajolés par de jolies femmes ; ils paraissaient avoir de l'esprit, ils ne se lassaient point trop dans les bureaux. Les impératrices, les reines, les princesses, les maréchales de cette heureuse époque avaient des caprices. Toutes ces belles dames avaient la passion des belles âmes : elles aimaient à protéger. Aussi pouvait-on remplir à vingt-cinq ans une place élevée, être auditeur au Conseil d'État ou maître des requêtes, et faire des rapports à l'Empereur en s'amusant avec son auguste famille. On s'amusait et l'on travaillait tout ensemble. Tout se faisait vite. Mais aujourd'hui, depuis que la Chambre a inventé la spécialité pour les dépenses, et les chapitres intitulés : Personnel ! nous sommes moins que des soldats. Les moindres places sont soumises à mille chances, car il y a mille souverains...

BIXIOU, *rentrant.*

Chazelle est donc fou. Où voit-il mille souverains ?... serait-ce par hasard dans sa poche ?...

CHAZELLE

Comptons ? Quatre cents au bout du pont de la Concorde, ainsi nommé parce qu'il mène au spectacle de la perpétuelle discorde entre la Gauche et la Droite de la Chambre ; trois cents autres au bout de la rue de Tournon. La Cour, qui doit compter pour trois cents, est donc obligée d'avoir sept cents fois plus de volonté que l'Empereur pour nommer un de ses protégés à une place quelconque !...

FLEURY

Tout cela signifie que, dans un pays où il y a trois pouvoirs, il y a mille à parier contre un, qu'un employé qui n'est protégé que par lui-même n'aura point d'avancement.

BIXIOU, *regardant tour à tour Chazelle et Fleury.*

Ah ! mes enfants, vous en êtes encore à savoir qu'aujourd'hui le plus mauvais état c'est l'état d'être à l'État...

FLEURY

À cause du gouvernement constitutionnel.

COLLEVILLE

Messieurs !... ne parlons pas politique.

BIXIOU

Fleury a raison. Aujourd'hui, messieurs, servir l'État, ce n'est plus servir le prince qui savait punir et récompenser ! Aujourd'hui, l'État, c'est tout le monde. Or, tout le monde ne s'inquiète de personne. Servir tout le monde, c'est ne servir personne. Personne ne s'intéresse à personne. Un employé vit entre ces deux négations ! Le monde n'a pas de pitié, n'a pas d'égard, n'a ni cœur, ni tête ; tout le monde est égoïste, tout le monde oublie demain les services d'hier. Vous avez beau vous trouver, comme M. Baudoyer, dès l'âge le plus tendre, un génie administratif, le Chateaubriand des rapports, le Bossuet des circulaires, le Canalis des mémoires, l'enfant sublime de la dépêche, il existe une loi désolante contre le génie administratif, la loi sur l'avancement avec sa moyenne. Cette fatale moyenne résulte des tables de la loi sur l'avancement et des tables de mortalité combinées. Il est certain qu'en entrant dans quelque administration que ce soit à l'âge de dix-huit ans, on n'obtient dix-huit cents francs d'appointements qu'à trente ans ; pour en obtenir six mille à cinquante, la vie de Colleville nous prouve que le génie d'une femme, l'appui de plusieurs pairs de France, de plusieurs députés influents, ne sert à rien. Il n'est donc pas de carrière libre et indépendante dans laquelle, en douze années, un jeune homme, ayant fait ses humanités, vacciné, libéré du service militaire, jouissant de ses facultés, sans avoir une intelligence transcendante, n'ait amassé un capital de quarante-cinq mille francs et des centimes, représentant la rente perpétuelle de notre traitement essentiellement transitoire, car il n'est pas même viager. Dans cette période, un épicier doit avoir gagné dix mille francs de rentes, avoir déposé son bilan, ou présidé le tribunal de commerce. Un peintre a badigeonné un kilomètre de toile, il doit être décoré de la Légion d'honneur, ou se poser en grand homme inconnu.

Un homme de lettres est professeur de quelque chose, ou
journaliste à cent francs pour mille lignes, il écrit des
feuilletons, ou se trouve à Sainte-Pélagie [140] après un
pamphlet lumineux qui mécontente les Jésuites, ce qui
constitue une valeur énorme et en fait un homme politique.
Enfin, un oisif, qui n'a rien fait, car il y a des oisifs qui
font quelque chose, a fait des dettes et une veuve qui les
lui paye. Un prêtre a eu le temps de devenir évêque *in
partibus.* Un vaudevilliste est devenu propriétaire, quand il
n'aurait jamais fait, comme du Bruel, de vaudevilles
entiers. Un garçon intelligent et sobre, qui aurait commencé l'escompte avec un très petit capital, comme
Mlle Thuillier, achète alors un quart de charge d'agent de
change. Allons plus bas ! Un petit clerc est notaire, un
chiffonnier a mille écus de rentes, les plus malheureux
ouvriers ont pu devenir fabricants ; tandis que, dans le
mouvement rotatoire de cette civilisation qui prend la
division infinie pour le progrès, un Chazelle a vécu à vingt-
deux sous par tête !... — se débat avec son tailleur et son
bottier ! — a des dettes ! n'est rien ! Et s'est *crétinisé* !
Allons ! messieurs ? un beau mouvement ! Hein ? donnons
tous nos démissions !... Fleury, Chazelle, jetez-vous dans
d'autres parties ? et devenez-y deux grands hommes !...

CHAZELLE, *calmé par le discours de Bixiou.*

Merci. *(Rire général.)*

BIXIOU

Vous avez tort, dans votre situation je prendrais les
devants sur le secrétaire général.

CHAZELLE, *inquiet.*

Et qu'a-t-il donc à me dire ?

BIXIOU

Odry [141] vous dirait, Chazelle, avec plus d'agrément que
n'en mettra des Lupeaulx, que pour vous la seule place
libre est la place de la Concorde.

PAULMIER, *tenant le tuyau du poêle embrassé*[142].

Parbleu, Baudoyer ne vous fera pas grâce, allez !...

FLEURY

Encore une vexation de Baudoyer ! Ah ! quel singulier pistolet vous avez là ! Parlez-moi de M. Rabourdin, voilà un homme. Il m'a mis de la besogne sur ma table, il faudrait trois jours pour l'expédier ici... eh bien, il l'aura pour ce soir, à quatre heures. Mais il n'est pas sur mes talons pour m'empêcher de venir causer avec les amis.

BAUDOYER, *se montrant.*

Messieurs, vous conviendrez que si l'on a le droit de blâmer le système de la Chambre ou la marche de l'Administration, ce doit être ailleurs que dans les bureaux ! *(Il s'adresse à Fleury.)* Pourquoi venez-vous ici, monsieur ?

FLEURY, *insolemment.*

Pour avertir ces messieurs qu'il y a du remue-ménage ! Du Bruel est mandé au secrétariat général, Dutocq y va ! Tout le monde se demande qui sera nommé.

BAUDOYER, *en rentrant.*

Ceci, monsieur, n'est pas votre affaire, retournez à votre bureau, ne troublez pas l'ordre dans le mien...

FLEURY, *sur la porte.*

Ce serait une fameuse injustice si Rabourdin *la gobait* ! Ma foi ! je quitterais le ministère *(il revient)*. Avez-vous trouvé votre anagramme, papa Colleville ?

COLLEVILLE

Oui, la voici.

FLEURY, *se penche sur le bureau de Colleville.*

Fameux ! fameux ! Voilà ce qui ne manquera pas d'arriver si le gouvernement continue son métier d'hypo-

crite [143]. *(Il fait signe aux employés que Baudoyer écoute.)*
Si le gouvernement disait franchement son intention sans
conserver d'arrière-pensée, les libéraux verraient alors ce
qu'ils auraient à faire. Un gouvernement qui met contre lui
ses meilleurs amis, et des hommes comme ceux des
Débats, comme Chateaubriand et Royer-Collard [144] ! ça fait
pitié !

COLLEVILLE, *après avoir consulté ses collègues.*

Tenez, Fleury, vous êtes un bon enfant ; mais ne parlez
pas politique ici, vous ne savez pas le tort que vous nous
faites.

FLEURY, *sèchement.*

Adieu, messieurs. Je vais expédier. *(Il revient et parle
bas à Bixiou.)* On dit que Mme Colleville est liée avec la
Congrégation.

BIXIOU

Par où ?...

FLEURY, *il éclate de rire.*

On ne vous prend jamais sans vert !

COLLEVILLE, *inquiet.*

Que dites-vous ?

FLEURY

Notre théâtre a fait hier mille écus avec la pièce
nouvelle, quoiqu'elle soit à sa quarantième représentation !
Vous devriez venir la voir, les décorations sont superbes.

En ce moment, des Lupeaulx recevait au secrétariat du
Bruel, à la suite duquel Dutocq s'était mis. Des Lupeaulx
avait appris par son valet de chambre la mort de M. de La
Billardière, et voulait plaire aux deux ministres, en faisant
paraître le soir même un article nécrologique.

— Bonjour, mon cher du Bruel, dit le demi-ministre au
sous-chef en le voyant entrer et le laissant debout. Vous

savez la nouvelle ? La Billardière est mort, les deux ministres étaient présents quand il a été administré. Le bonhomme a fortement recommandé Rabourdin, disant qu'il mourrait bien malheureux s'il ne savait pas avoir pour successeur celui qui constamment avait rempli sa place. Il paraît que l'agonie est une question où l'on avoue tout… Le ministre s'est d'autant plus engagé, que son intention, comme celle du Conseil, est de récompenser les nombreux services de M. Rabourdin *(il hoche la tête)*, le Conseil d'État réclame ses lumières. On dit que M. de La Billardière quitte la division de défunt son père et passe à la Commission du Sceau, c'est comme si le roi lui faisait un cadeau de cent mille francs, la place est comme une charge de notaire et peut se vendre. Cette nouvelle réjouira votre division, car on pouvait croire que Benjamin y serait placé. Du Bruel, il faudrait brocher dix ou douze lignes en manière de *Fait-Paris*, sur le bonhomme ; Leurs Excellences y jetteront un coup d'œil *(il lit les journaux)*. Savez-vous la vie du papa La Billardière ?

Du Bruel fit un geste pour accuser son ignorance.

— Non ? reprit des Lupeaulx. Eh bien, il a été mêlé aux affaires de la Vendée, il était l'un des confidents du feu Roi. Comme M. le comte de Fontaine, il n'a jamais voulu transiger avec le premier Consul. Il a un peu chouanné. C'est né en Bretagne d'une famille parlementaire si jeune, qu'il a été anobli par Louis XVIII. Quel âge avait-il ? N'importe ! Arrangez bien ça… *La loyauté qui ne s'est jamais démentie… une religion éclairée…* (le pauvre bonhomme avait pour manie de ne jamais mettre le pied dans une église), donnez-lui du *pieux serviteur…* Amenez gentiment qu'il a pu chanter le cantique de Siméon [145] à l'avènement de Charles X. Le comte d'Artois estimait beaucoup La Billardière, car il a coopéré malheureusement à l'affaire de Quiberon [146] et a tout pris sur lui. Vous savez ?… La Billardière a justifié le Roi dans une brochure publiée en réponse à une impertinente histoire de la Révolution faite par un journaliste [147], vous pouvez donc appuyer sur le dévouement. Enfin, pesez bien vos mots, afin que les autres journaux ne se moquent pas de nous, et apportez-moi l'article. Vous étiez hier chez Rabourdin ?

— Oui, *monseigneur,* dit du Bruel. Ah, pardon !

— Il n'y a pas de mal, répondit en riant des Lupeaulx.

— Sa femme était délicieusement belle, reprit du Bruel, il n'y a pas deux femmes pareilles dans Paris : il y en a d'aussi spirituelles qu'elle ; mais il n'y en a pas de si gracieusement spirituelle : une femme peut être plus belle que Célestine ; mais il est difficile qu'elle soit si variée dans sa beauté. Mme Rabourdin est bien supérieure à Mme Colleville ! dit le vaudevilliste en se rappelant l'aventure de des Lupeaulx. Flavie doit ce qu'elle est au commerce des hommes, tandis que Mme Rabourdin est tout par elle-même, elle sait tout ; il ne faudrait pas se dire un secret en latin devant elle. Si j'avais une femme semblable, je croirais pouvoir parvenir à tout.

— Vous avez plus d'esprit qu'il n'est permis à un auteur d'en avoir, répondit des Lupeaulx avec un mouvement de vanité. Puis il se détourna pour apercevoir Dutocq, et lui dit : — Ah ! bonjour, Dutocq. Je vous ai fait demander pour vous prier de me prêter votre Charlet, s'il est complet [148] ; la comtesse ne connaît rien de Charlet.

Du Bruel se retira.

— Pourquoi venez-vous sans être appelé ? dit durement des Lupeaulx à Dutocq quand ils furent seuls. L'État est-il en péril pour venir me trouver à dix heures, au moment où je vais déjeuner avec Son Excellence.

— Peut-être, monsieur, dit Dutocq. Si j'avais eu l'honneur de vous voir ce matin, vous n'auriez sans doute pas fait l'éloge du sieur Rabourdin après avoir lu le vôtre tracé par lui.

Dutocq ouvrit sa redingote, prit un cahier de papier moulé sur ses côtes gauches, et le posa sur le bureau de des Lupeaulx, à un endroit marqué. Puis il alla pousser le verrou, craignant une explosion. Voici ce que lut le secrétaire général à son article pendant que Dutocq fermait la porte.

« MONSIEUR DES LUPEAULX. Un gouvernement se déconsidère en employant ostensiblement un tel homme qui a sa spécialité dans la police diplomatique. On peut opposer ce personnage avec succès aux flibustiers politiques des autres cabinets, ce serait dommage de l'employer à la police intérieure : il est au-dessus de l'espion vulgaire, il comprend un plan, il saurait mener à bien une infamie nécessaire et savamment couvrir sa retraite. »

Des Lupeaulx était succinctement analysé en cinq ou six phrases, la quintessence du portrait biographique placé au commencement de cette histoire. Aux premiers mots, le secrétaire général se sentit jugé par un homme plus fort que lui ; mais il voulut se réserver d'examiner ce travail, qui allait loin et haut, sans livrer ses secrets à un homme comme Dutocq. Des Lupeaulx montra donc à l'espion un visage calme et grave. Le secrétaire général, comme les avoués et les magistrats, comme les diplomates et tous ceux qui sont obligés de fouiller le cœur humain, ne s'étonnait plus de rien. Rompu aux trahisons, aux ruses de la haine, aux pièges, il pouvait recevoir dans le dos une blessure, sans que son visage en parlât.

— Comment vous êtes-vous procuré cette pièce ?

Dutocq raconta sa bonne fortune ; en l'écoutant, la figure de des Lupeaulx ne témoignait aucune approbation. Aussi l'espion finit-il en grande crainte le récit qu'il avait commencé triomphalement.

— Dutocq, vous avez mis le doigt entre l'écorce et l'arbre, répondit sèchement le secrétaire général. Si vous ne voulez pas vous faire de très puissants ennemis, gardez le plus profond secret sur ceci, qui est un travail de la plus haute importance et à moi connu.

Des Lupeaulx renvoya Dutocq par un de ces regards qui sont plus expressifs que la parole.

— Ah ! ce scélérat de Rabourdin s'en mêle aussi ! se disait Dutocq épouvanté de trouver un rival dans son chef. Il est dans l'état-major quand je suis à pied ! Je ne l'aurais pas cru !

À tous ses motifs d'aversion contre Rabourdin se joignit la jalousie de l'homme de métier contre un confrère, un des plus violents ingrédients de haine.

Quand des Lupeaulx fut seul, il tomba dans une étrange méditation. De quel pouvoir Rabourdin était-il l'instrument ? fallait-il profiter de ce singulier document pour le perdre, ou s'en armer pour réussir auprès de sa femme ? Ce mystère fut tout obscur pour des Lupeaulx, qui parcourait avec effroi les pages de cet état où les hommes de sa connaissance étaient jugés avec une profondeur inouïe. Il admirait Rabourdin, tout en se sentant blessé au cœur par lui. L'heure du déjeuner surprit des Lupeaulx dans sa lecture.

— Monseigneur va vous attendre si vous ne descendez pas, vint lui dire le valet de chambre du ministre.

Le ministre déjeunait avec sa femme, ses enfants et des Lupeaulx, sans domestiques. Le repas du matin est le seul moment d'intimité que les hommes d'État peuvent conquérir sur le mouvement de leurs dévorantes affaires. Mais, malgré les ingénieuses barrières par lesquelles ils défendent cette heure de causerie intime et de laisser-aller donnée à leur famille et à leurs affections, beaucoup de grands et de petits savent les franchir. Les affaires viennent souvent, comme en ce moment, se jeter à travers leur joie.

— Je croyais Rabourdin un homme au-dessus des employés ordinaires, et le voilà qui, dix minutes après la mort de La Billardière, invente de me faire parvenir par La Brière un vrai billet de théâtre. Tenez, dit le ministre à des Lupeaulx en lui donnant un papier qu'il roulait entre ses doigts.

Trop noble pour songer au sens honteux que la mort de M. de La Billardière prêtait à sa lettre, Rabourdin ne l'avait pas retirée des mains de La Brière en apprenant par lui la nouvelle. Des Lupeaulx lut ce qui suit :

« Monseigneur,

« Si vingt-trois ans de services irréprochables peuvent mériter une faveur, je supplie Votre Excellence de m'accorder une audience aujourd'hui même, il s'agit d'une affaire où mon honneur se trouve engagé. »

Suivaient les formules de respect.

— Pauvre homme ! dit des Lupeaulx avec un ton de compassion qui laissa le ministre dans son erreur, nous sommes entre nous, faites-le venir. Vous avez conseil après la Chambre, et Votre Excellence doit aujourd'hui répondre à l'Opposition, il n'y a pas d'autre heure où vous puissiez le recevoir. Des Lupeaulx se leva, demanda l'huissier, lui dit un mot, et revint s'asseoir à table. — Je l'ajourne au dessert [149], dit-il.

Comme tous les ministres de la Restauration, le ministre était un homme sans jeunesse [150]. La Charte concédée par Louis XVIII avait le défaut de lier les mains aux rois en les forçant à livrer les destinées du pays aux quadragénaires de la Chambre des députés et aux septuagénaires de la pairie, de les dépouiller du droit de saisir un homme de talent politique là où il était, malgré sa jeunesse ou malgré la pauvreté de sa condition. Napoléon seul put employer des jeunes gens à son choix, sans être arrêté par aucune considération. Aussi, depuis la chute de cette grande volonté, l'énergie avait-elle déserté le pouvoir. Or, faire succéder la mollesse à la vigueur est un contraste plus dangereux en France qu'en tout autre pays. En général, les ministres arrivés vieux ont été médiocres, tandis que les ministres pris jeunes ont été l'honneur des monarchies européennes et des républiques où ils dirigèrent les affaires. Le monde retentissait encore de la lutte de Pitt et de Napoléon, deux hommes qui conduisirent la politique à l'âge où les Henri de Navarre, les Richelieu, les Mazarin, les Colbert, les Louvois, les d'Orange, les Guise, les la Rovère, les Machiavel, enfin tous les grands hommes connus, partis d'en bas ou nés aux environs des trônes, commencèrent à gouverner des États. La Convention, modèle d'énergie, fut composée en grande partie de têtes jeunes ; aucun souverain ne doit oublier qu'elle sut opposer quatorze armées à l'Europe ; sa politique, si fatale

aux yeux de ceux qui tiennent pour le pouvoir dit absolu,
n'en était pas moins dictée par les vrais principes de la
monarchie, car elle se conduisit comme un grand roi.
Après dix ou douze années de luttes parlementaires, après
avoir ressassé la politique et s'y être harassé, ce ministre
avait été véritablement intronisé par un parti qui le
considérait comme son homme d'affaires. Heureusement
pour lui-même, il approchait plus de soixante ans que de
cinquante ; s'il avait conservé quelque vigueur juvénile, il
aurait été promptement brisé. Mais, habitué à rompre, à
faire retraite, à revenir à la charge, il pouvait se laisser
frapper tour à tour par son parti, par l'Opposition, par la
Cour, par le clergé, en leur opposant la force d'inertie
d'une matière à la fois molle et consistante ; enfin, il avait
les bénéfices de son malheur. Gehenné dans mille
questions de gouvernement, comme est le jugement d'un
vieil avocat après avoir tout plaidé, son esprit ne possédait
plus ce vif que gardent les esprits solitaires, ni cette
prompte décision des gens accoutumés de bonne heure à
l'action, et qui se distingue chez les jeunes militaires.
Pouvait-il en être autrement ? il avait constamment chicané
au lieu de juger, il avait critiqué les effets sans assister
aux causes, il avait surtout la tête pleine des mille
réformes qu'un parti lance à son chef, des programmes que
les intérêts privés apportent à un orateur d'avenir, en
l'embarrassant de plans et de conseils inexécutables [151].
Loin d'arriver frais, il était arrivé fatigué de ses marches et
contremarches. Puis en prenant position sur la sommité
tant désirée, il s'y était accroché à mille buissons épineux,
il y avait trouvé mille volontés contraires à concilier. Si les
hommes d'État de la Restauration avaient pu suivre leurs
propres idées, leurs capacités seraient sans doute moins
exposées à la critique ; mais si leurs vouloirs furent
entraînés, leur âge les sauva en ne leur permettant plus de
déployer cette résistance qu'on sait opposer au début de la
vie à ces intrigues à la fois basses et élevées qui
vainquirent quelquefois Richelieu, et auxquelles, dans
une sphère moins élevée, Rabourdin allait se prendre.

Après les tiraillements de leurs premières luttes, ces gens,
moins vieux que vieillis, eurent les tiraillements ministériels. Ainsi leurs yeux se troublaient déjà quand il fallait la
perspicacité de l'aigle, leur esprit était lassé quand il
fallait redoubler de verve. Le ministre à qui Rabourdin
voulait se confier entendait journellement des hommes
d'une incontestable supériorité lui exposant les théories les
plus ingénieuses, applicables aux affaires de la France.
Ces gens à qui les difficultés de la politique générale
étaient cachées, assaillaient ce ministre, au retour d'une
bataille parlementaire, d'une lutte avec les secrètes imbé-
cillités de la Cour, ou à la veille d'un combat avec l'esprit
public, ou le lendemain d'une question diplomatique qui
avait déchiré le Conseil en trois opinions. Dans cette
situation, un homme d'État tient naturellement un bâille-
ment tout prêt au service de la première phrase où il s'agit
de mieux ordonner la chose publique. Il ne se faisait pas
alors de dîner où les plus audacieux spéculateurs, où les
hommes des coulisses financières et politiques, ne résu-
massent en un mot profond les opinions de la Bourse et de
la Banque, celles surprises à la diplomatie, et les plans
que comportait la situation de l'Europe. Le ministre avait
d'ailleurs en des Lupeaulx et son secrétaire particulier un
petit conseil pour ruminer cette nourriture, pour contrôler
et analyser les intérêts qui parlaient par tant de voix
habiles. En effet, son malheur, qui sera celui de tous les
ministres sexagénaires, était de biaiser avec toutes les
difficultés : avec le journalisme que l'on voulait en ce
moment amortir sourdement au lieu de l'abattre franchement ; avec la question financière, comme avec les
questions d'industrie ; avec le clergé comme avec la
question des biens nationaux ; avec le libéralisme comme
avec la Chambre. Après avoir tourné le pouvoir en sept
ans, le ministre croyait pouvoir tourner ainsi toutes les
questions. Il est si naturel de vouloir se maintenir par les
moyens qui servirent à s'élever [152], que nul n'osait blâmer
un système inventé par la médiocrité pour plaire à des
esprits médiocres. La Restauration de même que la

Révolution polonaise ont su démontrer, aux nations comme aux princes, ce que vaut un homme, et ce qui leur arrive quand il leur manque [153]. Le dernier et le plus grand défaut des hommes d'État de la Restauration fut leur honnêteté dans une lutte où leurs adversaires employaient toutes les ressources de la friponnerie politique, le mensonge et les calomnies, en déchaînant contre eux, par les moyens les plus subversifs, les masses intelligentes, habiles seulement à comprendre le désordre.

Rabourdin s'était dit tout cela. Mais il venait de se décider à jouer le tout pour le tout, comme un homme qui lassé par le jeu ne s'accorde plus qu'un coup ; or, le hasard lui donnait un tricheur pour adversaire en la personne de des Lupeaulx. Néanmoins, quelle que fût sa sagacité, le chef de bureau, plus savant en administration qu'en optique parlementaire, n'imaginait pas toute la vérité : il ne savait pas que le grand travail qui avait rempli sa vie allait devenir une théorie pour le ministre, et qu'il était impossible à l'homme d'État de ne pas le confondre avec les novateurs du dessert, avec les causeurs du coin du feu.

Au moment où le ministre debout, au lieu de penser à Rabourdin, songeait à François Keller [154], et n'était retenu que par sa femme qui lui offrait une grappe de raisin [155], le chef de bureau fut annoncé par l'huissier. Des Lupeaulx avait bien compté sur la disposition où devait être le ministre préoccupé de ses improvisations ; aussi, voyant l'homme d'État aux prises avec sa femme, alla-t-il au-devant de Rabourdin et le foudroya-t-il par sa première phrase.

— Son Excellence et moi nous sommes instruits de ce qui vous préoccupe, et vous n'avez rien à craindre, dit des Lupeaulx en baissant la voix, ni de Dutocq ni de qui que ce soit, ajouta-t-il à haute voix.

— Ne vous tourmentez point, Rabourdin, lui dit Son Excellence avec bonté, mais en faisant un mouvement de retraite.

Rabourdin s'avança respectueusement, et le ministre ne put l'éviter.

— Votre Excellence daignerait-elle me permettre de lui dire deux mots en particulier ? fit Rabourdin en jetant à l'Excellence une œillade mystérieuse.

Le ministre regarda la pendule et se dirigea vers la fenêtre où le suivit le pauvre chef.

— Quand pourrai-je avoir l'honneur de soumettre l'affaire à Votre Excellence, afin de lui expliquer le nouveau plan d'administration auquel se rattache la pièce que l'on doit entacher...

— Un plan d'administration ! dit le ministre en fronçant les sourcils et l'interrompant. Si vous avez quelque chose en ce genre à me communiquer, attendez le jour où nous travaillerons ensemble. J'ai conseil aujourd'hui, je dois une réponse à la Chambre sur l'incident que l'Opposition a élevé hier à la fin de la séance. Votre jour est mercredi prochain, nous n'avons pas travaillé hier, car hier je n'ai pu m'occuper des affaires du ministère. Les affaires politiques ont nui aux affaires purement administratives.

— Je remets mon honneur avec confiance entre les mains de Votre Excellence, dit gravement Rabourdin, et je la supplie de ne pas oublier qu'elle ne m'a pas laissé le temps d'une explication immédiate à propos de la pièce soustraite...

— Mais ne craignez donc rien, dit des Lupeaulx en s'avançant entre le ministre et Rabourdin qu'il interrompit, avant huit jours vous serez sans doute nommé...

Le ministre se mit à rire en songeant à l'enthousiasme de des Lupeaulx pour Mme Rabourdin, et il guigna sa femme qui sourit. Rabourdin, surpris de ce jeu muet, en chercha la signification, il cessa de tenir sous son regard le ministre un moment, et l'Excellence en profita pour se sauver.

— Nous causerons ensemble de tout cela, dit des Lupeaulx devant qui le chef de bureau se trouva seul, non sans surprise. Mais n'en voulez pas à Dutocq, je vous réponds de lui.

— Mme Rabourdin est une femme charmante, dit la

femme du ministre au chef de bureau pour lui dire quelque chose.

Les enfants regardaient Rabourdin avec curiosité. Rabourdin s'attendait à quelque chose de solennel, et il était comme un gros poisson pris dans les mailles d'un léger filet, il se débattait avec lui-même.

— Madame la comtesse est bien bonne, dit-il.

— N'aurai-je pas le plaisir de la voir un mercredi ? dit la comtesse, amenez-nous-la, vous m'obligerez...

— Mme Rabourdin reçoit le mercredi, répondit des Lupeaulx qui connaissait la banalité des mercredis officiels ; mais si vous avez tant de bonté pour elle, vous avez bientôt, je crois, une soirée intime.

La femme du ministre se leva contrariée.

— Vous êtes le maître de mes cérémonies, dit-elle à des Lupeaulx.

Paroles ambiguës par lesquelles elle exprima la contrariété que lui causait des Lupeaulx en entreprenant sur ses soirées intimes, où elle n'admettait que des personnes de choix. Elle sortit en saluant Rabourdin. Des Lupeaulx et le chef de bureau furent donc seuls dans le petit salon où le ministre déjeunait en famille. Des Lupeaulx froissait entre ses doigts la lettre confidentielle que La Brière avait remise au ministre, Rabourdin la reconnut.

— Vous ne me connaissez pas bien, dit-il au chef de bureau en lui souriant. Vendredi soir, nous nous entendrons à fond. En ce moment, je dois faire l'audience, le ministre me la laisse aujourd'hui sur le dos, car il se prépare pour la Chambre. Mais je vous le répète, Rabourdin, ne craignez rien.

Rabourdin chemina lentement par les escaliers, confondu de la singulière tournure que prenaient les choses. Il s'était cru dénoncé par Dutocq, et ne se trompait point : des Lupeaulx avait entre les mains l'état où il était jugé si sévèrement et des Lupeaulx caressait son juge. C'était à s'y perdre ! Les gens droits comprennent difficilement les intrigues embrouillées, et Rabourdin se perdait

dans ce dédale, sans pouvoir deviner le jeu que jouait le
secrétaire général.

— Ou il n'a pas lu son article, ou il aime ma femme.
Telles furent les deux pensées auxquelles s'arrêta le
chef en traversant la cour, car le regard qu'il avait saisi la
veille entre Célestine et des Lupeaulx lui revint dans la
mémoire comme un éclair. Pendant l'absence de Rabourdin, son bureau avait été nécessairement en proie à une
agitation violente, car dans les ministères les rapports
entre les employés et les supérieurs sont si bien réglés, que
quand l'huissier du ministre vient de la part de Son
Excellence chez un chef de bureau, surtout à l'heure où le
ministre n'est pas visible, il se fait de grands commentai-
res. La coïncidence de cette communication extraordinaire
avec la mort de M. La Billardière donna d'ailleurs une
importance insolite à ce fait que M. Saillard apprit par
M. Clergeot, et il vint en conférer avec son gendre. Bixiou,
qui travaillait alors avec son chef, le laissa causer avec son
beau-père et se transporta dans le bureau Rabourdin où les
travaux étaient interrompus.

BIXIOU, *entrant.*

Il ne fait guère chaud chez vous, messieurs ? Vous ne
savez pas ce qui se passe en bas. *La vertueuse Rabourdin*
est enfoncée ! Oui, destitué ! Une scène horrible chez le
ministre.

DUTOCQ, *il regarde Bixiou.*

Est-ce vrai ?

BIXIOU

A qui cela peut-il faire de la peine ? ce n'est pas à vous,
vous deviendrez sous-chef et du Bruel chef. M. Baudoyer
passe à la division.

FLEURY

Je gage cent francs que Baudoyer ne sera jamais chef de
division.

VIMEUX

Je me mets dans le pari. Vous y mettez-vous, monsieur
Poiret ?

POIRET

J'ai ma retraite au premier janvier.

BIXIOU

Comment, nous ne verrons plus vos souliers à cordons,
et que deviendra le ministère sans vous ? Qui se met de
mon pari ?

DUTOCQ

Je ne puis en être, je parierais à coup sûr. M. Rabourdin
est nommé, M. de La Billardière l'a recommandé sur son
lit de mort aux deux ministres, en s'accusant d'avoir touché
les émoluments d'une place dont le travail était fait par
Rabourdin : il a eu des scrupules de conscience ; et, sauf
tout ordre supérieur, ils lui ont promis, pour le calmer, de
nommer Rabourdin.

BIXIOU

Messieurs, mettez-vous tous contre moi : vous voilà
sept ? car vous en serez, monsieur Phellion. Je parie un
dîner de cinq cents francs au *Rocher de Cancale* [156] que
Rabourdin n'a pas la place de La Billardière. Ça ne vous
coûtera pas cent francs à chacun, et moi j'en risque cinq
cents. Je vous fais la chouette [157] enfin. Ça va-t-il ? En
êtes-vous, du Bruel ?

PHELLION, *posant sa plume.*

Môsieur, sur quoi fondez-vous cette proposition aléatoire, car aléatoire est le mot ; mais je me trompe en
employant le terme de proposition, c'est *contrat* que je
voulais dire. Le pari constitue un contrat.

FLEURY

Non, car on ne peut donner le nom de contrat qu'aux

conventions reconnues par le Code, et le Code n'accorde pas d'action pour le pari.

DUTOCQ

C'est le reconnaître que de le proscrire.

BIXIOU

Ça, c'est fort, mon petit Dutocq !

POIRET

Par exemple !

FLEURY

C'est juste. C'est comme se refuser au paiement de ses dettes, on les reconnaît.

THUILLIER

Vous faites de fameux jurisconsultes !

POIRET

Je suis aussi curieux que M. Phellion de savoir sur quelles raisons s'appuie M. Bixiou...

BIXIOU, *criant à travers le bureau.*

En êtes-vous, du Bruel ?

DU BRUEL, *apparaissant.*

Sac-à-papier, messieurs, j'ai quelque chose de difficile à faire, c'est la réclame pour la mort de M. La Billardière. De grâce ! un peu de silence : vous rirez et parierez après.

THUILLIER

Rirez et pas rirez ! vous entreprenez sur mes calembours !

BIXIOU, *allant dans le bureau de du Bruel.*

C'est vrai, du Bruel, l'éloge du bonhomme est une chose bien difficile, j'aurais plus tôt fait sa charge !

DU BRUEL

Aide-moi donc, Bixiou !

BIXIOU

Je veux bien, quoique ces articles-là se fassent mieux en mangeant.

DU BRUEL

Nous dînerons ensemble. *(Lisant.)*
La religion et la monarchie perdent tous les jours quelques-uns de ceux qui combattirent pour elle dans les temps révolutionnaires...

BIXIOU

Mauvais. Je mettrais :
La mort exerce particulièrement ses ravages parmi les plus vieux défenseurs de la monarchie et les plus fidèles serviteurs du Roi, dont le cœur saigne de tous ces coups. (Du Bruel écrit rapidement.) *M. le baron Flamet de La Billardière est mort ce matin d'une hydropisie de poitrine, causée par une affection au cœur.*

Vois-tu, il n'est pas indifférent de prouver que l'on a du cœur dans les bureaux. Faut-il couler là une petite tartine sur les émotions des royalistes pendant la Terreur ? Hein ! ça ne ferait pas mal. Mais non, les petits journaux diraient que les émotions ont plus frappé sur les intestins que sur le cœur. N'en parlons pas. Qu'as-tu mis ?

DU BRUEL, *lisant.*

Issu d'une vieille souche parlementaire...

BIXIOU

Très bien cela ! c'est poétique, et souche est profondément vrai.

DU BRUEL, *continuant.*

Où le dévouement pour le trône était héréditaire, aussi bien que l'attachement à la foi de nos pères, M. de La Billardière...

BIXIOU

Je mettrais *M. le baron.*

DU BRUEL

Mais il ne l'était pas en 1793...

BIXIOU

C'est égal, tu sais que, sous l'Empire, Fouché rappor-
tant une anecdote sur la Convention, et dans laquelle
Robespierre lui parlait, la contait ainsi : « Robespierre me
dit : Duc d'Otrante, vous irez à l'Hôtel de Ville ! » Il y a
donc un précédent.

DU BRUEL

Laisse-moi noter ce mot-là ! Mais ne mettons pas *le
baron*, car j'ai réservé pour la fin les faveurs qui ont plu
sur lui.

BIXIOU

Ah ! bien ! C'est le coup de théâtre, le tableau d'ensemble de l'article.

DU BRUEL

Voyez-vous ?...
*En nommant M. de La Billardière baron, gentilhomme
ordinaire...*

BIXIOU, *à part.*

Très ordinaire.

DU BRUEL, *continuant.*

*De la chambre, etc., le Roi récompensa tout ensemble les
services rendus par le prévôt qui sut concilier la rigueur de
ses fonctions avec la mansuétude ordinaire aux Bourbons, et
le courage du Vendéen qui n'a pas plié le genou devant
l'idole impériale. Il laisse un fils, héritier de son dévouement et de ses talents, etc.*

BIXIOU

N'est-ce pas trop monté de ton, trop riche de couleurs ?
j'éteindrais un peu cette poésie : l'idole impériale, plier le
genou ! diable ! Le vaudeville gâte la main, et l'on ne sait
plus tenir le style de la pédestre prose. Je mettrais : *il
appartenait au petit nombre de ceux qui*, etc. Simplifie, il
s'agit d'un homme simple.

DU BRUEL

Encore un mot de vaudeville. Tu ferais ta fortune au
théâtre, Bixiou !

BIXIOU

Qu'as-tu mis sur Quiberon ? *(Il lit.)* Ce n'est pas cela !
Voilà comment je rédigerais :

*Il assuma sur lui, dans un ouvrage récemment publié,
tous les malheurs de l'expédition de Quiberon, en donnant
ainsi la mesure d'un dévouement qui ne reculait devant
aucun sacrifice.*

C'est fin, spirituel, et tu sauves La Billardière.

DU BRUEL

Aux dépens de qui ?

BIXIOU, *sérieux comme un prêtre qui monte en chaire.*

De Hoche et de Tallien [158]. Tu ne sais donc pas
l'histoire ?

DU BRUEL

Non. J'ai souscrit à la collection des Baudouin [159], mais
je n'ai pas encore eu le temps de l'ouvrir : il n'y a pas de
sujet de vaudeville là-dedans.

PHELLION, *à la porte.*

Nous voudrions tous savoir, monsieur Bixiou, qui peut
vous inciter à croire que le vertueux et digne M. Rabourdin, qui fait l'intérim de la division depuis neuf mois, qui

est le plus ancien chef de bureau du ministère, et que le
ministre au retour de chez M. de La Billardière a envoyé
chercher par son huissier, ne sera pas nommé chef de
division.

BIXIOU

Papa Phellion, vous connaissez la géographie ?

PHELLION, *se rengorgeant.*

Monsieur, je m'en flatte.

BIXIOU

L'histoire ?

PHELLION, *d'un air modeste.*

Peut-être.

BIXIOU, *le regardant.*

Votre diamant est mal accroché, il va tomber. Eh bien,
vous ne connaissez pas le cœur humain, vous n'êtes pas
plus avancé là-dedans que dans les environs de Paris.

POIRET, *bas à Vimeux.*

Les environs de Paris ? Je croyais qu'il s'agissait de
M. Rabourdin.

BIXIOU

Le bureau Rabourdin parie-t-il en masse contre moi ?

TOUS

Oui.

BIXIOU

Du Bruel, en es-tu ?

DU BRUEL

Je crois bien. Il est dans notre intérêt que notre chef
passe, alors chacun dans notre bureau avance d'un cran.

THUILLIER

D'un crâne *(bas à Phellion)*. Il est joli, celui-là.

BIXIOU

Je gagnerai. Voici ma raison. Vous la comprendrez difficilement, mais enfin je vous la dirai tout de même. Il est juste que M. Rabourdin soit nommé *(il regarde Dutocq)*; car en lui, l'ancienneté, le talent et l'honneur sont reconnus, appréciés et récompensés. La nomination est même dans l'intérêt bien entendu de l'Administration. *(Phellion, Poiret et Thuillier écoutent sans rien comprendre et sont comme des gens qui cherchent à voir clair dans les ténèbres.)* Eh bien, à cause de toutes ces convenances et de ces mérites, en reconnaissant combien la mesure est équitable et sage, je parie qu'elle n'aura pas lieu. Oui ! elle manquera comme ont manqué les expéditions de Boulogne et de Russie, où le génie avait rassemblé toutes les chances de succès ! Elle manquera comme manque ici-bas tout ce qui semble juste et bon. Je joue le jeu du diable.

DU BRUEL

Qui donc sera nommé ?

BIXIOU

Plus je considère Baudoyer, plus il me semble réunir toutes les qualités contraires ; conséquemment, il sera chef de division.

DUTOCQ, *poussé à bout.*

Mais M. des Lupeaulx, qui m'a fait venir pour me demander mon Charlet, m'a dit que M. Rabourdin allait être nommé, et que le petit La Billardière passait référendaire au Sceau.

BIXIOU

Nommé ! nommé ! La nomination ne se signera seulement pas dans dix jours. On nommera pour le jour de l'an. Tenez, regardez votre chef dans la cour, et dites-moi si ma

vertueuse Rabourdin a la mine d'un homme en faveur, on le
croirait destitué ! *(Fleury se précipite à la fenêtre.)* Adieu,
messieurs ; je vais aller annoncer à M. Baudoyer votre
nomination de M. Rabourdin, ça le fera toujours enrager,
le saint homme ! Puis je lui raconterai notre pari, pour lui
remettre le cœur. C'est ce que nous nommons au théâtre
une péripétie, n'est-ce pas, du Bruel ? Qu'est-ce que cela
me fait ? Si je gagne, il me prendra pour sous-chef. *(Il
sort.)*

POIRET

Tout le monde accorde de l'esprit à ce monsieur, eh
bien, moi, je ne puis jamais rien comprendre à ses
discours *(il expédie toujours)*. Je l'écoute, je l'écoute,
j'entends des paroles et ne saisis aucun sens : il parle des
environs de Paris à propos du cœur humain, et *(il pose sa
plume et va au poêle)* dit qu'il joue le jeu du diable, à
propos des expéditions de Russie et de Boulogne ! il
faudrait d'abord admettre que le diable joue, et savoir quel
jeu ? Je vois d'abord le jeu de dominos… *(il se mouche)*.

FLEURY, *interrompant.*

Il est onze heures, le père Poiret se mouche.

DU BRUEL

C'est vrai. Déjà ! Je cours au secrétariat.

POIRET

Où en étais-je ?

THUILLIER

Domino, au Seigneur ; car il s'agit du diable, et le diable
est un suzerain sans charte. Mais ceci vise plus à la pointe
qu'au calembour. Ceci est le jeu de mots. Au reste, je ne
vois pas de différence entre le jeu de mots et… *(Sébastien entre pour prendre des circulaires à signer et à colla-
tionner.)*

VIMEUX

Vous voilà, beau jeune homme. Le temps de vos peines est fini, vous serez appointé ! M. Rabourdin sera nommé ! Vous étiez hier à la soirée de Mme Rabourdin. Êtes-vous heureux d'aller là ! On dit qu'il y va des femmes superbes.

SÉBASTIEN

Je ne sais pas.

FLEURY

Vous êtes aveugle ?

SÉBASTIEN

Je n'aime point à regarder ce que je ne saurais avoir.

PHELLION, *enchanté.*

Bien dit ! jeune homme.

VIMEUX

Vous faites bien attention à Mme Rabourdin, que diable ! une femme charmante.

FLEURY

Bah ! des formes maigres. Je l'ai vue aux Tuileries, j'aime bien mieux Percilliée, la maîtresse de Ballet, la victime à Castaing [160]

PHELLION

Mais qu'a de commun une actrice avec la femme d'un chef de bureau ?

DUTOCQ

Toutes deux jouent la comédie.

FLEURY, *regardant Dutocq de travers.*

Le physique n'a rien à faire avec le moral, et si vous entendez par là que...

DUTOCQ

Moi, je n'entends rien.

FLEURY

Celui de tous les employés qui sera fait chef de bureau, voulez-vous le savoir ?...

TOUS

Dites !

FLEURY

C'est Colleville.

THUILLIER

Pourquoi ?

FLEURY

Mme Colleville a fini par prendre le plus court... le chemin de la sacristie...

THUILLIER, *sèchement.*

Je suis trop l'ami de Colleville pour ne pas vous prier, monsieur Fleury, de ne pas parler légèrement de sa femme.

PHELLION

Jamais les femmes, qui n'ont aucun moyen de défense, ne devraient être le sujet de nos conversations...

VIMEUX

D'autant plus que la jolie Mme Colleville n'a pas voulu recevoir Fleury, et qu'il la dénigre par vengeance.

FLEURY

Elle n'a pas voulu me recevoir sur le même pied que Thuillier, mais j'y suis allé...

THUILLIER

Quand ?... Où ?... sous ses fenêtres...

Quoique Fleury fût redouté dans les bureaux pour sa crânerie, il accepta silencieusement le dernier mot de Thuillier. Cette résignation, qui surprit les employés, avait pour cause un billet de deux cents francs, d'une signature assez douteuse, que Thuillier devait présenter à Mlle Thuillier, sa sœur. Après cette escarmouche, un profond silence s'établit. Chacun travailla de une heure à trois heures. Du Bruel ne revint pas.

Vers trois heures et demie, les apprêts du départ, le brossage des chapeaux, le changement des habits, s'opéra simultanément dans tous les bureaux du ministère. Cette chère demi-heure, employée à de petits soins domestiques, abrège d'autant la séance. En ce moment, les pièces trop chaudes s'attiédissent, l'odeur particulière aux bureaux s'évapore, le silence revient. À quatre heures, il ne reste plus que les véritables employés, ceux qui prennent leur état au sérieux. Un ministre peut connaître les travailleurs de son ministère en faisant une tournée à quatre heures précises, espionnage qu'aucun de ces graves personnages ne se permet.

À cette heure, dans les cours, quelques chefs s'abordèrent pour se communiquer leurs idées sur l'événement de la journée. Généralement, en s'en allant deux à deux, trois à trois, on concluait en faveur de Rabourdin ; mais les vieux routiers comme M. Clergeot branlaient la tête en disant : *Habent sua sidera lites.* Saillard et Baudoyer furent poliment évités, car personne ne savait quelle parole leur dire au sujet de la mort de La Billardière, et chacun comprenait que Baudoyer pouvait désirer la place, quoiqu'elle ne lui fût pas due.

CHAPITRE VI

LES TARETS À L'OUVRAGE

Quand le gendre et le beau-père se trouvèrent à une certaine distance du ministère, Saillard rompit le silence en disant : — Cela va mal pour toi, mon pauvre Baudoyer.

— Je ne comprends pas, répondit le chef, à quoi songe Élisabeth qui a employé Godard à avoir, dare-dare, un passeport pour Falleix. Godard m'a dit qu'elle a loué une chaise de poste d'après l'avis de mon oncle Mitral, et à cette heure Falleix est en route pour son pays.

— Sans doute une affaire de notre commerce, dit Saillard.

— Notre commerce le plus pressé dans ce moment était de songer à la place de M. de La Billardière.

Ils se trouvaient alors à la hauteur du Palais-Royal dans la rue Saint-Honoré, Dutocq les salua et les aborda.

— Monsieur, dit-il à Baudoyer, si je puis vous être utile en quelque chose dans les circonstances où vous vous trouvez, disposez de moi, car je ne vous suis pas moins dévoué que M. Godard.

— Une semblable démarche est au moins consolante, dit Baudoyer, on a l'estime des honnêtes gens.

— Si vous daigniez employer votre influence pour me placer auprès de vous comme sous-chef en prenant Bixiou pour votre chef, vous feriez la fortune de deux hommes capables de tout pour votre élévation.

— Vous raillez-vous de nous, monsieur ? dit Saillard en faisant de gros yeux bêtes.

— Loin de moi cette pensée, dit Dutocq. Je viens de l'imprimerie du journal y porter, de la part de M. le secrétaire général, le mot sur M. de La Billardière. L'article que j'y ai lu m'a donné la plus haute estime pour vos talents. Quand il faudra achever le Rabourdin, je puis donner un fier coup de hache, daignez vous en souvenir.

Dutocq disparut.

— Je veux être pendu si j'y comprends un mot, dit le caissier en regardant Baudoyer dont les petits yeux annonçaient une stupéfaction singulière. Il faudra faire acheter le journal ce soir.

Quand Saillard et son gendre entrèrent dans le salon du rez-de-chaussée, ils y trouvèrent un grand feu, Mme Saillard, Élisabeth, M. Gaudron, et le curé de Saint-Paul. Le curé se tourna vers M. Baudoyer, à qui sa femme fit un signe d'intelligence peu compris.

— Monsieur, dit le curé, je n'ai pas voulu tarder à venir vous remercier du magnifique cadeau par lequel vous avez embelli ma pauvre église, je n'osais pas m'endetter pour acheter ce bel ostensoir, digne d'une cathédrale. Vous qui êtes un de nos plus pieux et assidus paroissiens, vous deviez plus que tout autre avoir été frappé du dénuement de notre maître-autel. Je vais voir, dans quelques moments, monseigneur le coadjuteur, et il vous témoignera bientôt sa satisfaction.

— Je n'ai rien fait encore..., dit Baudoyer.

— Monsieur le curé, répondit sa femme en lui coupant la parole, je puis trahir son secret tout entier. M. Baudoyer compte achever son œuvre en vous donnant un dais pour la prochaine Fête-Dieu. Mais cette acquisition tient un peu à l'état de nos finances, et nos finances tiennent à notre avancement.

— Dieu récompense ceux qui l'honorent, dit M. Gaudron en se retirant avec le curé.

— Pourquoi, dit Saillard à M. Gaudron et au curé, ne nous faites-vous pas l'honneur de manger avec nous la fortune du pot ?

— Restez, mon cher vicaire, dit le curé à Gaudron.

Vous me savez invité par M. le curé de Saint-Roch, qui demain enterre M. de La Billardière.

— M. le curé de Saint-Roch peut-il dire un mot pour nous ? demanda Baudoyer que sa femme tira violemment par le pan de sa redingote.

— Mais tais-toi donc, Baudoyer, lui dit-elle en l'attirant dans un coin pour lui souffler à l'oreille : — Tu as donné à la paroisse un ostensoir de cinq mille francs. Je t'expliquerai tout.

L'avare Baudoyer fit une grimace horrible et resta songeur pendant tout le dîner.

— Pourquoi donc t'es-tu tant remuée à propos du passeport de Falleix ? de quoi te mêles-tu ? lui demanda-t-il enfin.

— Il me semble que les affaires de Falleix sont un peu les nôtres, répondit sèchement Élisabeth en jetant un regard à son mari pour lui montrer M. Gaudron devant lequel il devait se taire.

— Certainement, dit le père Saillard en pensant à sa commandite.

— Vous êtes arrivé, j'espère, à temps au bureau du journal, demanda Élisabeth à M. Gaudron en lui servant le potage.

— Oui, chère madame, répondit le vicaire. Aussitôt que le directeur du journal a vu le mot du secrétaire de la Grande-Aumônerie [161], il n'a plus fait la moindre difficulté. La petite note a été mise par ses soins à la place la plus convenable, je n'y aurais jamais songé ; mais ce jeune homme du journal a l'intelligence éveillée. Les défenseurs de la Religion pourront combattre l'impiété sans désavantage, il y a beaucoup de talents dans les journaux royalistes. J'ai tout lieu de penser que le succès couronnera vos espérances. Mais songez, mon cher Baudoyer, à protéger M. Colleville, il est l'objet de l'attention de Son Éminence, on m'a recommandé de vous parler de lui...

— Si je suis chef de division, j'en ferai l'un de mes chefs de bureau, si l'on veut ! dit Baudoyer.

Le mot de l'énigme arriva quand le dîner fut fini. La

feuille ministérielle, achetée par le portier[162], contenait
aux Faits-Paris les deux articles suivants, dits entrefilets.

« M. le baron de La Billardière est mort ce matin, après
une longue et douloureuse maladie. Le Roi perd un
serviteur dévoué, l'Église un de ses plus pieux enfants. La
fin de M. de La Billardière a dignement couronné sa belle
vie, consacrée tout entière dans des temps mauvais à des
missions périlleuses, et vouée encore naguère aux fonctions les plus difficiles. M. de La Billardière fut grand-
prévôt dans un département où son caractère triompha des
obstacles que la rébellion y multipliait. Il avait accepté
une direction ardue où ses lumières ne furent pas moins
utiles que l'aménité française de ses manières, pour
concilier les affaires graves qui s'y sont traitées. Nulles
récompenses n'ont été mieux méritées que celles par
lesquelles le roi Louis XVIII et Sa Majesté se sont plu à
couronner une fidélité qui n'avait pas chancelé sous
l'usurpateur. Cette vieille famille revivra dans un rejeton
héritier des talents et du dévouement de l'homme excellent
dont la perte afflige tant d'amis. Déjà Sa Majesté a fait
savoir, par un mot gracieux, qu'elle comptait M. Benjamin
de La Billardière au nombre de ses gentilshommes
ordinaires de la chambre.

« Les nombreux amis qui n'auraient pas reçu de billets
de faire-part, ou chez lesquels ces billets n'arriveraient pas
à temps, sont prévenus que les obsèques se feront demain
à quatre heures, à l'église de Saint-Roch. Le discours sera
prononcé par M. l'abbé Fontanon. »

« M. Isidore Baudoyer, représentant d'une des plus
anciennes familles de la bourgeoisie parisienne, et chef de
bureau dans la division La Billardière, vient de rappeler
les vieilles traditions de piété qui distinguaient ces grandes
familles, si jalouses de la splendeur de la Religion et si
amies de ses monuments. L'église de Saint-Paul manquait
d'un ostensoir en rapport avec la magnificence de cette
basilique, due à la Compagnie de Jésus. Ni la Fabrique ni

le curé n'étaient assez riches pour en orner l'autel. M. Baudoyer a fait don à cette paroisse de l'ostensoir que plusieurs personnes ont admiré chez M. Gohier[163], orfèvre du roi. Grâce à cet homme pieux, qui n'a pas reculé devant l'énormité du prix, l'église de Saint-Paul possède aujourd'hui ce chef-d'œuvre d'orfèvrerie, dont les dessins sont dus à M. de Sommervieux[164]. Nous aimons à publier un fait qui prouve combien sont vaines les déclamations du libéralisme sur l'esprit de la bourgeoisie parisienne. De tout temps, la haute bourgeoisie fut royaliste, elle le prouvera toujours dans l'occasion. »

— Le prix était de cinq mille francs, dit l'abbé Gaudron ; mais en faveur de l'argent comptant, l'orfèvre de la Cour a modéré ses prétentions.

— *Représentant d'une des plus anciennes familles de la bourgeoisie parisienne !* disait Saillard. C'est imprimé, et dans *Le Journal officiel* encore !

— Cher monsieur Gaudron, aidez-donc mon père à composer une phrase qu'il pourrait glisser dans l'oreille de Mme la comtesse en lui portant le traitement du mois, une phrase qui dise bien tout ! Je vais vous laisser. Je dois sortir avec mon oncle Mitral. Croiriez-vous qu'il m'a été impossible de trouver mon oncle Bidault. Et dans quel chenil demeure-t-il ! Enfin M. Mitral, qui connaît ses allures, dit qu'il a fini ses affaires entre huit heures et midi ; que, passé cette heure, on ne peut le trouver qu'à un café nommé *café Thémis*[165], un singulier nom...

— Y rend-on la justice ? dit en riant l'abbé Gaudron.

— Comment va-t-il dans un café situé au coin de la rue Dauphine et du quai des Augustins ; mais on dit qu'il y joue tous les soirs aux dominos avec son ami M. Gobseck. Je ne veux pas aller là toute seule, mon oncle me conduit et me ramène.

En ce moment Mitral montra sa figure jaune plaquée de sa perruque qui semblait faite en chiendent, et fit signe à sa nièce de venir afin de ne pas dissiper un temps payé

deux francs l'heure. Mme Baudoyer sortit donc sans rien
expliquer à son père ni à son mari.

— Le ciel, dit M. Gaudron à Baudoyer quand Élisabeth
fut partie, vous a donné dans cette femme un trésor de
prudence et de vertus, un modèle de sagesse, une
chrétienne en qui se trouve un entendement divin. La
Religion seule forme des caractères si complets. Demain
je dirai la messe pour le succès de la bonne cause ! Il faut,
dans l'intérêt de la monarchie et de la religion, que vous
soyez nommé. M. Rabourdin est un libéral, abonné au
Journal des Débats, journal funeste qui fait la guerre à
M. le comte de Villèle pour servir les intérêts froissés de
M. de Chateaubriand. Son Éminence lira ce soir le journal
quand ce ne serait qu'à cause de son pauvre ami M. de La
Billardière, et monseigneur le coadjuteur lui parlera de
vous et de Rabourdin. Je connais M. le curé : quand on
pense à sa chère église, il ne vous oublie pas dans son
prône ; or, il a l'honneur en ce moment de dîner avec le
coadjuteur, chez M. le curé de Saint-Roch [166].

Ces paroles commençaient à faire comprendre à Saillard
et à Baudoyer qu'Élisabeth n'était pas restée oisive depuis
le moment où Godard l'avait avertie.

— Est-elle futée, ct'Élisabeth, s'écria Saillard en
appréciant avec plus de justesse que ne le faisait l'abbé le
rapide chemin de taupe tracé par sa fille.

— Elle a envoyé Godard savoir à la porte de M. Rabourdin quel journal il recevait [167], dit Gaudron, et je l'ai
dit au secrétaire de Son Éminence ; car nous sommes dans
un moment où l'Église et le trône doivent bien connaître
quels sont leurs amis, quels sont leurs ennemis.

— Voilà cinq jours que je cherche une phrase à dire à
la femme de Son Excellence, dit Saillard.

— Tout Paris lit cela, s'écria Baudoyer dont les yeux
étaient attachés sur le journal.

— Votre éloge nous coûte quatre mille huit cents
francs, mon fiston ! dit Mme Saillard.

— Vous avez embelli la maison de Dieu, répondit
l'abbé Gaudron.

— Nous pouvions faire notre salut sans cela, reprit-elle. Mais si Baudoyer a la place, elle vaut huit mille francs de plus, le sacrifice ne sera pas grand. Et s'il ne l'avait pas ?... Hein, ma mère ! dit-elle en regardant son mari, quelle saignée !...

— Eh bien, dit Saillard enthousiasmé, nous regagnerions cela chez Falleix qui va maintenant étendre ses affaires en se servant de son frère qu'il a mis agent de change exprès. Élisabeth aurait bien dû nous dire pourquoi Falleix s'est envolé. Mais cherchons la phrase. Voilà ce que j'ai déjà trouvé : *Madame, si vous vouliez dire deux mots à Son Excellence...*

— *Vouliez*, dit Gaudron, *daigniez*, pour parler plus respectueusement. D'ailleurs il faut savoir avant tout si Mme la Dauphine vous accorde sa protection, car alors vous pourriez lui insinuer l'idée de coopérer aux désirs de Son Altesse Royale.

— Il faudrait aussi désigner la place vacante, dit Baudoyer.

— *Madame la comtesse*, reprit Saillard en se levant et regardant sa femme avec un sourire agréable.

— Jésus ! Saillard, es-tu drôle comme ça ! Mais, mon fils, prends donc garde, tu la feras rire, c'te femme ?

— *Madame la comtesse...* Suis-je mieux ? dit-il en regardant sa femme.

— Oui, mon poulet.

— *La place de feu le digne M. La Billardière est vacante, mon gendre M. Baudoyer...*

— *Homme de talent et de haute piété*, souffla Gaudron.

— Écris, Baudoyer, cria le père Saillard, écris la phrase. Baudoyer prit naïvement une plume et écrivit sans rougir son propre éloge, absolument comme eussent fait Nathan ou Canalis en rendant compte d'un de leurs livres.

— *Madame la comtesse...* Vois-tu, ma mère, dit Saillard à sa femme, je suppose que tu es la femme du ministre.

— Me prends-tu pour une bête ? je le devine bien, répondit-elle.

— *La place de feu le digne M. de La Billardière est vacante ; mon gendre, M. Baudoyer, homme d'un talent consommé et de haute piété…* Après avoir regardé M. Gaudron qui réfléchissait, il ajouta : *serait bien heureux s'il l'avait.* Ha ! ce n'est pas mal, c'est bref et ça dit tout.

— Mais attends donc, Saillard, tu vois bien que M. l'abbé rumine, lui dit sa femme, ne le trouble donc pas.

— *Serait bien heureux si vous daigniez vous intéresser à lui,* reprit Gaudron, *et en disant quelques mots à Son Excellence, vous seriez particulièrement agréable à Madame la Dauphine, par laquelle il a le bonheur d'être protégé.*

— Ah, monsieur Gaudron, cette phrase vaut l'ostensoir, je regrette moins les quatre mille huit cents… D'ailleurs, dis donc, Baudoyer, tu les paieras, mon garçon ! As-tu écrit ?

— Je te ferai répéter cela, ma mère, dit Mme Saillard, et tu me la réciteras matin et soir. Oui, elle est bien troussée, cette phrase-là ! Êtes-vous heureux d'être si savant, monsieur Gaudron ! Voilà ce que c'est que d'étudier dans les séminaires, on apprend à parler à Dieu et à ses saints.

— Il est aussi bon que savant, dit Baudoyer en serrant les mains au prêtre. Est-ce vous qui avez rédigé l'article ? demanda-t-il en montrant le journal.

— Non, répondit Gaudron. Cette rédaction est du secrétaire de Son Éminence, un jeune abbé qui m'a de grandes obligations et qui s'intéresse à M. Colleville ; autrefois, j'ai payé sa pension au séminaire.

— Un bienfait a toujours sa récompense, dit Baudoyer.

Pendant que ces quatre personnes s'attablaient pour faire leur boston, Élisabeth et son oncle Mitral atteignaient le *café Thémis*, après s'être entretenus en chemin de l'affaire que le tact d'Élisabeth lui avait indiquée comme le plus puissant levier pour forcer la main au ministre. L'oncle Mitral, l'ancien huissier fort en chicane, en expédients et précautions judiciaires, regarda l'honneur de sa famille comme intéressé au triomphe de son neveu. Son avarice lui faisait sonder le coffre-fort de Gigonnet, et il savait que cette succession revenait à son neveu Baudoyer ; il lui voulait donc une position en harmonie avec la fortune des Saillard et de Gigonnet, qui toutes écherraient à la petite Baudoyer. À quoi ne devait pas prétendre une fille dont la fortune irait à plus de cent mille livres de rentes ! Il avait adopté les idées de sa nièce et les avait entendues. Aussi avait-il accéléré le départ de Falleix en lui expliquant comment on allait vite en poste. Puis il avait réfléchi pendant son dîner sur la courbure qu'il convenait d'imprimer au ressort inventé par Élisabeth. En arrivant au *café Thémis,* il dit à sa nièce que lui seul pouvait arranger l'affaire avec Gigonnet, et il la fit rester dans le fiacre, afin qu'elle n'intervînt qu'en temps et lieu. À travers les vitres, Élisabeth aperçut les deux figures de Gobseck et de son oncle Bidault qui se détachaient sur le fond jaune vif des boiseries de ce vieux café, comme deux têtes de camées, froides et impassibles dans l'attitude que le graveur leur a donnée. Ces deux avares parisiens étaient entourés de vieux visages où le trente pour cent d'escompte semblait écrit dans les rides circulaires qui, partant du nez, retroussaient des pommettes glacées. Ces physionomies s'animèrent à l'aspect de Mitral, et les yeux brillèrent d'une curiosité tigresque.

— Hé, hé, c'est le papa Mitral, s'écria Chaboisseau. Ce petit vieillard faisait l'escompte de la librairie.

— Oui, ma foi, répondit un marchand de papier nommé Métivier. Ah, c'est un vieux singe qui se connaît en grimaces.

— Et vous, vous êtes un vieux corbeau qui vous connaissez en cadavres, répondit Mitral.

— Juste, dit le sévère Gobseck.

— Que venez-vous faire ici, mon fils ? venez-vous saisir notre ami Métivier ? lui demanda Gigonnet en lui montrant le marchand de papier qui avait une trogne de vieux portier.

— Votre petite-nièce Élisabeth est là, papa Gigonnet, lui dit Mitral à l'oreille.

— Quoi, des malheurs ! dit Bidault.

Le vieillard fronça les sourcils et prit un air tendre comme celui du bourreau quand il s'apprête à officier ; malgré sa vertu romaine, il dut être ému, car son nez si rouge perdit un peu de sa couleur.

— Eh bien, ce serait des malheurs, n'aideriez-vous pas la fille de Saillard, une petite qui vous tricote des bas depuis trente ans ? s'écria Mitral.

— S'il y avait des garanties, je ne dis pas ! répondit Gigonnet. Il y a du Falleix là-dedans. Votre Falleix établit son frère agent de change, il fait autant d'affaires que les Brézac, avec quoi ? avec son intelligence, n'est-ce pas ! Enfin Saillard n'est pas un enfant.

— Il connaît la valeur de l'argent, dit Chaboisseau.

Ce mot, dit entre ces vieillards, eût fait frémir un artiste, et tous hochèrent la tête.

— D'ailleurs, ça ne me regarde pas, moi, les malheurs de mes proches, reprit Bidault-Gigonnet. J'ai pour principe de ne jamais me laisser aller ni avec mes amis, ni avec mes parents, car on ne peut périr que par les endroits faibles. Adressez-vous à Gobseck, il est doux.

Les escompteurs applaudirent à cette doctrine par un mouvement de leurs têtes métalliques ; et qui les eût vus, aurait cru entendre les cris de machines mal graissées.

— Allons, Gigonnet, un peu de tendresse ? dit Chaboisseau, on vous a tricoté des bas pendant trente ans.

— Ah ! ça vaut quelque chose, dit Gobseck.

— Vous êtes entre vous, on peut parler, dit Mitral après avoir examiné les êtres autour de lui. Je suis amené par une bonne affaire...

— Pourquoi venez-vous donc à nous, si elle est bonne ? dit aigrement Gigonnet en interrompant Mitral.

— Un gars qui était gentilhomme de la chambre, un vieux chouan, son nom ?... La Billardière est mort.

— Vrai, dit Gobseck.

— Et le neveu donne des ostensoirs aux églises ! dit Gigonnet.

— Il n'est pas si bête que de les donner, il les vend,

papa, reprit Mitral avec orgueil. Il s'agit d'avoir la place de
M. de La Billardière, et pour y arriver, il est nécessaire de
saisir…

— *Saisir,* toujours huissier, dit Métivier en frappant
amicalement sur l'épaule de Mitral. J'aime cela, moi !

— De saisir le sieur Chardin des Lupeaulx entre nos
griffes, reprit Mitral. Or, Élisabeth en a trouvé le moyen,
et il est…

— Élisabeth, s'écria Gigonnet en interrompant encore.
Chère petite créature, elle tient de son grand-père, de mon
pauvre frère ! Bidault n'avait pas son pareil ! Ah ! si vous
l'aviez vu aux ventes de vieux meubles ! quel tact ! quel fil !
Que veut-elle ?

— Tiens, tiens, dit Mitral, vous retrouvez bien vite vos
entrailles, papa Gigonnet. Ce phénomène doit avoir ses
causes.

— Enfant ! dit Gobseck à Gigonnet, toujours trop vif !

— Allons, Gobseck et Gigonnet, mes maîtres, vous
avez besoin de des Lupeaulx, vous vous souvenez de l'avoir
plumé, vous avez peur qu'il ne redemande un peu de son
duvet, dit Mitral.

— Peut-on lui dire l'affaire ? demanda Gobseck à
Gigonnet.

— Mitral est des nôtres, il ne voudrait pas faire un
mauvais trait à ses anciennes pratiques, répondit Gigonnet. Eh bien, Mitral, nous venons, entre nous trois, dit-il à
l'oreille de l'ancien huissier, d'acheter des créances dont
l'admission dépend de la commission de liquidation.

— Que pouvez-vous sacrifier ? demanda Mitral.

— Rien, dit Gobseck.

— On ne nous sait pas là, fit Gigonnet, Samanon nous
sert de paravent.

— Écoutez-moi, Gigonnet ? dit Mitral. Il fait froid et
votre petite nièce attend. Vous me comprendrez en trois
mots. Il faut envoyer entre vous deux, sans intérêts, deux
cent cinquante mille francs à Falleix, qui maintenant brûle
la route à trente lieues de Paris, avec un courrier en avant.

— Possible ? dit Gobseck.

— Où va-t-il ? s'écria Gigonnet.

— Mais il se rend à la magnifique terre des Lupeaulx, reprit Mitral. Il connaît le pays, il va acheter autour de la bicoque du secrétaire général pour lesdits deux cent cinquante mille francs d'excellentes terres qui vaudront toujours bien leur prix. On a neuf jours pour l'enregistrement des actes notariés (ne perdez pas ceci de vue !). Avec cette petite augmentation, la terre des Lupeaulx paiera mille francs d'impôts. *Ergo*, des Lupeaulx devient électeur du grand Collège, éligible, comte, et tout ce qu'il voudra ! Vous savez quel est le député qui s'est coulé ?

Les deux avares firent un signe affirmatif.

— Des Lupeaulx se couperait une jambe pour être député, reprit Mitral. Mais s'il veut avoir en son nom les contrats que nous lui montrerons, en les hypothéquant, bien entendu, de notre prêt avec subrogation dans les droits des vendeurs... (Ah ! ah ! vous y êtes ?...) il nous faut d'abord la place pour Baudoyer. Après, nous vous repassons des Lupeaulx ! Falleix reste au pays et prépare la matière électorale ; ainsi vous couchez des Lupeaulx en joue par Falleix pendant tout le temps de l'élection, une élection d'arrondissement où les amis de Falleix font la majorité. Y a-t-il du Falleix, là-dedans, papa Gigonnet ?

— Il y a aussi du Mitral, reprit Métivier. C'est bien joué.

— C'est fait, dit Gigonnet. Pas vrai, Gobseck ? Falleix nous signera des contre-valeurs, et mettra l'hypothèque en son nom, nous irons voir des Lupeaulx en temps utile.

— Et nous, dit Gobseck, nous sommes volés !

— Ah ! papa ? dit Mitral, je voudrais bien connaître le voleur.

— Hé ! nous ne pouvons être volés que par nous-mêmes, répondit Gigonnet. Nous avons cru bien faire en achetant les créances de tous les créanciers de des Lupeaulx à soixante pour cent de remise.

— Vous les hypothéquerez sur sa terre et vous le tiendrez encore par les intérêts ! répondit Mitral.

— Possible, dit Gobseck.

Après avoir échangé un fin regard avec Gobseck, Bidault dit Gigonnet vint à la porte du café.

— Élisabeth, va ton train, ma fille, dit-il à sa nièce. Nous tenons ton homme, mais ne néglige pas les accessoires. C'est bien commencé, rusée ! achève, tu as l'estime de ton oncle !... Et il lui frappa gaiement dans la main.

— Mais, dit Mitral, Métivier et Chaboisseau peuvent nous donner un coup de main, en allant ce soir à la boutique de quelque journal de l'Opposition y faire saisir la balle au bond, et rempoigner l'article ministériel. Va toute seule, ma petite, je ne veux pas lâcher ces deux cormorans. Et il rentra dans le café.

— Demain les fonds partiront à leur destination par un mot au receveur général, nous trouverons *chez nos amis* pour cent mille écus de son papier, dit Gigonnet à Mitral quand l'huissier vint parler à l'escompteur.

Le lendemain, les nombreux abonnés d'un journal libéral lurent dans les premiers Paris un article entre filets, inséré d'autorité par Chaboisseau et Métivier, actionnaires dans deux journaux, escompteurs de la librairie, de l'imprimerie, de la papeterie, et à qui nul rédacteur ne pouvait rien refuser. Voici l'article.

« Hier un journal ministériel indiquait évidemment comme successeur du baron de La Billardière M. Baudoyer, un des citoyens les plus recommandables d'un quartier populeux où sa bienfaisance n'est pas moins connue que la piété sur laquelle appuie tant la feuille ministérielle ; elle aurait pu parler de ses talents ! Mais a-t-elle songé qu'en vantant l'antiquité bourgeoise de M. Baudoyer, qui certes est une noblesse tout comme une autre, elle indiquait la cause de l'exclusion vraisemblable de son candidat ? Perfidie gratuite ! La bonne dame caresse celui qu'elle tue, suivant son habitude. Nommer M. Baudoyer, ce serait rendre hommage aux vertus, aux talents des classes moyennes, dont nous serons toujours les avocats, quoique nous voyions notre cause souvent perdue. Cette nomination serait un acte de justice et de bonne politique, le ministère ne se le permettra pas. La feuille religieuse a, cette fois, plus d'esprit que ses patrons ; on la grondera. »

Le lendemain matin, vendredi, jour de dîner chez Mme Rabourdin, que des Lupeaulx avait laissée à minuit, éblouissante de beauté, sur l'escalier des Bouffons, donnant le bras à Mme de Camps (Mme Firmiani venait de se marier), le vieux roué se réveilla, ses idées de vengeance calmées ou plutôt rafraîchies : il était plein du dernier regard échangé avec Mme Rabourdin.

— Je m'assurerai Rabourdin en lui pardonnant d'abord et je le rattraperai plus tard ; pour le moment, s'il n'avait pas sa place, il faudrait renoncer à une femme qui peut devenir un des plus précieux instruments d'une haute fortune politique ; elle comprend tout, ne recule devant aucune idée ; et puis, je ne saurais pas avant le ministre quel plan d'administration a conçu Rabourdin ! Allons, cher des Lupeaulx, il s'agit de tout vaincre pour votre Célestine. Vous avez eu beau faire la grimace, madame la comtesse, vous inviterez Mme Rabourdin à votre première soirée intime.

Des Lupeaulx était un de ces hommes qui, pour satisfaire une passion, savent mettre leur vengeance dans un coin de leur cœur. Ainsi son parti fut pris, il résolut de faire nommer Rabourdin.

— Je vous prouverai, cher chef, que je mérite une belle place dans votre bagne diplomatique, se dit-il en s'asseyant dans son cabinet et décachetant les journaux.

Il savait trop bien, à cinq heures, ce que devait contenir la feuille ministérielle, pour s'amuser à la lire ; mais il l'ouvrit pour regarder l'article de La Billardière, en pensant à l'embarras dans lequel du Bruel l'avait mis en lui apportant la railleuse rédaction de Bixiou. Il ne put s'empêcher de rire en relisant la biographie de feu le comte de Fontaine, mort quelques mois auparavant, et qu'il avait réimprimée pour La Billardière, quand tout à coup ses yeux furent éblouis par le nom de Baudoyer. Il lut avec fureur le spécieux article qui engageait le ministère. Il sonna vivement et fit demander Dutocq pour l'envoyer au journal. Quel fut son étonnement en lisant la réponse de l'Opposition ! car, par hasard, ce fut la feuille libérale qui lui vint la première sous la main. La chose était sérieuse. Il connaissait cette partie, et le maître qui brouillait ses cartes lui parut un grec de la première force. Disposer avec cette habileté de deux journaux opposés, à l'instant, dans la même soirée, et commencer le combat, en devinant l'intention du ministre ! Il reconnut la plume d'un rédacteur libéral de sa connaissance, et se promit de le questionner le soir à l'Opéra. Dutocq parut.

— Lisez, lui dit des Lupeaulx en lui tendant les deux journaux et continuant à parcourir les autres feuilles pour savoir si Baudoyer y avait remué quelque autre corde. Allez savoir qui s'est avisé de compromettre ainsi le Ministère.

— Ce n'est toujours pas M. Baudoyer, répondit Dutocq, il n'a pas quitté son bureau hier. Je n'ai pas besoin d'aller au journal. En y apportant votre article hier, j'ai vu l'abbé qui s'est présenté muni d'une lettre de la Grande-Aumônerie, et devant laquelle vous eussiez plié vous-même.

— Dutocq, vous en voulez à M. Rabourdin, et ce n'est pas bien, car il a deux fois empêché votre destitution. Mais nous ne sommes pas les maîtres de nos sentiments : on peut haïr son bienfaiteur. Seulement, sachez que si vous vous permettez contre Rabourdin la moindre traîtrise, avant que je vous aie donné le mot d'ordre, ce sera votre perte, vous me compterez comme votre ennemi. Quant au journal de mon ami, que la Grande-Aumônerie lui prenne notre nombre d'abonnements, si elle veut s'en servir exclusivement. Nous sommes à la fin de l'année, la question de l'abonnement sera bientôt discutée, et nous nous entendrons ? Quant à la place de La Billardière, il y a un moyen d'en finir, c'est d'y nommer aujourd'hui même.

— Messieurs, dit Dutocq en rentrant au bureau et en s'adressant à ses collègues, je ne sais pas si Bixiou a le don

de lire dans l'avenir, mais si vous n'avez pas le journal
ministériel, je vous engage à y étudier l'article Baudoyer ;
puis, comme M. Fleury a la feuille de l'Opposition, vous
pourrez y voir la réplique. Certes, M. Rabourdin a du
talent, mais un homme qui, par le temps qui court, donne
aux églises des ostensoirs de six mille francs, a diablement
de talent aussi.

BIXIOU, *entrant.*

Que dites-vous de la *Première aux Corinthiens* contenue
dans notre journal religieux, et de l'*Épître aux ministres*
qui est dans le journal libéral ? Comment va M. Rabourdin, du Bruel ?

DU BRUEL, *arrivant.*

Je ne sais pas. *(Il emmène Bixiou dans son cabinet et lui
dit à voix basse :)* Mon cher, votre manière d'aider les gens
ressemble aux façons du bourreau, qui vous met les pieds
sur les épaules pour vous plus promptement casser le cou.
Vous m'avez fait avoir de des Lupeaulx une chasse que ma
bêtise m'a méritée. Il était joli, l'article sur La Billardière !
Je n'oublierai pas ce trait-là. La première phrase semblait
dire au Roi : *Il faut mourir.* Celle sur Quiberon signifiait
clairement que le Roi était un... Enfin tout était ironique.

BIXIOU, *se mettant à rire.*

Tiens, vous vous fâchez ! On ne peut donc plus *blaguer* ?

DU BRUEL

Blaguer ! blaguer ! Quand vous voudrez être sous-chef,
on vous répondra par des blagues, mon cher.

BIXIOU, *d'un ton menaçant.*

Sommes-nous fâchés ?

DU BRUEL

Oui.

BIXIOU, *d'un air sec.*

Eh bien, tant pis pour vous.

DU BRUEL, *songeur et inquiet.*

Pardonneriez-vous cela, vous ?

BIXIOU, *câlin.*

À un ami ? je crois bien. *(On entend la voix de Fleury.)*
Voilà Fleury qui maudit Baudoyer. Hein ! est-ce bien
joué ? Baudoyer aura la place. *(Confidentiellement.)* Après
tout, tant mieux. Du Bruel, suivez bien les conséquences.
Rabourdin serait un lâche de rester sous Baudoyer, il
donnera sa démission, et ça nous fera deux places. Vous
serez chef, et vous me prendrez avec vous comme sous-
chef. Nous ferons des vaudevilles ensemble, et je vous
piocherai la besogne au bureau.

DU BRUEL, *souriant.*

Tiens, je ne songeais pas à cela. Pauvre Rabourdin ! ça
me ferait de la peine, cependant.

BIXIOU

Ah ! voilà comment vous l'aimez ? *(Changeant de ton.)*
Eh bien, je ne le plains pas non plus. Après tout, il est
riche ; sa femme donne des soirées, et ne m'invite pas, moi
qui vais partout ! Allons, mon bon du Bruel, adieu, sans
rancune ! *(Il sort par le bureau.)* Adieu, messieurs. Ne vous
disais-je pas hier qu'un homme qui n'avait que des vertus
et du talent était toujours bien pauvre, même avec une
jolie femme.

FLEURY

Vous êtes riche, vous !

BIXIOU

Pas mal, cher Cincinnatus ! Mais vous me donnerez à
dîner au *Rocher de Cancale.*

POIRET

Il m'est toujours impossible de comprendre M. Bixiou.

PHELLION, *d'un air élégiaque.*

M. Rabourdin lit si rarement les journaux, qu'il serait peut-être utile de les lui porter en nous en privant momentanément. *(Fleury lui tend son journal, Vimeux celui du bureau, il prend les journaux et sort.)*

En ce moment, des Lupeaulx, qui descendait pour déjeuner avec le ministre, se demandait si, avant d'employer la fine fleur de sa rouerie pour le mari, la prudence ne commandait pas de sonder le cœur de la femme, afin de savoir s'il serait récompensé de son dévouement. Il se tâtait le peu de cœur qu'il avait, lorsque, sur l'escalier, il rencontra son avoué qui lui dit en souriant : « Deux mots, monseigneur ? » avec cette familiarité des gens qui se savent indispensables.

— Quoi, mon cher Desroches ? fit l'homme politique. Que m'arrive-t-il ? Ils se fâchent, ces messieurs, et ne savent pas faire comme moi : attendre !

— J'accours vous prévenir que toutes vos créances sont entre les mains des sieurs Gobseck et Gigonnet, sous le nom d'un sieur Samanon.

— Des hommes à qui j'ai fait gagner des sommes immenses !

— Écoutez, lui dit l'avoué à l'oreille, Gigonnet s'appelle Bidault, il est l'oncle de Saillard, votre caissier, et Saillard est le beau-père d'un certain Baudoyer qui se croit des droits à la place vacante dans votre ministère. N'ai-je pas eu raison de vous prévenir ?

— Merci, fit des Lupeaulx en saluant l'avoué d'un air fin.

— D'un trait de plume vous aurez quittance, dit Desroches en s'en allant.

— Voilà de ces sacrifices immenses ! se dit des Lupeaulx, il est impossible d'en parler à une femme, pensa-t-il. Célestine vaut-elle la quittance de toutes mes dettes ? j'irai la voir ce matin.

Ainsi la belle Mme Rabourdin allait être dans quelques heures l'arbitre des destinées de son mari, sans qu'aucune puissance pût la prévenir de l'importance de ses réponses, sans qu'aucun signal l'avertît de composer son maintien et sa voix. Et, par malheur, elle se croyait sûre du succès, elle ne savait pas Rabourdin miné de toutes parts par le travail sourd des tarets.

— Eh bien, monseigneur, dit des Lupeaulx en entrant dans le petit salon où l'on déjeunait, avez-vous lu les articles sur Baudoyer ?

— Pour l'amour de Dieu, mon cher, répondit le ministre, laissons les nominations dans ce moment-ci. On m'a cassé la tête, hier, de cet ostensoir. Pour sauver Rabourdin, il faudra faire de sa promotion une affaire de Conseil, si je ne veux point avoir la main forcée. C'est à dégoûter des affaires. Pour garder Rabourdin, il nous faut avancer un certain Colleville...

— Voulez-vous me livrer la conduite de ce vaudeville, et ne pas vous en occuper ? je vous égaierai tous les matins par le récit de la partie d'échecs que je jouerai contre la Grande-Aumônerie, dit des Lupeaulx.

— Eh bien, lui dit le ministre, faites le travail avec le chef du personnel. Savez-vous que rien n'est plus propre à frapper l'esprit du Roi que les raisons contenues dans le journal de l'Opposition ? Menez donc un ministère avec des Baudoyer !

— Un imbécile dévot, reprit des Lupeaulx, et incapable comme...

— Comme La Billardière, dit le ministre.

— La Billardière avait au moins les manières du gentilhomme ordinaire de la chambre, reprit des Lupeaulx. Madame, dit-il, en s'adressant à la comtesse, il y a maintenant nécessité d'inviter Mme Rabourdin à votre première soirée intime, je vous ferai observer qu'elle a pour amie Mme de Camps ; elles étaient ensemble hier aux Italiens, et je l'ai connue à l'hôtel Firmiani ; d'ailleurs vous verrez si elle est de nature à compromettre un salon.

— Invitez Mme Rabourdin, ma chère, dit le ministre, et parlons d'autre chose.

— Célestine est donc dans mes griffes, dit des Lupeaulx en remontant chez lui pour faire une toilette du matin.

TROISIÈME PARTIE

À qui la place

CHAPITRE VII

SCÈNE DE MÉNAGE

Les ménages parisiens sont dévorés par le besoin de se mettre en harmonie avec le luxe qui les environne de toutes parts, aussi en est-il peu qui aient la sagesse de conformer leur situation extérieure à leur budget intérieur. Mais ce vice tient peut-être à un patriotisme tout français et qui a pour but de conserver à la France sa suprématie en fait de costume. La France règne par le vêtement sur toute l'Europe, chacun y sent la nécessité de garder un sceptre commercial qui fait de la Mode en France ce qu'est la Marine en Angleterre. Cette patriotique fureur qui porte à tout sacrifier au *paroistre,* comme disait d'Aubigné sous Henri IV, est la cause de travaux secrets et immenses qui prennent toute la matinée des femmes parisiennes, quand elles veulent, ainsi que le voulait Mme Rabourdin, tenir avec douze mille livres de rente le train que beaucoup de riches ne se donnent pas avec trente mille. Ainsi, les vendredis, jours de dîner, Mme Rabourdin aidait la femme de chambre à faire les appartements ; car la cuisinière allait de bonne heure à la Halle, et le domestique nettoyait l'argenterie, façonnait les serviettes, brossait les cristaux. Le malavisé qui, par une distraction de la portière, serait monté vers onze heures ou midi chez Mme Rabourdin, l'eût trouvée, au milieu du désordre le moins pittoresque, en robe de chambre, les pieds dans de vieilles pantoufles, mal coiffée, arrangeant elle-même ses lampes, disposant elle-même ses jardinières ou se cuisinant à la hâte un déjeuner peu poétique. Le visiteur à qui les mystères de la

vie parisienne auraient été inconnus eût certes appris à ne
pas mettre le pied dans les coulisses du théâtre ; bientôt
signalé comme un homme capable des plus grandes
noirceurs, la femme surprise dans ses mystères du matin
aurait parlé de sa bêtise et de son indiscrétion de manière à
le ruiner. La Parisienne, si indulgente pour les curiosités
qui lui profitent, est implacable pour celles qui lui font
perdre ses prestiges. Aussi une pareille invasion domici-
liaire n'est-elle pas, comme dit la police correctionnelle,
une attaque à la pudeur, mais un vol avec effraction, le vol
de ce qu'il y a de plus précieux, *le crédit* ! Une femme se
laisse volontiers surprendre peu vêtue, les cheveux tom-
bants ; quand tous ses cheveux sont à elle, elle y gagne ;
mais elle ne veut pas se laisser voir faisant elle-même son
appartement, elle y perd son *paroistre*. Mme Rabourdin
était dans tous les apprêts de son vendredi, au milieu des
provisions pêchées par sa cuisinière dans l'océan de la
Halle, alors que M. des Lupeaulx se rendit sournoisement
chez elle. Certes, le secrétaire général était bien le dernier
que la belle Rabourdin attendît ; aussi, en entendant
craquer des bottes sur le palier, s'écria-t-elle : « Déjà le
coiffeur ! » Exclamation aussi peu agréable pour des
Lupeaulx que la vue de des Lupeaulx le fut pour elle. Elle
se sauva donc dans sa chambre à coucher, où régnait un
effroyable gâchis de meubles qui ne veulent pas être vus,
des choses hétérogènes en fait d'élégance, un vrai mardi
gras domestique. L'effronté des Lupeaulx suivit la belle
effarée, tant il la trouva piquante dans son déshabillé. Je
ne sais quoi d'alléchant tentait le regard : la chair, vue par
un hiatus de camisole, semblait mille fois plus attrayante
que quand elle se bombait gracieusement depuis la ligne
circulaire tracée sur le dos par le surjet de velours
jusqu'aux rondeurs fuyantes du plus joli col de cygne où
jamais un amant ait posé son baiser avant le bal. Quand
l'œil se promène sur une femme parée qui montre une
magnifique poitrine, ne croit-on pas voir le dessert monté
de quelque beau dîner ; mais le regard qui se coule entre
l'étoffe froissée par le sommeil embrasse des coins friands,

et s'en régale comme on dévore un fruit volé qui rougit entre deux feuilles sur l'espalier.

— Attendez, attendez ! cria la jolie Parisienne en verrouillant son désordre.

Elle sonna Thérèse, sa fille, la cuisinière, le domestique, implorant un châle et souhaitant le coup de sifflet du machiniste à l'Opéra. Et le coup de sifflet partit. Et en un tour de main, autre phénomène ! la chambre prit un air de matin fort piquant en harmonie avec une toilette subitement combinée pour la plus grande gloire de cette femme, évidemment supérieure en ceci.

— Vous ! dit-elle. Et à cette heure ! Que se passe-t-il donc ?

— Les choses les plus graves du monde, répondit des Lupeaulx. Il s'agit aujourd'hui de bien nous comprendre.

Célestine regarda cet homme à travers ses lunettes et comprit.

— Mon principal vice, répondit-elle, est d'être prodigieusement fantasque, ainsi je ne mêle pas mes affections à la politique ; parlons politique, affaires, et nous verrons après. Ce n'est pas, d'ailleurs, une fantaisie, mais une conséquence de mon goût d'artiste, qui me défend de faire hurler les couleurs, d'allier des choses disparates, et m'ordonne d'éviter les dissonances. Nous avons notre politique aussi, nous autres femmes !

Déjà le son de la voix, la gentillesse des manières avaient produit leur effet et métamorphosé la brutalité du secrétaire général en courtoisie sentimentale ; elle l'avait rappelé à ses obligations d'amant. Une jolie femme habile se fait comme une atmosphère où les nerfs se détendent, où les sentiments s'adoucissent.

— Vous ignorez ce qui se passe, reprit brutalement des Lupeaulx qui tenait à se montrer brutal. Lisez.

Et il offrit à la gracieuse Rabourdin les deux journaux où il avait entouré chaque article en encre rouge. En lisant, le châle se décroisa sans que Célestine s'en aperçût ou par l'effet d'une volonté bien déguisée. À l'âge où la force des fantaisies est en raison de leur rapidité, des

Lupeaulx ne pouvait pas plus garder son sang-froid que
Célestine ne gardait le sien.

— Comment! dit-elle, mais c'est affreux! Qu'est-ce
que ce Baudoyer?

— Un baudet, fit des Lupeaulx; mais, vous le voyez! il
porte des reliques [168], et arrivera conduit par la main habile
qui tient la bride.

Le souvenir de ses dettes passa devant les yeux de
Mme Rabourdin et l'éblouit, comme si elle eût vu deux
éclairs consécutifs; ses oreilles tintèrent à coups redoublés
sous la pression du sang qui battait dans ses artères; elle
resta tout hébétée, regardant une patère sans la voir.

— Mais vous êtes fidèle! dit-elle à des Lupeaulx
en le caressant d'un coup d'œil de manière à se l'attacher.

— C'est selon, fit-il en répondant à cette œillade par un
regard inquisitif qui fit rougir cette pauvre femme.

— S'il vous faut des arrhes, vous perdriez tout le prix,
dit-elle en riant. Je vous faisais plus grand que vous ne
l'êtes. Et vous, vous me croyez bien petite, bien pensionnaire.

— Vous ne m'avez pas compris, reprit-il d'un air fin. Je
voulais dire que je ne pouvais pas servir un homme qui
joue contre moi, comme l'Étourdi contre Mascarille [169].

— Que signifie ceci?

— Voici qui vous prouvera que je suis grand.

Et il présenta à Mme Rabourdin l'état volé par Dutocq,
en le lui offrant à l'endroit où son mari l'avait analysé si
savamment.

— Lisez!

Célestine reconnut l'écriture, lut, et pâlit sous ce coup
d'assommoir.

— Toutes les administrations y sont, dit des Lupeaulx.

— Mais heureusement, dit-elle, vous seul possédez ce
travail, que je ne puis m'expliquer.

— Celui qui l'a volé n'est pas si niais que de ne pas en
avoir un double, il est trop menteur pour l'avouer et trop
intelligent dans son métier pour le livrer, je n'ai même pas
tenté d'en parler.

— Qui est-ce ?

— Votre commis principal.

— Dutocq. On n'est jamais puni que de ses bienfaits !
Mais, reprit-elle, c'est un chien qui veut un os.

— Savez-vous ce qu'on veut m'offrir à moi, pauvre
diable de secrétaire général ?

— Quoi !

— Je dois trente et quelques malheureux mille francs,
vous allez prendre une bien méchante opinion de moi en
sachant que je ne dois pas davantage ; mais enfin, en cela,
je suis petit ! Eh bien, l'oncle de Baudoyer vient d'acheter
mes créances et sans doute se dispose à m'en rendre les
titres.

— Mais c'est infernal, tout cela.

— Du tout, c'est monarchique et religieux, car la
Grande-Aumônerie s'en mêle...

— Que ferez-vous ?

— Que m'ordonnez-vous de faire ? dit-il avec une grâce
adorable en lui tendant la main.

Célestine ne le trouva plus ni laid, ni vieux, ni poudré à
frimas, ni secrétaire général, ni quoi que ce soit d'immonde ; mais elle ne lui donna pas la main : le soir dans
son salon elle la lui aurait laissé prendre cent fois ; mais le
matin et seule, le geste constituait une promesse un peu
trop positive, et pouvait mener loin.

— Et l'on dit que les hommes d'État n'ont pas de cœur !
s'écria-t-elle en voulant compenser la dureté du refus par
la grâce de la parole. Cela m'effrayait, ajouta-t-elle en
prenant l'air le plus innocent du monde.

— Quelle calomnie ! répondit des Lupeaulx, un des
plus immobiles diplomates, et qui garde le pouvoir depuis
qu'il est né, vient d'épouser la fille d'une actrice [170], et de
la faire recevoir à la cour la plus ferrée sur les quartiers de
noblesse.

— Et vous nous soutiendrez ?

— Je fais le travail des nominations. Mais pas de
tricherie !

Elle lui tendit sa main à baiser et lui donna un petit soufflet sur la joue.

— Vous êtes à moi, dit-elle.

Des Lupeaulx admira ce mot. (Le soir à l'Opéra, le fat le raconta de cette manière : « Une femme ne voulant pas dire à un homme qu'elle était à lui, aveu qu'une femme comme il faut ne fait jamais, lui a dit : — Vous êtes à moi. Comment trouvez-vous le détour ? »)

— Mais soyez mon alliée, reprit-il. Votre mari a parlé au ministre d'un plan d'administration auquel se rattache l'état dans lequel je suis si bien traité ; sachez-le, dites-le-moi ce soir.

— Ce sera fait, dit-elle sans voir grande importance à ce qui avait amené des Lupeaulx chez elle si matin.

— Madame, le coiffeur, dit la femme de chambre.

— Il s'est bien fait attendre, je ne sais pas comment je m'en serais tirée, s'il avait tardé, pensa Célestine.

— Vous ne savez pas jusqu'où va mon dévouement, lui dit des Lupeaulx en se levant. Vous serez invitée à la première soirée particulière de la femme du ministre...

— Ah ! vous êtes un ange, dit-elle. Et je vois maintenant combien vous m'aimez : vous m'aimez avec intelligence.

— Ce soir, chère enfant, reprit-il, j'irai savoir à l'Opéra quels sont les journalistes qui conspirent pour Baudoyer, et nous mesurerons nos bâtons.

— Oui, mais vous dînez ici, n'est-ce pas ? j'ai fait chercher et trouver les choses que vous aimez.

— Tout cela cependant ressemble tant à l'amour, qu'il serait doux d'être longtemps trompé ainsi ! se dit des Lupeaulx en descendant les escaliers. Mais si elle se moque de moi, je le saurai : je lui prépare le plus habile de tous les pièges avant la signature, afin de pouvoir lire dans son cœur. Mes petites chattes, nous vous connaissons ! car, après tout, les femmes sont tout ce que nous sommes ! Vingt-huit ans et vertueuse, et ici, rue Duphot ! c'est un bonheur bien rare, qui vaut la peine d'être cultivé.

Le papillon éligible sautillait par les escaliers.

— Mon Dieu, cet homme-là, sans ses lunettes, poudré, doit être bien drôle en robe de chambre, se disait Célestine. Il a le harpon dans le dos, et me remorque enfin là où je voulais aller, chez le ministre. Il a joué son rôle dans ma comédie.

Quand, à cinq heures, Rabourdin rentra pour s'habiller, sa femme vint assister à sa toilette, et lui apporta cet état que, comme la pantoufle du conte des *Mille et Une Nuits,* le pauvre homme devait rencontrer partout.

— Qui t'a remis cela ? dit Rabourdin stupéfait.

— M. des Lupeaulx !

— Il est venu ! demanda Rabourdin en jetant à sa femme un de ces regards qui certes auraient fait pâlir une coupable, mais qui trouva un front de marbre et un œil rieur.

— Et il reviendra dîner, répondit-elle. Pourquoi votre air effarouché ?

— Ma chère, dit Rabourdin, des Lupeaulx est mortellement offensé par moi, ces gens-là ne pardonnent pas, et il me caresse ! Crois-tu que je ne voie pas pourquoi ?

— Cet homme, reprit-elle, me paraît avoir un goût très délicat, je ne puis le blâmer. Enfin, je ne sais rien de plus flatteur pour une femme que de réveiller un palais blasé. Après...

— Trêve de plaisanterie, Célestine ! Épargne un homme accablé. Je ne puis rencontrer le ministre, et mon honneur est au jeu.

— Mon Dieu, non. Dutocq aura la promesse d'une place, et tu seras nommé chef de division.

— Je te devine, chère enfant, dit Rabourdin ; mais le jeu que tu joues est aussi déshonorant que la réalité. Le mensonge est le mensonge, et une honnête femme...

— Laisse-moi donc me servir des armes employées contre nous.

— Célestine, plus cet homme se verra sottement pris au piège, plus il s'acharnera sur moi.

— Et si je le renverse ?

Rabourdin regarda sa femme avec étonnement.

— Je ne pense qu'à ton élévation, et il était temps, mon
pauvre ami !... reprit Célestine. Mais tu prends le chien de
chasse pour le gibier, dit-elle après une pause. Dans
quelques jours des Lupeaulx aura très bien accompli sa
mission. Pendant que tu cherches à parler au ministre, et
avant que tu ne puisses le voir, moi je lui aurai parlé. Tu
as sué sang et eau pour enfanter un plan que tu me
cachais ; et, en trois mois, ta femme aura fait plus
d'ouvrage que toi en six ans. Dis-moi ton beau système ?

Rabourdin, tout en se faisant la barbe et après avoir
obtenu de sa femme de ne pas dire un seul mot de ses
travaux, en la prévenant que confier une seule idée à des
Lupeaulx, c'était mettre le chat à même la jatte de lait,
commença l'explication de ses travaux.

— Comment, Rabourdin, ne m'as-tu pas parlé de cela ?
dit Célestine en coupant la parole à son mari dès la
cinquième phrase. Mais tu te serais épargné des peines
inutiles. Que l'on soit aveuglé pendant un moment par une
idée, je le conçois ; mais pendant six ou sept ans, voilà ce
que je ne conçois pas. Tu veux réduire le budget, c'est
l'idée vulgaire et bourgeoise ! Mais il faudrait arriver à un
budget de deux milliards, la France serait deux fois plus
grande. Un système neuf, ce serait de tout faire mouvoir
par l'emprunt, comme le crie M. de Nucingen. Le trésor le
plus pauvre est celui qui se trouve plein d'écus sans
emploi ; la mission d'un ministère des Finances est de jeter
l'argent par les fenêtres, il lui rentre par ses caves, et tu
veux lui faire entasser des trésors ! Mais il faut multiplier
les emplois au lieu de les réduire. Au lieu de rembourser
les rentes, il faudrait multiplier les rentiers. Si les
Bourbons veulent régner en paix, ils doivent créer des
rentiers dans les dernières bourgades, et surtout ne pas
laisser les étrangers toucher des intérêts en France, car ils
nous en demanderont un jour le capital ; tandis que si toute
la rente est en France, ni la France ni le crédit ne périront.
Voilà ce qui a sauvé l'Angleterre. Ton plan est un plan de
petite bourgeoise. Un homme ambitieux n'aurait dû se
présenter devant son ministre qu'en recommençant Law

sans ses chances mauvaises, en expliquant la puissance du crédit, en démontrant comme quoi nous ne devons pas amortir le capital, mais les intérêts, comme font les Anglais...

— Allons, Célestine, dit Rabourdin, mêle toutes les idées ensemble, contrarie-les ; amuse-t'en comme de joujoux ! je suis habitué à cela. Mais ne critique pas un travail que tu ne connais pas encore.

— Ai-je besoin, dit-elle, de connaître un plan dont l'esprit est d'administrer la France avec six mille employés au lieu de vingt mille ? Mais, mon ami, fût-ce un plan d'homme de génie, un roi de France se ferait détrôner en voulant l'exécuter. On soumet une aristocratie féodale en abattant quelques têtes, mais on ne soumet pas une hydre à mille pattes. Non, l'on n'écrase pas les petits, ils sont trop plats sous le pied. Et c'est avec les ministres actuels, entre nous de pauvres sires, que tu veux remuer ainsi les hommes ? Mais on remue les intérêts, et l'on ne remue pas les hommes : ils crient trop ; tandis que les écus sont muets.

— Mais, Célestine, si tu parles toujours, et si tu fais de l'esprit à côté de la question, nous ne nous entendrons jamais...

— Ah ! je comprends à quoi mène l'état où tu as classé les capacités administratives, reprit-elle sans avoir écouté son mari. Mon Dieu, mais tu as aiguisé toi-même le couperet pour te faire trancher la tête. Sainte Vierge ! pourquoi ne m'as-tu pas consultée ? au moins je t'aurais empêché d'écrire une seule ligne, ou tout au moins, si tu avais voulu faire ce mémoire, je l'aurais copié moi-même, et il ne serait jamais sorti d'ici... Pourquoi, mon Dieu, ne m'avoir rien dit ? Voilà les hommes ! ils sont capables de dormir auprès d'une femme en gardant un secret pendant sept ans ! Se cacher d'une pauvre femme pendant sept années, douter de son dévouement ?

— Mais, dit Rabourdin impatienté, voici onze ans que je n'ai jamais pu discuter avec toi sans que tu me coupes la

parole et sans substituer aussitôt tes idées aux miennes...
Tu ne sais rien de mon travail.

— Rien ! je sais tout !

— Dis-le-moi donc ? s'écria Rabourdin impatienté pour
la première fois depuis son mariage.

— Tiens, il est six heures et demie, fais ta barbe,
habille-toi, répondit-elle comme répondent toutes les
femmes quand on les presse sur un point où elles doivent
se taire. Je vais achever ma toilette, et nous ajournerons la
discussion, car je ne veux pas être agacée le jour où je
reçois. Mon Dieu ! le pauvre homme ! dit-elle en sortant,
travailler sept ans pour accoucher de sa mort ! Et se défier
de sa femme !

Elle rentra.

— Si tu m'avais écoutée dans le temps, tu n'aurais pas
intercédé pour conserver ton commis principal, et il a sans
doute une copie autographiée de ce maudit état ! Adieu,
homme d'esprit !

En voyant son mari dans une tragique attitude de
douleur, elle comprit qu'elle était allée trop loin, elle
courut à lui, le saisit tout barbouillé de savon, et
l'embrassa tendrement.

— Cher Xavier, ne te fâche pas, lui dit-elle, ce soir
nous étudierons ton plan, tu parleras à ton aise, j'écouterai
bien et aussi longtemps que tu le voudras !... est-ce gentil ?
Va, je ne demande pas mieux que d'être la femme de
Mahomet.

Elle se mit à rire. Rabourdin ne put s'empêcher de rire
aussi, car Célestine avait de la mousse blanche aux lèvres,
et sa voix avait déployé les trésors de la plus pure et de la
plus solide affection.

— Va t'habiller, mon enfant, et surtout ne dis rien à
des Lupeaulx, jure-le-moi ? voilà la seule pénitence que je
t'impose.

— *Impose ?...* dit-elle, alors je ne jure rien !

— Allons, Célestine, j'ai dit en riant une chose
sérieuse.

— Ce soir, répondit-elle, ton secrétaire général saura
qui nous avons à combattre, et moi, je sais qui attaquer.

— Qui ? dit Rabourdin.

— Le ministre, répondit-elle en se grandissant de deux
pieds.

Malgré la grâce amoureuse de sa chère Célestine,
Rabourdin, en s'habillant, ne put empêcher quelques
douloureuses pensées d'obscurcir son front.

— Quand saura-t-elle m'apprécier ? se disait-il. Elle
n'a pas même compris qu'elle seule était la cause de tout
ce travail ! Quel brise-raison, et quelle intelligence ! Si je
ne m'étais pas marié, je serais déjà bien haut et bien
riche ! J'aurais économisé cinq mille francs par an sur mes
appointements. En les employant bien, j'aurais aujour-
d'hui dix mille livres de rente en dehors de ma place, je
serais garçon et j'aurais la chance de devenir par un
mariage... Oui, reprit-il en s'interrompant, mais j'ai
Célestine et mes deux enfants. Il se rejeta sur son
bonheur. Dans le plus heureux ménage, il y a toujours des
moments de regret. Il vint au salon et contempla son
appartement. Il n'y a pas dans Paris deux femmes qui
s'entendent à la vie comme elle. Avec douze mille livres de
rente faire tout cela ! dit-il en regardant les jardinières
pleines de fleurs, et songeant aux jouissances de vanité
que le monde allait lui donner. Elle était faite pour être la
femme d'un ministre. Quand je pense que celle du mien ne
lui sert à rien ; elle l'air d'une bonne grosse bourgeoise, et
quand elle se trouve au château, dans les salons... Il se
pinça les lèvres. Les hommes très occupés ont des idées si
fausses en ménage, qu'on peut également leur faire croire
qu'avec cent mille francs on n'a rien, et qu'avec douze
mille francs on a tout.

Quoique très impatiemment attendu, malgré les flatteries préparées pour ses appétits de gourmet émérite, des
Lupeaulx ne vint pas dîner, il ne se montra que très tard
dans la soirée, à minuit, heure à laquelle la causerie
devient, dans tous les salons, plus intime et confidentielle.
Andoche Finot, le journaliste, était resté.

— Je sais tout, dit des Lupeaulx quand il fut bien assis sur la causeuse au coin du feu, sa tasse de thé à la main, Mme Rabourdin debout devant lui, tenant une assiette pleine de sandwiches et de tranches d'un gâteau bien justement nommé *gâteau de plomb*. Finot, mon cher et spirituel ami, vous pourrez rendre service à notre gracieuse reine en lâchant quelques chiens après des hommes de qui nous causerons. Vous avez contre vous, dit-il à M. Rabourdin en baissant la voix pour n'être entendu que des trois personnes auxquelles il s'adressait, des usuriers et le clergé, l'argent et l'Église. L'article du journal libéral a été demandé par un vieil escompteur à qui l'on avait des obligations, mais le petit bonhomme qui l'a fait s'en soucie peu. La rédaction en chef de ce journal change dans trois jours, et nous reviendrons là-dessus. L'opposition royaliste [171], car nous avons, grâce à M. de Chateaubriand, une opposition royaliste, c'est-à-dire qu'il y a des royalistes qui passent aux libéraux, mais ne faisons pas de haute politique ; ces assassins de Charles X m'ont promis leur appui en mettant pour prix à votre nomination notre approbation à un de leurs amendements. Toutes mes batteries sont dressées. Si l'on nous impose Baudoyer, nous dirons à la Grande-Aumônerie : « Tel et tel journal, et messieurs *tels et tels* attaqueront la loi que vous voulez, et toute la presse sera contre (car les journaux ministériels que je tiens seront sourds et muets, ils n'auront pas de peine à l'être, ils le sont assez, n'est-ce pas, Finot ?). Nommez Rabourdin, et vous aurez l'opinion pour vous. » Pauvres Bonifaces de gens de province qui se carrent dans leurs fauteuils au coin du feu, très heureux de l'indépendance des organes de l'Opinion, ah ! ah !

— Hi, hi, hi ! fit Andoche Finot.

— Ainsi, soyez tranquille, dit des Lupeaulx. J'ai tout arrangé ce soir. La Grande-Aumônerie pliera.

— J'aurais mieux aimé perdre tout espoir et vous avoir à dîner, lui dit Célestine à l'oreille en le regardant d'un air fâché qui pouvait passer pour l'expression d'un amour fou.

— Voici qui m'obtiendra ma grâce, reprit-il en lui remettant une invitation pour la soirée de mardi.

Célestine ouvrit la lettre, et le plaisir le plus rouge anima ses traits. Aucune jouissance ne peut se comparer à celle de la vanité triomphante.

— Vous savez ce qu'est la soirée du mardi, reprit des Lupeaulx en prenant un air mystérieux ; c'est dans notre ministère comme le Petit Château [172] à la Cour. Vous serez au cœur du pouvoir ! Il y aura la comtesse Féraud, qui est toujours en faveur malgré la mort de Louis XVIII [173], Delphine de Nucingen, Mme de Listomère, la marquise d'Espard, votre chère de Camps que j'ai priée afin que vous trouviez un appui dans le cas où les femmes vous *blakbolleraient.* Je veux vous voir au milieu de ce monde-là.

Célestine hochait la tête comme un *pur-sang* avant la course, et relisait l'invitation comme Baudoyer et Saillard avaient relu leurs articles dans les journaux, sans pouvoir s'en rassasier.

— Là d'abord, et un jour aux Tuileries, dit-elle à des Lupeaulx.

Des Lupeaulx fut effrayé du mot et de l'attitude, tant ils exprimaient d'ambition et de sécurité. « Ne serais-je qu'un marchepied ? » se dit-il. Il se leva, s'en alla dans la chambre à coucher de Mme Rabourdin, et y fut suivi par elle, car elle avait compris à un geste du secrétaire général qu'il voulait lui parler en secret. — Eh bien ! le plan ? dit-il.

— Bah ! des bêtises d'honnête homme ! Il veut supprimer quinze mille employés et n'en garder que cinq ou six mille, vous n'avez pas idée d'une monstruosité pareille, je vous ferai lire son mémoire quand la copie en sera terminée. Il est de bonne foi. Son catalogue analytique des employés a été dicté par la pensée la plus vertueuse. Pauvre cher homme !

Des Lupeaulx fut d'autant plus rassuré par le rire vrai qui accompagnait ces railleuses et méprisantes paroles,

qu'il se connaissait en mensonges, et que pour le moment
Célestine était de bonne foi.

— Mais enfin, le fond de tout cela ? demanda-t-il.

— Eh bien, il veut supprimer la contribution foncière
en la remplaçant par des impôts de consommation.

— Mais il y a déjà un an que François Keller et
Nucingen ont proposé [174] un plan à peu près semblable, et
le ministre médite de dégrever l'impôt foncier.

— Là, quand je lui disais que ce n'était pas neuf !
s'écria Célestine en riant.

— Oui, mais s'il s'est rencontré avec le plus grand
financier de l'époque, un homme qui, je vous le dis entre
nous, est le Napoléon de la finance, il doit y avoir au moins
quelques idées dans ses moyens d'exécution.

— Tout est vulgaire, fit-elle en imprimant à ses lèvres
une moue dédaigneuse. Songez donc qu'il veut gouverner
et administrer la France avec cinq ou six mille employés,
tandis qu'il faudrait au contraire qu'il n'y eût pas en
France une seule personne qui ne fût intéressée au
maintien de la monarchie.

Des Lupeaulx parut satisfait de trouver un homme
médiocre dans l'homme auquel il accordait des talents
supérieurs.

— Êtes-vous bien sûr de la nomination ? Voulez-vous
un conseil de femme ? lui dit-elle.

— Vous vous entendez mieux que nous en trahisons
élégantes, fit des Lupeaulx en hochant la tête.

— Hé bien, dites *Baudoyer* à la Cour et à la Grande-
Aumônerie pour leur ôter tout soupçon et les endormir ;
mais, au dernier moment, écrivez *Rabourdin*.

— Il y a des femmes qui disent *oui* tant qu'on a besoin
d'un homme, et *non* quand il a joué son rôle, répondit des
Lupeaulx.

— J'en connais, lui dit-elle en riant. Mais elles sont
bien sottes, car en politique on se retrouve toujours ; c'est
bon avec les niais, et vous êtes un homme d'esprit. Selon
moi, la plus grande faute que l'on puisse commettre dans
la vie est de se brouiller avec un homme supérieur.

— Non, dit des Lupeaulx, car il pardonne. Il n'y a de danger qu'avec de petits esprits rancuneux qui n'ont pas autre chose à faire qu'à se venger, et je passe ma vie à cela.

Quand tout le monde fut parti, Rabourdin resta chez sa femme, et, après avoir exigé pour une seule fois son attention, il put lui expliquer son plan en lui faisant comprendre qu'il ne restreignait point et augmentait au contraire le budget, en lui montrant à quels travaux s'employaient les deniers publics, en lui expliquant comment l'État décuplait le mouvement de l'argent en faisant entrer le sien pour un tiers ou pour un quart dans les dépenses qui seraient supportées par des intérêts privés ou de localité ; enfin il lui prouva que son plan était moins une œuvre de théorie qu'une œuvre fertile en moyens d'exécution. Célestine, enthousiasmée, sauta au cou de son mari et s'assit au coin du feu sur ses genoux.

— Enfin j'ai donc en toi le mari que je rêvais ! dit-elle. L'ignorance où j'étais de ton mérite t'a sauvé des griffes de des Lupeaulx. Je t'ai calomnié merveilleusement et de bon cœur !

Cet homme pleura de bonheur. Il avait donc enfin son jour de triomphe. Après avoir tout entrepris pour plaire à sa femme, il était grand aux yeux de son seul public !

— Et, pour qui te connaît si bon, si doux, si égal de caractère, si aimant, tu es dix fois plus grand. Mais, dit-elle, un homme de génie est toujours plus ou moins enfant, et tu es un enfant, un enfant bien-aimé. Elle tira son invitation de l'endroit où les femmes mettent ce qu'elles veulent cacher, et la lui montra. — Voilà ce que je voulais, dit-elle. Des Lupeaulx m'a mise en présence du ministre, et fût-il de bronze, cette Excellence sera pendant quelque temps mon serviteur.

CHAPITRE VIII

MADAME RABOURDIN PRÉSENTÉE

Dès le lendemain, Célestine s'occupa de sa présentation au cercle intime du ministre. C'était sa grande journée, à elle ! Jamais coutisane ne prit tant de soin d'elle-même que cette honnête femme n'en prit de sa personne. Jamais couturière ne fut plus tourmentée que la sienne, et jamais couturière ne comprit mieux l'importance de son art. Enfin Mme Rabourdin n'oublia rien. Elle alla elle-même chez un loueur de voitures, pour choisir un coupé qui ne fût ni vieux, ni bourgeois, ni insolent. Son domestique, comme les domestiques de bonne maison, fut tenu d'avoir l'air d'un maître. Puis, vers dix heures du soir, le fameux mardi, elle sortit dans une délicieuse toilette de deuil. Elle était coiffée avec des grappes de raisin en jais du plus beau travail, une parure de mille écus commandée chez Fossin[175] par une Anglaise partie sans la prendre. Les feuilles étaient en lames de fer estampé, légères comme de véritables feuilles de vigne, et l'artiste n'avait pas oublié ces vrilles si gracieuses, destinées à s'entortiller dans les boucles, comme elles s'accrochent à tout rameau. Les bracelets, le collier et les pendants d'oreilles étaient en fer dit de Berlin ; mais ces délicates arabesques venaient de Vienne, et semblaient avoir été faites par ces fées qui, dans les contes, sont chargées par quelque Carabosse jalouse d'amasser des yeux de fourmis, ou de filer des pièces de toile contenues dans une noisette. Sa taille amincie déjà par le noir avait été mise en relief par une robe d'une coupe étudiée, et qui s'arrêtait à l'épaule dans

la courbure, sans épaulettes ; à chaque mouvement, il
semblait que la femme, comme un papillon, allait sortir de
son enveloppe, et néanmoins la robe tenait par une
invention de la divine couturière. La robe était en
mousseline de laine, étoffe que le fabricant n'avait pas
encore envoyée à Paris, une divine étoffe qui plus tard eut
un succès fou. Ce succès alla plus loin que ne vont les
modes en France. L'économie positive de la mousseline de
laine, qui ne coûte pas de blanchissage, a nui plus tard aux
étoffes de coton, de manière à révolutionner la fabrique à
Rouen. Le pied de Célestine chaussé d'un bas à mailles
fines et d'un soulier de satin turc, car le grand deuil
excluait le satin de soie [176], avait une tournure supérieure.
Célestine fut bien belle ainsi. Son teint, ravivé par un bain
au son, avait un éclat doux. Ses yeux, baignés par les
ondes de l'espoir, étincelant d'esprit, attestaient cette
supériorité dont parlait alors l'heureux et fier des
Lupeaulx. Elle fit bien son entrée, et les femmes sauront
apprécier le sens de cette phrase. Elle salua gracieusement
la femme du ministre, en conciliant le respect qu'elle lui
devait avec sa propre valeur à elle, et ne la choqua point
tout en se posant dans sa majesté, car chaque belle femme
est une reine. Aussi eut-elle avec le ministre cette jolie
impertinence que les femmes peuvent se permettre avec
les hommes, fussent-ils grands-ducs. Elle examina le
terrain en s'asseyant, et se trouva dans une de ces soirées
choisies, peu nombreuses, où les femmes peuvent se
toiser, se bien apprécier, où la moindre parole retentit
dans toutes les oreilles, où chaque regard porte coup, où la
conversation est un duel avec témoins, où ce qui est
médiocre devient plat, mais où tout mérite est accueilli
silencieusement, comme étant au niveau de chaque esprit.
Rabourdin était allé se confiner dans un salon voisin où
l'on jouait, et il resta planté sur ses pieds à faire galerie, ce
qui prouve qu'il ne manquait pas d'esprit.

— Ma chère, dit la marquise d'Espard à la comtesse
Féraud, la dernière maîtresse de Louis XVIII, Paris est
unique ! il en sort, sans qu'on s'y attende et sans qu'on

sache d'où, des femmes comme celle-ci, qui semblent tout
pouvoir et tout vouloir...

— Mais elle peut et veut tout, dit des Lupeaulx en se
rengorgeant.

En ce moment, la rusée Rabourdin courtisait la femme
du ministre. Stylée, la veille, par des Lupeaulx, qui
connaissait les endroits faibles de la comtesse, elle la
caressait, sans avoir l'air d'y toucher. Puis elle garda le
silence à propos, car des Lupeaulx, tout amoureux qu'il
était, avait remarqué les défauts de cette femme, et lui
avait dit la veille : « *Surtout ne parlez pas trop !* »
Exorbitante preuve d'attachement. Si Bertrand Barrère a
laissé ce sublime axiome : *N'interromps pas une femme qui
danse pour lui donner un avis* [177], on peut y ajouter celui-
ci : *Ne reproche pas à une femme de semer ses perles !* afin
de rendre ce chapitre du Code femelle complet. La conversation devint générale. De temps en temps, Mme Rabourdin y mit la langue comme une chatte bien apprise met la
patte sur les dentelles de sa maîtresse, en veloutant ses
griffes. Comme cœur, le ministre avait peu de fantaisies :
la Restauration n'eut pas d'homme d'État plus fini sur
l'article de la galanterie, et l'opposition du *Miroir*, de *La
Pandore*, du *Figaro* ne trouva pas le plus léger battement
d'artère à lui reprocher. Sa maîtresse était L'ÉTOILE, et,
chose bizarre, elle lui fut fidèle dans le malheur, elle y
gagnait sans doute encore [178] ! Mme Rabourdin savait cela ;
mais elle savait aussi qu'il revient des esprits dans les
vieux châteaux, elle s'était donc mis en tête de rendre le
ministre jaloux du bonheur, encore sous bénéfice d'inven-
taire, dont paraissait jouir des Lupeaulx. En ce moment,
des Lupeaulx se gargarisait avec le nom de Célestine. Pour
lancer sa prétendue maîtresse, il se tuait à faire comprendre à la marquise d'Espard, à Mme de Nucingen, et
à la comtesse, dans une conversation à huit oreilles,
qu'elles devaient admettre Mme Rabourdin dans leur
coalition, et Mme de Camps l'appuyait. Au bout d'une
heure, le ministre avait été fortement égratigné, l'esprit de
Mme Rabourdin lui plaisait ; elle avait séduit sa femme,

qui, tout enchantée de cette sirène, venait de l'inviter à
venir quand elle le voudrait.

— Car, ma chère, avait dit la femme du ministre à
Célestine, votre mari sera bientôt directeur : l'intention du
ministre est de réunir deux divisions et d'en faire une
direction, vous serez alors des nôtres.

L'Excellence emmena Mme Rabourdin pour lui montrer
une pièce de son appartement devenue célèbre par les
prétendues profusions que l'Opposition lui avait repro-
chées, et démontrer la niaiserie du journalisme [179]. Il lui
donna le bras.

— En vérité, madame, vous devriez bien nous faire la
grâce, à la comtesse et à moi, de venir souvent...

Et il lui débita des galanteries de ministre.

— Mais, monseigneur, dit-elle en lui lançant un de ces
regards que les femmes tiennent en réserve, il me semble
que cela dépend de vous.

— Comment ?

— Mais vous pouvez m'en donner le droit.

— Expliquez-vous ?

— Non, je me suis dit en venant ici que je n'aurais pas
le mauvais goût de faire la solliciteuse.

— Parlez ! les *placets* de ce genre ne sont pas *déplacés*,
dit le ministre en riant.

Il n'y a rien comme les bêtises de ce genre pour amuser
ces hommes graves.

— Hé bien, il est ridicule à la femme d'un chef de
bureau de paraître souvent ici, tandis que la femme d'un
directeur n'y serait pas *déplacée*.

— Laissons cela, dit le ministre, votre mari est un
homme indispensable, il est nommé.

— Dites-vous votre vraie vérité ?

— Voulez-vous venir voir sa nomination dans mon
cabinet, le travail est fait.

— Eh bien, dit-elle en restant dans un coin seule avec
le ministre dont l'empressement avait une vivacité sus-
pecte, laissez-moi vous dire que je puis vous en récompenser...

Elle allait dévoiler le plan de son mari, lorsque des Lupeaulx, venu sur la pointe du pied, fit un « *broum!* *broum!* » de colère qui annonçait qu'il ne voulait pas paraître avoir entendu ce qu'il avait écouté. Le ministre lança un regard plein de mauvaise humeur au vieux fat pris au piège. Impatient de sa conquête, des Lupeaulx avait pressé outre mesure le travail du personnel, l'avait remis au ministre, et voulait venir apporter le lendemain la nomination à celle qui passait pour sa maîtresse. En ce moment, le valet de chambre du ministre se présenta d'un air mystérieux et dit à des Lupeaulx que son valet de chambre l'avait prié de lui remettre aussitôt cette lettre en le prévenant de sa haute importance.

Le secrétaire général alla près d'une lampe, et lut un mot ainsi conçu :

« Contre mon habitude, j'attends dans une antichambre, et il n'y a pas un instant à perdre pour vous arranger avec

Votre serviteur,

Le secrétaire général frémit en reconnaissant cette signature qu'il eût été dommage de ne pas donner en autographe, elle est rare sur la place, et doit être précieuse pour ceux qui cherchent à deviner le caractère des gens d'après la physionomie de leur signature. Si jamais image hiéroglyphique exprima quelque animal, assurément c'est ce nom où l'initiale et la finale figurent une vorace gueule de requin, insatiable, toujours ouverte, accrochant et dévorant tout, le fort et le faible. Il a été impossible de typographier l'écriture, elle est trop fine, trop menue et trop serrée, quoique nette ; mais on peut l'imaginer, la phrase n'occupait qu'une ligne. L'esprit de l'Escompte, seul, pouvait inspirer une phrase si insolemment impérative et si cruellement irréprochable, claire et muette, qui disait tout et ne trahissait rien. Gobseck vous serait inconnu, qu'à l'aspect de cette ligne qui vous faisait venir sans être un ordre, vous eussiez deviné l'implacable argentier de la rue des Grès [180]. Aussi, comme un chien que le chasseur a rappelé, des Lupeaulx quitta-t-il aussitôt la piste, et s'en alla-t-il chez lui, songeant à toute sa position compromise. Figurez-vous un général en chef à qui son aide de camp vient dire : « Il arrive à l'ennemi trente mille hommes de troupes fraîches qui nous prennent en flanc. » Un seul mot expliquera l'arrivée des sieurs Gigonnet et Gobseck sur le champ de bataille, car ils étaient tous deux chez des Lupeaulx. À huit heures du soir, Martin Falleix, venu sur l'aile des vents en vertu de trois francs de guides [181] et d'un postillon en avant, avait apporté les actes d'acquisition à la date de la veille. Aussitôt portés au *café Thémis* par Mitral, les contrats avaient passé dans les mains des deux usuriers qui s'étaient empressés de se rendre au ministère, mais à pied. Onze heures sonnaient. Des Lupeaulx tressaillit en voyant les deux sinistres figures émerillonnées [182] par un regard aussi direct que la balle d'un pistolet, et brillant comme la flamme du coup.

— Hé bien, qu'y a-t-il, mes maîtres ?

Les usuriers restèrent froids et immobiles. Gigonnet montra tour à tour ses dossiers et le valet de chambre.

— Passons dans mon cabinet, dit des Lupeaulx en renvoyant par un geste son valet de chambre.

— Vous entendez le français à ravir, dit Gigonnet.

— Venez-vous tourmenter un homme qui vous a fait gagner à chacun deux cent mille francs ? dit-il en laissant échapper un mouvement de hauteur.

— Et qui nous en fera gagner encore, j'espère, dit Gigonnet.

— Une affaire ?... reprit des Lupeaulx. Si vous avez besoin de moi, j'ai de la mémoire.

— Et nous les vôtres, répondit Gigonnet.

— On paiera mes dettes, dit dédaigneusement des Lupeaulx pour ne pas se laisser entamer.

— Vrai, dit Gobseck.

— Allons au fait, mon fils, dit Gigonnet. Ne vous posez pas comme ça dans votre cravate, avec nous c'est inutile. Prenez ces actes et lisez-les.

Les deux usuriers inventorièrent le cabinet de des Lupeaulx, pendant qu'il lisait avec étonnement et stupéfaction ces contrats qui lui semblèrent jetés des nues par les anges.

— N'avez-vous pas en nous des hommes d'affaires intelligents ? dit Gigonnet.

— Mais à quoi dois-je une si habile coopération ? fit des Lupeaulx inquiet.

— Nous savions, il y a huit jours, ce que, sans nous, vous ne sauriez que demain : le président du tribunal de commerce, député, se voit forcé de donner sa démission.

Les yeux de des Lupeaulx se dilatèrent et devinrent grands comme des marguerites.

— Votre ministre vous jouait ce tour-là, dit le concis Gobseck.

— Vous êtes mes maîtres, dit le secrétaire général en s'inclinant avec un profond respect empreint de moquerie.

— Juste, dit Gobseck.

— Mais vous allez m'étrangler ?

— Possible.

— Eh bien, à l'œuvre, bourreaux ! reprit en souriant le secrétaire général.

— Vous voyez, reprit Gigonnet, vos créances sont inscrites avec l'argent prêté pour l'acquisition.

— Voici les titres, dit Gobseck en tirant de la poche de sa redingote verdâtre des dossiers d'avoué.

— Vous avez trois ans pour rembourser le tout, dit Gigonnet.

— Mais, dit des Lupeaulx effrayé de tant de complaisance et d'un arrangement si fantastique, que voulez-vous de moi ?

— La place de La Billardière pour Baudoyer, dit vivement Gigonnet.

— C'est bien peu de chose, quoique j'aie l'impossible à faire, répondit des Lupeaulx, je me suis lié les mains.

— Vous rongerez les cordes avec vos dents, dit Gigonnet.

— Elles sont pointues ! ajouta Gobseck.

— Est-ce tout ? dit des Lupeaulx.

— Nous gardons les pièces jusqu'à l'admission de ces créances-là, dit Gigonnet en mettant un état sous les yeux du secrétaire général ; si elles ne sont pas reconnues par la commission dans six jours, vos noms sur cet acte seront remplacés par les miens.

— Vous êtes habiles, s'écria le secrétaire général.

— Juste, dit Gobseck.

— Voilà tout ? fit des Lupeaulx.

— Vrai, dit Gobseck.

— Est-ce fait ? demanda Gigonnet.

Des Lupeaulx inclina la tête.

— Eh bien, signez cette procuration, dit Gigonnet. Dans deux jours la nomination de Baudoyer, dans six les créances reconnues, et...

— Et quoi ? dit des Lupeaulx.

— Nous vous garantissons...

— Quoi ? fit des Lupeaulx de plus en plus étonné.

— Votre nomination, répondit Gigonnet en se grandissant sur ses ergots. Nous faisons la majorité avec cinquante-deux voix de fermiers et d'industriels qui obéiront à votre prêteur.

Des Lupeaulx serra la main de Gigonnet.

— Il n'y a qu'entre nous que les malentendus sont impossibles, dit-il, voilà ce qui s'appelle des affaires ! Aussi vous y mettrai-je la réjouissance.

— Juste, dit Gobseck.

— Que sera-ce ? demanda Gigonnet.

— La croix pour votre imbécile de neveu.

— Bon, fit Gigonnet, vous le connaissez bien.

Les usuriers saluèrent alors des Lupeaulx qui les reconduisit jusque sur l'escalier.

— C'est donc les envoyés secrets de quelques puissan-
ces étrangères, se dirent les deux valets de chambre.

Dans la rue, les deux usuriers se regardèrent en riant, à
la lueur d'un réverbère.

— Il nous devra neuf mille francs d'intérêt par an, et la
terre en rapporte à peine cinq net, s'écria Gigonnet.

— Il est dans nos mains pour longtemps, dit Gobseck.

— Il bâtira, il fera des folies, répondit Gigonnet,
Falleix achètera la terre.

— Son affaire est d'être député, le loup se moque du
reste, dit Gobseck.

— Hé, hé !

— Hé, hé !

Ces petites exclamations sèches servaient de rire aux
deux usuriers, qui se rendirent à pied au *café Thémis.*

Des Lupeaulx revint au salon et trouva Mme Rabourdin
faisant très bien la roue, elle était charmante, et le
ministre, ordinairement si triste, avait une figure déridée
et gracieuse.

— Elle opère des miracles, se dit des Lupeaulx. Quelle
femme précieuse ! il faut la pénétrer jusqu'au fond du
cœur.

— Elle est décidément très bien, votre petite dame, dit
la marquise au secrétaire général, il ne lui manque que
votre nom.

— Oui, son seul tort est d'être la fille d'un commissaire-priseur, elle périra par le défaut de naissance,
répondit des Lupeaulx d'un air froid qui contrastait avec la
chaleur qu'il avait mise à parler de Mme Rabourdin un
instant auparavant.

La marquise regarda fixement des Lupeaulx.

— Vous leur avez jeté un coup d'œil qui ne m'a pas
échappé, dit-elle en montrant le ministre et Mme Rabourdin, il a percé le nuage de vos lunettes. Vous êtes
amusants tous deux, à vous disputer cet os-là.

Comme la marquise passait la porte, le ministre courut à
elle et la reconduisit.

— Hé bien, dit des Lupeaulx à Mme Rabourdin, que pensez-vous de notre ministre ?

— Il est charmant. Vraiment, répondit-elle en élevant la voix pour se faire entendre de la femme de l'Excellence, il faut les connaître pour les apprécier ces pauvres ministres. Les petits journaux et les calomnies de l'Opposition défigurent tant les hommes politiques que l'on finit par se laisser influencer ; mais ces préventions tournent à leur avantage quand on les voit [183].

— Il est très bien, dit des Lupeaulx.

— Eh bien, je vous assure qu'on peut l'aimer, dit-elle avec bonhomie.

— Chère enfant, dit des Lupeaulx en prenant à son tour un air bonhomme et câlin, vous avez fait la chose impossible.

— Quoi ? dit-elle.

— Vous avez ressuscité un mort, je ne lui croyais pas de cœur, demandez à sa femme ? il en a juste de quoi défrayer une fantaisie ; mais profitez-en, venez par ici, ne soyez pas étonnée. Il amena Mme Rabourdin dans le boudoir et s'assit avec elle sur le divan. Vous êtes une rusée, et je vous en aime davantage. Entre nous, vous êtes une femme supérieure. Des Lupeaulx vous a conduite ici, tout est dit pour lui, n'est-ce pas ? D'ailleurs, quand on se décide à aimer par intérêt, il vaut mieux prendre un sexagénaire ministre qu'un quadragénaire secrétaire général : il y a plus de profit et moins d'ennuis. Je suis un homme à lunettes, à tête poudrée, usé par les plaisirs, le bel amour que cela ferait ! Oh ! je me suis dit cela ! S'il faut absolument accorder quelque chose à l'utile, je ne serai jamais l'agréable, n'est-ce pas ? Il faut être fou pour ne pas savoir raisonner sa position. Vous pouvez m'avouer la vérité, me montrer le fond de votre cœur : nous sommes deux associés et non pas deux amants. Si j'ai quelque caprice, vous êtes trop supérieure pour faire attention à de telles misères, et vous me le passerez ; autrement, vous auriez des idées de petite pensionnaire ou de bourgeoise de la rue Saint-Denis ! Bah ! nous sommes plus élevés que tout cela, vous et moi. Voilà la marquise d'Espard qui s'en va, croyez-vous qu'elle ne pense pas ainsi ? Nous nous sommes entendus ensemble il y a deux ans (le fat !), eh bien, elle n'a qu'à m'écrire un mot, et il n'est pas long : *Mon cher des Lupeaulx, vous m'obligerez de faire telle ou telle chose !* c'est exécuté ponctuellement ; nous pensons en ce moment à faire interdire son mari. Vous autres femmes, il ne vous en coûte que du plaisir pour avoir ce que vous voulez. Hé bien donc, enjuponnez le ministre, chère enfant, je vous y aiderai, c'est dans mon intérêt. Oui, je lui voudrais une femme qui l'influençât, il ne m'échapperait pas ; il m'échappe quelquefois, et cela se conçoit : je ne le tiens que par sa raison ; en m'entendant avec une jolie femme, je le tiendrais par sa folie, et c'est plus fort. Ainsi, restons bons amis, et partageons le crédit que vous aurez.

Mme Rabourdin écouta dans le plus profond étonnement cette singulière profession de rouerie. La naïveté du commerçant politique excluait toute idée de surprise.

— Croyez-vous qu'il ait fait attention à moi, lui demanda-t-elle, prise au piège.

— Je le connais, j'en suis sûr.

— Est-il vrai que la nomination de Rabourdin soit signée ?

— Je lui ai remis le travail, ce matin. Mais ce n'est rien encore que d'être directeur, il faut être maître des requêtes...

— Oui, dit-elle.

— Eh bien ! rentrez, coquetez avec l'Excellence.

— Vraiment, dit-elle, ce n'est que de ce soir que j'ai pu bien vous connaître. Vous n'avez rien de vulgaire.

— Ainsi donc, reprit des Lupeaulx, nous sommes deux vieux amis, et nous supprimons les airs tendres, l'amour ennuyeux, pour entendre la question comme sous la Régence, où l'on avait beaucoup d'esprit.

— Vous êtes vraiment fort, et vous avez mon admiration, dit-elle en souriant et lui tendant la main. Vous saurez que l'on fait plus pour son ami que pour son...

Elle n'acheva pas et rentra.

— Chère petite, se dit des Lupeaulx à lui-même en la regardant aborder le ministre, des Lupeaulx n'a plus de remords à se retourner contre toi ! Demain soir, en m'offrant une tasse de thé, tu m'offriras ce dont je ne veux plus... Tout est dit ! Ah ! quand nous avons quarante ans, les femmes nous attrapent toujours, on ne peut plus être aimé.

Il entra dans le salon après s'être toisé dans la glace et s'être reconnu pour un fort joli homme politique, mais pour un parfait invalide de Cythère. En ce moment, Mme Rabourdin se résumait. Elle méditait de s'en aller et s'efforçait de laisser dans l'esprit de chacun une dernière et gracieuse impression, elle y réussit. Contre la coutume des salons, quand elle ne fut plus là, chacun s'écria : « La charmante femme ! » et le ministre la reconduisit jusqu'à la dernière porte.

— Je suis bien sûr que demain vous penserez à moi ? dit-il au ménage en faisant ainsi allusion à la nomination.

— Il y a si peu de hauts fonctionnaires dont les femmes soient agréables que je suis tout content de notre acquisition, dit le ministre en rentrant.

— Ne la trouvez-vous pas un peu envahissante ? dit des Lupeaulx d'un air piqué.

Les femmes échangèrent entre elles des regards expressifs, la rivalité du ministre et de son secrétaire général les amusait. Alors eut lieu l'une de ces jolies mystifications auxquelles s'entendent si admirablement les Parisiennes. Les femmes animèrent le ministre et des Lupeaulx en s'occupant de Mme Rabourdin : l'une la trouva trop apprêtée et visant à l'esprit ; l'autre compara les grâces de la bourgeoisie aux manières de la grande compagnie afin de critiquer Célestine ; et des Lupeaulx défendit sa prétendue maîtresse, comme on défend ses ennemis dans les salons.

— Rendez-lui donc justice, mesdames ? n'est-il pas extraordinaire que la fille d'un commissaire-priseur soit si bien ! Voyez d'où elle est partie, et voyez où elle est : elle ira aux Tuileries, elle en a la prétention, elle me l'a dit.

— Si elle est la fille d'un commissaire, dit Mme d'Espard en souriant, en quoi cela peut-il nuire à l'avancement de son mari ?

— Par le temps qui court, n'est-ce pas ? dit la femme du ministre en se pinçant les lèvres.

— Madame, dit sévèrement le ministre à la marquise [184], avec des mots pareils, que malheureusement la Cour n'épargne à personne, on prépare des révolutions. Vous ne sauriez croire combien la conduite peu mesurée de l'aristocratie déplaît à certains personnages clairvoyants du Château [185]. Si j'étais grand seigneur, au lieu d'être un petit gentilhomme de province qui semble être mis où je suis pour faire vos affaires, la monarchie ne serait pas aussi mal assise que je la vois. Que devient un trône qui ne sait pas communiquer son éclat à ceux qui le représentent ? Nous sommes loin du temps où le Roi faisait grands par sa seule volonté les Louvois, les Colbert, les Richelieu, les Jeannin, les Villeroy et les Sully... Oui, Sully, à son début, n'était pas plus que je ne suis. Je vous parle ainsi parce que nous sommes entre nous et que je serais, en effet, bien peu de chose si je me choquais d'une pareille misère. C'est à nous et non aux autres à nous rendre grands.

— Tu es nommé, mon cher, dit Célestine en serrant la main de son mari. Sans le des Lupeaulx, j'eusse expliqué ton plan au ministre ; mais ce sera pour mardi prochain, et tu pourras ainsi devenir plus promptement maître des requêtes.

Dans la vie de toutes les femmes, il est un jour où elles ont brillé de tout leur éclat, et qui leur donne un éternel souvenir auquel elles reviennent complaisamment. Quand Mme Rabourdin défit un à un les artifices de sa parure, elle récapitula sa soirée en la comptant parmi ses jours de gloire et de bonheur : toutes ses beautés avaient été jalousées, elle avait été vantée par la femme du ministre, heureuse de l'opposer à ses amies. Enfin toutes ses vanités avaient rayonné au profit de l'amour conjugal. Rabourdin était nommé !

— N'étais-je pas bien ce soir ? dit-elle à son mari, comme si elle avait eu besoin de l'animer.

En ce moment Mitral, qui attendait au *café Thémis* les deux usuriers, les vit entrer et n'aperçut rien sur ces deux figures impassibles.

— Où en sommes-nous ? leur dit-il quand ils furent attablés.

— Eh bien, comme toujours, dit Gigonnet en se frottant les mains, la victoire aux écus.

— Vrai, répondit Gobseck.

Mitral prit un cabriolet, alla trouver les Saillard et les Baudoyer, chez qui le boston s'était prolongé ; mais il ne restait plus que l'abbé Gaudron. Falleix, quasi mort de fatigue, était allé se coucher.

— Vous serez nommé, mon neveu, et l'on vous réserve une surprise.

— Quoi ? dit Saillard.

— La croix ! s'écria Mitral.

— Dieu protège ceux qui songent à ses autels ! dit Gaudron.

On chantait ainsi le *Te Deum* dans les deux camps avec un égal bonheur.

CHAPITRE IX

EN AVANT LES TARETS

Le lendemain, mercredi, M. Rabourdin devait travailler avec le ministre, car il faisait l'intérim depuis la maladie de défunt La Billardière. Ces jours-là, les employés étaient fort exacts, les garçons de bureau très empressés, car les jours de signature tout est en l'air dans les bureaux, et pourquoi ? personne ne le sait. Les trois garçons étaient donc à leur poste, et se flattaient d'avoir quelque gratification, car le bruit de la nomination de M. Rabourdin s'était répandu la veille par les soins de des Lupeaulx. L'oncle Antoine et l'huissier Laurent se trouvaient en grande tenue, quand, à huit heures moins un quart, le garçon du secrétariat vint prier Antoine de remettre en secret à M. Dutocq une lettre que le secrétaire général lui avait dit d'aller porter chez le commis principal à sept heures.

— Je ne sais pas comment cela s'est fait, mon vieux, j'ai dormi, dormi, que je ne fais que de me réveiller. Il me chanterait une gamme d'enfer s'il savait qu'elle n'est pas à son adresse ; au *lieur* que, comme ça, je lui soutiendrai que je l'ai remise moi-même chez M. Dutocq. Un fameux secret, père Antoine : ne dites rien aux employés ; parole ! il me renverrait, je perdrais ma place pour un seul mot, a-t-il dit ?

— Qu'est-ce qu'il y a donc dedans ? dit Antoine.

— Rien. Je l'ai regardée, comme ça, tenez.

Et il fit bâiller la lettre, qui ne laissa voir que du blanc.

— C'est aujourd'hui le grand jour pour vous, Laurent, dit le garçon du secrétariat, vous allez avoir un nouveau

directeur. Décidément on fait des économies, on réunit
deux divisions en une direction, gare aux garçons !

— Oui, neuf employés mis à la retraite, dit Dutocq qui
arrivait. Comment savez-vous cela, vous autres ?

Antoine présenta la lettre à Dutocq, qui dégringola les
escaliers et courut au secrétariat après l'avoir ouverte.

Depuis le jour de la mort de M. de La Billardière, après
avoir bien bavardé, les deux bureaux Rabourdin et
Baudoyer avaient fini par reprendre leur physionomie
accoutumée et les habitudes du *dolce farniente* administratif. Cependant la fin de l'année imprimait dans les bureaux
une sorte d'application studieuse, de même qu'elle donne
quelque chose de plus onctueusement servile aux portiers.
Chacun venait à l'heure, on remarquait plus de monde
après quatre heures, car la distribution des gratifications
dépend des dernières impressions qu'on laisse de soi dans
l'esprit des chefs. La veille, la nouvelle de la réunion des
deux divisions La Billardière et Clergeot en une direction,
sous une dénomination nouvelle, avait agité les deux
divisions. On savait le nombre des employés mis à la
retraite, mais on ignorait leurs noms. On supposait bien
que Poiret ne serait pas remplacé, on ferait l'économie de
sa place. Le petit La Billardière s'en était allé. Deux
nouveaux surnuméraires arrivaient ; et, circonstance
effrayante ! ils étaient fils de députés. La nouvelle jetée la
veille dans les bureaux, au moment où les employés
partaient, avait imprimé la terreur dans les consciences.
Aussi, pendant la demi-heure d'arrivée, y eut-il des
causeries autour des poêles. Avant que personne ne fût
arrivé, Dutocq vit des Lupeaulx à sa toilette ; et, sans
quitter son rasoir, le secrétaire général lui jeta le coup
d'œil du général intimant un ordre.

— Sommes-nous seuls ? lui dit-il.

— Oui, monsieur.

— Hé bien, marchez sur Rabourdin, en avant et ferme !
vous devez avoir gardé une copie de son état.

— Oui.

— Vous me comprenez : *Inde irae* [186] ! Il nous faut un

tolle général. Sachez inventer quelque chose pour activer les clameurs...

— Je puis faire faire une caricature, mais je n'ai pas cinq cents francs à donner...

— Qui la fera ?

— Bixiou !

— Il aura mille francs, et sera sous-chef sous Colleville qui s'entendra avec lui.

— Mais il ne me croira pas.

— Voulez-vous me compromettre, par hasard ? Allez, ou sinon rien, entendez-vous ?

— Si M. Baudoyer est directeur, il pourrait prêter la somme...

— Oui, il le sera. Laissez-moi, dépêchez-vous, et n'ayez pas l'air de m'avoir vu, descendez par le petit escalier.

Pendant que Dutocq revenait au bureau le cœur palpitant de joie, en se demandant par quels moyens il exciterait la rumeur contre son chef sans trop se compromettre, Bixiou était entré chez les Rabourdin pour leur dire un petit bonjour. Croyant avoir perdu, le mystificateur trouva plaisant de se poser comme ayant gagné.

BIXIOU, *imitant la voix de Phellion.*

Messieurs, je vous salue, et vous dépose un bonjour collectif. J'indique dimanche prochain pour un dîner au *Rocher de Cancale* ; mais une question grave se présente, les employés supprimés en sont-ils ?

POIRET

Même ceux qui prennent leur retraite.

BIXIOU

Ça m'est égal, ce n'est pas moi qui paye *(stupéfaction générale)*. Baudoyer est nommé, je voudrais déjà l'entendre appelant Laurent ! *(Il copie Baudoyer.)*

Laurent, serrez ma haire, avec ma discipline [187].
(Tous pouffent de rire.)

Ris d'aboyeur d'oie! Colleville a raison avec ses anagrammes, car vous savez l'anagramme de *Xavier Rabourdin, chef de bureau,* c'est : *D'abord rêva bureaux, e, u, fin riche.* Si je m'appelais *Charles X, par la grâce de Dieu, roi de France et de Navarre,* je tremblerais de voir le destin que me prophétise mon anagramme s'accomplir ainsi.

THUILLIER

Ha ça, vous voulez rire !

BIXIOU, lui riant au nez.

Ris au laid (riz au lait)! Il est joli celui-là, papa Thuillier, car vous n'êtes pas beau. Rabourdin donne sa démission de rage de savoir Baudoyer directeur.

VIMEUX, entrant.

Quelle farce! Antoine, à qui je rendais trente ou quarante francs, m'a dit que M. et Mme Rabourdin avaient été reçus hier à la soirée particulière du ministre et y étaient restés jusqu'à minuit moins un quart. Son Excellence a reconduit Mme Rabourdin jusque sur l'escalier, il paraît qu'elle était divinement mise. Enfin il est certainement directeur. Riffé, l'expéditionnaire du Personnel, a passé la nuit pour achever plus promptement le travail : ce n'est plus un mystère. M. Clergeot a sa retraite. Après trente ans de services, ce n'est pas une disgrâce. M. Cochin qui est riche...

BIXIOU

Selon Colleville, il fait *cochenille.*

VIMEUX

Mais il est dans la cochenille, car il est associé de la maison Matifat, rue des Lombards. Eh bien, il a sa retraite. Poiret a sa retraite. Tous deux, ils ne sont pas remplacés. Voilà le positif, le reste n'est pas connu. La nomination de M. Rabourdin vient ce matin, on craint des intrigues.

BIXIOU

Quelles intrigues ?

FLEURY

Baudoyer, parbleu ! le parti prêtre l'appuie, et voilà un nouvel article du journal libéral : il n'a que deux lignes, mais il est drôle. *(Il lit.)*

« Quelques personnes parlaient hier au foyer des Italiens de la rentrée de M. Chateaubriand au ministère, et se fondaient sur le choix que l'on a fait de M. Rabourdin, le protégé des amis du noble vicomte, pour remplir la place primitivement destinée à M. Baudoyer. Le parti prêtre n'aura pu reculer que devant une transaction avec le grand écrivain. » Canailles !

DUTOCQ, *entrant après avoir entendu.*

Qui, canaille ? Rabourdin. Vous savez donc la nouvelle ?

FLEURY, *roulant des yeux féroces.*

Rabourdin ?... une canaille ! Êtes-vous fou, Dutocq, et voulez-vous une balle pour vous mettre du plomb dans la cervelle ?

DUTOCQ

Je n'ai rien dit contre M. Rabourdin, seulement on vient de me confier sous le secret dans la cour qu'il avait dénoncé beaucoup d'employés, donné des notes, enfin que sa faveur avait pour cause un travail sur les ministères où chacun de nous est enfoncé...

PHELLION, *d'une voix forte.*

M. Rabourdin est incapable...

BIXIOU

C'est du propre ! dites donc, Dutocq ? *(Ils se disent un mot à l'oreille et sortent dans le corridor.)*

BIXIOU

Qu'est-ce qu'il arrive donc?

DUTOCQ

Vous souvenez-vous de la caricature?

BIXIOU

Oui, eh bien?

DUTOCQ

Faites-la, vous êtes sous-chef, et vous aurez une fameuse gratification. Voyez-vous, mon cher, il y a zizanie dans les régions supérieures. Le ministère est engagé envers Rabourdin; mais s'il ne nomme pas Baudoyer, il se brouille avec le Clergé. Vous ne savez pas? le Roi, le Dauphin et la Dauphine, la Grande-Aumônerie, enfin la Cour veut Baudoyer, le ministre veut Rabourdin.

BIXIOU

Bon!...

DUTOCQ

Pour pouvoir se rapprocher, car le ministre a vu la nécessité de céder, il veut tuer la difficulté. Il faut une cause pour se défaire de Rabourdin. On a donc déniché un ancien travail fait par lui sur les administrations pour les épurer, et il en circule quelque chose. Du moins, voilà comment j'essaie de m'expliquer la chose. Faites le dessin, vous entrez dans le jeu des sommités, vous servez à la fois le Ministère, la Cour, tout le monde et vous êtes nommé. Comprenez-vous?

BIXIOU

Je ne comprends pas comment vous pouvez savoir tout cela, ou bien vous l'inventez.

DUTOCQ

Voulez-vous que je vous montre votre article?

BIXIOU

Oui.

DUTOCQ

Eh bien, venez chez moi, car je veux remettre ce travail
en des mains sûres.

BIXIOU

Allez-y tout seul. *(Il rentre dans le bureau des Rabourdin.)* Il n'est question que de ce que vous a dit Dutocq,
parole d'honneur. M. Rabourdin aurait donné des notes
peu flatteuses sur les employés à réformer. Le secret de
son élévation est là. Nous vivons dans un temps où rien
n'étonne. *(Il se drape comme Talma[188].)*

> *Vous avez vu tomber les plus illustres têtes,*
> *Et vous vous étonnez, insensés que vous êtes !*

de trouver une cause de ce genre à la faveur d'un homme ?
Mon Baudoyer est trop bête pour réussir par des moyens
semblables ! Agréez mon compliment, messieurs, vous êtes
sous un illustre chef. *(Il sort.)*

POIRET

Je quitterai le ministère sans avoir jamais pu comprendre une seule phrase de ce monsieur-là. Qu'est-ce qu'il
veut dire avec ses têtes tombées ?

FLEURY

Parbleu ! les quatre sergents de La Rochelle, Berton,
Ney, Caron, les frères Faucher, tous les massacres[189] !

PHELLION

Il avance légèrement des choses hasardées.

FLEURY

Dites donc qu'il ment, qu'il blague ! et que dans sa
gueule le vrai prend la tournure du vert-de-gris.

PHELLION

Vos paroles sont hors la loi de la politesse et des égards
que l'on se doit entre collègues.

VIMEUX

Il me semble que si ce qu'il dit est faux, on nomme cela
des calomnies, des diffamations, et qu'un diffamateur
mérite des coups de cravache.

FLEURY, *s'animant.*

Et si les bureaux sont un endroit public, cela va droit en
police correctionnelle.

PHELLION, *voulant éviter une querelle,*
essaie de détourner la conversation.

Messieurs, du calme. Je travaille à un nouveau petit
traité sur la morale, et j'en suis à l'âme.

FLEURY, *l'interrompant.*

Qu'en dites-vous, monsieur Phellion ?

PHELLION, *lisant.*

D. *Qu'est-ce que l'âme de l'homme ?*
R. *C'est une substance spirituelle qui pense et qui*
raisonne.

THUILLIER

Une substance spirituelle, c'est comme si on disait un
moellon immatériel.,

POIRET

Laissez donc dire...

PHELLION, *reprenant.*

D. *D'où vient l'âme ?*
R. *Elle vient de Dieu, qui l'a créée d'une nature simple et*
indivisible, et dont par conséquent on ne peut concevoir la
destructibilité, et il a dit...

POIRET, *stupéfait.*

Dieu ?

PHELLION

Oui, monsieur. La tradition est là.

FLEURY, *à Poiret.*

N'interrompez donc pas, vous-même !

PHELLION, *reprenant.*

Et il a dit qu'il l'avait créée immortelle, c'est-à-dire qu'elle ne mourra jamais.

D. À quoi sert l'âme ?

R. À comprendre, vouloir et se souvenir ; ce qui constitue l'entendement, la volonté, la mémoire.

D. À quoi sert l'entendement ?

R. À connaître. C'est l'œil de l'âme.

FLEURY

Et l'âme est l'œil de quoi ?

PHELLION, *continuant.*

D. Que doit connaître l'entendement ?

R. La vérité.

D. Pourquoi l'homme a-t-il une volonté ?

R. Pour aimer le bien et haïr le mal.

D. Qu'est-ce que le bien ?

R. Ce qui rend heureux.

VIMEUX

Et vous écrivez cela pour des demoiselles ?

PHELLION

Oui. (*Continuant.*)
D. Combien y a-t-il de sortes de biens ?

FLEURY

C'est prodigieusement leste !

PHELLION, *indigné.*

Oh ! monsieur ! *(Se calmant.)* Voici d'ailleurs la réponse.
J'en suis là. *(Il lit.)*

R. *Il y a deux sortes de biens, le bien éternel et le bien
temporel.*

POIRET, *il fait une mine de mépris.*

Et cela se vendra beaucoup ?

PHELLION

J'ose l'espérer. Il faut une grande contention d'esprit
pour établir le système des demandes et des réponses,
voilà pourquoi je vous priais de me laisser penser, car les
réponses...

THUILLIER, *interrompant.*

Au reste, les réponses pourront se vendre à part...

POIRET

Est-ce un calembour ?

THUILLIER

Oui, on en fera de la salade *(de raiponces).*

PHELLION

J'ai eu le tort grave de vous interrompre *(il se replonge la
tête dans ses cartons).* Mais *(en lui-même)* ils ne pensent
plus à M. Rabourdin.

En ce moment il se passait entre des Lupeaulx et le
ministre une scène qui décida du sort de Rabourdin. Avant
le déjeuner, le secrétaire général était venu trouver
l'Excellence dans son cabinet, en s'assurant que la Brière
ne pouvait rien entendre.

— Votre Excellence ne joue pas franchement avec
moi...

— Nous voilà brouillés, pensa le ministre, parce que sa
maîtresse m'a fait des coquetteries hier. » « Je vous
croyais moins enfant, mon cher ami, reprit-il à haute voix.

— Ami, reprit le secrétaire général, je vais bien le savoir.

Le ministre regarda fièrement des Lupeaulx.

— Nous sommes entre nous, et nous pouvons nous expliquer. Le député de l'arrondissement où se trouve *ma terre* des Lupeaulx...

— C'est donc bien décidément une terre ? dit en riant le ministre pour cacher sa surprise.

— Augmentée de deux cent mille francs d'acquisitions, reprit négligemment des Lupeaulx. Vous connaissiez la démission de ce député depuis dix jours, et vous ne m'avez point prévenu, vous ne le deviez pas ; mais vous saviez très bien que je désire m'asseoir en plein Centre. Avez-vous songé que je puis me rejeter dans la Doctrine qui vous dévorera vous et la monarchie, si l'on continue à laisser ce parti recruter les hommes d'un certain talent méconnus [190] ? Savez-vous qu'il n'y a pas dans une nation plus de cinquante ou soixante têtes dangereuses, et où l'esprit soit en rapport avec l'ambition ? Savoir gouverner, c'est connaître ces têtes-là pour les couper ou pour les acheter. Je ne sais pas si j'ai du talent, mais j'ai de l'ambition, et vous commettez la faute de ne pas vous entendre avec un homme qui ne vous veut que du bien. Le Sacre a ébloui [191] pour un moment, mais après ?... Après, la guerre des mots et des discussions recommencera, s'envenimera. Eh bien, pour ce qui vous concerne, ne me trouvez pas dans le Centre gauche, croyez-moi ! Malgré les manœuvres de votre préfet, à qui sans doute il est parvenu des instructions confidentielles contre moi, j'aurai la majorité. Le moment est venu de nous bien comprendre. Après un petit coup de Jarnac on devient quelquefois bons amis. Je serai nommé comte, et l'on ne refusera pas à mes services le grand-cordon de la Légion. Mais je tiens moins à ces deux points qu'à une chose où votre intérêt seul se trouve engagé... Vous n'avez pas encore nommé Rabourdin, j'ai eu des nouvelles ce matin, vous satisferez bien du monde en lui préférant Baudoyer...

— Nommer Baudoyer, s'écria le ministre, vous le connaissez.

— Oui, dit des Lupeaulx, mais quand son incapacité sera prouvée, vous le destituerez en priant ses protecteurs de l'employer chez eux. Vous aurez ainsi pour vos amis une direction importante à donner, ce qui facilitera quelque transaction pour vous défaire de quelque ambitieux.

— Je lui ai promis…

— Oui, mais je ne vous demande pas de changer aujourd'hui même. Je sais le danger de dire oui et non dans la même journée. Remettez les nominations, vous pourrez les signer après-demain. Eh bien, après-demain vous reconnaîtrez qu'il est impossible de conserver Rabourdin, de qui, d'ailleurs, vous aurez reçu une belle et bonne démission.

— Sa démission ?

— Oui.

— Pourquoi… ?

— Il est l'homme d'un pouvoir inconnu pour lequel il a fait l'espionnage en grand dans tous les ministères, et la chose a été découverte par une inadvertance ; on en parle, les employés sont furieux. De grâce, ne travaillez pas aujourd'hui avec lui, laissez-moi trouver un biais pour vous en dispenser. Allez chez le Roi, je suis sûr que vous trouverez des personnes contentes de votre concession à propos de Baudoyer, vous obtiendrez quelque chose en échange. Puis, vous serez bien fort plus tard en destituant ce sot, puisqu'on vous l'aura pour ainsi dire imposé.

— Qui vous a fait changer ainsi sur le compte de Rabourdin ?

— Aideriez-vous M. de Chateaubriand à faire un article contre le ministère ? Eh bien, voici comment Rabourdin me traite dans son état, dit-il en donnant sa note au ministre. Il organise un gouvernement tout entier, sans doute au profit d'une société que nous ne connaissons pas. Je vais rester son ami pour le surveiller : je crois que je rendrai quelque grand service qui me mènera à la

pairie, car la pairie est le seul objet de mes désirs. Sachez-
le bien, je ne veux ni ministère ni quoi que ce soit qui
puisse vous contrarier, je vise à la pairie qui me permettra
d'épouser la fille de quelque maison de banque avec deux
cent mille livres de rente. Ainsi, laissez-moi vous rendre
quelques grands services qui fassent dire au Roi que j'ai
sauvé le trône. Il y a longtemps que je le dis : le
libéralisme ne nous livrera plus de bataille rangée ; il a
renoncé aux conspirations, au carbonarisme, aux prises
d'armes, il mine en dessous et se prépare à un complet
Ôte-toi de là que je m'y mette [192] ! Croyez-vous que je me
sois fait le courtisan de la femme d'un Rabourdin pour mon
plaisir ? non, j'avais des renseignements ! Ainsi deux
choses aujourd'hui : l'ajournement des nominations, et
votre coopération *sincère* à mon élection. Vous verrez si
vers la fin de la session je ne vous aurai pas largement
payé ma dette.

Pour toute réponse, le ministre prit le travail du
Personnel et le tendit à des Lupeaulx.

— Je vais faire dire à Rabourdin, reprit des Lupeaulx,
que vous remettez le travail à samedi.

Le ministre consentit par un signe de tête. Le garçon du
secrétariat traversa bientôt les cours et vint chez Rabourdin pour le prévenir que le travail était remis à samedi,
jour où la Chambre ne s'occupait que de pétitions et où le
ministre avait toute sa journée. En ce moment même,
Saillard glissait sa phrase à la femme du ministre, qui lui
répondit avec dignité qu'elle ne se mêlait point d'affaires
d'État et que d'ailleurs elle avait entendu dire que
M. Rabourdin était nommé. Saillard épouvanté monta
chez Baudoyer et trouva Dutocq, Godard et Bixiou dans un
état d'exaspération difficile à décrire, car ils parcouraient
la terrible minute du travail de Rabourdin sur les employés.

BIXIOU, *en montrant du doigt un passage.*

Vous voilà, père Saillard.

SAILLARD. *La caisse est à supprimer dans tous les*

*ministères qui doivent avoir leurs comptes courants au
Trésor. Saillard est riche et n'a nul besoin de pension.*

Voulez-vous voir votre gendre? *(Il feuillette.)* Voilà.

BAUDOYER. *Complètement incapable. Remercié sans pension, il est riche.*

Et l'ami Godard? *(Il feuillette.)*

GODARD. *À renvoyer! une pension du tiers de son
traitement.*

Enfin nous y sommes tous. Moi je suis *un artiste à faire
employer par la Liste civile, à l'Opéra, aux Menus-
Plaisirs* [193], *au Muséum. Beaucoup de capacité, peu de
tenue, incapable d'application, esprit remuant.* Ah! je t'en
donnerai de l'artiste!

SAILLARD

Supprimer les caissiers?... C'est un monstre!

BIXIOU

Que dit-il de notre mystérieux Desroys? *(Il feuillette et
lit.)*

DESROYS. *Homme dangereux en ce qu'il est inébranlable
en des principes contraires à tout pouvoir monarchique. Fils
de conventionnel, il admire la Convention, il peut devenir
un pernicieux publiciste.*

BAUDOYER

La police n'est pas si habile!

GODARD

Mais je vais au secrétariat général porter une plainte en
règle; il faut nous retirer tous en masse si un pareil homme
est nommé.

DUTOCQ

Écoutez-moi, messieurs! de la prudence. Si vous vous
souleviez d'abord, nous serions accusés de vengeance et
d'intérêt personnel! Non, laissez courir le bruit tout

doucement. Quand l'Administration entière sera soulevée, vos démarches auront l'assentiment général.

BIXIOU

Dutocq est dans les principes du grand air inventé par le sublime Rossini [194] pour *Basilio,* et qui prouve que ce grand compositeur est un homme politique ! Ceci me semble juste et convenable. Je compte mettre ma carte chez M. Rabourdin demain matin, et je vais faire graver BIXIOU ; puis, comme titres, au-dessous : *Peu de tenue, incapable d'application, esprit remuant.*

GODARD

Bonne idée, messieurs. Faisons faire nos cartes, et que le Rabourdin les ait toutes demain matin.

BAUDOYER

Monsieur Bixiou, chargez-vous de ce petit détail, et faites détruire les planches après qu'on en aura tiré une seule épreuve.

DUTOCQ, *prenant à part Bixiou.*

Eh bien, voulez-vous dessiner la charge maintenant ?

BIXIOU

Je comprends, mon cher, que vous êtes dans le secret depuis dix jours. *(Il le regarde dans le blanc des yeux.)* Serai-je sous-chef ?

DUTOCQ

Ma parole d'honneur, et mille francs de gratification, comme je vous l'ai dit. Vous ne savez pas quel service vous rendez à des gens puissants.

BIXIOU

Vous les connaissez ?

DUTOCQ

Oui.

BIXIOU

Eh bien, je veux leur parler.

DUTOCQ, *sèchement.*

Faites la charge ou ne la faites pas, vous serez sous-chef
ou vous ne le serez pas.

BIXIOU

Eh bien, voyons les mille francs ?

DUTOCQ

Je vous les donnerai contre le dessin.

BIXIOU

En avant. La charge courra demain dans les bureaux.
Allons donc *embêter* les Rabourdin. *(Parlant à Saillard, à
Godard et à Baudoyer qui causent entre eux à voix basse.)*
Nous allons aller travailler les voisins. *(Il sort avec Dutocq
et arrive au bureau Rabourdin. À son aspect, Fleury,
Thuillier, Vimeux s'animent.)* Eh bien, qu'avez-vous,
messieurs ? Ce que je vous ai dit est si vrai que vous
pouvez aller voir les preuves de la plus infâme des
délations chez le vertueux, l'honnête, l'estimable, probe et
pieux Baudoyer, qui certes est incapable, lui ! du moins,
de faire un pareil métier. Votre chef a inventé quelque
guillotine pour les employés, c'est sûr, allez voir ! suivez le
monde, on ne paie pas si l'on est mécontent, vous jouirez
de votre malheur, GRATIS ! Aussi les nominations sont-elles
remises. Les bureaux sont en rumeur, et Rabourdin vient
d'être prévenu que le ministre ne travaillerait pas avec lui
aujourd'hui. Et, allez donc !

Phellion et Poiret demeurèrent seuls. Le premier aimait
trop Rabourdin pour aller chercher une conviction qui
pouvait nuire à un homme qu'il ne voulait pas juger ; le
second n'avait plus que cinq jours à rester au bureau. En
ce moment, Sébastien descendit pour venir chercher ce qui
devait être compris dans les pièces à signer. Il fut assez

étonné, sans en rien témoigner, de trouver le bureau
désert.

PHELLION

Mon jeune ami *(il se lève, cas rare)*, savez-vous ce qui se
passe, quels bruits courent sur *môsieur* Rabourdin, que
vous aimez et *(il baisse la voix et s'approche de l'oreille de
Sébastien)* que j'aime autant que je l'estime ? On dit qu'il a
commis l'imprudence de laisser traîner un travail sur les
employés... *(À ces mots Phellion s'arrête, il est obligé de
soutenir dans ses bras nerveux le jeune Sébastien, qui
devient pâle comme une rose blanche, et défaille sur une
chaise.)* Une clef dans le dos, môsieur Poiret, avez-vous
une clef ?

POIRET

J'ai toujours celle de mon domicile.

> *Le vieux Poiret jeune insinue sa clef dans le
> dos de Sébastien, à qui Phellion fait boire un
> verre d'eau froide. Le pauvre enfant n'ouvre
> les yeux que pour verser un torrent de larmes.
> Il va se mettre la tête sur le bureau de Phellion,
> en s'y renversant le corps abandonné comme si
> la foudre l'avait atteint, et ses sanglots sont si
> pénétrants, si vrais, si abondants, que pour la
> première fois de sa vie, Poiret s'émeut de la
> douleur d'autrui.*

PHELLION, *grossissant sa voix.*

Allons, allons, mon jeune ami, du courage ! Dans les
grandes circonstances, il en faut. Vous êtes un homme.
Qu'y a-t-il ? en quoi ceci peut-il vous émouvoir si
démesurément ?

SÉBASTIEN, *à travers ses sanglots.*

C'est moi qui ai perdu M. Rabourdin. J'ai laissé l'état
que j'avais copié, j'ai tué mon bienfaiteur, j'en mourrai.
Un si grand homme ! un homme qui eût été ministre !

POIRET, *en se mouchant.*

C'est donc vrai qu'il a fait les rapports ?

SÉBASTIEN, *à travers ses sanglots.*

Mais c'était pour... Allons, je vais dire ses secrets, maintenant ! Ah ! le misérable Dutocq ! c'est lui qui l'a volé...

Et les pleurs, les sanglots recommencèrent si bien que, de son cabinet, Rabourdin entendit les larmes, distingua la voix, et monta. Le chef trouva Sébastien presque évanoui, comme un Christ, entre les bras de Phellion et de Poiret, qui singeaient grotesquement la pose des deux Marie et dont les figures étaient crispées par l'attendrissement.

RABOURDIN

Qu'y a-t-il, messieurs ? *(Sébastien se dresse sur ses pieds et tombe sur ses genoux devant Rabourdin.)*

SÉBASTIEN

Je vous ai perdu, monsieur ! L'état, Dutocq le montre, il l'a sans doute surpris !

RABOURDIN, *calme.*

Je le savais. *(Il relève Sébastien et l'emmène.)* Vous êtes un enfant, mon ami. *(Il s'adresse à Phellion.)* Où sont ces messieurs ?

PHELLION

Môsieur, ils sont allés voir dans le cabinet de M. Baudoyer un état que l'on dit...

RABOURDIN

Assez. *(Il sort en tenant Sébastien. Poiret et Phellion se regardent en proie à une vive surprise et ne savent quelles idées se communiquer.)*

POIRET, *à Phellion.*

M. Rabourdin... !

PHELLION, *à Poiret.*

M. Rabourdin !

POIRET

Par exemple, M. Rabourdin !

PHELLION

Avez-vous vu comme il était, néanmoins, calme et digne...

POIRET, *d'un air finaud qui ressemble à une grimace.*

Il y aurait quelque chose là-dessous que cela ne m'étonnerait point.

PHELLION

Un homme d'honneur, pur, sans tache.

POIRET

Et ce Dutocq ?

PHELLION

Môsieur Poiret, vous pensez ce que je pense sur Ductocq ; ne me comprenez-vous pas ?

POIRET, *en donnant deux ou trois petits coups de tête, répond d'un air fin.*

Oui. *(Tous les employés rentrent.)*

FLEURY

En voilà une sévère, et après avoir lu je ne le crois pas encore. M. Rabourdin, le roi des hommes ! Ma foi, s'il y a des espions parmi ces hommes-là, c'est à dégoûter de la vertu. Je mettais Rabourdin dans les héros de Plutarque.

VIMEUX

Oh ! c'est vrai !

POIRET, *songeant qu'il n'a plus que cinq jours.*

Mais, messieurs, que dites-vous de celui qui a dérobé le travail, qui a guetté M. Rabourdin ? *(Dutocq s'en va.)*

FLEURY

C'est un Judas Iscariote ! Qui est-ce ?

PHELLION, *finement.*

Il n'est certes pas parmi nous.

VIMEUX, *illuminé.*

C'est Dutocq.

PHELLION

Je n'en ai point vu la preuve, môsieur. Pendant que vous étiez absent, ce jeune homme, môsieur Delaroche, a failli mourir. Tenez, voyez ses larmes sur mon bureau !...

POIRET

Nous l'avons tenu dans nos bras évanoui. Et la clef de mon domicile, tiens tiens, il l'a toujours dans le dos. *(Poiret sort.)*

VIMEUX

Le ministre n'a pas voulu travailler avec Rabourdin aujourd'hui, et M. Saillard, à qui le chef du Personnel a dit deux mots, est venu prévenir M. Baudoyer de faire une demande pour la croix de la Légion d'honneur ; il y en a une pour le jour de l'an accordée à la division, et elle est donnée à M. Baudoyer. Est-ce clair ? M. Rabourdin est sacrifié par ceux-là même qui l'emploient. Voilà ce que dit Bixiou. Nous étions tous supprimés, excepté Phellion et Sébastien.

DU BRUEL, *arrivant.*

Hé bien, messieurs, est-ce vrai ?

THUILLIER

De la dernière exactitude.

DU BRUEL, *remettant son chapeau.*

Adieu, messieurs. *(Il sort.)*

THUILLIER

Il ne s'amuse pas dans les feux de file, le vaudevilliste !
Il va chez le duc de Rhétoré, chez le duc de Maufrigneuse ;
mais il peut courir ! C'est, dit-on, Colleville qui sera notre
chef.

PHELLION

Il avait pourtant l'air d'aimer môsieur Rabourdin.

POIRET, *rentrant.*

J'ai eu toutes les peines du monde à avoir la clef de mon
domicile ; ce petit fond en larmes, et M. Rabourdin a
disparu complètement. *(Dutocq et Bixiou rentrent.)*

BIXIOU

Hé bien, messieurs, il se passe d'étranges choses dans
votre bureau ! Du Bruel ? *(Il regarde dans le cabinet.)* Parti !

THUILLIER

En course !

BIXIOU

Et Rabourdin ?

FLEURY

Fondu ! distillé ! *fumé !* Dire qu'un homme, le roi des
hommes !...

POIRET, *à Dutocq.*

Dans sa douleur, monsieur Dutocq, le petit Sébastien
vous accuse d'avoir pris le travail, il y a dix jours...

BIXIOU, *en regardant Dutocq.*

Il faut vous laver de ce reproche, mon cher. *(Tous les employés contemplent fixement Dutocq.)*

DUTOCQ

Où est-il, ce petit aspic qui le copiait ?

BIXIOU

Comment savez-vous qu'il le copiait ? Mon cher, il n'y a que le diamant qui puisse polir le diamant ! *(Dutocq sort.)*

POIRET

Écoutez, monsieur Bixiou, je n'ai plus que cinq jours et demi à rester dans les bureaux, et je voudrais une fois, une seule fois, avoir le plaisir de vous comprendre ! Faites-moi l'honneur de m'expliquer en quoi le diamant est utile dans cette circonstance...

BIXIOU

Cela veut dire, papa, car je veux bien une fois descendre jusqu'à vous, que de même que le diamant peut seul user le diamant, de même il n'y a qu'un *curieux* qui puisse vaincre son semblable.

FLEURY

Curieux est mis ici pour espion.

POIRET

Je ne comprends pas...

BIXIOU

Eh bien, ce sera pour une autre fois !

CHAPITRE X

LA DÉMISSION

M. Rabourdin avait couru chez le ministre. Le ministre était à la Chambre. Rabourdin se rendit à la Chambre des députés, où il écrivit un mot au ministre. Le ministre était à la tribune, occupé d'une chaude discussion. Rabourdin attendit, non pas dans la salle des conférences, mais dans la cour, et se décida, malgré le froid, à se poster devant la voiture de l'Excellence, afin de lui parler quand elle y monterait. L'huissier lui avait dit que le ministre était engagé dans une tempête soulevée par les dix-neuf de l'extrême Gauche [195], et qu'il y avait une séance orageuse. Rabourdin se promenait dans la largeur de la cour du palais, en proie à une agitation fébrile, et il attendit cinq mortelles heures. À six heures et demie, le défilé commença ; mais le chasseur du ministre vint trouver le cocher.

— Hé ! Jean ! lui dit-il, monseigneur est parti avec le ministre de la Guerre ; ils vont chez le Roi, et de là dînent ensemble. Nous irons le chercher à dix heures, il y aura conseil.

Rabourdin revint à pas lents chez lui, dans un abattement facile à concevoir. Il était sept heures. Il eut à peine le temps de s'habiller.

— Hé bien, tu es nommé, lui dit joyeusement sa femme quand il se montra dans le salon.

Rabourdin leva la tête par un mouvement d'horrible mélancolie, et répondit : — Je crains bien de ne plus remettre les pieds au ministère.

— Quoi ? dit sa femme agitée d'une horrible anxiété.

— Mon mémoire sur les employés court les bureaux, et il m'a été impossible de joindre le ministre !

Célestine eut une vision rapide, où, par un de ses éclairs infernaux, le démon lui montra le sens de sa dernière conversation avec des Lupeaulx.

— Si je m'étais conduite en femme vulgaire, pensat-elle, nous aurions eu la place.

Elle contempla Rabourdin avec une sorte de douleur. Il se fit un triste silence, et le dîner se passa dans de mutuelles méditations.

— Et c'est notre mercredi, dit-elle.

— Tout n'est pas perdu, ma chère Célestine, dit Rabourdin en mettant un baiser sur le front de sa femme, peut-être pourrai-je parler demain matin au ministre et tout s'expliquera. Sébastien a passé hier la nuit, toutes les copies sont achevées et collationnées, je prierai le ministre de me lire en mettant tout sur son bureau. La Brière m'aidera. L'on ne condamne jamais un homme sans l'entendre.

— Je suis curieuse de savoir si M. des Lupeaulx viendra nous voir aujourd'hui.

— Lui ?... certes il n'y manquera pas, dit Rabourdin. Il y a du tigre chez lui, il aime à lécher le sang de la blessure qu'il a faite !

— Mon pauvre ami, reprit sa femme en lui prenant la main, je ne sais pas comment l'homme qui pouvait concevoir une si belle réforme n'a pas vu qu'elle ne devait être communiquée à personne. C'est de ces idées qu'un homme garde dans sa conscience, car lui seul peut les appliquer. Il fallait faire dans ta sphère comme Napoléon dans la sienne : il s'est plié, tordu, il a rampé ! Oui, Bonaparte a rampé ! Pour devenir général en chef, il a épousé la maîtresse de Barras. Il fallait attendre, se faire nommé député, suivre les mouvements de la politique, tantôt au fond de la mer, tantôt sur le dos d'une lame, et, comme M. de Villèle, prendre la devise italienne *Col tempo,* traduite en français par *Tout vient à point pour qui*

sait attendre. Cet orateur a visé le pouvoir pendant sept ans, et a commencé en 1814 par une protestation contre la Charte à l'âge où tu te trouves aujourd'hui. Voilà la faute ! tu t'es subordonné, quand tu es fait pour ordonner.

L'arrivée du peintre Shinner imposa silence à la femme et au mari que ces paroles rendirent songeur.

— Cher ami, dit le peintre en serrant la main à l'administrateur, le dévouement d'un artiste est bien inutile ; mais, dans ces circonstances, nous sommes fidèles, nous autres ! j'ai acheté le journal du soir. Baudoyer est nommé directeur, et décoré de la croix de la Légion d'honneur...

— Je suis le plus ancien, et j'ai vingt-quatre ans de services, dit en souriant Rabourdin.

— Je connais assez M. le comte de Sérizy, le ministre d'État, si vous voulez l'employer, je puis l'aller voir, dit Shinner.

Le salon s'emplit des personnes à qui les mouvements administratifs étaient inconnus. Du Bruel ne vint pas. Mme Rabourdin redoubla de gaieté, de grâce, comme le cheval qui, blessé dans la bataille, trouve encore des forces pour porter son maître.

— Elle est bien courageuse, dirent quelques femmes qui furent charmantes pour elle en la voyant dans le malheur.

— Elle a eu cependant bien des attentions pour des Lupeaulx, dit la baronne du Châtelet à la vicomtesse de Fontaine.

— Croyez-vous que..., demanda la vicomtesse.

— Mais M. Rabourdin aurait au moins eu la croix ! dit Mme de Camps en défendant son amie.

Vers onze heures, des Lupeaulx apparut, et l'on ne peut le peindre qu'en disant que ses lunettes étaient tristes et ses yeux gais ; mais le verre enveloppait si bien les regards qu'il fallait être physionomiste pour découvrir leur expression diabolique. Il alla serrer la main à Rabourdin, qui ne put se dispenser de la lui laisser prendre.

— Nous avons à causer ensemble, lui dit-il en allant

s'asseoir auprès de la belle Rabourdin qui le reçut à
merveille.

— Eh ! fit-il en lui jetant un regard de côté, vous êtes
grande, et je vous trouve comme je vous imaginais,
sublime dans la déroute. Savez-vous qu'il est bien rare à
une personne supérieure de répondre à l'idée qu'on se fait
d'elle ? la défaite ne vous accable donc pas ? Vous avez
raison, nous triompherons, lui dit-il à l'oreille. Votre sort
est toujours entre vos mains, tant que vous aurez pour allié
un homme qui vous adore. Nous tiendrons conseil.

— Mais Baudoyer est-il nommé ? lui demanda-t-elle.

— Oui, dit le secrétaire général.

— Est-il décoré ?

— Pas encore, mais il le sera.

— Eh bien ?

— Vous ne connaissez pas la politique.

Pendant que cette soirée semblait éternelle à Mme Rabourdin, il se passait à la place Royale une de ces
comédies qui se jouent dans sept salons à Paris lors de
chaque changement de ministère. Le salon des Saillard
était plein. M. et Mme Transon arrivèrent à huit heures.
Mme Transon embrassa Mme Baudoyer, *née Saillard*.
M. Bataille, capitaine de la Garde nationale, vint avec son
épouse et le curé de Saint-Paul.

— Monsieur Baudoyer, dit Mme Transon, je veux être
la première à vous faire mon compliment ; l'on a rendu
justice à vos talents. Allons, vous avez bien gagné votre
avancement.

— Vous voilà directeur, dit M. Transon en se frottant
les mains, c'est très flatteur pour le quartier.

— Et l'on peut bien dire que c'est sans intrigue, s'écria
le père Saillard. Nous ne sommes pas intrigants, nous
autres ! nous n'allons pas dans les soirées intimes du
ministre.

L'oncle Mitral se frotta le nez en souriant, il regarda sa
nièce Élisabeth qui causait avec Gigonnet. Falleix ne
savait que penser de l'aveuglement du père Saillard et de

Baudoyer. MM. Dutocq, Bixiou, du Bruel, Godard et Colleville, nommé chef, entrèrent.

— Quelles boules ! dit Bixiou à du Bruel, quelle belle caricature si on les dessinait sous formes de raies, de dorades, et de claquarts (nom vulgaire d'un coquillage) dansant une sarabande !

— Monsieur le directeur, dit Colleville, je viens vous féliciter, ou plutôt nous nous félicitons nous-mêmes de vous avoir à la tête de la direction, et nous venons vous assurer du zèle avec lequel nous coopérerons à vos travaux.

M. et Mme Baudoyer, père et mère du nouveau directeur, étaient là jouissant de la gloire de leur fils et de leur belle-fille. L'oncle Bidault, qui avait dîné au logis, avait un petit regard frétillant qui épouvanta Bixiou.

— En voilà un, dit l'artiste à du Bruel en montrant Gigonnet, qui peut faire un personnage de vaudeville ! Qu'est-ce que ça vend ? un Chinois pareil devrait servir d'enseigne aux *Deux-Magots.* Et quelle redingote ! je croyais qu'il n'y avait que Poiret capable d'en montrer une semblable après dix ans d'exposition publique aux intempéries parisiennes.

— Baudoyer est magnifique, dit du Bruel.

— Étourdissant, répondit Bixiou.

— Messieurs, leur dit Baudoyer, voici mon oncle propre, M. Mitral, et mon grand-oncle par ma femme, M. Bidault.

Gigonnet et Mitral jetèrent sur les trois employés un de ces regards profonds où éclatait la couleur de l'or et qui firent leur impression sur les deux rieurs.

— Hein ! dit Bixiou en s'en allant sous les arcades de la place Royale, avez-vous bien examiné les deux oncles ? deux exemplaires de Shylock. Ils vont, je le parie, à la Halle placer leurs écus à cent pour cent par semaine. Ils prêtent sur gage, ils vendent des habits, des galons, des fromages, des femmes et des enfants ; ils sont arabes-juifs-génois-grecs-genevois-lombards et parisiens, nourris par une louve et enfantés par une Turque.

— Je crois bien, l'oncle Mitral a été huissier, dit Godard.

— Voyez-vous ! dit du Bruel.

— Je vais aller voir tirer la pierre, reprit Bixiou, mais je voudrais bien étudier le salon de M. Rabourdin : vous êtes bien heureux de pouvoir y aller, du Bruel.

— Moi ? dit le vaudevilliste, que voulez-vous que j'y fasse ? ma figure ne se prête pas aux compliments de condoléance. Et puis, c'est bien vulgaire aujourd'hui d'aller faire queue chez les gens destitués.

À minuit, le salon de Mme Rabourdin était désert, il ne restait plus que deux ou trois personnes, des Lupeaulx et les maîtres de la maison. Quand Schinner, Mme et M. Octave de Camps furent partis, des Lupeaulx se leva d'un air mystérieux, se plaça le dos à la pendule, et regarda tour à tour la femme et le mari.

— Mes amis, leur dit-il, rien n'est perdu, car le ministre et moi nous vous restons. Dutocq entre deux pouvoirs a préféré celui qui lui paraissait le plus fort. Il a servi la Grande-Aumônerie et la Cour, il m'a trahi, c'est dans l'ordre : un homme politique ne se plaint jamais d'une trahison. Seulement Baudoyer sera destitué dans quelques mois, et replacé sans doute à la préfecture de police [196], car la Grande-Aûmonerie ne l'abandonnera pas.

Et il fit une longue tirade sur la Grande-Aumônerie, sur les dangers que courait le gouvernement à s'appuyer sur l'Église, sur les Jésuites, etc. Mais il n'est pas inutile de faire observer que la Cour et la Grande-Aumônerie, à laquelle des journaux libéraux accordaient une influence énorme sur l'Administration, s'étaient très peu mêlées du sieur Baudoyer. Ces petites intrigues se mouraient dans la haute sphère devant les grands intérêts qui s'y agitaient. Si quelques paroles furent arrachées par l'importunité du curé de Saint-Paul et de M. Gaudron, la sollicitation s'était tue à la première observation du ministre. Les passions seules faisaient la police de la Congrégation en se dénonçant les unes les autres... Le pouvoir occulte de cette association, bien permise en présence de l'effrontée société de la Doctrine intitulée : *Aide-toi, le ciel t'aidera*[197], ne devenait formidable que par l'action dont la dotaient gratuitement les subordonnés en s'en menaçant à l'envi. Enfin les calomnies libérales se plaisaient à configurer la Grande-Aumônerie en un géant politique, administratif, civil et militaire. La peur se fera toujours des idoles. En ce moment, Baudoyer croyait à la Grande-Aumônerie, tandis que la seule aumônerie qui l'avait protégé siégeait au *café Thémis*. Il est, à certaines époques, des noms, des institutions, des pouvoirs à qui l'on prête tous les malheurs, à qui l'on dénie leurs talents, et qui servent de raison coefficiente aux sots. De même que M. de Talleyrand fut censé saluer tout événement par un bon mot, de même, en ce moment de la Restauration, la Grande-Aumônerie faisait et défaisait tout. Malheureusement elle ne faisait ni ne défaisait rien. Son influence n'était entre les mains ni d'un cardinal de Richelieu ni d'un cardinal Mazarin ; mais entre les mains d'une espèce de cardinal de Fleury, qui timide pendant cinq ans, n'osa que pendant un jour, et osa mal[198]. Plus tard, la Doctrine fit impunément à Saint-Merry[199] plus que Charles X ne prétendit faire en juillet 1830. Sans l'article sur la censure si sottement mis dans la nouvelle Charte[200], le journalisme aurait eu son Saint-Merry aussi. La branche cadette aurait légalement exécuté le plan de Charles X.

— Restez chef de bureau sous Baudoyer, ayez ce courage, reprit des Lupeaulx, soyez un véritable homme politique ; laissez les pensées et les mouvements généreux de côté, renfermez-vous dans vos fonctions ; ne dites pas un mot à votre directeur, ne lui donnez pas un conseil, ne faites rien sans son ordre. En trois mois Baudoyer quittera le ministère ou destitué ou déporté sur une autre plage administrative. Il ira à la Maison du Roi peut-être. Il m'est arrivé deux fois dans ma vie d'être ainsi couché sous une avalanche de niaiseries, j'ai laissé passer.

— Oui, dit Rabourdin, mais vous n'étiez pas calomnié, atteint dans votre honneur, compromis...

— Ah ! ah ! ah ! dit des Lupeaulx en interrompant le

chef de bureau par un rire homérique ; mais c'est là le pain
quotidien de tout homme remarquable dans le beau pays
de France, et il y a deux manières de prendre la chose : ou
d'être au-dessous, il faut plier bagage et s'en aller planter
des choux ; ou d'être au-dessus et marcher sans crainte,
sans même tourner la tête.

— Je n'ai pour moi qu'une seule manière de dénouer le
nœud coulant que l'espionnage et la trahison m'ont mis
autour du cou, reprit Rabourdin, c'est de m'expliquer
immédiatement avec le ministre, et, si vous m'êtes aussi
sincèrement attaché que vous le dites, vous pouvez me
mettre face à face avec lui demain.

— Vous voulez lui exposer votre plan d'administration ?...

Rabourdin inclina la tête.

— Eh bien, confiez-moi vos plans, vos mémoires, et je
vous jure qu'il y passera la nuit.

— Allons-y donc, dit vivement Rabourdin, car c'est
bien le moins qu'après six ans de travaux j'aie la
jouissance de deux ou trois heures pendant lesquelles un
ministre du Roi sera forcé d'applaudir à tant de persévérance.

Mis par la ténacité de Rabourdin sur un chemin sans
buissons où la ruse pût s'abriter, des Lupeaulx hésita
pendant un moment et regarda Mme Rabourdin en se
demandant : « Qui triomphera de ma haine pour lui ou de
mon goût pour elle ? »

— Si vous n'avez pas de confiance en moi, dit-il au
chef de bureau après une pause, je vois que vous serez
toujours pour moi l'homme de votre *note secrète* [201]. Adieu,
madame.

Mme Rabourdin salua froidement. Célestine et Xavier
se retirèrent chacun de leur côté sans se rien dire, tant ils
étaient oppressés par le malheur. La femme songeait à
l'horrible situation où elle se trouvait vis-à-vis de son mari.
Le chef de bureau, qui se résolvait à ne plus remettre les
pieds au ministère et à donner sa démission, était perdu
dans l'immensité de ses réflexions : il s'agissait pour lui de

changer de vie et de prendre une voie nouvelle. Il resta pendant toute la nuit devant son feu, sans apercevoir Célestine, qui vint à plusieurs reprises sur la pointe du pied, dans ses vêtements de nuit.

— Puisque je dois aller une dernière fois au ministère pour retirer mes papiers et mettre Baudoyer au fait des affaires, tentons-y l'effet de ma démission, se dit-il.

Il rédigea sa démission, médita les expressions de la lettre dans laquelle il la mit et que voici :

« Monseigneur,

« J'ai l'honneur d'adresser à Votre Excellence ma démission sous ce pli ; mais j'ose croire qu'elle se souviendra de m'avoir entendu lui dire que j'avais remis mon honneur entre ses mains, et qu'il dépendait d'une explication immédiate. Cette explication, je l'ai vraiment implorée, et aujourd'hui peut-être serait-elle inutile, alors qu'un fragment de mes travaux sur l'Administration, surpris et défiguré, court dans les bureaux, est mal interprété par la haine, et me force à me retirer devant la tacite réprobation du pouvoir. Votre Excellence, le matin où je voulais lui parler, a pu penser qu'il s'agissait d'avancement, quand je ne songeais qu'à la gloire de son ministère et au bien public ; il m'importait de rectifier ses idées à cet égard. »

Suivaient les formules de respect.

Il était sept heures et demie quand cet homme eut consommé le sacrifice de ses idées, car il brûla tout son travail. Fatigué par ses méditations et vaincu par ses souffrances morales, il s'assoupit la tête appuyée sur son fauteuil. Il fut réveillé par une sensation bizarre, il trouva ses mains couvertes des larmes de sa femme, agenouillée devant lui. Célestine était venue lire la démission. Elle avait mesuré l'étendue de la chute. Elle et Rabourdin, ils allaient être réduits à quatre mille livres de rente. Elle avait supputé ses dettes, elles montaient à trente-deux mille francs ! C'était la plus ignoble de toutes les misères.

Et cet homme si noble et si confiant ignorait l'abus qu'elle s'était permis de la fortune confiée à ses soins. Elle sanglotait à ses pieds, belle comme Madeleine.

— Le malheur est complet, dit Xavier dans son effroi, je suis déshonoré au ministère, et déshonoré...

L'éclair de l'honneur pur scintilla dans les yeux de Célestine, elle se dressa comme un cheval effarouché, jeta sur Rabourdin un regard foudroyant.

— MOI ! *moi !* lui dit-elle sur deux tons sublimes. Suis-je donc une femme vulgaire ? Ne serais-tu pas nommé, si j'avais failli ? Mais, reprit-elle, il est plus facile de croire à cela qu'à la vérité.

— Qu'y a-t-il ? dit Rabourdin.

— Tout en deux mots, répondit-elle. Nous devons trente mille francs.

Rabourdin saisit sa femme par un geste fou et l'assit sur ses genoux avec joie.

— Console-toi, ma chère, dit-il avec un son de voix où perçait une adorable bonté qui changea l'amertume de ses larmes en je ne sais quoi de doux. Moi aussi j'ai fait des fautes ! j'ai travaillé fort inutilement pour mon pays, ou du moins j'ai cru pouvoir lui être utile... Maintenant, je vais marcher dans un autre sentier. Si j'avais vendu des épices, nous serions millionnaires. Eh bien, faisons-nous épiciers. Tu n'as que vingt-huit ans, mon ange ! Eh bien, dans dix ans, l'industrie t'aura rendu le luxe que tu aimes, et auquel nous renoncerons pendant quelques jours. Moi aussi, chère enfant, je ne suis pas un mari vulgaire. Nous vendrons notre ferme ! elle a depuis sept ans gagné de valeur. Cette plus-value et notre mobilier paieront *mes* dettes...

Elle embrassa son mari mille fois dans un seul baiser pour ce mot généreux.

— Nous aurons, reprit-il, cent mille francs à employer dans un commerce quelconque. Avant un mois, j'aurai choisi quelque spéculation. Le hasard qui a fait rencontrer un Martin Falleix à un Saillard ne nous manquera pas.

Attends-moi pour déjeuner. Je reviendrai du ministère, libre de mon collier de misère.

Célestine serra son mari dans ses bras avec une force que n'ont point les hommes dans leurs moments les plus encolérés, car la femme est plus forte par le sentiment que l'homme n'est fort par sa puissance. Elle pleurait, riait, sanglotait et parlait tout ensemble.

Quand à huit heures Rabourdin sortit, la portière lui remit les cartes railleuses de Baudoyer, de Bixiou, de Godard et autres. Néanmoins, il se rendit au ministère, et y trouva Sébastien à la porte, qui le supplia de ne point venir dans les bureaux, où il courait une infâme caricature sur lui.

— Si vous voulez m'adoucir l'amertume de la chute, apportez-moi ce dessin, dit-il, car je vais porter ma démission moi-même à Ernest de La Brière afin qu'elle ne soit pas dénaturée en suivant la voie administrative. J'ai mes raisons en vous demandant la caricature.

Quand après s'être assuré que sa lettre était entre les mains du ministre, Rabourdin revint dans la cour, il trouva Sébastien en larmes, qui lui présenta la lithographie, dont voici le principal trait rendu par ce léger croquis [202].

— Il y a là beaucoup d'esprit, dit Rabourdin en montrant au surnuméraire un front serein comme le fut celui du Sauveur quand on lui mit sa couronne d'épines.

Il entra dans les bureaux d'un air calme, et alla d'abord chez Baudoyer pour le prier de venir dans le cabinet de la division recevoir de lui les instructions relatives aux affaires que ce routinier devait désormais diriger.

— Dites à M. Baudoyer que ceci ne souffre pas de retard, ajouta-t-il devant Godard et les employés, ma démission est entre les mains du ministre, et je ne veux pas rester cinq minutes de plus qu'il ne le faut dans les bureaux !

En apercevant Bixiou, Rabourdin alla droit à lui, lui montra la lithographie ; et, au grand étonnement de tous, il lui dit : — N'avais-je pas raison de prétendre que vous étiez un artiste ? il est seulement dommage que vous ayez dirigé la pointe de votre crayon contre un homme qui ne pouvait être jugé ni de cette manière, ni dans les bureaux : mais on rit de tout en France, même de Dieu !

Puis il entraîna Baudoyer dans l'appartement de feu La Billardière. À la porte, se trouvaient Phellion et Sébastien, les seuls qui dans ce grand désastre particulier osassent rester ostensiblement fidèles à cet accusé. Rabourdin, apercevant les yeux de Phellion humides, ne put s'empêcher de lui serrer la main.

— Môsieur, dit le bonhomme, si nous pouvons vous être utiles à quelque chose, disposez de nous...

— Entrez donc, mes amis, leur dit Rabourdin avec une grâce noble. Sébastien, mon enfant, écrivez votre démission et envoyez-la par Laurent, vous devez être enveloppé dans la calomnie qui m'a renversé ; mais j'aurai soin de votre avenir : nous ne nous quitterons plus.

Sébastien fondit en larmes.

M. Rabourdin s'enferma dans le cabinet de feu La Billardière avec M. Baudoyer, et Phellion l'aida à mettre le nouveau chef de division en présence de toutes les difficultés administratives. À chaque dossier que

Rabourdin expliquait, à chaque carton ouvert, les petits yeux de Baudoyer devenaient grands comme des soucoupes.

— Adieu, monsieur, lui dit enfin Rabourdin d'un air à la fois solennel et railleur.

Sébastien avait, pendant ce temps-là, fait un paquet des papiers appartenant au chef de bureau, et les avait emportés dans un fiacre. Rabourdin passa par la grande cour du ministère où tous les employés étaient aux fenêtres, et y attendit un moment les ordres du ministre. Le ministre ne bougea pas. Phellion et Sébastien tenaient compagnie à Rabourdin. Phellion escorta courageusement l'homme tombé jusqu'à la rue Duphot, en lui exprimant une respectueuse admiration. Il revint satisfait de lui-même reprendre sa place, après avoir rendu les honneurs funèbres au talent administratif méconnu.

BIXIOU, *voyant entrer Phellion.*

Victrix causa diis placuit, sed victa Catoni [203].

PHELLION

Oui, môsieur !

POIRET

Qu'est-ce que cela veut dire ?

FLEURY

Que le parti prêtre se réjouit, et que M. Rabourdin a l'estime des gens d'honneur.

DUTOCQ, *piqué.*

Vous ne disiez pas cela hier.

FLEURY

Si vous m'adressez encore la parole, vous aurez ma main sur la figure, vous ! il est certain que vous avez *chippé* le

travail de M. Rabourdin. *(Dutocq sort.)* Allez vous plaindre
à votre M. des Lupeaulx, espion !

BIXIOU, *riant et grimaçant comme un singe.*

Je suis curieux de savoir comment ira la division ?
M. Rabourdin était un homme si remarquable qu'il devait
avoir ses vues en faisant ce travail. Le ministère perd une
fameuse tête. *(Il se frotte les mains.)*

LAURENT

M. Fleury est mandé au secrétariat.

LES EMPLOYÉS DES DEUX BUREAUX

Enfoncé !

FLEURY, *en sortant.*

Ça m'est bien égal, j'ai une place d'éditeur responsable.
J'aurai toute la journée à moi pour flâner ou pour remplir
quelque place amusante dans le bureau du journal.

BIXIOU

Dutocq a déjà fait destituer ce pauvre Desroys, accusé
de vouloir couper les têtes...

THUILLIER

Des rois ?...

BIXIOU

Recevez mes compliments ! il est joli celui-là [204] !

COLLEVILLE, *entrant joyeux.*

Messieurs, je suis votre chef...

THUILLIER, *il embrasse Colleville.*

Ah ! mon ami, je le serais comme tu l'es, je ne serais pas
si content.

BIXIOU

C'est un coup de sa femme, mais ce n'est pas un coup de tête !... *(Éclats de rire.)*

POIRET

Qu'on me dise la morale de ce qui nous arrive aujourd'hui ?...

BIXIOU

La voulez-vous ? L'antichambre de l'Administration sera désormais la Chambre, la Cour en est le boudoir, le chemin ordinaire en est la cave, le lit est plus que jamais le petit sentier de traverse.

POIRET

Monsieur Bixiou, je vous en prie, expliquez-vous ?

BIXIOU

Je vais paraphraser mon opinion. Pour être quelque chose, il faut commencer par être tout. Il y a évidemment une réforme administrative à faire ; car, ma parole d'honneur, l'État vole autant ses employés que les employés volent le temps dû à l'État ; mais nous travaillons peu parce que nous ne recevons presque rien, nous trouvant en beaucoup trop grand nombre pour la besogne à faire, et ma vertueuse Rabourdin a vu tout cela ! Ce grand homme de bureau prévoyait, messieurs, ce qui doit arriver, et ce que les niais appellent le jeu de nos admirables institutions libérales. La Chambre va vouloir administrer, et les administrateurs voudront être législateurs. Le Gouvernement voudra administrer, et l'Administration voudra gouverner. Aussi les lois seront-elles des règlements, et les ordonnances deviendront-elles des lois. Dieu fit cette époque pour ceux qui aiment à rire. Je vis dans l'admiration du spectacle que le plus grand railleur des temps modernes, Louis XVIII, nous a préparé. *(Stupéfaction*

générale.) Messieurs, si la France, le pays le mieux
administré de l'Europe, est ainsi, jugez de ce que doivent
être les autres. Pauvres pays, je me demande comment ils
peuvent marcher sans les deux chambres, sans la liberté
de la presse, sans le Rapport et le Mémoire, sans les
circulaires, sans une armée d'employés !... Ah ! çà, comment ont-ils des armées, des flottes ? comment existent-ils
sans discuter à chaque respiration et à chaque bouchée ?...
Ça peut-il s'appeler des gouvernements, des patries ? On
m'a soutenu... (des farceurs de voyageurs !...) que ces
gens prétendent avoir une politique, et qu'ils jouissent
d'une certaine influence ; mais je les plains !... ils n'ont
pas le *progrès des lumières,* ils ne peuvent pas remuer des
idées, ils n'ont pas de tribuns indépendants, ils sont dans
la barbarie. Il n'y a que le peuple français de spirituel.
Comprenez-vous, monsieur Poiret *(Poiret reçoit comme une
secousse),* qu'un pays puisse se passer de chefs de division,
de directeurs généraux, de ce bel état-major, la gloire de la
France et de l'empereur Napoléon qui eut bien ses raisons
pour créer des places. Tenez, comme ces pays ont l'audace
d'exister, et qu'à Vienne on compte à peu près cent
employés au ministère de la Guerre, tandis que chez nous
les traitements et les pensions forment le tiers du budget,
ce dont on ne se doutait pas avant la Révolution, je me
résume en disant que l'Académie des inscriptions et
belles-lettres, qui a peu de chose à faire, devrait bien
proposer un prix pour qui résoudra cette question : *Quel est
l'État le mieux constitué, de celui qui fait beaucoup de
choses avec peu d'employés, ou de celui qui fait peu de chose
avec beaucoup d'employés ?*

POIRET

Est-ce là votre dernier mot ?...

BIXIOU

Yes, sir !... Ya, mein herr !... Si, signor ! Da !... je vous
fais grâce des autres langues...

POIRET, *il lève les mains au ciel.*

Mon Dieu !... et l'on dit que vous êtes spirituel !

BIXIOU

Vous ne m'avez donc pas compris ?

PHELLION

Cependant la dernière proposition est pleine de sens...

BIXIOU

Comme le budget, aussi compliquée qu'elle paraît simple, et je vous mets ainsi comme un lampion sur ce casse-cou, sur ce trou, sur ce gouffre, sur ce volcan appelé, par *Le Constitutionnel*, *l'horizon politique.*

POIRET

J'aimerais bien une explication que je pusse comprendre...

BIXIOU

Vive Rabourdin !... voilà mon opinion. Êtes-vous content ?

COLLEVILLE, *gravement.*

M. Rabourdin n'a eu qu'un tort.

POIRET

Lequel ?

COLLEVILLE

Celui d'être un homme d'État au lieu d'être un chef de bureau.

PHELLION, *en se plaçant devant Bixiou.*

Pourquoi, môsieur, vous qui compreniez si bien M. Ra-

bourdin, avez-vous fait cette ign... cette inf... cette
affreuse caricature ?

BIXIOU

Et notre pari ? oubliez-vous que je jouais le jeu du
diable, et que votre bureau me doit un dîner au *Rocher de
Cancale* ?

POIRET, *très chiffonné.*

Il est donc dit que je quitterai le bureau sans avoir
jamais pu comprendre une phrase, un mot, une idée de
M. Bixiou.

BIXIOU

C'est votre faute ! demandez à ces messieurs ?... Messieurs, avez-vous compris le sens de mes observations ?
sont-elles justes ? lumineuses ?...

TOUS

Hélas ! oui.

MINARD

Et la preuve, c'est que je viens d'écrire ma démission.
Adieu, messieurs, je me jette dans l'industrie...

BIXIOU

Avez-vous inventé des corsets mécaniques ou des
biberons, des pompes à incendie ou des paracrottes, des
cheminées qui ne consomment pas de bois, ou des
fourneaux qui cuisent les côtelettes avec trois feuilles de
papier.

MINARD, *en s'en allant.*

Je garde mon secret [205].

BIXIOU

Eh bien, jeune Poiret jeune, vous le voyez?... ces messieurs me comprennent tous...

POIRET, *humilié.*

Monsieur Bixiou, voulez-vous me faire l'honneur de me parler une seule fois mon langage en descendant jusqu'à moi...

BIXIOU, *en guignant les employés.*

Volontiers! *(Il prend Poiret par le bouton de sa redingote.)* Avant de vous en aller d'ici, peut-être serez-vous bien aise de savoir qui vous êtes...

POIRET, *vivement.*

Un honnête homme, monsieur...

BIXIOU, *il hausse les épaules.*

... De définir, d'expliquer, de pénétrer, d'analyser ce que c'est qu'un employé... le savez-vous?

POIRET

Je le crois.

BIXIOU *tortille le bouton.*

J'en doute.

POIRET

C'est un homme payé par le gouvernement pour faire un travail.

BIXIOU

Évidemment, alors un soldat est un employé.

POIRET, *embarrassé.*

Mais non.

BIXIOU

Cependant il est payé par l'État pour monter la garde et
passer des revues. Vous me direz qu'il souhaite trop quitter
sa place, qu'il est trop peu en place, qu'il travaille trop et
touche généralement trop peu de métal, excepté toutefois
celui de son fusil.

POIRET *ouvre de grands yeux.*

Eh bien, monsieur, un employé serait plus logiquement
un homme qui pour vivre a besoin de son traitement et qui
n'est pas libre de quitter sa place, ne sachant faire autre
chose qu'expédier.

BIXIOU

Ah ! nous arrivons à une solution... Ainsi le bureau est
la coque de l'employé. Pas d'employé sans bureau, pas de
bureau sans employé. Que faisons-nous alors du douanier ? *(Poiret essaye de piétiner, il échappe à Bixiou qui lui
a coupé un bouton et qui le reprend par un autre.)* Bah ! ce
serait dans la matière bureaucratique un être neutre. Le
gabelou est à moitié employé, il est sur les confins des
bureaux et des armes, comme sur les frontières : ni tout à
fait soldat, ni tout à fait employé. Mais, papa, où allons-
nous ? *(Il tortille le bouton.)* Où cesse l'employé ? Question
grave ! Un préfet est-il un employé ?

POIRET, *timidement.*

C'est un fonctionnaire.

BIXIOU

Ah ! vous arrivez à ce contresens qu'un fonctionnaire ne
serait pas un employé !...

POIRET, *fatigué, regarde tous les employés.*

M. Godard a l'air de vouloir dire quelque chose.

GODARD

L'employé serait l'Ordre et le fonctionnaire un Genre.

BIXIOU, *souriant.*

Je ne vous croyais pas capable de cette ingénieuse distinction, brave Sous-Ordre.

POIRET

Où allons-nous ?...

BIXIOU

Là, là... papa, ne marchons pas sur notre longe... Écoutez, et nous finirons par nous entendre. Tenez, posons un axiome que je lègue aux bureaux !...

Où finit l'employé commence le fonctionnaire, où finit le fonctionnaire commence l'homme d'État.

Il se rencontre cependant peu d'hommes d'État parmi les préfets. Le préfet serait alors un neutre des Genres supérieurs. Il se trouverait entre l'homme d'État et l'employé, comme le douanier se trouve entre le civil et le militaire. Continuons à débrouiller ces hautes questions. *(Poiret devient rouge.)* Ceci ne peut-il pas se formuler par ce théorème digne de La Rochefoucauld : Au-dessus de vingt mille francs d'appointements, il n'y a plus d'employés. Nous pouvons mathématiquement en tirer ce premier *corollaire* : l'homme d'État se déclare dans la sphère des traitements supérieurs. Et ce non moins important et logique deuxième *corollaire* : les directeurs généraux peuvent être des hommes d'État. Peut-être est-ce dans ce sens que plus d'un député se dit : « C'est un bel état que d'être directeur général ! Mais, dans l'intérêt de la langue française et de l'Académie... »

POIRET, *tout à fait fasciné par la fixité du regard de Bixiou.*

La langue française !... l'Académie !...

BIXIOU, *il coupe un second bouton et ressaisit le bouton supérieur.*

Oui, dans l'intérêt de notre belle langue, on doit faire observer que si le chef de bureau peut à la rigueur être

encore un employé, le chef de division doit être un
bureaucrate. Ces messieurs... *(il se tourne vers les employés
en leur montrant un troisième bouton coupé à la redingote
de Poiret)*, ces messieurs apprécieront cette nuance pleine
de délicatesse. Ainsi, papa Poiret, l'employé finit exclusivement au chef de division. Voici donc la question bien
posée, il n'existe plus aucune incertitude, l'employé qui
pouvait paraître indéfinissable est défini.

POIRET

Cela me semble hors de doute.

BIXIOU

Néanmoins, faites-moi l'amitié de résoudre cette question : un juge étant inamovible, conséquemment ne pouvant être, selon votre subtile distinction, un fonctionnaire,
et n'ayant pas un traitement en harmonie avec son ouvrage,
doit-il être compris dans la classe des employés ?...

POIRET, *il regarde les corniches.*

Monsieur, je n'y suis plus...

BIXIOU, *il coupe un quatrième bouton.*

Je voulais vous prouver, monsieur, que rien n'est
simple, mais surtout, et ce que je vais dire est pour les
philosophes (si vous voulez me permettre de retourner un
mot de Louis XVIII [206]), je veux faire voir que : À côté du
besoin de définir, se trouve le danger de s'embrouiller.

POIRET *s'essuie le front.*

Pardon, monsieur, j'ai mal au cœur... *(Il veut croiser sa
redingote.)* Ah ! vous m'avez coupé tous mes boutons !

BIXIOU

Eh bien, comprenez-vous ?...

POIRET, *mécontent.*

Oui, monsieur... oui, je comprends que vous avez voulu

faire une très mauvaise farce, en me coupant mes boutons, sans que je m'en aperçusse !...

BIXIOU, *gravement.*

Vieillard ! vous vous trompez. J'ai voulu graver dans votre cerveau la plus vivante image possible du Gouvernement constitutionnel *(tous les employés regardent Bixiou, Poiret stupéfait le contemple dans une sorte d'inquiétude)* et vous tenir ainsi ma parole. J'ai pris la manière parabolique des Sauvages. (Écoutez !) Pendant que les ministres établissent à la Chambre des colloques à peu près aussi concluants, aussi utiles que le nôtre, l'Administration coupe des boutons aux contribuables.

TOUS

Bravo, Bixiou !

POIRET, *qui comprend.*

Je ne regrette plus mes boutons.

BIXIOU

Et je fais comme Minard, je ne veux plus émarger pour si peu de chose, et je prive le ministère de ma coopération. *(Il sort au milieu des rires de tous les employés.)*

Il se passait dans le salon de réception du ministère une autre scène, plus instructive que celle-ci, car elle peut apprendre comment périssent les grandes idées dans les sphères supérieures et comment on s'y console d'un malheur.

En ce moment, des Lupeaulx présentait au ministre le nouveau directeur, M. Baudoyer. Il se trouvait dans le salon deux ou trois députés ministériels, influents, et M. Clergeot, à qui l'Excellence donnait l'assurance d'un traitement honorable. Après quelques phrases banales échangées, l'événement du jour fut sur le tapis.

UN DÉPUTÉ

Vous n'aurez donc plus Rabourdin ?

DES LUPEAULX

Il a donné sa démission.

CLERGEOT

Il voulait, dit-on, réformer l'Administration.

LE MINISTRE, *en regardant les députés.*

Les traitements ne sont peut-être pas proportionnés aux exigences du service.

DE LA BRIÈRE

Selon M. Rabourdin, cent employés à douze mille francs feraient mieux et plus promptement que mille employés à douze cents francs.

CLERGEOT

Peut-être a-t-il raison.

LE MINISTRE

Que voulez-vous ? la machine est montée ainsi, il faudrait la briser et la refaire ; mais qui donc en aura le courage en présence de la Tribune, sous le feu des sottes déclamations de l'Opposition, ou des terribles articles de la Presse ? Il s'ensuit qu'un jour il y aura quelque solution de continuité dommageable entre le Gouvernement et l'Administration.

LE DÉPUTÉ

Qu'arriverait-il ?

LE MINISTRE

Un ministre voudra le bien sans pouvoir l'accomplir. Vous aurez créé des lenteurs interminables entre les choses et les résultats. Si vous avez rendu le vol d'un écu vraiment impossible, vous n'empêcherez pas les collusions dans la sphère des intérêts. On ne concédera certaines opérations qu'après des stipulations secrètes, qu'il sera difficile de surprendre. Enfin les employés, depuis le plus petit jusqu'au chef de bureau, vont avoir des opinions à eux, ils ne seront plus les mains d'une cervelle, ils ne représenteront plus la pensée du Gouvernement, l'Opposition tend à leur donner le droit de parler contre lui, voter contre lui [207], juger contre lui.

BAUDOYER, *tout bas, mais de manière à être entendu.*

Monseigneur est sublime.

DES LUPEAULX

Certes, la bureaucratie a des torts : je la trouve et lente et insolente, elle enserre un peu trop l'action ministérielle, elle étouffe bien des projets, elle arrête le progrès ; mais l'administration française est admirablement utile...

BAUDOYER

Certes !

DES LUPEAULX

Ne fût-ce qu'à soutenir la papeterie et le timbre. Si, comme les excellentes ménagères, elle est un peu taquine, elle peut, à toute heure, rendre compte de sa dépense. Quel est le négociant habile qui ne jetterait pas joyeusement, dans le gouffre d'une assurance quelconque, cinq pour cent de toute sa production, du capital qui sort ou rentre, pour ne pas avoir de *coulage* !

LE DÉPUTÉ, *un manufacturier.*

Les industriels des deux mondes souscriraient avec joie à un pareil accord avec ce génie du mal appelé coulage.

DES LUPEAULX

Eh bien ! quoique la statistique soit l'enfantillage des hommes d'État modernes [208], qui croient que les chiffres sont le calcul, on doit se servir de chiffres pour calculer. Calculons donc ? Le chiffre est d'ailleurs la raison probante des sociétés basées sur l'intérêt personnel et sur l'argent, et telle est la société que nous a faite la Charte !

selon moi, du moins. Puis rien ne convaincra mieux les *masses intelligentes* qu'un peu de chiffres. Tout, disent nos hommes d'État de la Gauche, en définitif, se résout par des chiffres. Chiffrons. *(Le ministre va causer à voix basse avec un député, dans un coin.)* On compte environ quarante mille employés en France, déduction faite des salariés, car un cantonnier, un balayeur des rues, une rouleuse de cigares ne sont pas des employés. La moyenne des traitements est de quinze cents francs. Multipliez quarante mille par quinze cents, vous obtenez soixante millions. Et, d'abord, un publiciste pourrait faire observer à la Chine, à la Russie, où tous les employés volent, à l'Autriche, aux républiques américaines, au monde, que, pour ce prix, la France obtient la plus fureteuse, la plus méticuleuse, la plus écrivassière, paperassière, inventorière, contrôleuse, vérifiante, soigneuse, enfin la plus femme de ménage des administrations connues ! Il ne se dépense pas, il ne s'encaisse pas un centime en France qui ne soit ordonné par une lettre, prouvé par une pièce, produit et reproduit sur des états de situation, payé sur quittance ; puis la demande et la quittance sont enregistrées, contrôlées, vérifiées par des gens à lunettes. Au moindre défaut de forme, l'employé s'effarouche, car il vit de ces scrupules. Enfin bien des pays seraient contents, mais Napoléon ne s'en est pas tenu là. Ce grand organisateur a rétabli les magistrats suprêmes d'une cour unique dans le monde. Ces magistrats passent leurs jours à vérifier tous les bons, paperasses, rôles, contrôles, acquits à caution, paiements, contributions reçues, contributions dépensées, etc., que les employés ont écrits. Ces juges sévères poussent le talent du scrupule, le génie de la recherche, la vue des lynx, la perspicacité des comptes jusqu'à refaire toutes les additions pour chercher des soustractions. Ces sublimes victimes des chiffres renvoient, deux ans après, à un intendant militaire, un état quelconque où il y a une erreur de deux centimes. Ainsi l'administration française, la plus pure de toutes celles qui paperassent sur le globe, a rendu, comme vient de le dire Son Excellence, le vol impossible.

En France, la concussion est une chimère. Eh bien, que peut-on objecter ? La France possède un revenu de douze cents millions, elle le dépense, voilà tout. Il entre douze cents millions dans ses caisses, et douze cents millions en sortent. Elle manie donc deux milliards quatre cents millions, et ne paie que soixante millions, deux et demi pour cent, pour avoir la certitude qu'il n'existe pas de coulage. Notre livre de cuisine politique coûte soixante millions, mais la gendarmerie, les tribunaux, les bagnes et la police coûtent autant et ne nous font rien rendre. Et nous trouvons l'emploi de gens qui ne peuvent pas faire autre chose que ce qu'ils font, croyez-le bien. Le gaspillage, s'il y en a, ne peut plus être que moral et législatif, les Chambres en sont alors les complices, le gaspillage devient légal. Le coulage consiste à faire faire des travaux qui ne sont pas urgents ou nécessaires, à dégalonner et regalonner les troupes, à commander des vaisseaux sans s'inquiéter s'il y a du bois et de payer alors le bois trop cher, à se préparer à la guerre sans la faire, à payer les dettes d'un État sans lui en demander le remboursement ou des garanties, etc., etc.

BAUDOYER

Mais ce haut coulage ne regarde pas l'employé. Cette mauvaise gestion des affaires du pays concerne l'homme d'État qui conduit le vaisseau.

LE MINISTRE, *qui a fini sa conversation.*

Il y a du vrai dans ce que vient de dire des Lupeaulx ; mais sachez *(à Baudoyer)*, monsieur le directeur, que personne n'est au point de vue d'un homme d'État. Ordonner toute espèce de dépenses, même inutiles, ne constitue pas une mauvaise gestion. N'est-ce pas toujours animer le mouvement de l'argent dont l'immobilité devient, en France surtout, funeste par suite des habitudes avaricieuses et profondément illogiques de la province qui enfouit des tas d'or...

LE DÉPUTÉ, *qui a écouté des Lupeaulx.*

Mais il me semble que si Votre Excellence avait raison tout à l'heure, et si notre spirituel ami *(il prend des Lupeaulx par le bras)* n'a pas tort, que conclure ?

DES LUPEAULX, *après avoir regardé le ministre.*

Il y a sans doute quelque chose à faire...

DE LA BRIÈRE, *timidement.*

M. Raboudin a donc raison ?

LE MINISTRE

Je verrai Raboudin...

DES LUPEAULX

Ce pauvre homme a eu le tort de se constituer le juge suprême de l'administration et des hommes qui la composent ; il ne veut que trois ministères...

LE MINISTRE, *interrompant.*

Il est donc fou !

LE DÉPUTÉ

Comment représenterait-on, dans les ministères, les chefs des partis à la Chambre ?

BAUDOYER, *d'un air qu'il croit fin.*

Peut-être M. Raboudin changeait-il aussi la constitution due au roi Législateur ?

LE MINISTRE, *devenu pensif prend le bras de La Brière et l'emmène.*

Je voudrais voir le travail de Raboudin ; et puisque vous le connaissez...

DE LA BRIÈRE, *dans le cabinet.*

Il a tout brûlé, vous l'avez laissé déshonorer, il quitte l'Administration. Ne croyez pas, monseigneur, qu'il ait eu la sotte pensée, comme des Lupeaulx veut le faire croire, de rien changer à l'admirable centralisation du pouvoir.

LE MINISTRE, *en lui-même.*

J'ai fait une faute. *(Il reste un moment silencieux.)* Bah ! nous ne manquerons jamais de plans de réforme...

DE LA BRIÈRE

Ce n'est pas les idées, mais les hommes d'exécution qui manquent.

Des Lupeaulx, ce délicieux avocat des abus, entra dans le cabinet.

— Monseigneur, je pars pour mon élection.

— Attendez ! dit l'Excellence en laissant son secrétaire particulier et prenant le bras de des Lupeaulx avec qui il alla dans l'embrasure de la fenêtre. Mon cher, laissez-moi cet arrondissement, vous serez nommé comte, et je paie vos dettes... Enfin, si, après le renouvellement de la Chambre, je reste aux affaires, je trouverai l'occasion de vous faire nommer pair de France dans une fournée.

— Vous êtes homme d'honneur, j'accepte.

Ce fut ainsi que Clément Chardin des Lupeaulx dont le père, anobli sous Louis XV, portait *écartelé au premier d'argent au loup ravissant de sable emportant un agneau de gueules ; au deux, de pourpre à trois fermeaux d'argent ; deux et un, aux trois pals de gueules et d'argent de douze pièces ; au quatre, d'or au caducée de gueules mis en pal, volé et serpenté de sinople, soutenu de quatre pattes de griffon mouvantes des flancs de l'écu ;* avec EN LUPUS IN HISTORIA pour devise, put surmonter cet écusson quasi railleur d'une couronne comtale.

En 1830, vers la fin de décembre, M. Rabourdin eut une affaire qui l'amena dans son ancien ministère où les bureaux avaient été agités par des déménagements de fond en comble. Cette révolution pesa principalement sur les garçons de bureau, qui n'aiment guère les nouveaux visages. Venu de bonne heure au ministère dont les êtres[209] lui étaient connus, Rabourdin put entendre le

dialogue suivant entre les deux neveux de Laurent, car
l'oncle avait eu sa retraite.

— Hé bien, comment va ton chef de division ?

— Ne m'en parle pas, je n'en peux rien faire. Il me
sonne pour me demander si j'ai vu son mouchoir ou sa
tabatière. Il reçoit sans faire attendre ; enfin pas la
moindre dignité. Moi, je suis obligé de lui dire : Mais,
monsieur, M. le comte votre prédécesseur, dans l'intérêt
du pouvoir, il bûchait son fauteuil avec son canif pour
faire croire qu'il travaillait. Enfin, il brouille tout ! je
trouve tout cen dessus dessous [210], c'est un bien petit
esprit. Et le tien ?

— Le mien, oh ! j'ai fini par le former, il sait
maintenant où sont placés son papier à lettres, ses
enveloppes, son bois, toutes ses affaires. Mon autre jurait,
celui-là est doux... mais ça n'a pas le grand genre ; puis il
n'est pas décoré, je n'aime pas qu'un chef soit sans dé-
coration : on peut le prendre pour un de nous, c'est humi-
liant. Il emporte le papier du bureau, et il m'a demandé
si je pouvais aller servir chez lui des jours de soirée.

— Eh ! quel gouvernement, mon cher ?

— Oui, tout le monde y carotte.

— Pourvu qu'on ne nous rogne pas nos pauvres
appointements !...

— J'en ai peur ! Les Chambres sont bien près regardan-
tes. On chicane le bois des bûches.

— Eh bien, ça ne durera pas longtemps, s'ils prennent
ce genre-là.

— Nous sommes pincés, on nous écoutait.

— Eh ! c'est défunt M. Rabourdin... ah ! monsieur, je
vous ai reconnu à votre manière de vous présenter... si
vous avez besoin ici, personne ne saura ce qu'on vous doit
d'égards, car nous sommes les seuls qui soyons restés de
votre temps... MM. Colleville et Baudoyer n'ont pas usé le
maroquin de leurs fauteuils après votre départ... Oh ! mon
dieu, six mois après, ils ont été nommés percepteurs à Paris...

Paris, juillet 1836.

DOSSIER

BIOGRAPHIE

La biographie de Balzac est tellement chargée d'événements si divers, et tout s'y trouve si bien emmêlé, qu'un exposé purement chronologique des faits serait d'une confusion extrême.

Dans l'ordre chronologique, nous nous sommes donc contentés de distinguer, d'une manière aussi peu arbitraire que possible, cinq grandes époques de la vie de Balzac : des origines à 1814, 1815-1828, 1828-1833, 1833-1840, 1841-1850.

A l'intérieur des périodes principales, nous avons préféré, quand il y avait lieu, classer les faits selon leur nature : l'œuvre, les autres activités touchant la littérature, la vie sentimentale, les voyages, etc. (mais en reprenant, à l'intérieur de chaque paragraphe, l'ordre chronologique).

Famille, enfance : des origines à 1814.

En juillet 1746 naît dans le Rouergue, d'une lignée paysanne, Bernard-François Balssa, qui sera le père du romancier et mourra en 1829 ; trente ans plus tard nous retrouvons le nom orthographié « Balzac ».

Janvier 1797 : Bernard-François, directeur des vivres de la division militaire de Tours, épouse à cinquante ans Laure Sallambier, qui en a dix-huit, et qui vivra jusqu'en 1854.

1799, 20 mai : naissance à Tours d'Honoré Balzac (le nom ne comporte pas encore la particule). Un premier fils, né jour pour jour un an plus tôt, n'avait pas vécu.

Après Honoré, trois autres enfants naîtront : 1° Laure (1800-1871), qui épousera en 1820 Eugène Surville, ingénieur des Ponts et Chaussées ; 2° Laurence (1802-1825), devenue en 1821 Mme de Montzaigle : c'est sur son acte de baptême que la particule « de » apparaît pour la première fois devant le nom de Balzac. Elle mourra dans la misère, honnie sans raison par sa mère ; 3° Henry (1807-1858), fils adultérin dont le père était Jean de Margonne (1780-1858), châtelain de Saché.

L'enfance et l'adolescence d'Honoré seront affectées par la préférence de la mère pour Henry, lequel, dépourvu de dons et de caractère, traînera une existence assez misérable ; les ternes séjours qu'il fera dans les îles de l'océan Indien avant de mourir à Mayotte contrastent absolument avec les aventures des romanesques coureurs de mers balzaciens. Balzac gardera des liens étroits avec Margonne et séjournera souvent à Saché, où l'on montre encore sa chambre et sa table de travail.

Dès sa naissance, Honoré est mis en nourrice chez la femme d'un gendarme à Saint-Cyr-sur-Loire, aujourd'hui faubourg de Tours (rive droite). De 1804 à 1807 il est externe dans un établissement scolaire de Tours, de 1807 à 1813 il est pensionnaire au collège de Vendôme. Puis, pendant quelques mois, en 1813, atteint de troubles et d'une espèce d'hébétude qu'on attribue à un abus de lecture, il demeure dans sa famille, au repos. De l'été 1813 à juin 1814, il est pensionnaire dans une institution du Marais. Autant d'étapes que l'on retrouvera dans *Le Lys.* De juillet à septembre 1814, il reprend ses études au collège de Tours, comme externe.

Son père, alors administrateur de l'Hospice général de Tours, est nommé directeur des vivres dans une entreprise parisienne de fournitures aux armées. Toute la famille quitte Tours pour Paris, en novembre 1814.

Apprentissages, 1815-1828.

1815-1819. Honoré poursuit ses études à Paris. Il entreprend son droit, suit des cours à la Sorbonne et au Muséum. Il travaille comme clerc dans l'étude de Me Guillonnet-Merville, avoué, puis dans celle de Me Passez, notaire ; ces deux stages laisseront sur lui une empreinte profonde.

Son père ayant pris sa retraite, la famille, dont les ressources sont désormais réduites, quitte Paris et s'installe pendant l'été 1819 à Villeparisis. Le 16 août, le frère cadet de Bernard-François était guillotiné à Albi pour l'assassinat, dont il n'était peut-être pas coupable, d'une fille de ferme. Cependant Honoré, qu'on destinait au notariat, obtient de renoncer à cette carrière, et de demeurer seul à Paris, dans une mansarde, rue Lesdiguières, pour éprouver sa vocation en s'exerçant au métier des lettres. En septembre 1820, au tirage au sort, il a obtenu un « bon numéro » le dispensant du service militaire.

Dès 1817 il a rédigé des *Notes sur la philosophie et la religion,* suivies en 1818 de *Notes sur l'immortalité de l'âme,* premiers indices du goût prononcé qu'il gardera longtemps pour la spéculation philosophique ; maintenant il s'attaque à une tragédie, *Cromwell,* cinq actes en vers, qu'il termine au printemps de 1820. Soumise à plusieurs juges successifs, l'œuvre est uniformément estimée détestable ; Andrieux, aimable écrivain, professeur au Collège de France et académicien, conclut que l'auteur peut tenter sa chance dans n'importe quelle voie, hormis la littérature. Balzac continue sa recherche philosophique avec *Falthurne* et *Sténie* (1820), que suivront bientôt (1823) un *Traité de la prière* et un second *Falthurne*.

De 1822 à 1827, soit en collaboration soit seul, sous les pseudonymes de lord R'hoone et Horace de Saint-Aubin, il publie une masse considérable de produits romanesques « de consommation courante », qu'il lui arrivera d'appeler « petites opérations de littérature marchande » ou même « cochonneries littéraires ». A leur sujet, les balzaciens se partagent : les uns y trouvent des ébauches de thèmes et les signes avant-coureurs du génie romanesque ; les autres doutent que Balzac, soucieux de satisfaire une clientèle populaire, y ait rien mis qui soit sérieusement de lui-même.

En 1822 commence une partie de l'histoire du *Lys* : sa longue liaison (mais, de sa part, non exclusive) avec Antoinette de Berny, qu'il a rencontrée à Villeparisis l'année précédente. Née en 1777, elle a alors deux fois l'âge d'Honoré qui aura pour celle qu'il a rebaptisée Laure, et la *Dilecta*, un amour ambivalent, où il trouvera une compensation à son enfance frustrée.

Fille d'un musicien de la Cour et d'une femme de la chambre de Marie-Antoinette, femme d'expérience, Laure initiera son jeune amant aux secrets de la vie. Elle restera pour lui un soutien, et le guide le plus sûr. Elle mourra en 1836.

En 1825, Balzac entre en relation avec la duchesse d'Abrantès (1784-1838) ; cette nouvelle maîtresse, qui d'ailleurs s'ajoute à la précédente et ne se substitue pas à elle, a encore quinze ans de plus que lui. Fort avertie de la grande et petite histoire de la Révolution et de l'Empire, elle complète l'éducation que lui a donnée Mme de Berny, et le présente aux nombreux amis qu'elle garde dans le monde : lui-même, plus tard, se fera son conseiller et même son collaborateur lorsqu'elle commencera ses *Mémoires*.

Durant la fin de cette période, il se lance dans des affaires qui enrichissent d'une manière incomparable l'expérience du futur auteur de *La Comédie humaine*, mais qui, en attendant, se soldent par de pénibles et coûteux échecs.

Il se fait éditeur en 1825, imprimeur en 1826, fondeur de caractères en 1827, toujours en association, les fonds de ses propres apports étant constitués par sa famille et par Mme de Berny. En 1825 et 1826, il publie, entre autres, des éditions compactes de Molière et de La Fontaine, pour lesquelles il a composé des notices. En 1828, la société de fonderie est remaniée : il en est écarté au profit d'Alexandre de Berny, fils de son amie : l'entreprise deviendra une des plus belles réalisations françaises dans ce domaine. L'imprimerie est liquidée quelques mois plus tard, en août : elle laisse à Balzac 60 000 francs de dettes (dont 50 000 envers sa famille).

Nombreux voyages et séjours en province, notamment dans la région de

L'Isle-Adam, en Normandie, et souvent sur ordonnance médicale comme Vandenesse, en Touraine, dans la vallée du *Lys.*

Les débuts, 1828-1833.

A la mi-septembre 1828, Balzac va s'établir pour six semaines à Fougères, en vue du roman qu'il prépare sur la chouannerie. *Le Dernier Chouan ou la Bretagne en 1800,* dont le titre deviendra finalement *Les Chouans,* paraît en mars 1829 ; c'est le premier roman dont il assume ouvertement la responsabilité en le signant de son véritable nom.

En décembre 1829, il publie sous l'anonymat *Physiologie du mariage,* un essai ou, comme il dira plus tard, une « étude analytique » qu'il avait ébauchée puis délaissée plusieurs années auparavant.

1830 : les *Scènes de la vie privée* réunissent en deux volumes six courts récits. Ce nombre sera porté à quinze dans une réédition du même titre en quatre tomes (1832).

1831 : *La Peau de chagrin ;* ce roman est repris pour former la même année, avec douze autres récits, trois volumes de *Romans et contes philosophiques ;* l'ensemble est précédé d'une introduction de Philarète Chasles, certainement inspirée par l'auteur. 1832 : les *Nouveaux Contes philosophiques* augmentent cette collection de quatre récits (dont une première version de *Louis Lambert*).

Les *Contes drolatiques.* A l'imitation des *Cent nouvelles nouvelles* (il avait un goût très vif pour la vieille littérature), il voulait en écrire cent, répartis en dix dizains. Le premier dizain paraît en 1832, le deuxième en 1833 ; le troisième ne sera publié qu'en 1837, et l'entreprise s'arrêtera là.

Septembre 1833 : *Le Médecin de campagne.* Pendant toute cette époque, Balzac donne une foule de textes divers à de nombreux périodiques. Il poursuivra ce genre de collaboration durant toute sa vie, mais à une cadence moindre.

Laure de Berny reste la *Dilecta.* Laure d'Abrantès devient une amie. Passade avec Olympe Pélissier.

Entré en liaison d'abord épistolaire avec la duchesse de Castries en 1831, il séjourne auprès d'elle, à Aix-les-Bains et à Genève, en septembre et octobre 1832 ; elle se laisse chaudement courtiser, mais ne cède pas, ce dont il se « venge » par *La Duchesse de Langeais.*

Au début de 1832, il reçoit d'Odessa une lettre signée « L'Étrangère », et répond par une petite annonce insérée dans *La Gazette de France :* c'est le début de ses relations avec Mme Hanska (1805-1882), sa future femme, qu'il rencontre pour la première fois à Neuchâtel dans les derniers jours de septembre 1833.

Vers cette même époque il a une maîtresse discrète, Maria du Fresnay.

Voyages très nombreux. Outre ceux que nous avons signalés ci-dessus (Fougères, Aix, Genève, Neuchâtel), il faut mentionner plusieurs séjours à Saché, près de Nemours chez Mme de Berny, près d'Angoulême chez Zulma Carraud, etc.

Son travail acharné n'empêche pas qu'il ne soit très répandu dans les milieux littéraires et dans le monde ; il mène une vie ostentatoire et dispendieuse.

En politique, il s'affiche légitimiste. Il envisage de se présenter aux élections législatives de 1831, et en 1832 à une élection partielle.

L'essor, 1833-1840.

Durant cette période, Balzac ne se contente pas d'assurer le développement de son œuvre : il se préoccupe de lui assurer une organisation d'ensemble, comme en témoignaient déjà les *Scènes de la vie privée* et les *Romans et contes philosophiques*. Maintenant il s'avance sur la voie qui le conduira à la conception globale de *La Comédie humaine*.

En octobre 1833, il signe un contrat pour la publication des *Études de mœurs au XIXe siècle*, qui doivent rassembler aussi bien les rééditions que des ouvrages nouveaux, répartis en quatre tomes de *Scènes de la vie privée*, quatre de *Scènes de la vie de province* et quatre de *Scènes de la vie parisienne*. Les douze volumes paraissent en ordre dispersé de décembre 1833 à février 1837. Le tome I est précédé d'une importante *Introduction* de Félix Davin, porte plume de Balzac. La classification a une valeur littérale et symbolique ; elle se fonde à la fois sur le cadre de l'action et sur la signification du thème.

Parallèlement paraissent de 1834 à 1840 vingt volumes d'*Études philosophiques*, avec une nouvelle introduction de Félix Davin.

Principales créations en librairie de cette période : *Eugénie Grandet*, fin 1833 ; *La Recherche de l'absolu*, 1834 ; *Le Père Goriot*, *La Fleur des pois* (titre qui deviendra *Le Contrat de mariage*), *Séraphita*, 1835 ; *Histoire des Treize*, 1833-1835 ; *Le Lys dans la vallée*, 1836 ; *La Vieille Fille*, *Illusions perdues* (début), *César Birotteau*, 1837 ; *La Femme supérieure* (titre qui deviendra *Les Employés*), *La Maison Nucingen*, *La Torpille* (début de *Splendeurs et misères des courtisanes*), 1838 ; *Le Cabinet des antiques*, *Une fille d'Ève*, la deuxième partie d'*Illusions perdues*, *Béatrix* (début), 1839 ; *Une princesse parisienne* (titre qui deviendra *Les Secrets de la princesse de Cadignan*), *Pierrette*, *Pierre Grassou*, 1840.

En marge de cette activité essentielle, Balzac prend à la fin de 1835 une participation majoritaire dans la *Chronique de Paris*, journal politique et littéraire ; il y publie un bon nombre de textes, jusqu'à ce que la société, irrémédiablement déficitaire, soit dissoute six mois plus tard. Curieusement il réédite (et complète à l'aide de « nègres ») en gardant un pseudonyme qui n'abuse personne, une partie de ses romans de jeunesse ; les *Œuvres complètes d'Horace de Saint-Aubin*, seize volumes, 1836-1840.

En 1838, il s'inscrit à la toute jeune Société des Gens de Lettres, il la préside en 1839, et mène diverses campagnes pour la protection de la propriété littéraire et des droits des auteurs.

Candidat à l'Académie française en 1839, il s'efface devant Hugo, qui ne sera pas élu.

En 1840, il fonde la *Revue parisienne,* mensuelle et entièrement rédigée par lui ; elle disparaît après le troisième numéro, où il a inséré son long et fameux article sur *La Chartreuse de Parme.*

Théâtre, vieille et durable préoccupation depuis le *Cromwell* de ses vingt ans : en 1839, la Renaissance refuse *L'École des ménages,* pièce dont il donne chez Custine une lecture à laquelle assistent Stendhal et Théophile Gautier. En 1840, la censure, après plusieurs refus, finit par autoriser *Vautrin,* qui sera interdit dès le lendemain de la première.

Il séjourne à Genève auprès de Mme Hanska du 24 décembre 1833 au 8 février 1834 ; il la retrouve à Vienne (Autriche) en mai-juin 1835 ; alors commence une séparation qui durera huit ans.

Le 4 juin 1834, naît Marie du Fresnay, présumée être sa fille, et qu'il regarde comme telle ; elle mourra en 1930.

Mme de Berny malade depuis 1834, accablée de malheurs familiaux, cesse de le voir à la fin de 1835 ; elle va mourir le 27 juillet 1836.

Le 29 mai 1836, naissance de Lionel-Richard, fils présumé de Balzac et de la comtesse Guidoboni-Visconti.

Juillet-août 1836 : Mme Marbouty, déguisée en homme, l'accompagne à Turin où il doit régler une affaire de succession pour le compte et avec la procuration du mari de Frances Sarah, le comte Guidoboni-Visconti. Ils rentrent par la Suisse.

Autres voyages toujours nombreux, et nombreuses rencontres.

Au cours de l'excursion autrichienne de 1835, il est reçu par Metternich, et visite le champ de bataille de Wagram en vue d'un roman qu'il ne parviendra jamais à écrire, et rencontre pendant « deux heures » lady Ellenborough parfois proposée comme un des « modèles » de lady Dudley. En 1836, séjournant en Touraine, il se voit accueilli par Talleyrand et la duchesse de Dino. L'année suivante, c'est George Sand qui l'héberge à Nohant ; elle lui suggère le sujet de *Béatrix.*

Durant un second voyage italien, en 1837, il a appris, à Gênes, qu'on pouvait exploiter fructueusement en Sardaigne les scories d'anciennes mines de plomb argentifère ; en 1838, en passant par la Corse, il se rend sur place pour y constater que l'idée était si bonne qu'une société marseillaise l'a devancé ; retour par Gênes, Turin, et Milan où il s'attarde.

On signale en 1834 un dîner réunissant Balzac, Vidocq et les bourreaux Sanson père et fils.

Démêlés avec la Garde nationale, où il se refuse obstinément à assurer ses tours de garde : en 1835, à Chaillot sous le nom de « madame veuve Durand », il se cache autant de ses créanciers que de la garde qui l'incarcérera, en 1836, pendant une semaine dans sa prison surnommée « Hôtel des Haricots » ; nouvel emprisonnement en 1839, pour la même raison.

En 1837, près de Paris, à Sèvres, au lieu-dit les Jardies, il achète les premiers éléments de ce dont il voudra constituer tout un domaine. Sa légende commençant, on prétendra qu'il aurait rêvé d'y faire fortune en y acclimatant la culture de l'ananas. Ses projets assez grandioses lui coûteront fort cher et ne lui amèneront que des déboires. Liquidation onéreuse et longue : à la mort de Balzac, l'affaire n'était pas entièrement liquidée.

C'est en octobre 1840 que, quittant les Jardies, il s'installe à Passy dans l'actuelle rue Raynouard, où sa maison est redevenue aujourd'hui « La Maison de Balzac ».

Suite et fin, 1841-1850.

Le fait marquant qui inaugure cette période est l'acte de naissance officiel de *La Comédie humaine* considérée comme un ensemble organique. Cet acte, c'est le contrat passé le 2 octobre 1841 avec un groupe d'éditeurs pour la publication, sous ce « titre général », des « œuvres complètes » de Balzac, celui-ci se réservant « l'ordre et la distribution des matières, la tomaison et l'ordre des volumes ».

Nous avons vu le romancier, dès ses véritables débuts ou presque, montrer le souci d'un ordre et d'un classement. Une lettre à Mme Hanska du 26 octobre 1834 en faisait déjà état. Une lettre de décembre 1839 ou janvier 1840, adressée à un éditeur non identifié, et restée sans suite, mentionnait pour la première fois le « titre général », avec un plan assez détaillé. Cette fois le grand projet va enfin se réaliser (sous réserve de quelques changements de détail ultérieurs dans le plan, de plusieurs ouvrages annoncés qui ne seront jamais composés et, enfin, de quelques autres composés et non annoncés).

Réunissant rééditions et nouveautés, l'ensemble désormais intitulé *La Comédie humaine* paraît de 1842 à 1848 en dix-sept volumes, complétés en 1855 par un tome XVIII, et suivis, en 1855 encore, d'un tome XIX *(Théâtre)* et d'un tome XX *(Contes drolatiques)*. Trois parties : *Études de mœurs, Études philosophiques, Études analytiques* — la première partie étant elle-même divisée en *Scènes de la vie privée, Scènes de la vie de province, Scènes de la vie parisienne, Scènes de la vie politique, Scènes de la vie militaire* et *Scènes de la vie de campagne*.

L'*Avant-propos* est un texte doctrinal capital. Avant de se résoudre à l'écrire lui-même, Balzac avait demandé vainement une préface à Nodier, à George Sand, ou envisagé de reproduire les introductions de Davin aux anciennes *Études de mœurs* et *Études philosophiques*.

Premières publications en librairie : *Le Curé de village*, 1841 ;

Mémoires de deux jeunes mariées, Ursule Mirouët, Albert Savarus, La Femme de trente ans (sous sa forme et son titre définitifs après beaucoup d'avatars), *Les Deux Frères* (titre qui deviendra *La Rabouilleuse*), 1842 ; *Une ténébreuse affaire, La Muse du département, Illusions perdues* (au complet), 1843 ; *Honorine, Modeste Mignon,* 1844 ; *Petites misères de la vie conjugale,* 1846 ; *La Dernière Incarnation de Vautrin* (achevant *Splendeurs et misères des courtisanes*), 1847 ; *Les Parents pauvres (Le Cousin Pons* et *La Cousine Bette*), 1847-1848.

Romans posthumes. *Le Député d'Arcis* et *Les Petits Bourgeois*, restés inachevés, et terminés, avec une désinvolture confondante, par Charles Rabou agréé par la veuve, paraissent respectivement en 1854 et 1856. La veuve assure elle-même, avec beaucoup plus de tact, la mise au point des *Paysans* qu'elle publie en 1855.

Théâtre. Représentation et échec des *Ressources de Quinola,* 1842 ; de *Paméla Giraud,* 1843. Succès sans lendemain de *La Marâtre,* pièce créée à une date peu favorable (25 mai 1848) ; trois mois plus tard la Comédie-Française reçoit *Mercadet ou le Faiseur,* mais la pièce ne sera pas représentée.

Chevalier de la Légion d'honneur depuis avril 1845, Balzac, encore candidat à l'Académie française, obtient 4 voix le 11 janvier 1849, dont celles de Hugo et de Lamartine (on lui préfère le duc de Noailles), et, aux trois scrutins du 18 janvier, 2 voix (Vigny et Hugo), 1 voix (Hugo) et 0 voix, le comte de Saint-Priest étant élu.

Préoccupations et voyages, durant cette période, portent pratiquement un seul et même nom : Mme Hanska. Le comte Hanski était mort le 10 novembre 1841, en Ukraine ; mais Balzac recevra le 5 janvier 1842 seulement l'annonce de l'événement. Son amie, libre désormais de l'épouser va néanmoins le faire attendre plus de huit ans encore, soit qu'elle manque d'empressement, soit que réellement le régime tsariste se dispose à confisquer ses biens, qui sont considérables, si elle s'unit à un étranger.

En 1843, après huit ans de séparation, Balzac va la retrouver pour deux mois à Saint-Pétersbourg ; il rentre par Berlin, les pays rhénans, la Belgique. En 1845, voyages communs en Allemagne, en France, en Hollande, en Belgique, en Italie. En 1846, ils se rencontrent à Rome et voyagent en Italie, en Suisse, en Allemagne.

Mme Hanska est enceinte ; Balzac en est profondément heureux, et, de surcroît, voit dans cette circonstance une occasion de hâter son mariage ; il se désespère lorsqu'elle accouche, en novembre 1846, d'un enfant mort-né.

En 1847, elle passe quelques mois à Paris ; peu après, Balzac rédige un testament en sa faveur. A l'automne, il va la retrouver en Ukraine, où il séjourne près de cinq mois. Il rentre à Paris, assiste à la révolution de février 1848 et envisage une candidature aux élections législatives, puis il repart dès la fin de septembre pour l'Ukraine, où il séjourne jusqu'à la fin d'avril 1850. Malade, il ne travaille plus : depuis plusieurs années sa santé n'a cessé de se dégrader.

Il épouse Mme Hanska, le 14 mars 1850, à Berditcheff.

Rentrés à Paris vers le 10 mai, les deux époux, le 4 juin, se font donation de tous leurs biens en cas de décès.

Balzac est rentré à Paris pour mourir. Affaibli, presque aveugle, il ne peut bientôt plus écrire ; la dernière lettre connue, de sa main, daté du 1er juin 1850. Le 18 août, il reçoit l'extrême-onction, et Hugo, venu en visite, le trouve inconscient : il meurt à onze heures et demie du soir. On l'enterre au Père-Lachaise trois jours plus tard ; les cordons du poêle sont tenus par Hugo et Dumas, mais aussi par le navrant Sainte-Beuve, qui lui vouait la haine des impuissants, et par le ministre de l'Intérieur ; devant sa tombe, superbe discours de Hugo : ni Hugo ni Baudelaire ne se sont trompés sur le génie de Balzac.

La femme de Balzac, après avoir trouvé quelques consolations à son veuvage, mourra ruinée de sa propre main et par sa fille en 1882.

NOTICE

Quand Balzac écrivit la première version de ce roman, il venait d'avoir trente-huit ans, l'âge de la pleine force. L'histoire de cette création révèle cependant un être hors du commun, à travers ces témoins que sont le manuscrit, les épreuves et la correspondance du romancier.

En 1836, Balzac s'engageait vis-à-vis de Girardin pour trois feuilletons à paraître dans *La Presse,* fondée le 1ᵉʳ juillet. Après *La Vieille Fille,* publiée en octobre, Girardin commença à réclamer le deuxième texte, *La Torpille,* puis, cette dernière étant susceptible d'effaroucher ses prudes lectrices, *La Haute Banque,* proposée par Balzac en remplacement. Girardin insiste pour commencer « au plus tard du 20 au 25 décembre » (*Corr.,* III, 194), ceci pour stimuler les réabonnements, qui avaient lieu en fin de trimestre. Rien ne vint, Balzac ayant à écrire ou à finir *Illusions perdues, Le Secret des Ruggieri,* la seconde partie de *L'Enfant maudit* et *Gambara,* l'un des deux textes qu'il vient de promettre à Schlesinger pour sa *Revue et Gazette musicale.* Le 23 janvier 1837, Girardin revient à la charge, puis le 3 mars, réclamant son feuilleton pour le 20 (*Corr.,* III, 231 et 259)[1]. Il ignore que Balzac est parti pour l'Italie depuis la mi-février. Le 3 mai, rentré à Paris, Balzac écrit *Les Martyrs ignorés* — « le premier ouvrage que j'ai fait à mon retour » (*Corr.,* III, 312) — impérativement urgent pour les *Études philosophiques ;* vers le 10, il reprend *Gambara,* s'escrime pendant plusieurs jours (*LH,* I, 499 et 500), change pour *Massimilla Doni* qu'il finit le 24 mai (*LH,* I, 505). Le lendemain, il demande à Plon, qui compose ses épreuves, de garder « l'autre cicero pour *César Birotteau* », impérativement urgent pour le *Figaro,* et qui sera « à faire avant [*Les Martyrs ignorés*] peut-être » (*Corr.,* III, 287). Puis, le 28 mai, soudain, il annonce avoir commencé *La Femme supérieure* qu'il espère finir « en 4 jours » (*LH,* I, 507). En même temps, il prévient Girardin, qui attend *La Haute Banque,* qu'il recevra *La Femme supérieure.* Au pied du mur Girardin accepte, en souhaitant que

---

1. Nous citons la *Correspondance* d'après l'édition de Roger Pierrot (classiques Garnier, 1960-1969). *L H* renvoie à l'édition des lettres à Mme Hanska procurée également par Roger Pierrot pour « les Bibliophiles de l'originale » (1967-1971).

« le sujet permet [te] qu'il n'y ait rien qui blesse [la] susceptibilité de pudeur » de ses abonnées, et demande la copie pour le 25, de manière, rappelle-t-il, que le feuilleton « aille sur juin et juillet pour CAUSE », pour cause de réabonnements, toujours (*Corr.*, III, 297).

La Femme supérieure parut dans *La Presse* du 1er au 14 juillet 1837. Le 1er, Balzac constatait l'avoir « faite en un mois, jour pour jour » (*LH*, I, 514). En soi, c'est un exploit. Mais si l'on considère qu'en outre Balzac a non seulement écrit son roman, mais l'a corrigé sur épreuves — et ses corrections représentaient toujours un travail considérable —, et que, dans le même temps, il a corrigé les épreuves des *Martyrs ignorés* (*Corr.*, III, 297, 301, 303, 309) qui paraîtront en août, refait *Gambara* qui paraît en juillet-août, corrigé *Massimilla Doni* dont il offre le manuscrit le 10 juin — ce qui signifie qu'il en a pratiquement fini avec les épreuves (*Corr.*, III, 287 et 303), et que, enfin, il s'est mis à *César Birotteau* dont il y aura déjà « cent vingt-quatre pages de copie imprimée et corrigée » le 12 juillet (*Corr.*, III, 319), il faut bien admettre que l'auteur de *La Femme supérieure* n'était pas tout à fait un écrivain ordinaire, lui qui disait alors avoir « du travail à tuer un bœuf moins bœuf que moi » (*Corr.*, III, 318). Et ce travail, dans quelles conditions le fit-il...

Ses affaires plus que jamais embrouillées, contrats en retard, avances reçues et dépensées, Balzac, poursuivi par les huissiers est obligé de déménager en pleine création. Le 17 juin, il annonce avoir trouvé un « asyle assez sûr » (*Corr.*, III, 312). Le manuscrit de *La Femme supérieure*, qui a tant à nous dire, nous dit aussi cela : Balzac a utilisé *deux encres*, une noire, son encre ordinaire, et une verte, qu'il a trouvée dans l' « asyle », évidemment, c'est-à-dire chez la blonde et charmante comtesse Guidoboni Visconti, comme nous l'apprend, non la correspondance, naturellement, mais une note d'un bon confrère de l'écrivain qui vient d'apprendre « qu'il est chez une Mme Visconti, qu'on lui donne pour maîtresse, mais qu'il y a des échelles dressées contre les murs de son jardin qui donne dans les Champs-Élysées et qu'on n'ouvre point la porte à des gens suspects » (*Journal de Viennet*, 207, à la date du 5 juillet). Aucune vicissitude pourtant n'arrête Balzac et, le 17 juin toujours, il constate : « Le sujet s'est étendu. » Tellement étendu que, plus tard, il fera remarquer à Girardin que le texte de *La Femme supérieure* avait « dépassé » les dimensions prévues au départ « du quintuple » (*Corr.*, III, 466). Entre autres preuves d'importance prise, en quantité : le nombre impressionnant de personnages créés pour cette œuvre. Sans compter les employés qui ne figurent que dans ce roman, il y a vingt-six personnages nouveaux qui reparaîtront ensuite et, parmi eux, certains deviendront soit des premiers rôles, comme La Brière dans *Modeste Mignon* ou comme Tullia et du Bruel dans *Un prince de la bohème*, soit des grands sociétaires de *La Comédie humaine*, comme Finot, des Lupeaulx et Bixiou.

Le manuscrit et les épreuves corrigées de *La Femme supérieure* sont conservés à la Bibliothèque nationale, au département des manuscrits, sous la cote Mss. N.A.F. 6899-6901. Il y a trois volumes. Chacun comprend le manuscrit et les épreuves d'une des trois parties : *Entre deux femmes* (30 folios de manuscrit et 206 folios pour 9 jeux d'épreuves), *Les Bureaux* (50 folios de manuscrit et 197 folios pour 11 jeux d'épreuves), *A qui la place ?* (30 folios de manuscrit et 109 folios pour 4 jeux d'épreuves, plus une page de titre et une page libre couvertes de plans, listes et notations diverses, et les 105 folios du « Bon à tirer »). Avant d'avoir à fuir les alguazils, Balzac avait écrit 56 folios du manuscrit, corrigé les épreuves et le bon à tirer de la première partie, corrigé les cinq premiers jeux d'épreuves de la deuxième partie, correspondant au texte allant jusqu'au folio 52 du manuscrit, et commencé à corriger le sixième jeu. L'encre noire nous dit cela, et combien le remue-ménage de sa vie prit Balzac à un moment peu propice pour un créateur.

Manuscrit et épreuves ont bien d'autres révélations à faire sur les étapes et les difficultés de la création du roman. Grâce à plusieurs paginations superposées de quelques folios du manuscrit, deux débuts sont visibles : le premier, sans Plan Rabourdin, débouchait directement dans ce qui sera le commencement de la deuxième partie, *Les Bureaux* ; le second introduit tout de suite Rabourdin et sa femme, puis le Plan et, dans un troisième temps, la division de l'œuvre, en parties d'abord, puis en chapitres, dont les indications des titres sont rajoutées. Deux grandes difficultés sont visibles grâce aux épreuves : l'aménagement du Plan qui prendra corps par force additions et remaniements sur chacune des neuf épreuves, dont une, la sixième, ne concerna que lui seul ; le changement d'Élisabeth Baudoyer, de la septième épreuve à la neuvième où, comme je l'ai indiqué dans la préface et par quelques citations dans la note 73 de la page 47, elle passa, au physique comme au moral, de l'ange à un aigre démon petit-bourgeois, et ses alentours suivant la pente.

Le 14 juillet, le dernier feuilleton paraît. Le roman s'arrête sur le mot de Bixiou : « il est joli celui-là ! » (note 204 de la page 276). Dès le 8, Balzac indique que, « finie quant au journal », l'histoire « n'est pas finie quant au livre, j'y ajoute une quatrième partie » (*LH*, I, 516). De cela, il reste une trace à la Bibliothèque Lovenjoul, à Chantilly : deux pages de la copie par Belloy, « secrétaire » de Balzac en 1837, d'un article de *La Caricature* du 25 novembre 1830, une scène dialoguée intitulée *Le Garçon de bureau*, abondamment corrigée par Balzac, qui prenait là non un texte de lui, comme il a été dit, mais, comme je l'ai montré, un texte d'Henry Monnier (*L'Année balzacienne 1966*, « Balzac et Henry Monnier », 227 sq.). Mais cette tentative pour finir le roman « quant au livre » avorta : ce *Garçon de bureau* remanié, de nouveau remanié, entrera seulement dans la *Physiologie de l'employé* en 1841, puis, encore remanié, il fournira la toute dernière page du roman, en 1844. Et, quoi qu'en aient affirmé éditeurs et exégètes des *Employés* à la suite de Lovenjoul, il n'y eut pas le moindre ajout, relativement au texte du feuilleton, dans les éditions de 1838.

L'édition originale parut en septembre 1838, en deux volumes in-8. L'éditeur en était Werdet. Le fait est singulier car, à cette époque, Werdet avait fait faillite, d'une part, et, d'autre part, depuis la fin de

1836, Balzac était sous contrat d'exclusivité de publication de ses œuvres en librairie avec une Société formée de Béthune, Bohain, Delloye et Lecou. Le 6 septembre 1838, il se plaint de n'avoir même pas été consulté pour « cette vente en bloc de 3 300 volumes de *La Femme supérieure* pour 8 000 francs » (*Corr.*, III, 433). De plus, outre *La Femme supérieure*, il y avait à sa suite *La Maison Nucingen* — l'ex-*Haute Banque* — et *La Torpille*. Et comme cela ne suffisait pas à remplir les deux volumes, Balzac avait dû ajouter une préface fort longue. Du moins en profita-t-il pour s'étendre sur les conditions de la création littéraire et sur les conditions de la rémunération et des droits des auteurs en général et en particulier sur les créations et l'auteur des œuvres qui suivaient.

La deuxième édition parut en décembre 1838, toujours avec Werdet comme éditeur, toujours avec les mêmes trois romans, et *La Femme supérieure* s'arrêtant toujours sur : « il est joli celui-là ! ». Seules différences : cette publication était en trois volumes in-18, et la préface était supprimée.

En 1841, Balzac publie la *Physiologie de l'employé* pour laquelle il a emprunté considérablement au texte de *La Femme supérieure*. Les personnages deviennent types, s'enrichissent de cette mutation par l'analyse drôle, mais attentive, qui structure ces types.

La troisième édition parut au tome XI de *La Comédie humaine,* dans le tome III des *Scènes de la vie parisienne* qui sortit en septembre 1844. Intitulé *Les Employés ou la Femme supérieure,* le roman était très modifié. Dans sa forme, il se présentait sans divisions en parties et chapitres et il était augmenté de tout le texte qui suit le mot de Bixiou. Quant au fond, Balzac avait accentué l'évolution constatée lors de la création, donnant de plus en plus de prépondérance aux employés aux dépens de la femme supérieure. Pour ce faire, il reprit largement sa *Physiologie de l'employé,* dont il intercala nombre d'extraits dans la description des bureaux, dans les considérations générales sur les employés, dans leurs portraits, et jusque dans les scènes dialoguées. Qu'il s'agisse des généralités ou des types, l'angle de vue nécessaire à la *Physiologie,* transposé dans le roman, l'augmente en quantité et, incontestablement, en qualité sur le plan de l'étude sociale. D'autre part, Balzac modifia la situation de quelques personnages, surtout Thuillier et Colleville, pour l'adapter à l'argument des *Petits Bourgeois,* commencés à la fin de 1843 et interrompus — momentanément, croyait-il — au moment où il finissait de préparer cette troisième édition du roman, qui se fit en deux étapes, en 1843 et en 1844.

En 1843, en novembre, Balzac offrait les trois volumes du manuscrit et des épreuves de *La Femme supérieure* à David d'Angers, alors en train de sculpter son fameux buste monumental du romancier auquel, apparemment, il avait demandé un autographe, puisque Balzac inscrivit, sur le premier volume : « J'ai tâché que l'autographe fût digne de votre désir. » Sur le troisième, il écrivit : « Il n'y a pas que les statuaires qui piochent. » Et, en tête de la première page du manuscrit, Balzac avait encore ajouté une indication importante : « Ceci s'appelle actuellement LES BUREAUX et commence les scènes de la vie politique. 1843. » A ce moment, Balzac est en pleine rédaction des *Petits Bourgeois* où, dit-il le 17 décembre, reparaissent « tous les personnages de *La Femme supérieure*, non pas Rabourdin, mais les employés inférieurs des Bureaux » (*LH*, II, 310). Le 27, il passe « deux heures » à corriger *La Femme supérieure* (*LH*, II, 316).

En 1844, à la fin de février, commence la véritable refonte. Le 28, il a « un violent coup de sang à [sa] table » : « J'ai de 3 heures du matin à 3 heures après midi, corrigé sans désemparer 6 feuilles de *La Comédie humaine (Les Employés)* où j'avais à intercaler des morceaux pris dans la *Physiologie de l'employé* », travail « qui équivalait à faire en douze heures un volume in-8 ordinaire » (*LH*, II, 390). Le 19 mars, « avalanche d'épreuves » : « Il a fallu six heures pour les lire et les corriger. Il y a tant de changements et d'ajoutés, que c'est comme un livre fait à nouveau » (*LH*, II, 408). Enfin, le 20, de « 2 h 1/2 [à] 9 heures » du matin : « j'ai mis la dernière main aux *Employés* » (*ibid.*). A quelques retouches de forme près, apportées plus tard sur son exemplaire personnel de *La Comédie humaine* en vue de sa réédition, le texte mis alors au point est celui que nous lisons. C'est aussi sur cet exemplaire que Balzac intitulera finalement son roman *Les Employés*, en rayant *La Femme supérieure*, ainsi irrévocablement éliminée du rôle premier ou second. Mais ce fait était déjà accompli dans l'esprit de Balzac dès 1844, comme on le voit dans ses lettres d'alors, où il ne nomme son roman que *Les Employés*.

Par ailleurs, on a vu qu'en 1843 Balzac destinait cette œuvre aux *Scènes de la vie politique*, en première ligne. Sans pouvoir expliquer le changement de son implantation, il faut bien constater qu'en 1844, le roman fut publié dans les *Scènes de la vie parisienne*, et que, dans un plan de « 1847 [pour la] Composition des Scènes de la vie parisienne pour la 2ᵉ édition », dressé sur la page de garde de la fin du tome XI de son exemplaire de *La Comédie humaine*, Balzac maintenait *Les Employés* dans le « 3ᵉ volume » des *Scènes de la vie parisienne* (Roger Pierrot, « Les Enseignements du Furne corrigé », *L'Année balzacienne 1965*, 295).

Notre texte est celui de la version corrigée par Balzac sur cet exemplaire, qui représente sa dernière volonté quant à l'édition de son œuvre. Pour des détails de forme, j'ai adopté les usages actuels, tels qu'ils sont mis en application, par exemple, dans la dernière édition de *La Comédie humaine* à la Bibliothèque de la Pléiade. Mais j'ai rétabli les divisions en parties et chapitres des éditions antérieures à celle de *La Comédie humaine* de 1844. Pour l'ensemble de ce regroupement de son œuvre, Balzac avait supprimé toutes les divisions de chacun de ses romans : chaque roman y est un chapitre de *La Comédie humaine*. Mais, quand il s'agissait d'éditions séparées, Balzac les publia toujours, avant et après *La Comédie humaine*, découpées en parties et/ou en chapitres. Ce fait, outre, me semble-t-il, un agrément ajouté à la lecture, justifie, je crois, le parti pris ici.

INDICATIONS BIBLIOGRAPHIQUES

Guy ROBERT, « Naissance d'un texte de Balzac. Le plan Rabourdin dans *Les Employés* », *L'Information littéraire*, n° 5, 1952.

Guy THUILLIER, « Comment Balzac voyait l'administration », *La Revue administrative*, n° 46, 1954.

Roland CHOLLET, Préface des *Employés*, éd. Rencontre, Lausanne, 1956.

Pierre HUSSON, *Autour du roman « Les Employés » de H. de Balzac*, mémoire pour le diplôme d'Études supérieures, dactylographié, Paris, 1956.

Maurice BARDÈCHE, Préface des *Employés*, *Œuvres complètes* de Balzac, t. XIII, Club de l'honnête homme, Paris, 1959.

Jean-Hervé DONNARD, *Les Réalités économiques et sociales dans « La Comédie humaine »*, chapitres « Messieurs les ronds-de-cuir » et « Le plan Rabourdin », A. Colin, Paris, 1961.

Anne-Marie MEININGER, « Qui est des Lupeaulx ? », *L'Année balzacienne 1961*.

— « Eugène Surville, *modèle reparaissant* [...] », *L'Année balzacienne 1963*.

— « Balzac et Stendhal en 1837 », *L'Année balzacienne 1965*.

— « Balzac et Henry Monnier », *L'Année balzacienne 1966*.

— *Les Employés*, édition critique et commentée, 3 vol. in-4° multigraphiés, Paris, 1967.

Maurice REGARD, Compte rendu de l'édition ci-dessus, *L'Année balzacienne 1968*.

Maison de Balzac, *Balzac et l'administration*, Catalogue de l'Exposition par Jacqueline Sarment, Préface de Patrice Boussel, Presses artistiques, Paris, 1974.

Anne-Marie BIJAOUI-BARON, « La Bureaucratie et ses images », *L'Année balzacienne 1977*.

Anne-Marie MEININGER, Introduction des *Employés*, *La Comédie humaine*, Bibliothèque de la Pléiade, t. VII, Paris, 1977.

Anne-Marie BIJAOUI-BARON, « La Bureaucratie balzacienne [...] », *L'Année balzacienne 1982*.

NOTES

Page 31.

1. Cette dédicace parut dans l'édition originale du roman, en septembre 1838. Femme du comte Faustino Sanseverino Vimercati Tadini, la comtesse Serafina, dite Fanny, avait alors trente ans ; elle était la sœur du prince Alfonso Serafino Porcia, chez lequel Balzac avait séjourné au mois de mai précédent et auquel, dans la même édition, il dédie *La Torpille*. Balzac avait connu la comtesse quelques années plus tôt, quand elle séjournait à Paris et fréquentait, comme lui, l'ambassade d'Autriche et le salon de Gérard. En août 1836, lors de son passage à Turin, Balzac revoyait la comtesse Fanny qui le décrivait alors à son amie de Milan, Clara Maffei : « On l'imagine très grand et leste, pâle et décharné, avec une de ces physionomies qui sont déjà une inspiration, une poésie. Gardez-vous d'une attente si belle ! C'est un petit homme, gras, dodu, rond, rubicond, avec deux yeux noirs et étincelant de feu dans le dialogue... »

Page 32.

2. Le baron François Gérard, peintre d'histoire et de portraits, était mort le 11 janvier 1837. « Nous avons subitement perdu Gérard », écrivait Balzac à Mme Hanska le 15, « Vous n'aurez pas connu cet étonnant salon ! Quel hommage rendu au génie et à la bonté du cœur, à l'esprit de cet homme que son convoi ; il n'y avait que des illustrations et l'église Saint-Germain-des-Prés n'a pu les contenir. »

Page 35.

3. Balzac ne précise ni le « moment » de l'intrigue ni la nature du ministère. Nombre de détails situent cependant l'intrigue à la fin de 1824 et le ministère sera qualifié dans *Les Petits Bourgeois* : il s'agit des Finances. Quant au nom de Rabourdin, bien des hypothèses — dont les miennes — ont été faites sur son origine. Un hasard récent m'a permis de la découvrir. Le 8 avril 1828, Honoré Balzac passait, chez Me Bertrand, un bail de « seize ans et six mois [*sic*] » pour l'appartement qu'il habitait rue des Marais, 17. Le 16 août 1828, ce bail était l'objet d'un

« transport » aux futurs nouveaux occupants de l'appartement : « André Barbier, employé, et D^e Henriette-Aglaé Rabourdin, son épouse » : voilà donc une dame Rabourdin, épouse d'employé, qui s'installe dans l'appartement de Balzac avant d'entrer, au moins en nom, dans son œuvre... Outre ce détail intéressant *Les Employés*, ces actes notariés ouvrent de bizarres horizons sur les affaires de Balzac : Barbier, son associé depuis 1826, avait rompu le 16 avril 1828, jour où, d'autre part, Alexandre de Berny remplaçait Balzac dans son association avec Laurent pour la fonderie de caractères...

4. Ici, plus loin, comme partout dans son œuvre, Balzac écrit Roberspierre. Il tenait à cette graphie dont il faisait un génitif saxon, alors que Robespierre venait du composé Robert-Pierre, devenu Roberpierre, prononcé au début de la Révolution Robépierre et écrit Robespierre, comme Bernard donna Besnard.

Page 36.

5. Ordre créé en 1814 par le comte d'Artois. Distribué avec une profusion telle que, par exemple, Balzac le reçut en septembre de la même année à la distribution des prix de son collège, il fut bientôt déconsidéré : un valet le porte, constatait Castellane dans son *Journal,* le 15 novembre. Réformé en 1816, cet ordre fut supprimé en 1830.

Page 37.

6. Graphie à laquelle Balzac tenait. Il corrigea le « laisser-aller » mis à la composition en soulignant, en marge du « Bon à tirer » : « La véritable orthographe est laissez-aller. »

Page 40.

7. Au chapitre « Statistique conjugale » de la *Physiologie du mariage,* Balzac recensait déjà des variétés de femmes : la vraie femme, la paysanne, l'ouvrière, la femme mariée depuis vingt ans, la sœur de Sainte-Camille, la modiste, la figurante, la cantatrice, la servante-maîtresse, etc.

Page 42.

8. L'influence de la maîtresse de Tallien, surnommée ensuite Notre-Dame de Thermidor.

9. « Le génie n'est autre chose qu'une grande aptitude à la patience. » Buffon, *Discours de réception à l'Académie française.*

Page 43.

10. Un chiffre sur la proportion des traités à la Rabourdin : dans le « Tableau systématique des Ouvrages qui ont été imprimés en France pendant l'année 1824 » — l'année de l'action —, dans la section « Sciences et Arts », le pourcentage des traités d' « Économie politique, administration politique » était de 22, pour, par exemple, 4 de « Médecine et chirurgie », 2 de « Mathématiques », 1 d' « Astrono-

mie »... (*Recherches statistiques pour la ville de Paris et le département de la Seine*, publiées sous la direction du comte de Chabrol, préfet du département, Imprimerie royale, 1826, tableau n° 131).

Page 46.

11. En 1825, dans ses *Mœurs administratives*, Ymbert jugeait la circulaire « une maladie organique de l'administration ». Plus il s'en élabore, « plus la marche de l'administration s'alourdit et s'entrave ». Quant à la centralisation paperassière : « elle pousse spontanément dans la tête de certains commis qui se plaisent à attirer au centre tout le papier de la province » (t. II, p. 42 et 46).

Page 47.

12. Exemple fréquemment invoqué par Balzac d'un génie supérieur parvenu grâce à une ambition sans scrupule : pour décider le conclave en sa faveur, lors de la difficile succession de Grégoire XIII, Félix Peretti avait feint d'être mourant.

Page 48.

13. « La complaisance, la flatterie, les petits soins se partagent souvent les augmentations acquises au travail, à l'intelligence et à l'assiduité. Il arrive de là que l'état des appointements, mis en regard des services rendus et des capacités respectives, donne les contre-sens et les barbarismes les plus épouvantables » (Ymbert, *Mœurs administratives*, t. I, p. 105).

14. « ... depuis 1830, comment des ministres qui tremblent de compromettre leur place en parlant mal à la Chambre, pourraient-ils avoir le temps de méditer sur les partis à prendre ? Ils acceptent leurs idées administratives de leurs commis, et Dieu sait quelles idées ! [...] Quand on présente [des projets de réforme] au commis, sa paresse se révolte et il se dit : Voilà un homme dangereux [...] Il faudrait dans tous les ministères des chefs de division recevant vingt-cinq mille francs d'appointements [...] Ces chefs de division que je propose travailleraient avec leur ministre, comme ce ministre travaille avec le roi [...] Il faut savoir que dans le régime actuel qui, je pense, demande trois ou quatre cents commis pour le seul ministère de l'Intérieur, un bureau est occupé par quatre ou cinq employés, la conversation ne cesse jamais [...] Deux employés travaillant comme ceux des banquiers expédieraient en six heures le travail mal fait aujourd'hui par cinq personnes. On ne recrute pas pour les bureaux des jeunes gens suffisamment instruits : peu importe, sans doute, pour la besogne qu'ils font ; mais c'est quand ils ont de l'avancement que leur ignorance coûte cher à l'État. » Ce passage des *Mémoires d'un touriste*, daté par Stendhal du *18 mai 1837*, et un plan sommaire de Tours, où Stendhal allait passer quelques jours après, tracé par Balzac au verso d'un des folios du manuscrit de *La Femme supérieure*, où se trouve justement une partie des mêmes critiques de l'administration, ont justifié mon hypothèse d'une rencontre entre les deux écrivains

au moment où Balzac commençait son roman, vers le 24 mai (« Balzac et Stendhal en 1837 », *L'Année balzacienne 1965*, p. 143-155).

Page 49.

15. « Toujours quelques orateurs accrochent leur éloquence au petit chapitre de nos dépenses intérieures. Dans un budget d'un milliard, leur protection pour les contribuables ne trouve à contrôler que le modeste million de nos appointements et les cent mille francs de nos gratifications, ils font de la métaphore sur notre chauffage, de l'antithèse sur notre éclairage, et de l'ironie sur nos fournitures de bureaux » (Ymbert, *Mœurs administratives*, t. I, p. 258).

16. Francisco Jiménez de Cisneros (1436-1517), confesseur d'Isabelle la Catholique, devenu cardinal, administrateur de la Castille et Grand Inquisiteur.

Page 50.

17. Suger (v. 1081-1151), abbé de Saint-Denis, membre du Conseil de Louis VI et de Louis VII, régent de France pendant la croisade de ce dernier.

18. Ce chiffre ne fut pas constant sous la Restauration au fil des différents gouvernements : il y en eut six puis sept en 1814 ; huit en 1815, six en 1818 et en 1819 ; huit puis onze en 1820. Le cabinet Villèle, celui du roman, eut d'abord, en 1821, sept ministres, puis à partir d'août 1824, donc au moment de l'intrigue, huit.

19. Au moment de l'intrigue, en 1824 : Metternich et Gentz. Au moment de la rédaction, en 1837 : Metternich et Kolowrat.

20. Ce ministère comportait l'administration des Maisons civile et militaire du Roi, les Palais royaux et les Beaux-Arts. Vacant de 1815 à 1820, il cessa d'exister en 1827.

Page 51.

21. Les variantes de ce passage prouvent que Balzac a passablement jonglé avec les attributions de ses trois ministères. Il jonglait surtout, en fait, avec le plan proposé, *en 1837*, par Girardin qui préconisait aussi la réduction de l'appareil gouvernemental à *trois ministères* (voir le chapitre consacré au « Plan Rabourdin » par J.-H. Donnard, dans *Les Réalités économiques et sociales dans « La Comédie humaine »*).

22. À la fin de la Restauration, l'effectif total des employés était de cinq mille, dont quatre-vingt-huit pour les Affaires étrangères, quatre-vingt-sept pour la Justice, et plus de trois mille pour les Finances, qui était donc bien l' « des plus importants ministères », au moins numériquement.

23. Pour les réformes économiques de Rabourdin, Balzac s'inspira des idées d'Ouvrard quant au crédit, à l'emprunt et aux impôts de consommation, et le reconnaissait plus loin (voir la note 174 de la page 224).

Page 53.

24. Impôt particulièrement impopulaire, institué en 1798, et particulièrement imbécile : incitant à réduire, voire à supprimer les ouvertures des maisons, il rendit l'habitat français insalubre.

25. Le monopole de l'État, qui remonte à 1674, fut affermé à des particuliers jusqu'en 1791. Supprimé alors, il fut rétabli par Napoléon « à titre provisoire », puis maintenu par votes successifs, notamment en juin 1824, donc juste avant l'intrigue du roman.

Page 54.

26. En aucun temps, le gouvernement français n'a été très libre-échangiste, mais l'un des plus déterminés de ses chefs en faveur d'un régime protectionniste se trouve avoir été Villèle, président du Conseil et ministre des Finances au moment de l'intrigue du roman. Rabourdin se révèle donc ici particulièrement à contre-courant de l'administration en place, et Balzac, qui évidemment l'approuve, à contre-courant d'un principe spécifiquement défendu en son temps par la droite.

Page 55.

27. « Persuadez-vous bien que ces *Saint-Barthélémi* d'employés s'exécutent de la part du ministre, sans fiel, ni haine envers les victimes » (Ymbert, *Mœurs administratives,* t. I, p. 257).

28. « Revenus en tout genre dont l'État dispose » (Littré).

29. Le triomphe écrasant de la droite, aux élections des 26 février et 6 mars 1824, fut moins obtenu par le « courage » que par « des menées et manœuvres du gouvernement », dont Rémusat écrira, dans ses *Mémoires* : « Elles passèrent les bornes permises en 1824, et l'exécution des lois électorales fut de la part de l'administration aussi frauduleuse qu'elle le crut possible » (t. II, p. 108).

30. Décidée le 28 janvier 1823, malgré une violente opposition des libéraux, pour rétablir sur son trône Ferdinand VII déposé par les Cortès, l'expédition française faisait entrer le *Rey Neto* à Madrid le 30 novembre. A Paris, le gouvernement exploita aussitôt son succès en obtenant, le 24 décembre, la dissolution des Chambres qu'il jugeait insuffisamment dociles.

31. Louis XVIII était mort le 16 septembre 1824. Le règne de Charles X ayant commencé officiellement le 27 septembre, Balzac situe donc ici son intrigue à la fin de décembre.

Page 57.

32. Balzac attribue ce jour à Mme Van Claës, à Mme Firmiani, à la marquise de Listomère, à Mme Colleville... Deux « mercredis » étaient particulièrement chers à son cœur, ceux du baron Gérard et de Delphine de Girardin.

Page 59.

33. Dans *Le Singe et le Chat* de La Fontaine, le chat Raton se brûlait les pattes en tirant les marrons du feu pour le singe Bertrand. L'emploi de ces noms devait prendre un caractère de satire politique avec deux comédies : *Bertrand et Raton ou l'Intrigante et sa dupe* de Picard, en 1805, et *Bertrand et Raton ou l'Art de conspirer* de Scribe, en 1833.

34. Singulière affirmation, ajoutée en 1844 : le régime de Juillet n'avait nullement supprimé ce poste et Balzac en connaissait plusieurs titulaires.

Page 60.

35. La paroisse la plus aristocratique de Paris à l'époque.

36. Sur la « quarantième année » et la députation, voir la note 57 de la page 74.

37. Nom d'un conseiller évoqué par Voltaire, dans *La Pucelle* :

> Il eut l'emploi qui, certes, n'est pas mince,
> Et qu'à la Cour, où tout se peint en beau,
> Nous appelons être l'ami du prince,
> Mais qu'à la ville, et surtout en province,
> Des gens grossiers ont nommé *maquereau.*

38. « Aux petits soins, aux détails d'intérieur qui s'attachent à la personne du Secrétaire-général, il semblerait plus exact de l'appeler *la femme de ménage du ministère* » (Ymbert, *Mœurs administratives*, t. 1, p. 42-43).

Page 62.

39. Pierre Bayle (1647-1706), publia la première édition de son *Dictionnaire historique et critique* en deux volumes in-folio, en 1696. L'ouvrage connut nombre de rééditions et Pierre Larousse le considérait comme l'un « des plus glorieux ancêtres » du sien.

Page 63.

40. L'existence des sociétés anonymes avait été constituée par le code de 1808.

41. Ainsi Courier, dans son *Livret de Paul-Louis, vigneron, pendant son séjour à Paris, en mars 1823,* avant même le début de la campagne, en avril, et à propos du ministre de la Guerre : « Victor, sa femme, son fils, prennent argent de toutes mains. On parle de pots-de-vin de cinquante écus. Tout s'adjuge à huis clos et sans publication. Ainsi se prépare une campagne à la manière de l'ancien régime. »

Page 64.

42. Loi du 25 mars 1817, portant sur certains cumuls de traitements et assez incomplète.

Page 65.

43. En 1824, c'est de la prescience... Plusieurs ministres de Louis-Philippe, et singulièrement Thiers qui y fit ses débuts de journaliste, collaborèrent sous la Restauration au *Constitutionnel,* organe d'opposition libérale fondé le 1ᵉʳ mai 1815. Sous cinq titres différents, pour échapper à la censure, il connut, et de loin, le plus fort tirage parmi les 2 278 journaux de cette époque.

Page 66.

44. Ou Hephaestion, général macédonien, ami d'enfance et favori d'Alexandre.

45. Perruque aux cheveux aussi courts devant que derrière, inventée et mise à la mode par Talma en l'an II pour son rôle de Titus dans le *Brutus* de Voltaire.

Page 67.

46. Ouverte en 1807 sur l'emplacement du couvent de la Conception, devenu bien national et vendu avec clause de démolition le 5 fructidor an IV.

Page 68.

47. C'est la duchesse de Berry qui avait mis le rococo à la mode sous la Restauration.

48. Démon des plaisirs impurs, selon le Livre de Tobie. Dans le *Diavolo coivelo* de Guevara, ouvrage du XVIIᵉ siècle dont Lesage tira *Le Diable boiteux,* Asmodée soulève les toits de Madrid pour découvrir les événements secrets qui se déroulent dans les maisons.

Page 69.

49. Balzac avait admiré ce lac lors de son retour d'Italie, en août 1836 (*Corr.*, t. III, p. 145).

50. Dans *Le Mariage de Figaro,* acte V, scène VIII, à Suzanne disant que les hommes « ont cent moyens » de ruser, Figaro répond : « Celui des femmes... les vaut tous. »

Page 70.

51. Enjeu favori d'un personnage de *Vie et opinions de Tristram Shandy,* de Sterne.

52. Un personnage réel répondait à ce signalement : Étienne Pasquier, préfet de police sous l'Empire et ministre sous la Restauration.

Page 71.

53. Le ministre n'est jamais nommé. Il est pourtant clair que Balzac peint Villèle, désigné par la date et le lieu de l'action. Ce dernier sera précisé, on l'a vu, dans *Les Petits Bourgeois,* en 1844 et dans le roman écrit juste après, *Modeste Mignon,* Balzac indiquera que La Brière est né à Toulouse d'une famille alliée à celle du ministre qui l'a pris sous sa

protection : les Villèle étaient bien de Toulouse. Enfin, tout au long des *Employés,* Balzac distille un excellent portrait et une juste analyse de la situation politique de Villèle. Ici, il donne un premier détail précis : non qualifié de naissance, Villèle avait été créé comte par Louis XVIII le 17 août 1822.

Page 72.

54. On verra plus loin que le ministre de la Restauration reçoit cent cinquante-six mille francs de traitement annuel et vingt-cinq mille francs d'indemnité de déplacement. Au « temps déplorable » du régime de Juillet, un ministre n'aura plus que quatre-vingt mille francs de traitement et dix mille d'indemnité (Rémusat, *Journal...,* t. III, p. 337).

55. *Le Moniteur universel* : le *Journal officiel* de l'époque

Page 73.

56. C'est en 1825 que fut publiée l'ordonnance royale du 4 novembre 1824 supprimant les caisses spéciales, établies auprès de chacune des administrations financières, qui nécessitaient une double comptabilité.

Page 74.

57. Article 38 de la Charte constitutionnelle de 1814 : « Aucun député ne peut être admis dans la Chambre s'il n'est âgé de quarante ans et s'il ne paye une contribution directe de 1 000 francs. » Casimir Perier, né le 11 octobre 1777, fut élu pour la première fois le 20 septembre 1817. Dès l'ouverture de la session de 1817-1818, le 5 novembre, il s'éleva une discussion sur la validation de son élection et celle de M. Hernoux qui « n'avaient accompli leur quarantième année que dans l'intervalle de leur élection à l'ouverture de la session ». Le précédent du comte de Fargues, en 1816, obligea la Chambre à déclarer ces élections valides. Mais dès le 2 mars 1818, pour les députés, et le 17 mars, pour les pairs, était votée une nouvelle loi : « Nul ne pourra être membre de la Chambre des députés, si au jour de son élection il n'est âgé de quarante ans accomplis et ne paie 1 000 francs de contributions directes » (C.-L. Lesur, *Annuaire historique universel pour 1818,* p. 5-6 et 418).

58. L'avocat libéral Jacques Manuel (1775-1827) n'avait pas de fortune qui lui permette de remplir la condition du cens : « ce coquin de Laffitte [le] fit éligible par une vente simulée », nota l'ultra Frénilly (*Souvenirs,* p. 419).

59. Aujourd'hui, la place des Vosges, alors complètement démodée : « la noblesse, compromise au milieu des boutiques, abandonne la place Royale », écrivait déjà Balzac dans *La Duchesse de Langeais,* pour le début de la Restauration.

Page 75.

60. Détail aussi singulier qu'intéressant : ce « 1825 » contredit la date de 1824 implicitement donnée plus haut ; d'autre part, il n'y eut pas d'*Exposition des produits de l'industrie* en 1825. Par contre, le 25 novem-

bre 1825, eut lieu la séance annuelle de la *Société d'encouragement pour l'industrie nationale* : « La salle d'exposition présentait une richesse extraordinaire d'objets nouveaux dans l'industrie ; on y voyait : des produits de fonte française, sortis des hauts fourneaux de MM. Boigues, qui ont obtenu à cette séance une médaille d'or de première classe [...] MM. Boigues ont également obtenu une médaille d'or pour le perfectionnement notable qu'ils ont apporté dans la fonte propre au *moulage* » (C.-L. Lesur, *Annuaire* [...] *pour 1825*, p. 243-244 de la *Chronique*). Nous avons vu l'intérêt de MM. Boigues dans la Préface.

Page 76.

61. Soit « à peine » cinquante-neuf centimètres.

Page 77.

62. Balzac nommait dans la première édition « M. Laisné, le notaire du quartier Saint-Antoine ». Il s'agissait d'un notaire réel : Louis-Claude-Charles Laisné, en fonction du 14 août 1794 au 28 février 1821, dont l'étude se trouvait rue Saint-Antoine, 207.

Page 79.

63. En 1824, le Cirque Olympique — ici désigné, selon l'usage du temps, par le nom de son directeur —, les théâtres de la Gaîté et de l'Ambigu-Comique se trouvaient respectivement aux numéros 14, 70 et 74-76 du boulevard du Temple, et celui de la Porte-Saint-Martin aux 16-18, boulevard Saint-Martin.

64. Féerie-ballet en un acte de Deschamps, Morel de Chédeville et Després, musique de Mozart et Haydn [sic], Mayer et Berton, créée à l'Opéra le 5 février 1813 et souvent reprise sous la Restauration.

65. Fondés en 1780 sur l'emplacement de l'actuel numéro 29 du boulevard du Temple, le *Café* et le *Jardin Turc*, complètement déchus, avaient été somptueusement remis à neuf, « dans le genre oriental », pour 200 000 francs, en 1824. En 1825, dans son *Provincial à Paris*, Montigny écrivait : « Il faudrait, pour ce bel endroit, un public fait exprès : celui qui le fréquente, jusqu'à présent, n'a rien de séduisant ; il sent son Marais d'une lieue. »

Page 80.

66. Par le Concordat de 1801.

Page 81.

67. Littré indique que « le wallon dit gigoner pour gigoter » signifiant « remuer vivement les jambes » et s'appliquant même aux convulsions des jarrets d'un animal mourant. Ce surnom tiré du wallon est singulier pour un Auvergnat, d'autant que Littré signale que « *gigougnâ* du petit limousin » veut dire : « prendre beaucoup de peine en travaillant ».

68. Ensemble des personnes nommées pour administrer les biens d'une paroisse.

69. L'*Almanach du commerce* révèle un « Leullier, *mag. de faïence,* rue Lesdiguières, 9 ». Or, c'est précisément au 9 de la rue Lesdiguières que Balzac s'était installé dans une mansarde en août 1819.

Page 82.

70. Un avare à la fortune secrète, à L'Isle-Adam, Balzac en connut un qu'il évoquait dans une lettre à sa sœur Laure, en juin 1821 : « ce vilain M. Dujai, qui a été obligé à la mort de sa femme de déclarer les millions que lui avare avait entassés » (*Corr.,* t. I, p. 100).

Page 83.

71. « Je n'en ai pas moins toujours regardé mon ventre comme un ennemi redoutable ; je l'ai vaincu et fixé au majestueux » (*Physiologie du goût,* méditation XXI, « De l'obésité »).

Page 84.

72. Dans les *Scènes de la vie administrative,* Monnier décrit ainsi la tenue de « M. CLERGEOT, *chef du second bureau* » : « Habit bleu barbeau à boutons jaunes, gilet chamois, cravate de couleur, des breloques, foulard, pantalon gris sans sous-pied, pieds larges, toujours mal chaussés. »

73. Cette « dévote » à l'âpre réalisme est, comme je l'ai dit dans la Préface, aux antipodes de la femme d'abord créée par Balzac et que révèle le manuscrit : « ses traits étaient trop mignons et trop délicats pour ne pas inquiéter [...] sa voix était douce [...] d'un cœur vraiment noble [...] fille céleste, inconnue, à qui devait manquer le soleil créateur et la liberté ».

Page 85.

74. Du dieu Terme, dieu latin des Limites, représenté en gaine surmontée d'une tête qui est à l'origine des bornes.

Page 86.

75. « Mme la Dauphine » était le titre récent, donné à la fille de Louis XVI lors de l'avènement de Charles X, dont elle avait épousé le fils, son cousin le duc d'Angoulême, devenu héritier du trône, donc Dauphin. Les bigots romanesques étaient des protégés tout désignés pour la dévote princesse qui disait : « Les ministres me redoutent comme la première solliciteuse de France [...] mais c'est égal ; ils m'acceptent ainsi ; et mes protégés font leur chemin. C'est tout ce qu'il me faut, car je ne protège que d'honnêtes gens » (Mme de Bassanville, *Les Salons d'autrefois,* t. I, p. 42).

76. Les Gaudron étaient les têtes de turc de ce journal, dont Balzac évoquera, dans la *Monographie de la presse parisienne,* « son fameux carton aux curés » d'alors.

Page 89.

77. « Trouvée » étant ambigu, faut-il s'étonner, avec Pierre Laubriet, que le grand sculpteur de la Renaissance soit ici « relégué parmi les artistes du Moyen Âge » ?

Page 95.

78. La liste des cumulards employés-dramaturges aurait pu emplir des pages. Sewrin (1771-1835), était archiviste aux Invalides ; Pixérécourt (1773-1844), inspecteur des Domaines ; Planard (1783-1853), employé au Conseil d'État. Pigault-Lebrun (1753-1835), avait été inspecteur des Salines ; Piis (1755-1832), secrétaire général de la préfecture de Police ; Duvicquet, et non Duvicquet, (1765-1835), secrétaire général du ministère de la Police.

79. Il « se nommait Pollet », précisera la *Physiologie de l'employé.* Jacques Pollet, frère de l'éditeur de Balzac en 1822, était bien à la fois libraire et employé au Trésor. Mais le premier libraire de Scribe, en 1812, fut Barba.

Page 99.

80. La notoriété des premiers venait de leurs travaux au microscope sur la circulation du sang pour Leuwenhoëck (1632-1723), sur l'anatomie et la physiologie du rein pour Malpighi (1628-1694), sur la chimie organique et la cellule pour Raspail (1794-1878), et celle d'Hoffmann (1776-1822), de ses *Contes fantastiques.*

81. Lors de la révolution qui mit Louis-Philippe sur le trône en 1830.

Page 104.

82. La rue Sainte-Avoye correspond aujourd'hui à la partie de la rue du Temple située entre les rues Saint-Merri et Michel-le-Comte, et la rue Saint-Augustin à la rue des Filles-Saint-Thomas.

83. Pasquier fut directeur des Ponts et Chaussées à la première Restauration en 1814 et ministre de la Justice à la seconde Restauration, en 1815, donc *après.* Molé fut successivement, sous Napoléon, directeur des Ponts et Chaussées, ministre de la Justice en 1813 et directeur des Ponts et Chaussées pendant les Cent Jours en 1815, puis de nouveau ministre, de la Marine et des Colonies, en 1817, sous Louis XVIII, donc *avant* et *après.* Balzac aurait pu citer le cas le plus exact et exemplaire, tout à la fois : Beugnot, successivement ministre de l'Intérieur le 3 avril 1814, directeur général de la Police le 13 mai 1814, ministre de la Marine le 3 décembre 1814, et directeur général des Postes à la seconde Restauration.

84. « Avant la Restauration, nous ne connaissions que des chefs de division ; depuis on a jugé à propos d'assembler quatre chefs pour en faire un directeur [...] on lui tolère l'huissier » (Ymbert, *Mœurs administratives,* t. I, p. 70-71).

Page 105.

85. « ... le commis emploie tout ce qu'il a d'invention à se défendre des vents coulis et des battements d'une porte que l'importunité fait mouvoir. Sous ses doigts, le papier s'épaissit en carton pour construire de petites cloisons [...] Un paravent, savamment contourné, parvient à diviser l'étroit espace » (Ymbert, *ibid*, p. 101-102).

86. C'est justement en 1824 que le ministère des Finances déménagea de la rue Neuve-des-Petits-Champs à la rue de Rivoli.

Page 106.

87. Rubrique type d'ultra appartenant à la Congrégation. Créées par une loi, le 4 décembre 1815, les cours prévôtales de la Restauration, composées de juges de tribunaux de première instance, étaient dirigées dans chaque département par un prévôt, choisi avec soin parmi les plus *sûrs* des officiers supérieurs anciens chouans, vendéens ou émigrés. Jusqu'au 31 décembre 1817, elles jugèrent sans appel et avec rétroactivité les atteintes à la sûreté publique, en particulier les « agitateurs » des Cent Jours. Comme toutes les juridictions d'exception, elles furent un instrument de réaction et de vengeance politique. L'ordre de Saint-Louis était réservé aux officiers catholiques et les ordres étrangers, respectivement du Portugal, d'Espagne et de Russie, n'étaient conférés qu'à des catholiques militants. Les sociétés citées étaient autant de réunions d'affiliés à la Congrégation : celle des Bonnes-Lettres avait été fondée en 1821 pour propager de saines doctrines morales et politiques ; celle des prisons était l'une des sections de la Société des Bonnes-Œuvres dont les deux autres sections se consacraient aux hôpitaux et aux petits Savoyards ; l'Association de Saint-Joseph avait pour but d'étendre l'action de la Congrégation parmi les ouvriers et les domestiques sans travail.

88. Balzac donne au personnage une bonne taille de plus de 1,78 cm (1 pied = 32,4 cm et 1 pouce = 2,7 cm), mais il déraille un peu sur la ligne (2,25 mm) et le fait « large » de 8,05 cm...

Page 107.

89. Dans *Modeste Mignon*, La Brière est devenu conseiller référendaire à la Cour des comptes.

Page 110.

90. Voici, selon Monnier, « LAURENT, *garçon de bureau*. Né en Savoie. Depuis longtemps dans les ministères. Ayant acquis la connaissance intime des *us* et coutumes de la bureaucratie ; devinant toutes les pensées, toutes les intentions de l'employé à son pas et à son allure ; esclave de sa consigne, économe, soigneux, discret. Prêtant à la petite semaine [...] Soixante à soixante-deux ans, cheveux blancs taillés en brosse, taille moyenne, bourgeonné, replet, col court, apoplectique. Tenue de garçon de bureau, abandonnant le costume de l'État après la séance, et sortant du bureau avec un habit indépendant. Appointement,

900 fr. Étrennes et revenants-bons, 300 fr. Casuel, commissions prélevées sur les déjeuners, messages, reconnaissance de solliciteurs, etc., 150 à 200 fr. Gratifications, de 60 à 80 fr. Habillement, chaussure et coiffure, etc., etc., aux frais de l'État. Ce qui met le revenu des garçons de bureau à 1 200 fr ».

91. Voici, selon Monnier : « M. DOUTREMER, *commis principal*. Plat et hautain, rapporteur, véritable mouche du coche, arrivant le dernier à son poste, faisant tous les matins son rapport au chef de division ; confident et messager de ses amours ; pédant et taquin ; joueur et débauché [...] s'occupant, une partie de la séance, de ses ongles, de ses mains et de ses oreilles ; employant l'autre partie en visites dans l'intérieur de la division, à la cheminée de M. de Saint-Maur, auquel il conte des gaudrioles [...] cheveux gris, crépus, front bas, sourcils épais, nez retroussé, lèvres pincées, bilieux. Habit brun, gilet noir. »

Page 111.

92. L'emploi du mot « Congrégation » était aussi abusif que celui de « Jésuites », comme le prouve *Le Comte Ferdinand de Bertier (1782-1864) et l'énigme de la Congrégation* de Guillaume de Bertier de Sauvigny (1948). Mais, sous une appellation erronée, il existait une réalité : des ultras du clergé et de la noblesse œuvraient de façon concertée et occulte pour détruire le système constitutionnel, notamment en truffant l'appareil de l'État de leurs créatures et de leurs espions.

93. Située entre les rues Saint-Honoré et de Rivoli, donc à côté du ministère, cette rue disparut lors du percement de la rue de l'Échelle.

Page 112.

94. Dans la première édition : le duc d'Aumont, réel premier gentilhomme de la Chambre du Roi et, à ce titre, surintendant de l'Opéra-Comique.

95. Dès la première correction de ce passage, Balzac remplaça par le nom de Tullia celui qu'il avait d'abord donné : Julia. Quant à Rhétoré, il n'était d'abord pas nommé mais donné comme « un aide de camp de Charles X, célèbre à plus d'un titre ». A l'époque de l'action, les petits journaux s'occupèrent beaucoup des liens qu'ils affirmaient exister entre Mlle Julia, très réelle et belle danseuse de l'Opéra qu'ils appelaient « une de nos odalisques les plus brillantes », et son « Sultan », le « célèbre directeur des Beaux-Arts ». « Célèbre » à ce titre, le personnage l'était à bien d'autres : il s'agissait du vicomte Sosthène de La Rochefoucauld, en effet aide de camp de Charles X quand ce dernier était Monsieur, avant la mort de Louis XVIII. Dans *Un prince de la bohème*, Balzac donnera « un célèbre directeur des Beaux-Arts » parmi les « protecteurs connus » de Tullia à la même époque.

Page 113.

96. Les trinités du vaudeville pullulaient. Voici comment, selon Rochefort, fonctionnait l'une des plus connues : « Barré proposait le

sujet, Radet en développait le plan ainsi que les scènes principales, puis ils se mettaient à l'ouvrage ; on m'a assuré que lorsqu'il s'agissait de tourner les couplets, Desfontaines ne fournissait que les rimes » (*Mémoires d'un vaudevilliste*, p. 74).

Page 114.

97. Voici, selon Monnier : « M. LAUDIGEOIS, *sous-chef du deuxième bureau*. Célibataire, cousin par alliance de M. Clergeot ; voix flûtée, se trouvant mal à l'odeur d'une pipe, n'ayant de sa vie pénétré dans un café, candide comme une jeune fille, d'une apathie et d'une monotonie désespérantes, possédant une belle main, élevé dans l'horreur des mauvaises sociétés : dans son lit à dix heures, levé à sept ; envié pour leurs demoiselles par toutes les mères de famille de sa connaissance. Doué de plusieurs petits talents de société, jouant assez proprement la contredanse sur le flageolet, empaillant des petits oiseaux [...] très maigre, cheveux longs, yeux cernés et battus, peu de barbe, bouche malpropre, habits mal taillés, pantalons larges, gilets trop courts, bas blancs en toutes saisons. »

Page 117.

98. Conventionnel régicide, membre du Comité de Salut public qui le chargea du ravitaillement et de la mise en application du Maximum (voir la note 123 de la page 136), probe mais d'une extrême dureté. Il fut ministre des Finances à la fin du Directoire.

Page 118.

99. *Le Médecin malgré lui*, acte I, scène V.
100. Au début de la Restauration, Talleyrand eut un mot célèbre sur le duc d'Orléans. « Ce n'est pas quelqu'un, c'est quelque chose. » Lequel duc sera Louis-Philippe en 1830.

Page 119.

101. Voici, selon Monnier : « M. GRISARD, *commis d'ordre*. Père de famille, depuis une vingtaine d'années dans les administrations [...] d'humeur joviale, bien avec tout le monde ; ayant ses deux garçons placés, par les soins de M. Dumont, dans un collège de Paris ; d'une ignorance complète en politique ; courant toutes les fêtes des environs de Paris ; organisant pendant la belle saison des parties de campagne et des dîners sur l'herbe ; aimant assez la bonne chère ; grand joueur de boston et de bouillotte ; recevant le jeudi seulement [...] M. Grisard est du très petit nombre des employés enchantés de leur sort. »

Page 120.

102. Le cimetière Montparnasse, proche de la rue de l'Ouest.
103. Chateaubriand et Latouche.

Page 122.

104. Lugubre restaurant à prix fixe, situé rue Neuve-des-Petits-Champs, donc près du ministère avant son déménagement.

Page 123.

105. Alors « Fournisseur du Roi et du duc d'Orléans », installé au Palais-Royal depuis le Directoire, Germain-Charles Chevet, qui avait commencé comme jardinier, était devenu le plus fameux traiteur de Paris.

106. Villiaume tenait rue Neuve-Saint-Eustache, 46, une agence dite d'affaires, « avantageusement connue depuis dix-sept ans » selon son prospectus de l'*Almanach des 25 000 adresses* de 1825, qui était surtout une agence matrimoniale.

Page 125.

107. « On ne peut se le dissimuler, le portrait est très ressemblant », affirmera Champfleury dans son *Henry Monnier. Sa vie, son œuvre* : « Henry Monnier et Bixiou ne font qu'un. » (Voir ma préface des *Scènes populaires* de Monnier dans l'édition Folio.)

108. L'affaire Fualdès, du nom d'un magistrat assassiné dans une maison borgne de Rodez, jugée en 1818, et l'affaire Castaing (voir la note 160 de la page 185), jugée en 1823, furent les plus retentissantes affaires criminelles de la Restauration.

109. Les Français avaient été fort échaudés par les appels à leur générosité faits lors de l'insurrection hellène contre le joug turc juste avant l'époque de l'intrigue et, en 1817, pour le Champ d'Asile, nom donné à une petite république qui, au Texas, devait accueillir d'anciens officiers de l'Empire. Les souscriptions ne profitèrent guère qu'à des escrocs.

Page 127.

110. Aujourd'hui, l'avenue Montaigne.

111. Célèbre établissement, café, restaurant et maison de jeu, fondé sous le Directoire à l'angle de la rue de Richelieu et du boulevard Montmartre.

Page 128.

112. Chapelier alors établi rue Neuve-Montmorency, 4, selon l'*Almanach du commerce* de 1824.

113. Aujourd'hui, le carrefour de la rue et du boulevard de Courcelles.

Page 129.

114. *Abyssus abyssum invocat* : l'abîme appelle l'abîme, citation d'un psaume de David (XLI, 8).

115. Si les deux premiers produits sont des inventions de César Birotteau, les autres avaient existé : le briquet dit de Fumade, du nom

des deux frères qui l'inventèrent, dit aussi « briquet physique » ; le gaz d'éclairage transportable à domicile par bonbonnes ; les socques articulés, dont le brevet d'invention appartenait à Duport, rue Saint-Honoré, 140, et, selon l'*Almanach du commerce* : « pour préserver les pieds de l'humidité et du froid, semelles de bois, légères, imperméables, rendues flexibles par une brisure oblique, correspondant à l'articulation du pied » ; les lampes hydrostatiques, vendues par les frères Girard rue de Richelieu, 78, n'avaient guère survécu à l'Empire.

Page 132.

116. En fait, Marie-Madeleine de Vignerot du Pont-de-Courlay ; veuve d'Antoine de Beauvoir du Roure, sieur de Combalet, elle fut nommée duchesse d'Aiguillon. À noter : pour Balzac, anagramme est masculin.

Page 133.

117. La première édition nommait le réel et fameux Ladvocat, libraire au Palais-Royal.

Page 134.

118. Voici, selon Monnier : « M. RIFFÉ. Né à Troyes en Champagne, trente-deux ans de service [...] admis dans l'administration sous le régime de la Terreur ; longtemps en butte aux persécutions des jeunes gens de la division ; réglé comme un papier de musique ; inscrivant, depuis son départ de Troyes tous les événements, toutes les actions de sa vie, jour par jour, semaine par semaine, année par année [...] M. Riffé, dans la crainte des enfants qu'il abhorre, n'a jamais pris de compagne ; il fait lui-même son petit ménage, et jamais n'a pu se résoudre à confier à un étranger la clef de son domicile [...] d'une obligeance extrême, mais d'un amour-propre excessif au domino. Depuis trente-trois ans, un an juste avant son entrée au ministère, il dîne au même endroit, à la même place [...] il a conservé les mêmes fournisseurs, les fils ou les neveux. À onze heures un quart, il quitte le café et rentre chez lui [...] chapeau connu, habit râpé et parapluie en permanence à son bureau. »

119. Disparue lors de l'alignement de la rue Lobau.

Page 135.

120. Erreur curieuse : le restaurant *Au Veau-qui-tette* de la place du Châtelet avait disparu en même temps que le Châtelet lui-même, démoli de 1802 à 1810. Un autre *Veau-qui-tette* existait à l'époque de l'intrigue, mais il était établi rue de La Vrillère, 4, donc près du ministère...

121. Dans *Splendeurs et misères des courtisanes,* Balzac précisera : « Le café David, situé rue de la Monnaie au coin de la rue Saint-Honoré, a joui pendant les trente premières années de ce siècle d'une sorte de célébrité, circonscrite d'ailleurs au quartier dit des Bourdonnais. » Cet établissement réel, situé en fait rue du Roule, qui prolongeait la rue de la Monnaie, se trouvait donc tout près du *Cocon d'or* de Camusot.

Page 136.

122. Le Louvre en 1811, avec l'achèvement de la Cour carrée, l'ajout d'un second étage aux ailes Nord et Sud, la restauration de la Colonnade, la construction de la galerie en bordure de la rue de Rivoli, travaux ordonnés par Napoléon et finis à cette date ; la place du Châtelet entre 1802 et 1810 ; le quai aux Fleurs en 1804 ; les marchés de Sèvres en 1797, Saint-Joseph en 1806, Saint-Augustin en 1807, Saint-Honoré en 1809, du Temple en 1809-1811, des Prouvaires en 1811, des Carmes en 1813, des Blancs-Manteaux en 1813.

123. Le chaos économique provoqué par la Révolution — arrêts du travail, production à peu près nulle, fin du commerce avec l'étranger, notamment —, aboutit à la spéculation des accapareurs et à la misère du peuple. La Convention crut y remédier en faisant établir un tableau des prix maximaux des marchandises qui demanda quatre mois pleins de travail insensé aux employés du comité des subsistances et des approvisionnements. Ce blocage des prix par la loi du Maximum du 11 brumaire an II, mis aussitôt en application dans toute la France, fut si désastreux que ses instigateurs firent abroger la loi au bout de dix mois.

Page 137.

124. Nom de plume du docteur François-Eusèbe, comte de Salles, traducteur de Byron avec Amédée Pichot en 1819-1820.

125. Maladie infectieuse caractérisée par des sueurs profuses et qui procédait par petites épidémies localisées, mais pas particulièrement en Champagne : il y eut la *fièvre des Charentes*, la *fièvre picarde*, etc.

Page 138.

126. Personnage venu de « M. DESROCHES, *expéditionnaire* [...] ennemi de l'arbitraire et du despotisme en général », de Monnier.

Page 139.

127. *Victoires, conquêtes, désastres, revers et guerres civiles des Français de 1792 à 1815*, ouvrage d' « une société de militaires et de gens de lettres » qui comporta la publication de 29 volumes de 1817 à 1823 et de 34 de 1828 à 1829.

128. Les dieux et demi-dieux de l'opposition des bonapartistes et libéraux qui œuvraient, consciemment ou non, pour l'orléanisme. Dans son manuscrit, Balzac avait écrit et aussitôt rayé un nom : « le duc d'Orléans ». Casimir Delavigne figure ès qualité ici : cet employé faiseur de pièces fut destitué par Villèle en 1824.

129. Membre de la Charbonnerie française, association secrète de libéraux fondée en 1821 d'après la Carbonaria italienne.

Page 140.

130. Mouvements d'opposition libérale nés de la révolution de Juillet en France. À noter que le personnage ne rêve pas la Jeune France qui fut un mouvement surtout littéraire.

Page 142.

131. Jusqu'à preuve du contraire, Balzac lui-même.

132. Ici « neuf », ailleurs « huit ». En principe, les employés devaient arriver à huit heures du matin et repartir à cinq heures de l'après-midi, en déjeunant sur place.

Page 143.

133. Association, alors très en vogue, dans laquelle chaque participant versait une somme pour constituer une rente viagère à répartir, à un moment donné, entre les survivants.

Page 148.

134. L'omission de la particule, ici et ailleurs pour La Billardière ou pour Chateaubriand, marque un parti pris d'opinion antinobiliaire.

135. Goritz, en Illyrie, alors à la couronne d'Autriche, et aujourd'hui Gorizia, en Italie. Charles X y était mort avant la rédaction de cette anagramme « prophétique », le 6 septembre 1836. Lors de la révolution de 1830, Charles X et son fils, le duc d'Angoulême, avaient abdiqué en faveur de leur petit-fils et neveu, le fils de feu le duc de Berry, devenu le prétendant, contre « l'usurpateur » Louis-Philippe, sous le nom de Henri V.

Page 149.

136. Géographe danois (1775-1826), auteur d'un *Précis de géographie universelle.*

Page 154.

137. Par jeu sur les mots *centre* et *ventre,* ce terme désignait sous la Restauration les députés du Centre, appuis conditionnels et onéreux du ministère.

Page 157.

138. Dans les *Scènes de la vie bureaucratique,* le vieil expéditionnaire Riffé, grand rabâcheur de souvenirs, évoquait : « M. Godard était premier teneur de livres, il avait trois mille, il est mort à deux mille sept ; M. Cochin était commis d'ordre, il a été pendant cinq ans à deux mille cinq, on l'a remis à deux mille au retour des Bourbons ; mais il n'est pas à plaindre, il lui est revenu quelque petite chose ; et puis sa fille s'est fort bien mariée à M. Levasseur... »

Page 158.

139. Compositeur né à Prague en 1770. Établi en France, il fut naturalisé en 1835 et mourut en 1836.

Page 163.

140. Ancien couvent dont l'entrée se trouvait au niveau de l'actuel 56, rue de la Clef, « refuge pour filles perdues » en 1661, prison

politique en 1792, puis pour débiteurs insolvables, Sainte-Pélagie
recevait alors surtout les condamnés pour délits politiques. Balzac vise
évidemment Courier, auquel son *Simple discours* suivi de *Aux âmes
dévotes*, « lumineux » à l'endroit des Jésuites, valut deux mois d'interne-
ment en 1821, qui le promurent bien « homme politique », comme il le
constate alors dans une lettre à sa femme : « Quelques personnes
voudraient que je fusse député », et qui constituaient bien une « valeur
énorme », comme le remarquait alors Béranger : « À la place de
M. Courier, je ne donnerais pas ces deux mois pour cent mille francs. »

141. Comique, alors au théâtre des Variétés, créateur notamment du
rôle de Bilboquet, qui amusa tant Balzac, dans *Les Saltimbanques*.

Page 164.

142. En décembre, ou Paulmier se brûle ou le bureau gèle. Mais, dans
la première des *Scènes de la vie bureaucratique*, le Desroches de Monnier
« vient embrasser le tuyau » et, réchauffant son onglée, il réchauffe en
même temps ses rancœurs contre le chef de bureau Clergeot : « Quelle
différence avec celui qui l'a précédé, M. Vasselot ! comme il agissait avec
les employés ! Quel homme ! »

Page 165.

143. Il ne s'agit plus ici de prophétie après coup : il est exact que dès
l'époque de l'intrigue, les libéraux multipliaient les prédictions sur la fin
de la dynastie régnante : « Ils prennent le chemin, l'ornière des
Stuarts », disait Ampère, par exemple, en février 1825.

144. Royer-Collard, d'abord royaliste orthodoxe, était devenu le
théoricien de l'opposition doctrinaire. Chateaubriand, littéralement
chassé le 6 juin 1824 de son ministère des Affaires étrangères et
« mortellement blessé », se jeta dans une opposition sans merci. « Le
Journal des débats lui devait tant qu'il épousa la querelle du ministre
dépossédé », et son directeur, Bertin, déclara à Villèle : « J'ai renversé
le ministère Decazes, je vous renverserai. » Ce qui arriva (Nettement,
Histoire du Journal des débats, p. 66 et 57-58).

Page 166.

145. Le *Nunc dimitte* de l'Évangile selon saint Luc (II, 25-32) :
« Maintenant, Seigneur, laissez votre serviteur aller en paix... »,
prononcé par le vieux Siméon après avoir vu le jeune Jésus au Temple et
signifiant qu'il pouvait mourir.

146. Un débarquement royaliste avait été organisé en 1795 à partir de
l'Angleterre. Le comte d'Artois, le futur Charles X, dont la présence avait
été réclamée par les chefs chouans et promise, resta en rade de Plymouth
avec le deuxième corps, dont il s'était réservé le commandement. Privé de
cette moitié des forces, le premier corps, commandé par le comte Joseph
de Puisaye, connut un désastre complet suivi d'une sanglante répression
après son débarquement en rade de Quiberon le 25 juin.

147. Évidemment l'*Histoire de la Révolution française* de Thiers, alors

journaliste au *Constitutionnel*. Les quatre premiers volumes avaient paru de 1823 à décembre 1824, mais les tomes VI et VII, avec le « Livre XXIV. La Chouannerie » et son chapitre « M. de Puisaye, chef secret des chouans », et le « Livre XXIX. Quiberon », devaient paraître bien après. Quant à la brochure de La Billardière, Balzac évoque vraisemblablement les *Mémoires du comte Joseph de Puisaye*, sortis à Paris à la fin de 1824. Sans « assumer tous les malheurs de l'expédition », l'auteur en déchargeait le futur Charles X. À noter que dans *Les Chouans*, avant La Billardière Balzac avait mis « le marquis de P. », évidemment le marquis Antoine-Charles-André-René de Puisaye, frère du comte, qui devint un des chefs vendéens et, à la Restauration, Grand-Prévôt de la Haute-Vienne, alors que son frère, établi définitivement en Angleterre après Quiberon, y mourut en 1827.

Page 167.

148. Complet pour 1824... Charlet fit des gravures jusqu'à sa mort, en 1845.

Page 170.

149. Sous la Restauration, le Conseil des ministres se tenait le dimanche, après la messe du roi, et le mercredi et, dans les deux cas le matin, *avant le déjeuner*.

150. Le portrait intellectuel et politique qui suit peut être considéré comme l'un des plus remarquables de Villèle, alors âgé de plus de cinquante ans et qui, maire de Toulouse et député en 1815, avait durement lutté pour devenir secrétaire d'État aux Finances en 1820, ministre à la fin de 1821 et président du Conseil à la fin de 1822.

Page 171.

151. Villèle, et son séide Corbière, intronisés pour être les « dociles exécuteurs des volontés, non du parti, mais de la secte politique à laquelle ils devaient le pouvoir », la secte de Monsieur, en « étaient les représentants, les hommes d'affaires plutôt que les chefs » (Vaulabelle, *Histoire des deux Restaurations*, t. VI, p. 239 et 405 ; t. VIII, p. 403). « Villèle, qu'il le voulût ou non, était le représentant des ultras et devait réaliser leur programme sous peine d'être renversé. Or, il avait la faiblesse d'aimer le pouvoir, et c'est sous son égide que furent votées les lois que souvent il désapprouvait mais qu'exigeait la droite » (Lucas-Dubreton, *Charles X*, p. 144). Ces lois, évoquées plus loin par Balzac, furent les calamiteuses lois sur le sacrilège, sur l'indemnité aux émigrés, sur le rétablissement du droit d'aînesse, diverses lois de finances et de conversion des rentes, enfin, à partir de 1822, les lois sur la presse qui iront jusqu'à la fameuse loi « de justice et d'amour », une vraie muselière qui contribua à la chute de Villèle en 1827.

Page 172.

152. L'expérience nous permet d'apprécier la permanence de cette pertinente constatation. De Villèle, Rémusat nota : « La vanité a été la

plus grande cause de ses fautes. N'ayant pas assez d'esprit pour voir au-delà de son habileté, il a mis dans celle-ci une confiance sans limites » (*Mémoires...*, t. II, p. 47).

Page 173.

153. La révolution de juillet 1830 et l'insurrection de Varsovie, en novembre 1830, découlèrent évidemment de l'égal aveuglement et de l'égale ineptie de Polignac, président du Conseil, et du grand-duc Constantin, frère du tsar et vice-roi de Pologne.

154. Dans la première édition, « Casimir Perier » qui, sous Villèle, se « montra un habile et constant athlète de discussion et devint l'adversaire assidu du ministre des Finances » (Rémusat, *Mémoires...*, t. II, p. 108).

155. Du raisin en décembre et pour un repas intime ? Le ministre ne se refuse rien.

Page 177.

156. Restaurant fameux, notamment pour ses huîtres, et situé rue Montorgueil où se trouvaient à l'époque tous les facteurs d'huîtres de Paris.

157. Langage de joueur : faire la chouette est jouer seul contre deux adversaires ou plus.

Page 181.

158. Hoche, commandant l'armée des côtes de Brest à la fin de 1794, se trouvait à la tête de l'armée républicaine à Quiberon. Tallien, envoyé par la Convention auprès de Hoche dès le débarquement, mit d'autant plus de férocité dans la répression des royalistes qu'il avait à se faire pardonner son récent mariage avec l'aristocrate Teresa de Cabarrus, marquise de Fontenay.

159. Les *Mémoires relatifs à la Révolution française*, en 53 volumes, publiés de 1820 à 1827.

Page 185.

160. Anne-Marie Perciliée, et non Percilliée (1784-1856), comédienne à l'Odéon depuis 1820, était la maîtresse d'Auguste Ballet, empoisonné avec son frère par le docteur Castaing, qui fut condamné à mort de ce fait et exécuté en 1823.

Page 191.

161. La Grande-Aumônerie de France était devenue une puissance sans cesse grandissante sous la Restauration. En 1824, ses bureaux avaient débordé du 2, rue de Bourbon, près de Saint-Sulpice, jusqu'au 331, rue Saint-Honoré. A sa tête se trouvaient alors le cardinal prince de Croÿ, Grand-Aumônier, et l'évêque comte Frayssinous, Premier-Aumônier, qui devait recevoir une malencontreuse illustration de son interven-

tion publique au sujet de la Congrégation (voir la note 198 de la page 269).

Page 192.

162. Acheté pendant le dîner, c'est donc un journal du soir. Le manuscrit donnait son nom : « L'Étoile » qui, « monarchiste, quotidien du soir très ardent, passait pour être l'organe attitré de Villèle » (Charles Ledré, *La Presse à l'assaut de la monarchie, 1815-1848,* p. 253).

Page 193.

163. « Cahier », nommé dans la première édition, était bien le réel « orfèvre du Roi », établi rue Saint-Honoré, 283.

164. Dans la première édition : « M. Fragonard », c'est-à-dire Évariste Fragonard (1780-1850), le fils du grand Honoré Fragonard, qui fut peintre et sculpteur et travailla pour la manufacture de Sèvres.

165. Le *café Thémis,* situé en fait au coin de la rue de la Barillerie, disparue lors du percement du boulevard du Palais, se trouvait juste en face du Palais de Justice.

Page 194.

166. Il n'y avait plus de coadjuteur en 1824. Le dernier, Mgr de Quélen, nommé archevêque de Paris en 1821, avait alors été remplacé dans cette fonction par trois vicaires généraux. D'autre part, la puissance du curé de Saint-Roch s'expliquait en 1837, mais non pour 1824 : l'église Saint-Roch ne devint la paroisse de la famille royale qu'après le sac de Saint-Germain-l'Auxerrois, paroisse royale depuis Chilpéric 1er, en février 1831.

167. « Il n'y a sans doute pas un homme digne de respect dans le pays qui ne se soit aperçu de quelque tentative pour séduire ses domestiques et leur persuader de dire aux prêtres du voisinage tout ce qui se passe dans la maison de leur maître », devait écrire Stendhal, en octobre 1826, dans le *New Monthly Magazine.*

Page 214.

168. Jeu de mots sur Baudoyer/baudet et *L'Âne chargé de reliques,* de La Fontaine.

169. Dans la comédie de Molière, *L'Étourdi ou les Contretemps.*

Page 215.

170. Dans le manuscrit, Balzac nommant « mademoiselle Leykam », se trompait pour 1824 : « un des plus immobiles diplomates », c'est-à-dire Metternich, n'avait pas encore perdu sa première femme et c'est en 1827 qu'il épousera Antonia von Leykam, fille d'une artiste napolitaine, Antonia Pedrella, femme du baron autrichien Christoph-Ambros von Leykam.

Page 222.

171. Dans le manuscrit, ici et plus loin : « Les Débats ».

Page 223.

172. À la mort de Louis XVIII, la duchesse de Berry s'était installée au pavillon de Marsan, jusque-là occupé par le comte d'Artois. Elle y « donnait une ou deux fois par semaine, des soirées que Charles X honorait de sa présence, et qui avaient d'autant plus de prestige mondain que les invitations y étaient moins nombreuses [...] La société du *petit château,* comme on appelait alors le pavillon de Marsan, soulevait des colères analogues à celles qu'avait fait naître, du temps de Marie-Antoinette, la société du Petit-Trianon » (Imbert de Saint-Amand, *La Duchesse de Berry et la cour de Charles X,* p. 8).

173. Devenue personnage romanesque par l'addition du nom de Féraud, la comtesse non nommée de la première édition était la comtesse du Cayla, dernière « favorite » de Louis XVIII. En décembre 1824, sa faveur persistante constituait la question première et, par exemple, Delécluze notait alors : « au moment de la mort de Louis XVIII, elle n'a montré aucune crainte pour les conséquences de cet événement pour elle. Dans le fait, et sans pouvoir donner l'explication de l'énigme, Mme du Cayla est bien en cour, voit le roi actuel et semble toujours être l'appui du ministère Villèle » (*Journal*, p. 25).

Page 224.

174. Dans la première édition : « Ouvrard a proposé » (voir la note 23 de la page 51).

Page 227.

175. Bijoutier, joaillier et orfèvre, établi rue de Richelieu, 78, devenu « orfèvre du Roi » au moment de la rédaction du roman. « Fossin est un roi, c'est une puissance », écrivait Balzac à Mme Hanska.

Page 228.

176. Et, de même, les métaux et joyaux précieux, d'où les bijoux en fer de Berlin. Le satin turc était en laine ou en coton.

Page 229.

177. Balzac avait noté, dans son album de *Pensées, sujets, fragments,* cette pensée de Barère — et non Barrère — de Vieuzac, conventionnel régicide surnommé l'Anacréon de la guillotine.

178. *L'Étoile* cessa de paraître en juillet 1827, au moment où la chute de Villèle, qui intervint en décembre, était devenue certaine. Balzac laisse entendre que sa cessation fut négociée.

Page 230.

179. Il s'agit d'un fait touchant non plus Villèle, mais son ministre de la Justice. En 1832, Castellane se souvenait encore de « cette fameuse salle à manger qui fit tant crier à la Chambre des députés d'alors, contre

M. de Peyronnet, quoiqu'elle fût très nécessaire » (*Journal,* t. III, p. 392).

Page 232.

180. Aujourd'hui, la rue Cujas.

181. Le syndicat des avares n'a pas chipoté sur les moyens : à l'époque de l'action, par la malle-poste commune, le tarif des guides était de 75 centimes. Les guides étaient le droit à payer par douze lieues, unité de distance nommée poste et servant au calcul des prix.

182. Marquées par l'avidité caractéristique de l'émerillon, sorte de faucon.

Page 236.

183. Par exemple, dans sa *Biographie pittoresque des députés* parue en 1820, Latouche peignait ainsi Villèle : « Sa taille n'a pas cinq pieds de hauteur. Son corps est maigre et chétif. Sa voix est aigre et nasillarde, et sa figure est d'une laideur sans pareille. »

Page 239.

184. Le départ de la marquise a déjà été signalé deux fois, ce dont Balzac ne s'est pas avisé en remplaçant ici la comtesse de la première édition par la marquise d'Espard.

185. Courier a dit le mépris du « parti-gentilhomme », « des ingrats qui vous payent d'un cordon et disent : le sieur Laisné, le nommé de Villèle [...] Ça, vous dînerez chez moi, quand je n'aurai personne ». Le duc de Fitz-James, proche de Charles X, confiait à Mazères : « nous nous conduisons comme des fous, tous tant que nous sommes, et je vous le répète, nous marchons à notre ruine » (*Comédies et souvenirs,* t. I, p. 225).

Page 242.

186. D'où les colères (Juvénal, I, 168).

Page 243.

187. *Tartuffe,* acte III, scène II.

Page 247.

188. Toujours le plus grand tragédien de son temps à la fin de 1824, Talma mourait le 19 octobre 1826. Les deux alexandrins qui suivent restent d'origine inconnue.

189. Les sergents avaient été exécutés le 21 septembre 1822, pour complot carbonaro, comme le général Berton, exécuté à Poitiers le 5 octobre 1822. Le colonel Caron avait été fusillé à Strasbourg le 18 septembre 1822, pour complot bonapartiste. L'exécution des jumeaux Faucher remontait à la Terreur blanche antibonapartiste·de la seconde Restauration.

Page 251.

190. Parti des royalistes constitutionnels, la Doctrine se forma vers 1818. Après la réaction ultra qui suivit l'assassinat du duc de Berry, en 1820, il s'accrut en nombre et en force d'opposition. Parmi les « hommes méconnus » par le pouvoir d'alors, il y avait Guizot, Ampère, Broglie, Carrel, Thiers, Rémusat, etc. Ils firent 1830.

191. « Le sacre éblouira » disait, plus justement, la première édition : il fut célébré à Reims le 29 mai 1825.

Page 253.

192. De fait, les subtiles têtes secrètes de l'orléanisme, après avoir usé des conjurateurs bonapartistes et carbonari, à la fois comme façade et comme exécutants, les avaient abandonnés après leurs désastres de 1822 et, « mimant en dessous », préparaient avec autant d'art que d'argent le jour où Philippe d'Orléans ôterait Charles X de son trône pour s'y mettre.

Page 254.

193. Nom ancien régime de la « Direction des Fêtes et Spectacles de Cour », placée sous le haut commandement de M. le baron Papillon de La Ferté.

Page 255.

194. Le « grand air » de la calomnie dans *Le Barbier de Séville*. L'ami Rossini en avait, en effet, « inventé » l'air, mais pas toute la chanson : les paroles étaient tout de même de Beaumarchais.

Page 263.

195. Chiffre exact : à l'issue des élections de 1824, sur un total de 430 sièges, l'opposition ne retrouva que 19 des 110 sièges qu'elle occupait auparavant.

Page 268.

196. Prévision logique : le préfet de police Delavau comptait parmi les « Jésuites acharnés », ainsi que le directeur général de la police, Franchet-Desperey, en qui Castellane voyait le « chef de la Congrégation ».

Page 269.

197. Société fondée en août 1827, par Guizot, et qui comprenait des doctrinaires actifs, des jeunes gens du *Globe*, des membres de la Morale chrétienne, d'anciens carbonari, regroupés en vue de la dissolution prévisible de la Chambre — qui intervint le 5 novembre — pour faire échec aux manœuvres gouvernementales qui faussaient les élections depuis 1824. Avec succès : un tiers à peine des candidats ministériels fut élu.

198. Mgr Frayssinous, ministre des Affaires ecclésiastiques, argumenta si maladroitement à la Chambre, en 1826, pour nier l'existence de

la Congrégation, que Perier put s'écrier : « Enfin, la voilà donc reconnue officiellement cette Congrégation... »

199. Il s'agit de l'insurrection républicaine de juin 1832, dont l'écrasement final eut lieu dans le cloître Saint-Merri.

200. Article 7 de la Charte du 14 août 1830 : « La censure ne pourra jamais être rétablie. » Elle le fut, par une loi, en septembre 1835...

Page 270.

201. En 1818, avant le Congrès d'Aix-la-Chapelle, le comte d'Artois avait fait tenir des renseignements confidentiels sur l'état de la France aux souverains de la Sainte-Alliance. Decazes s'en procura le texte et en fit publier, sous le titre de *Note secrète,* une version tronquée de façon à paraître un appel à prolonger l'occupation de la France. Le terme resta pour désigner des accointances avec l' « ennemi du dehors ».

Page 273.

202. Croquis, non des meilleurs, de Daumier. Il est ignoré de ses biographes, tout comme ceux que Daumier exécuta pour la *Chronique de Paris* à la fin de 1835 et en 1836, au moment où le directeur de cette publication était... Balzac.

Page 275.

203. « Les dieux furent pour le vainqueur [César], Caton pour le vaincu [Pompée]. » Lucain, *La Pharsale,* ch. I, v. 28.

Page 276.

204. Ici s'achevait le roman dans le feuilleton de *La Presse,* en juillet 1837, dans l'édition originale et dans la deuxième édition, en septembre et en décembre 1838.

Page 280.

205. Dévoilé dans *Les Petits Bourgeois,* où Minard s'est enrichi par le frelatage du thé et du chocolat.

Page 284.

206. Ce n'est pas au roi, mais à l'un de ses ministres, Molé, que l'on doit ce « mot » : « À côté de l'avantage d'innover, il y a le danger de détruire. »

Page 287.

207. Lors des élections de 1824, le ministre de l'Intérieur adressait une circulaire aux électeurs fonctionnaires, précisant, notamment : « Si le fonctionnaire refuse au gouvernement les services qu'on attend de lui, il trahit sa foi et rompt volontairement le pacte dont l'emploi qu'il exerce avait fait l'objet ou la condition... »

208. Sous la Restauration, la statistique fut en disgrâce : « L'impor-

tance qu'on y avait attachée sous l'Empire était une cause de suspicion »
(Bertrand Gille, *Les Sources statistiques de l'histoire de France*, p. 149).

Page 291.

209. Il ne s'agit pas des personnes, mais des lieux, les *aîtres* en vieux
français.

Page 292.

210. Balzac tenait à cette graphie : « dans ce composé le vieux mot
cen[...] veut dire : *ce qui est* », affirmera-t-il dans sa *Revue parisienne*, en
1840.

DU MÊME AUTEUR

Dans la même collection

COLLECTION FOLIO

Dernières parutions

1444.	Robert Merle	*Malevil.*
1445.	Marcel Aymé	*Aller retour.*
1446.	Henry de Montherlant	*Celles qu'on prend dans ses bras.*
1447.	Panaït Istrati	*Présentation des haïdoucs.*
1448.	Catherine Hermary-Vieille	*Le grand vizir de la nuit.*
1449.	William Saroyan	*Papa, tu es fou !*
1450.	Guy de Maupassant	*Fort comme la mort.*
1451.	Jean Sulivan	*Devance tout adieu.*
1452.	Mary McCarthy	*Le Groupe.*
1453.	Ernest Renan	*Souvenirs d'enfance et de jeunesse*
1454.	Jacques Perret	*Le vent dans les voiles.*
1455.	Yukio Mishima	*Confession d'un masque.*
1456.	Villiers de l'Isle-Adam	*Contes cruels.*
1457.	Jean Giono	*Angelo.*
1458.	Henry de Montherlant	*Le Songe.*
1459.	Heinrich Böll	*Le train était à l'heure suivi de quatorze nouvelles.*
1460.	Claude Michel Cluny	*Un jeune homme de Venise.*
1461.	Jorge Luis Borges	*Le livre de sable.*
1462.	Stendhal	*Lamiel.*
1463.	Fred Uhlman	*L'ami retrouvé.*
1464.	Henri Calet	*Le bouquet.*
1465.	Anatole France	*La Vie en fleur.*
1466.	Claire Etcherelli	*Un arbre voyageur.*
1467.	Romain Gary	*Les cerfs-volants.*
1468.	Rabindranath Tagore	*Le Vagabond et autres histoires.*
1469.	Roger Nimier	*Les enfants tristes.*
1470.	Jules Michelet	*La Mer.*
1471.	Michel Déon	*La Carotte et le Bâton.*
1472.	Pascal Lainé	*Tendres cousines.*
1473.	Michel de Montaigne	*Journal de voyage.*
1474.	Henri Vincenot	*Le pape des escargots.*
1475.	James M. Cain	*Sérénade.*
1476.	Raymond Radiguet	*Le Bal du comte d'Orgel.*
1477.	Philip Roth	*Laisser courir*, tome I.
1478.	Philip Roth	*Laisser courir*, tome II.
1479.	Georges Brassens	*La mauvaise réputation.*
1480.	William Golding	*Sa Majesté des Mouches.*

1552. Bernardin de Saint-Pierre	*Paul et Virginie.*
1553. William Styron	*Le choix de Sophie,* tome I.
1554. Florence Delay	*Le aïe aïe de la corne de brume.*
1555. Catherine Hermary-Vieille	*L'épiphanie des dieux.*
1556. Michel de Grèce	*La nuit du sérail.*
1557. Rex Warner	*L'aérodrome.*
1558. Guy de Maupassant	*Contes du jour et de la nuit.*
1559. H. G. Wells	*Miss Waters.*
1560. H. G. Wells	*La burlesque équipée du cycliste.*
1561. H. G. Wells	*Le pays des aveugles.*
1562. Pierre Moinot	*Le guetteur d'ombre.*
1563. Alexandre Vialatte	*Le fidèle Berger.*
1564. Jean Duvignaud	*L'or de la République.*
1565. Alphonse Boudard	*Les enfants de chœur.*
1566. Senancour	*Obermann.*
1567. Catherine Rihoit	*Les abîmes du cœur.*
1568. René Fallet	*Y a-t-il un docteur dans la salle ?*
1569. Buffon	*Histoire naturelle.*
1570. Monique Lange	*Les cabines de bain.*
1571. Erskine Caldwell	*Toute la vérité.*
1572. H. G. Wells	*Enfants des étoiles.*
1573. Hector Bianciotti	*Le traité des saisons.*
1574. Lieou Ngo	*Pérégrinations d'un clochard. chard.*
1575. Jules Renard	*Histoires naturelles. Nos frères farouches. Ragotte.*
1576. Pierre Mac Orlan	*Le bal du Pont du Nord,* suivi de *Entre deux jours.*
1577. William Styron	*Le choix de Sophie,* tome II.
1578. Antoine Blondin	*Ma vie entre des lignes.*
1579. Elsa Morante	*Le châle andalou.*
1580. Vladimir Nabokov	*Le Guetteur.*
1581. Albert Simonin	*Confessions d'un enfant de La Chapelle.*
1582. Inès Cagnati	*Mosé ou Le lézard qui pleurait.*
1583. F. Scott Fitzgerald	*Les heureux et les damnés.*

Impression Bussière à Saint-Amand (Cher),
le 23 août 1985.
Dépôt légal : août 1985.
Numéro d'imprimeur : 1091.

ISBN 2-07-037669-9. Imprimé en France.